尺寸

千里远景，如在尺寸之间。

# 蒙古、安多与死城哈拉浩特

[俄] 彼得·库兹米奇·科兹洛夫 著

陈贵星 译

П. К. Козлов

Монголия, Амдо и мертвый город Хара-Хото

中国工人出版社

# 编者的话

1907 年 11 月 10 日，一支由俄罗斯著名的中亚考察家彼得·库兹米奇·科兹洛夫带领的考察队离开了莫斯科，准备前往中国西部，计划在这次为期两年的考察中，对蒙古的中部和南部、青海湖地区以及西藏东北部和四川北部地区进行考察研究。与科兹洛夫同行的还有莫斯科大学的地理学教授亚历山大·亚历山大洛维奇·纳帕尔科夫、地形测绘员彼得·雅科夫列维奇·纳帕尔科夫、植物和昆虫类收集家谢尔盖·西里维尔斯托维奇·切蒂尔金，以及十名护卫队员。当列车离开凌冽的北方，载着这十四人去往中国西部的戈壁沙漠之时，大概没有人能预料得到，他们的这一次中国之行，将带来一次人类考古学历史中的重大发现，揭开一座被尘沙湮没的古城——哈拉浩特的全部秘密。

彼得·库兹米奇·科兹洛夫，俄国著名探险家、考古学家。1863 年 10 月 15 日，科兹洛夫出生于斯摩棱斯克州的杜霍希纳城。他的父亲是一名牲畜小贩，母亲是家庭主妇，捉襟见肘的生活，是他童年的底色。但贫穷与困窘的日子并没有让他过早地丧失了对生活的热情，钟情于冒险的科兹洛夫狂热地阅读几乎所有他能接触到的自然科学与地理方面的书籍。他崇拜在当时业已成名的著名考察家普尔热瓦尔斯基，并痴迷于搜集有关普尔热瓦尔斯基的一切作品，尤其是《蒙古与

彼得·库兹米奇·科兹洛夫

唐古特地区》，更是激发了这位少年对一切未知的热望。在科兹洛夫 19 岁那年，他到了离家 60 公里之外的自由村的一家酿酒厂工作，而普尔热瓦尔斯基也来到了这座村子，并计划在这里完成他第三次中亚之旅的考察报告。科兹洛夫与普尔热瓦尔斯基在这里相遇了。这次冥冥之中的见面，便决定了科兹洛夫为之付出终生的事业。

1883 年，科兹洛夫随普尔热瓦尔斯基的中亚考察队，他们深入到西藏北部和新疆塔里木盆地。这次考察奠定了科兹洛夫一生的基色，简陋的工作条件与苛刻的自然环境，培养了他的专业知识和基本技能。“从此，中亚考察对我来说，已经成了今后的生活方向。”这是科兹洛夫第一次来到中国，此后，他又曾先后共七次深入中国西部，对当地的自然生态和民族社会等方面进行深入的考察。《蒙古、安多和死城哈拉浩特》是他第六次中国西部考察的考察记。

回到 1907 年那个冬天。科兹洛夫一行人在 12 月底到达恰克图并进入中国境内，经库伦向西南，穿越喀尔喀蒙古土谢图汗部与赛音诺颜汗部，直奔内蒙古西部的额济纳旗。科兹洛夫的这次中国考察之行的目的之一，便是寻找传说中西夏古城——哈拉浩特的遗址。在此之前，黑城遗址的传闻便已经成为西方各国探险家梦寐以求的目的地。波塔宁是最先得知有关黑城信息的西方考察家。1886 年，他在穿越沙漠的途中，探听到了哈拉浩特的传闻，并确认了黑城遗址存在的有关情况。但当地的土尔扈特人拒绝向他透露任何有关黑城的信息，因此，波塔宁悻悻而归。但他把这则传说写进了《中国的唐古特——西藏边区和中央蒙古》一书之中，很快，哈拉浩特的存在使西方的探险家们趋之若鹜，他们梦想着能够按图索骥，发现这一埋藏在黄沙之下的大秘宝。然而，他们全部铩羽而归，除了科兹洛夫。

1908 年春天，科兹洛夫来到额济纳旗后，买通了当地的土尔扈特贝勒达齐。

在向导的带领下，考察队翻越蒙古高原、穿越巴丹吉林沙漠，在死亡线边缘跋涉了半个月之后，顺利找到了传说中黄沙之下的古都——黑城哈拉浩特的遗址，并对遗址进行了初步的发掘。他们挖出了佛塑、佛画、钱币、金属碗、妇女饰物、佛事用具以及波斯文残卷、伊斯兰教写经和西夏文抄本残卷等文物。据科兹洛夫日记所载，他们仅在城西南的一座佛塔中就盗掘出了“3 本西夏文书本和 30 本西夏文小册子”。当年 3 月底，科兹洛夫离开额济纳，来到阿拉善旗首府定远营。在这里，科兹洛夫将在黑城遗址挖掘到的文物分装在 10 个箱子中，通过蒙古邮驿分批经由库伦运回圣彼得堡。

7 月上旬，考察队结束在定远营的考察工作，启程穿越河西走廊，进入安多藏区。在这里，科兹洛夫拜访了西宁办事大臣等当地的军政官员，并在 8 月前往考察青海湖及其周围地区，深入安多藏区腹地。随后，他率队到达贵德，建立冬营。在贵德期间，科兹洛夫收到了俄国皇家地理学会副会长的来信，从信中他得知，那批他运回俄国的黑城文物震惊了圣彼得堡，鉴于这一重大发现，以及哈拉浩特极高的考古学价值，应俄国地理学会的要求，科兹洛夫放弃了原先深入四川考察的计划，再次返回哈拉浩特，并不惜人力、物力和时间，对黑城遗址进行了为期一个月的二次发掘。

这一次，科兹洛夫对黑城进行了细致的搜索和挖掘，当他把目光停留在西城外不远处干涸河床右岸的一座高大的佛塔时，一次震惊世界的考古学发现即将出现在他的面前。当科兹洛夫命人打开这座佛塔时，他被眼前层层叠叠的书籍、文献等文物震惊了。在这座佛塔之中，他们发现了大量佛画、塑像、卷经、书籍，仅对这座佛塔的发掘与清理工作就持续了九天。在这次大规模的发掘中，科兹洛夫的考察队挖出的文物装满了 40 峰骆驼。1909 年 6 月，考察队离开哈拉浩特，按照原路返回，于 7 月底返回俄国。

对哈拉浩特遗址的发掘成果是科兹洛夫第六次中国西部考察的最大收获。黑城遗书是20世纪继殷墟甲骨文、敦煌遗书之后的第三大重要的古代文献发现。敦煌文物再现了中国漫长的历史画卷，而黑城文物的发掘，则指向了中国历史之中一段晦暗不明的时期，而随着哈拉浩特的公之于众，也为我们破译这段历史谜题提供了新的线索与思路。哈拉浩特为蒙语，汉语意为黑城。自唐末分裂，至北宋重新建立中央政权，西北广大领土始终没有被控制。11世纪，宁夏甘肃一带的党项人建立了西夏政权，设黑山威福军司，治所即在黑城。党项本是游牧民族，但西夏境内大量汉族移民，使西夏党项与北宋汉族之间的联系日趋密切。西夏君主李元昊仿照汉体字形，发起了推广西夏文的运动，后为推动党项与汉族的文化交流，编撰了西夏文汉文对译词典《番汉合时掌中珠》。西夏国祚近200年，西夏灭亡之后，黑城继续存在了一百多年。1372年，明朝军队攻克此城，由于战争的破坏，哈拉浩特逐渐被废弃。在西部荒漠之中，这座遗城得以被完整保存，直到被科兹洛夫所发现。

科兹洛夫仅在黑城遗址发掘的文物和文献就达两万四千余卷，文献八千余号，内容涉及政治、法律、经济、军事、文化、艺术、社会和语言文字等诸多领域，其运至俄国的文物相当于一个保存完好的图书馆。这些文物具有极高的学术研究价值，填补了对西夏等民族认知的空白，提供了丰富的史学研究资料，也直接催生了东方学中的新兴显学——西夏学。仅《番汉合时掌中珠》的发现，就为破译早已成为死文字的西夏文谜题提供了可能性。但不可否认的是，科兹洛夫在黑城的挖掘活动，是对我国境内文物的一次大规模的盗窃行为，使我国的珍贵文物遭受了巨大的损失。在所谓的“中亚地理大发现”的时代背景之下，他的考察行为并非单纯的科学调查，而是有军事、经济、社会、宗教等目的的政治活动。

在《蒙古、安多与死城哈拉浩特》一书之中，我们除了获悉科兹洛夫的考古发掘成果之外，还可以在他的考察记中，看到对当时当地民族学与社会学的调查、地质学与地理学的勘探、生物学的采集与研究、生态学的考察等方面的详细记载。是我们了解西部地区的自然生态环境、民族社会文化等方面的宝贵资料，具有极高的学术价值，是一部描写20世纪中国西北自然生态景象与人文风貌的生动记录。

科兹洛夫晚年的大部分时间都是在乡下度过的。在那里，他打猎、观察自然、制作标本，向年轻人讲述自己旅途中的冒险故事，就如同当年的普尔热瓦尔斯基一般。1935年，科兹洛夫病重住进了老彼得霍夫疗养院，同年9月26日，他心脏病发作去世，享年73岁。这位将一生奉献给考察事业的冒险者最终被安葬在圣·彼得堡的瓦西里岛。

科兹洛夫，一位与戈壁、沙漠、黄沙结下不解之缘的探险家，从此与海风作伴。

# 目录

# 引　子

"你的春天尚迎候于前，

我却行将步入秋天……"

——普尔热瓦尔斯基

远方令游牧民族魂牵梦萦啊……

对于旅行者而言，居有定所的生活犹如酷嗜翱翔的鸟儿困于笼中。回国之初的喜悦劲头一过，文明社会中那种平庸世俗的生活便又让人感到沉闷起来……一个神秘莫测的声音开始呼唤着自己的心灵，不容置疑地召唤它再次回到自己的内心。过往的画面在眼前一一滑过，连续不断，鲜活如昨……多少次，置身于亚洲蛮荒而宏伟的大自然之中，我是那么真切地感受到了幸福；多少次，我登上了边僻之地那些大大小小的山脉；多少次，我的灵魂和内心受到雄伟山脉那美丽景色的感召。无法尽数那些幸福的时刻，也无法全部记住那些壮美的场景。在那里，我们穿行在荒野的山岩和森林中，置身于山溪潺潺和瀑布的轰鸣声中，它们给森林带来一种玄妙的和声。我无法控制自己不去再次瞻仰大自然的神殿，这神殿之中充满了鲜活的使人神魂颠倒的自然之音，白天闪耀着蔚蓝色的光辉，夜晚则充盈着浩瀚星空无穷无尽的魅力。自古以来，大自然的宏伟壮丽就吸引着人类的注意……

1907 年秋天，俄罗斯地理学会委托我负责此次新“蒙古四川考察”[1]，能够得到学会的认可，我感受到无比的兴奋，并对即将开始的考察活动十分神往。

俄罗斯为此次考察活动专门从国库中拨发了三万卢布。而且，考察队中几乎所有队员对为进行此次实地考察活动所提供的各项保障措施都基本满意。

此次为期两年的“蒙古四川考察”主要任务有三：一是顺路研究蒙古中部和南部；二是对包括库库诺尔（青海湖）在内的库库诺尔地区进行进一步研究；三是抵达四川西北部并收集那里引人入胜的自然历史收藏品。

考察队中除了我——考察队队长之外，还有我的几位最为亲密的合作者，他们是：莫斯科大学的地质学家亚历山大·亚历山大洛维奇·切尔诺夫，地形测绘员彼得·雅科夫列维奇·纳帕尔科夫和动植物收藏家谢尔盖·西尔韦尔斯托维奇·切特尔金。护卫队共由十人组成。护卫队队长依旧是我忠实的旅伴近卫兵[2]加夫里尔·伊万诺夫。队员中有充任猎人和标本员的立过功的哥萨克军士潘捷列伊·捷列绍夫和阿里亚·马达耶夫，他们两人均来自后贝加尔地区，参加过上一次的考察，是老队员[3]。作为新队员参加此次考察队的护卫队队员有：近卫兵弗拉斯·杰米坚科，马尔滕·达维坚科夫（此人后来成为阿拉善气象站的观测员）和

[1] 虽然此次考察名为“蒙古四川考察”，但是考察队实际上并未能进入中国内陆省份四川。这是由于俄国地理学会建议科兹洛夫将所有精力和注意力集中到哈拉浩特的发掘和研究上，于是考察队从藏东北，从拉卜楞寺折回了死亡之城哈拉浩特——原注。又：拉卜楞寺位于今甘肃省甘南藏族自治州夏河县城西约 1 俄里（1 俄里 =1.6 公里）处的大夏河北岸，系我国黄教六大寺院之一——译注

[2] 19—20 世纪沙俄某些军队里精选由身材高大的人编成的一种精兵——译注

[3] 1899 年，科兹洛夫率领一支由沙皇赞助、俄国地理学会组织的考察队进行了考察。考察队从今哈萨克斯坦境内的塞米巴拉金斯克出发，取道科布多、兰州，经柴达木进西藏，然后到达黄河河源。此次考察是科兹洛夫领导的第一次考察活动——译注

马特维·萨纳科耶夫；护卫队员中的外贝加尔哥萨克还有：叶菲姆·波柳切夫（音）、布杨塔·马达耶夫、甘博扎普·巴德马扎波夫[1]和巴巴桑·索德波耶夫。由上可见，考察队连我在内共由14名队员组成。

三名考察队员的中国护照已通过俄国外交使团从北京政府获得。

鉴于我永志不忘的恩师普尔热瓦尔斯基[2]的教诲和自己以后得出的一些个人的经验，为了筹备考察所需的各种装备，我在彼得堡、莫斯科和边境地区往来张罗了很久。总的来说，我们这次考察的装备在各方面几乎和上一次考察西藏时一样周详细致。说“几乎”是指这次我们没有带那些稀奇古怪的礼物，它们仅是我上次西藏之行的外在装饰。

我的灵魂深处藏有一些秘不告人的想法：要在蒙古沙漠中发现城市的遗址，要在库库诺尔（青海湖）发现有人居住的岛屿，要在四川发现最为丰富的动植物群落……四川那富饶的自然景观，它的竹林、熊猫，尤其是令我的老师普尔热瓦尔斯基直到生命的最后时刻仍念念不忘的神奇的绿尾虹雉（*Lophophorus lhuysi*）像磁石一般吸引着我。

10月18日[3]，我辞别了彼得堡。一些朋友和熟人聚集在尼古拉耶夫车站（今圣彼得堡莫斯科火车站）为我送行。这些与俄国地理学会及俄国科学院有着紧密联系的人们的到来，一方面为我增添了勇气和动力；另一方面，也让我感到了自己肩负的重大责任。

我在莫斯科滞留了三周。这期间，我不仅处理完了遗留的装备问题，而且还利用余暇稍事休整。我为延期出发而懊丧，这并非由于我本人的过错，而是出于

[1] 1905年曾陪同我前往库伦觐见达赖喇嘛——原注。又：库伦系今蒙古国首都乌兰巴托——译注

[2] 俄国著名探险家，著有《蒙古与唐古特地区》等书——译注

[3] 本书中所有日期均系旧历——原注

无奈。最终，毅力和对事业奋不顾身的忠诚帮我克服了一切不顺。我年轻的旅伴们也是一个劲儿地热烈谈论着这次考察，迫不及待地希望能尽快出发。

11 月 10 日，由现有的半数人员组成的考察队离开了莫斯科。队员们被安排在舒适的上等车厢里，装备则放在旁边的行李车里。站台上站着许多送行者。德高望重的教授和青年站在一起，男人和女人挤成一堆。是向远行者道一声“再见”的时候了，遥远的亚洲让大家聚在了一起。分别的时刻令人黯然神伤。车头冒起浓烟，车轮开始转动。这里的一切已经结束，在那遥远的地方将会有什么呢？等待我们的将是两年全新的生活，或充满恐慌，或艰难困苦，抑或有令人向往的各种新鲜事。

火车从俄国土地上一路疾驶而过。相对而言，西伯利亚的行程则稍显缓慢。祖国沿途最美丽的地方依旧是乌拉尔山，它把旅行者们整整一天都牢牢地钉在车窗前。看着像万花筒一样变幻着的生机勃勃的大自然美景，他们的眼睛一眨不眨。在自萨马拉前往兹拉托乌斯特过程中，提供给考察队使用的豪华的“公务”车厢更是增添了绝美景色的视觉冲击力。透过车厢的窗户，一幅幅乌拉尔全景图不时呈现在我们的眼前，这些图景中最美丽的又当数南面的景色：在绯红色霞光的映照下，乌拉尔山熠熠生辉……

车过乌拉尔山后，最受旅行者瞩目的就要数那些大型的铁路桥了。从远处看去，它们就像是镶嵌在西伯利亚宽阔且水量丰富的河流上的一条条巨型花边。通过这些桥时，火车放慢了速度，车轮固执地数着铁轨的节数，桥下则是湍急而寒冷的水流。桥后面又闪现出先前见过的由灌木、青草地和小树林构成的风景……

好了，终于见到伊尔库茨克和它那被薄雾轻笼的清澈寒冷的美女河安加拉河了。严寒愈加强烈起来，空中雪花翻飞。所见的西伯利亚人都用皮衣把自己裹得严严实实。在这里，地形测绘员纳帕尔科夫和哥萨克人巴德马扎波夫与索德波耶夫正等着我们。

伊尔库茨克是西伯利亚具有历史意义的中心。考察队在伊尔库茨克停留了几天，时间在不经意间就一滑而过。伊尔库茨克边疆区、伊尔库茨克市的高级官员以及俄国地理学会东西伯西利亚分会的会员们殷勤地协助我们快捷、顺畅地解决了我们在生活中遇到的所有问题。

上乌金斯克[1]是我们乘坐火车的最后一站，此后，我们的考察活动便开始了。由此往南已可感到草原的辽阔，游牧民族渐次呈现在眼前：布里亚特人[2]、蒙古人，衣着花杂的喇嘛。当地佛教寺院的住持、堪布喇嘛伊罗尔图耶夫用表达幸福祝愿的哈达和热情洋溢的话语欢迎我。对我而言，他的临别赠言极为珍贵："您，一个天生的旅行家，又要到一个民众信奉温和宗教、拥有无数信徒的佛教地域去，这个信佛的地域像你们热爱它那样地热爱着你们，它一定会在你们这一次旅行中赐给你们美妙的东西！我对此深信不疑！"

灵巧快捷的三驾马车（有些地方是四驾马车）载着我和我的旅伴切尔诺夫，先是沿着色楞格河和其右边的支流奇科依河疾驰，而后又驶向那些或高或低的山地，这些山地高阔而且向南延伸，并且在这个方向上突然展现出一幅广阔的画面，其间的山脉、冲积矿床和孤寂的山岩吸引了切尔诺夫的注意力，并成为我俩的谈资。我们在山顶驻足，以便长时间地欣赏辽阔山地的全景。

考察队沉重的装备在近卫兵和哥萨克们的护送下紧跟着出现在各个道口，老兵伊万诺夫监管着他们，并不时地教给他们一些知识……

[1] 俄罗斯城市乌兰乌德的旧称——译注

[2] 布里亚特位于俄国的亚洲部分——译注

# 冬季蒙古北部之行

1907年12月2日，我终于抵达了中国边境，来到了熟悉的城市恰克图，我在该城的公共会议大楼里找到了很好的住处。我的恩师普尔热瓦尔斯基在旅行前后曾不止一次在这座楼里住过。以往的一切迅速地浮现在眼前……

热情好客的恰克图人，尤其是莫尔恰诺夫、索边尼科夫、卢什尼科夫和什韦佐夫几家，友好地向我们发出邀请，大家都争先恐后地想为考察队出一份力。时间过得飞快，我白天要张罗队伍的物资供应事宜，晚上则在熟人处做客，或者去参加地理学会当地分会的会议，抽空还跟当地人一起去猎捕狍子。恰克图人十分喜好打猎，蒙古牧场和丰富的野兽资源常常给这种活动增添一种童话般的色彩。

美妙的12月的一天，天气寒冷。一大早，几辆四轮马车在柔软的道路上飞驰而过，扬起阵阵尘土，东方霞光万丈，而南面深蓝色的天空与浅灰色的云团融成一片，云彩又将远处的山丘轻轻笼住。白雪在山的某个斜坡上泛着亮光。我用皮毛大衣把自己包裹得严严实实，任思绪飞奔。许多次在听到围猎的蒙古人逐兽的声音前，我已沉于幻想之中了。久候在猎场上的人们已经燃起了篝火，几分钟后，猎人们乘上备好的马匹并在半小时内占据好了射击位置。林子里死一般的静寂一瞬间便被打破了：号角吹响，逐兽者高声呐喊着；到处是惊慌失措乱飞的鸟儿，受惊的兔子在灌木丛里乱窜……“砰！砰！”右边几声枪响。一会儿，又是一阵枪声。第一次狩猎终于结束了，猎物是两只山羊和一只狐狸。

现在，围猎者留在射手们埋伏过的地方，射手们则立即动身前往下一个围猎场。如此，早饭前已进行了四次围猎。在整个围猎过程中，我没能放上一枪，虽然有一次已经看见一些野山羊在远处的灌木丛中闪现，但我只来得及欣赏它们轻盈的跳跃。

“今天的天气真是好极了”，一个猎人公正地说道。确实，正午一过，太阳晒得人身上已经可以感到暖意。射手们兀自休息着，听到卡拉什尼科夫的呼唤声后，起身费力地爬上马背朝着新的围猎场奔去。现在地形特点有些不一样了：密不透风的云杉林换成了稀疏的白桦树幼林。一些地方偶尔露出点状的野乌鸡，它们轻而易举地就从我们眼前飞走了。

又到了一个新的围猎场。一小群鸟儿就从我近旁飞过去，有山雀、朱顶雀……远处，号角又吹响了，一队蒙古骑者又精神抖擞起来。山羊开始飞跑，周围可以听见密集的枪声，兴奋的猎人脚不点地地飞奔向前，他们把手中的枪握得更紧了。迎面常会蹿出一些野兽。瞧，一小群母山羊直直朝我奔来！大狍子或者公山羊跳得离地面高高的。再过一会儿，又出来一小群野山羊。这时，野兽离我们已经很近了，于是，响起一声紧似一声的枪声……哇，太棒了！两只公山羊相继倒下，它们之间的距离只有 15 米远。这种成绩斐然的时刻会让猎人久久铭记。稍后，枪声停息了，一切又变得沉寂下来。又可见到山雀行进的队伍，又可听到啄木鸟在白桦树树干上啄得很响的声响了；雪兔常会从身边的灌木丛中蹿出，畏缩胆怯地从猎人们中间钻过去……

几次围猎后，冬日的白天就逐渐开始消隐了。黄昏来临了，暮色笼罩着大地。我们坐在西伯利亚四轮马车上，一边欣赏着蒙古的星空，一边往回赶路，脑

恰克图

海中浮想联翩。我在思念着遥远的故国的同时，不由自主地想象着即将到来的令人向往的徒步旅行生活。

除了野山羊外，我们为了收藏还射杀了几只小鸟。一抵达边境，标本员就开始到恰克图附近去收集当地动物群中最有意思的样本了。

起初，我建议在 12 月 10 日以前结束考察队装备的准备工作，以便在圣诞节前上路。但由于几个原因，其中最主要的原因是汉语翻译拒绝参加考察队，使得这一打算落了空。我不得不重新寻找翻译。总的来说，我们在恰克图市一些人的全力协助下，才得以在 1907 年开始了我们的考察之旅。我们是在 12 月 28 日动身上路的。

28 日前考察队已经收拾停当了，但由于过节，我们又白白地浪费了几天时间。我们的朋友莫尔恰诺夫一定要邀请我们去他家里过圣诞节，其间我们获得了一些很让人喜欢且对路途有益的礼物。除此之外，慷慨好客的恰克图人还为我们提供了美味的食物，这些食物对于将要进行的旅途非常重要，尤其是在亚洲之旅最初的日子里，当我们一下子没有了文明生活里所必需的便利条件，而不得不面对游牧民族艰苦的生活条件时更是如此。

出发那天我记得很清楚。那是一个早晨，冷风嗖嗖。层云遮蔽着天空，离天亮还早时，队员们就起了床，收拾好所有的东西，打包停当。喝完早茶，队员们把所有的东西都搬到了宽敞的院子里，要驮载的行李从前往后分成三排。很快，骆驼牵了进来，大家开始往驼背上装货。看热闹的人群把院子团团围住，摄影爱好者从各个角度按动快门。他们的嘈杂声和骆驼的叫声混杂在一起，构成了一个不太令人愉快的场景，这嘈杂的场景与准备一场普通旅行场面大相径庭，普通旅行的准备工作是那么的快捷、熟练和得体，在那种场合，你既听不到骆驼的嘶叫，也听不到队伍中的闲言碎语。

“准备停当！”军士长无忧虑地宣布。“一路顺风！”我对我忠实的旅伴、驼队的向导祝愿道。几分钟后，驼队沿街一字排开，轻捷地向前出发了。穿着旅行服装的考察队队员们转弯来到莫尔恰诺夫家，在他的讨人喜欢的家人的殷勤照料下，大家吃了早饭、道过谢，然后便迅速动身追赶驼队去了。这时驼队已经踏上了中国的土地，排成了弯弯曲曲的一长行。看俄国考察队的骆驼有条不紊、队形整齐地向前行进真是一件令人愉快的事情。意识到这是这次旅行的第一天，心情更加愉悦，我心中充满了巨大的欢喜。在这庄严时刻，我感受到了我的伟大老师普尔热瓦尔斯基的精神。我祈求他的祝福！

严寒更甚了，大地笼罩在暮色之中。天空中的晚霞异常瑰丽，光芒四溢。路过中国贸易小镇“麦迈城”进入蒙古后，考察队在吉良诺尔[1]地区宿营，四周是那样的静谧。蒙古的夜空星光闪耀，异常美丽，身处这样的环境中，会更令人深切地感受到宇宙的浩大……又过了一个小时，确认哨兵保持着足够高的警惕性后，考察队队员进入了沉沉的睡梦中。

第二天，气候变得更加寒冷，刮起了冰冷刺骨的寒风，乌云向山谷沉沉压来并撒下雪花。我们迅速从宿营地起身，继续朝南行进。我们的客人——渴望与我们一起去旅行的大学生莫尔恰诺夫（他后来成为在蒙古北部进行研究的矿业工程师）眼里含着热泪与我们道别。道别之后，这个可爱的小伙子习惯性地回头看了看，骝蹄马很快就驮着他跑向了我们默默送别他的地方。寒风整整一天都没有停歇，它怒吼着，不时卷来大团的雪花，驼队赶到宿营时大雪依然没有停止。此后的几天天气依然未见好转，但是，我们还是以很快的速度向前推进，把一个又一个“驿站”，或者按当地人的说法，把一个又一个“乌尔通”[2]甩在了身后。

---

[1] “诺尔”或“淖尔”，蒙语，“湖”。前文库库诺尔中之“诺尔”亦为此意——译注

[2] 蒙古的飞马驿站——译注

需要略作说明的是，蒙古或者中国塞外地区驿站的设置与俄境内有所不同。蒙古驿站，至少恰克图—库伦一线的驿站是这样设立的：在一些为人们所熟知的地方，多半是居民点的路旁，设置五六个住有蒙古邮差的帐篷，这些邮差除了履行驿站差役外，不会从事其他任何劳作。驿站差役是一种徭役，由土谢图汗盟、三音诺颜汗盟、车臣汗盟和札萨克图汗盟四个盟征派。库伦驿线由十来个驿站组成，全线长355俄里，由头戴饰有红色圆珠帽子的官员监管着。每个驿站都设有驿站长（当地人叫“灿金”）和他的助手。

蒙古驿站配备有几十匹乃至上百匹马，有八到十个邮差。邮差和马匹根据需要由上述四盟进行更换或者补足。不过，这一规则只适用于马匹。驿站长和邮差的职务通常是世袭的。人们向我讲述了许多代代相传的驿站差役的故事……

这些在驿站做事的蒙古人将不再承担别的徭役。

根据库伦与我国恰克图的代表达成的特别协议，蒙古驿站不仅转运自己的“货物”，而且也乐意承接俄国“货物”的运输工作。这些“货物”中排在第一位的是官方和私人信件、包裹及其他；排在第二位的是根据官方或者私人的命令来往的过往者。轻重不等的信件（当地人叫作“邮件”）用骆驼驮载，而人是用马匹运送的，即自己骑马走。高官或者大商人除外，他们通常是乘坐轻便马车行进的。

蒙古邮差驾驭欧式轻便马车的方式有些特殊：两名或者四名邮差骑马托住马车的“东努尔”。“东努尔”是横向铆接在马车辕上的横木，亦即横梁。一般每端由一个或者两个骑马的邮差托住，并将其支在马鞍上或邮差的腹部。换马时，“东努尔”略微上抬，后来的骑马者再将其放下并固定。爬坡时，除原有拖车者外，另有两名蒙古骑者在前面拉套在“东努尔”中间的绳子帮助马车上坡。爬上坡后，前面的两名“助拉”迅速朝旁躲开，并在奔跑中灵巧地将散开的绳头抛到“东努尔”上，因上坡而稍微减慢的马车速度又恢复如前。护送队成员的数量及骑者的多寡视官员官阶的高低和被运送者的经济状况而定。一些邮差在负责驾驭四轮马车的时候，另外的邮差与我们一起并肩疾驰。在途中，他们时常换班驾驭。达官贵人的出行呈现出一种疯狂的场景：一大群人从远处疾驰而来，扬起滚滚尘土。无论是沟壕、石头还是路上碰到的其他障碍物，都挡不住这些游牧民族出身的邮差，也没有什么能减慢他们前进的速度。他们一路疾驰而过，直到驿程的终点。鉴于这种服务，达官贵人们都会在每一个驿站慷慨而且心甘情愿地支付三五个卢布，甚至更多的小费。

稳重的根克是恰克图边防委员[1]，他及时与中国当局进行了联络，考察队全体队员都得到了蒙古驿站人员的悉心关照。队员们有时骑马而行，但大多数情形下是步行着护送考察队的行李前进。行李是用专门从蒙古包工头那里租用的骆驼运送的。

作为邮差和大车工人的蒙古人是难以替代的好听差，他们办事认真、勤快，吃苦耐劳。当他们骑着生气勃勃的马儿疾驰很远去完成交给他们的任务时，他们的好处会更加明显地显现出来。蒙古人是十分出色的骑手，而且有着十分敏锐的视力，对马鞍和恶劣天气习以为常，一言以蔽之，他们是“真正的”游牧民族。蒙古人用祷告、唱歌、抽烟和喝茶等活动来使他们单调遥远的旅途变得丰富多彩。他们在山口祷告、在谷地放歌、在沿途的蒙古包里坐下来歇息时就抽烟、喝茶。

我们的驼队呈纵队行进，这使得队伍拖得有点长。我打头阵，纳帕尔科夫大尉殿后。考察队里的地质学家切尔诺夫一边进行专业观测，一边采集动植物标本。

[1] 指某种担任领导职务的委员，如部队中的政治委员等——译注

我们在太阳出来前就起了床，然后迎着朝霞一直走到下一个宿营地，常常一走就是一整天。一大早我们吃过早饭后赶路，再坐下来吃饭时已是深夜，往往是吃罢饭大家便倒头就睡。还好，一路上的柴火还够用。我们把它们放到行军铁炉里把帐篷烤暖，让自己能睡个舒服觉。天气越来越冷，雪也越下越大。环顾四野，到处都是那种名副其实的冬天的画面。差不多从恰克图出发一直到伊比齐克，雪不停地下着，这影响了我们对山系褶皱的观察。只是到了年根的最后两天，天空才变得明净起来，并在日出日落时呈出现绯紫色……新年日出时，空气十分明澈，气温降到了 -47.3℃。这么低的气温我还从未在任何时间、任何地点测量到过。还好，当时四周是一片寂静，没有一丝风。

花鸡（Leucosticte giglioli）和灰山鹑（Perdix daurica）成群栖息在被牲畜掘松的深色的陆地表面。不太怕人的是沙鸡，它会像家禽一样跑上前来，匆匆忙忙地啄起扔给它们的粮食。白天，在阳光下它们会跳跃着嬉戏，会扇动着翅膀在尘土里翻来滚去。有时它们嘎嘎的叫声会马上打破四周的沉寂。但是，这些鸟儿在它们的可怕的天敌鹰（Gennaia milvipes mllvipes）突然出现在天空时也会惊慌失措。这种骄傲自负的猛禽疾如箭矢，抓住一只沙鸡后便飞快地消失了。它用脚爪把自己的猎物抓到附近的小山丘上，并在那儿凶残地把猎物消灭掉。其他常见的鸟儿还有：森林里的野乌鸡和松鸦，前者常一九成群地落在白桦树上；而在林子边缘，在沟壑边有非常漂亮的玫瑰色的西伯利亚红腹灰雀（Uragus sibiricus）。

1908 年新年第一天的大部分时间我们用来赶路，剩下的时间则是在沙拉哈达度过的（“沙拉哈达”意为“黄色的悬崖”。这一悬崖是由古生代化石的沉积岩组成）。我在这儿向晋升为军士的近卫兵们（总共有三人）表示了祝贺，祝愿他们在以后的旅途中取得新的成就。队中的新手对于新的一年将完完全全地在中亚腹地度过，并且不只是这一年，而是在整个考察期间都肯定不能像在家里那样方便地寄信和收到信件感到不习惯。这里的“家”指的是离我们越来越远的“祖国”了。

坏天气很快又重新变好了。明净的天空把辽阔的雪域展现在我们眼前。远处，尤其是在山顶和山冈上，白雪映衬着金色的阳光，闪闪发亮。严寒的寂静把一切都烙上了它那鲜明的痕迹。我们的驼队被披上了一件银白色的“霜衣”。虽然一路上我们不时被酷寒冻得发抖，但是驼队还是顺利地走完了白天的路程。

沙拉哈达往南，道路被相当高的曼哈黛山脉阻断了。由于被厚雪覆盖着，山脉看起来显得特别“魁梧”，白色的背景将树林带映衬得格外醒目。由于有雪，我们不得不放弃翻越曼哈黛山脉的通常道路，而取道冬季通行的道路。走这条路要绕些弯路，但是路过的地方要低些，石头也要少些，走这条路还要翻过海拔1360米的塞普苏尔达坂山口。山路很陡，但上山并不特别费事，因为路比较宽，而且经常有商队行经于此而将道路踩实。

就像中亚所有山口通常那样，这里也建了“鄂博”[1]。它多半是用石头和干树枝砌造的。石头就近取材，具有附近岩石的特点，而树枝上则串着绵羊的肩胛骨和上面写满“嘛呢”的碎布条[2]。在我们到达山口的那个早晨，阳光明媚，但是，空气仍然寒冷刺骨，不时有野乌鸡从身旁的白杨树上飞起来，企图钻进松软的雪中。几只胆小的狍子从远处跑过，这种动物冬天很难猎获，因此，我们转而打鸟，我们打到了猛鹗、西伯利亚林鹗和其他一些鸟。

哈腊河河谷环绕着曼哈黛山脉南麓。河流沿岸随处可以见到农田。为促使中

[1] 亦即“敖包”，蒙语“堆子”之意。蒙古族传统的祭祀之处

[2] “嘛呢”，蒙古人说这个词时指的是神秘的六字箴言：“唵、嘛、呢、叭、咪、吽”，其意为“噢，莲花上的宝物”。“唵”是祭祀时的感叹声；“莲花”（Nelumbium），在印度神话中是创世主的宝座，也是“陆地”“土地”的象征——原注

原人与当地少数民族融合，政府禁止中原人把自己的妻子携带出去，这样一来，问题一下子就得到了彻底解决。另外，这些非常愿意拥有家庭的中原人，命运把他们扔到哪里，他们就在哪里成家立业。他们与喀尔喀人的融合方式与他们已在蒙古东南与当地人在某种程度上的融合方式如出一辙[1]。

在一堆中国式的泥瓦房中间，有一幢卡尔梅克人用圆木盖成的俄式房子。被酷寒冻得直打哆嗦的我们走进屋去烤火，屋里只有一些妇女，她们给我们沏上茶后立即去为我们张罗热气腾腾的早餐。她们对我们决定在冬天开始进行这次旅行感到非常惊讶和不解。我问她们："你们当家的到哪儿去了？"她们答道："到恰克图去了，去买食品和其他一些物什。他们不会马上回家来。我们的这些当家的可不像你们，会在这么冷[2]的天气里往回赶。"

在以后的路上我们还发现了几幢同种类型的俄式房屋，这些房屋中的多数都把窗户钉得死死的。后来，我们才弄明白，这种建筑是巴德马耶夫不成功尝试的结果。在他之后，这种房屋就被唤作"巴德马耶夫式房子"了。

在哈腊河谷时，一名负责恰克图的库伦大道的蒙古官员来看望了我们，其意在了解我们是否健康和平安。

过了哈腊河谷后仍然是山地。蒙古"乌尔通"（驿站）所在的位置很高，常设在有岩石和针叶林的地方。山路弯弯曲曲，那些只有轻骑者才能通过的简易小路就更是如此。商队则只能走从支脉的山麓绕行的道路。洪齐勒地区的宿营处所在的位置尤其高，从那里往南遥望，视野非常开阔。队员们集体爬上比宿营地还高的地方，他们互相评论着展现在眼前的景致。"真是太好了，"切尔诺夫说道，"向四面延伸的山景尽收眼底。亮艳的晚霞又为这种美景增色不少……"

[1] 喀尔喀蒙古族，蒙古国的主要民族，占今蒙古总人口的 80%——译注

[2] 当地人把"非常厉害的"叫作"克利亚希"，"非常冷"用她们的话说就是"克利亚希的冷"——原注

顺便说一下，在洪齐勒我们还遇见了库伦翻译学校的学生坎达科夫。他告诉我，库伦领事馆正焦急地等着考察队前往，持续多天前所未有的酷寒延误了考察队的行程。考察队每个队员的生命安全令整个库伦领事馆担忧不已。

1月5日，中午两三点时，我在路途中观察到了太阳周围的光环，这让我回想起了1898年12月18日我在中央戈壁看到的类似景观。

到库伦还有四天的路程，我们下定决心要在接下来的四天里走完剩下的路程。严寒非但没有减弱，反倒有所加强。考察队队员对1月7日这一天记忆犹新。那天，虽然我们都戴着厚厚的皮帽子，但我们每个人的脸上都有一块被冻伤了。–27℃的气温再加上迎面刮来的风，使气候变得尤其寒冷，令人倍感痛苦。我相信，我们永远不会忘记这一天，正如我们同样不会忘记“克利亚希”的严寒和“萨德基”[1]的风这两个词的含义一样。一周以前，我们在途中相对好受一些的地方经受了–47.3℃的严寒。但是当时周围很静，一丝风也没有。因此，那最低的气温没有给我们留下任何痛苦的回忆。

一般说来，白天在阳光照射下（尤其是太阳在正午的那段时间），气温会明显升高，这会让人感到很舒服并不由得昏昏欲睡起来。附近山顶上的积雪闪闪发光，眩人眼目。红嘴山鸦欢快的叫声在空气中传播，蔚蓝的天空中到处翱翔着骄傲的金雕，这让鸶们很是恐慌。

队伍离库伦城越来越近，队员们想尽快赶到这座佛教圣城的愿望也越来越强烈。因此，在最后一个宿营地奎阿尤希过了一夜后，大伙儿很早就起床了，借着月光收拾停当准备出发。

一路上我都走在队伍最前面。路况越差，我后面的骆驼队就越拉越长。现在，我马上就要登上海拔1600多米的托洛归图山口了。自然，当我已爬到山顶

[1] 口语词，意为“带一点发痒的痛”，是一个不太规范的形容词——译注

时，驼队才艰难地爬到山脚。我抑制不住地想早点看到山顶祭神的建筑物“鄂博”，站在那儿就可以眺望库伦的圣洁之山、蒙古的珍珠——博格多山了！看见它，我不由自主地一边赞叹一边浮想联翩：我已看过和欣赏过你多少次了，让我就这样永不停歇地凝视你神秘庄严的美色和你处子般高傲自负的容颜吧。你总是一如既往，既沉默不语又若有所思，常被灰蓝色的轻烟和飘过你雄伟头顶的两三团细羽状的纤云笼住。库伦寺院的喇嘛们虔诚地保护着你美妙的一草一木，虔诚地铭记着最为英明的中国皇帝康熙和英明不逊于康熙的第二位呼图克图、温都尔格根[1]的遗训。你属下的“臣民”——各种鸟兽皆拥有最大限度的自由。所有对纯净大自然的珍贵遗迹如此珍爱和亲近的欧洲人看到你时会是一种什么样的感动，得到的又是何等深刻的教益啊！

再次用气压计测量过山口的高度后，我们开始下山。风极其寒冷，令人难以忍受，我们有一种被寒冷穿透的感觉。现在已可迎面碰见一些骑马的蒙古人或者一长串吱吱作响的蒙古四轮大车了，拉车的公牛们闷闷不乐，愁眉不展。路旁聚在一起的蒙古包也越来越多了，不时有穿着得体的喇嘛和官员们骑着马，向不同的方向疾驰而去。我们跑得也比先前快多了。时间在我们脚下悄悄地溜走，我们边看着各种景观边往前疾驰。终于，见到土拉河谷和一条从西北绕博格多奥拉山山脚蜿蜒曲折的道路了，考察队将要顺着这条道路走向沙漠。在这里，我们开始见到一些二流的“鄂博”和乞丐那破破烂烂的居所，不时，还可以见到一些吃人的狗。一些根据教规被扔到路边的尸体，正被那些狗吞食着。

甘丹寺所属建筑物从右向西延伸，不久前，西藏的达赖喇嘛还拜访过甘丹寺。甘丹寺左边东北方向，还坐落着库伦的另外一座大寺，该寺是为欢迎放牧人的庇护神——弥勒佛而建的。一时间，过去的所见所闻清晰地在脑海中一一

[1] “呼图克图”“格根”，均为清朝对喇嘛教高级僧侣的封号——译注

闪现。

与此同时，一条沟形的道路引导着我们来到了市郊和集市边。从蒙古人的房顶升起了浓浓的炊烟，越往上，这些烟渐渐变成了灰色的云，然后再向下，弥漫在土拉河面上。又过了几分钟，我们已置身在城市的嘈杂和喧哗声中，在宽阔的街道上，挤满了形形色色的蒙古人、汉人、俄国人，喇嘛和俗众，男人和女人，大人和小孩。骆驼的叫声、马的嘶鸣声、狗吠声……所有这些声响和人们用各种腔调发出的声音掺杂在一起，让我们这些刚刚把一路的单调和宁静留在身后的外来人一下子颇难适应。

领事馆护卫队的哥萨克们在市场外热情地迎接我们，他们把考察队领到了库伦最漂亮的楼房——俄国领事馆大楼前。大楼左边可以见到一些中国卫戍部队的兵营和一个中国衙门，右边则是一座不大的庙宇及受库伦呼图克图宠信的喇嘛们的房屋。然而，我的注意力还是跟以往一样，被那座漂亮的博格多山吸引住了。山的整个北坡都呈现在我眼前，山上盖满了厚厚的白雪。领事馆的正面正好直对着博格多山。此时，蒙古上空明亮的阳光正射进大楼的窗户。

我们原本想着，领事馆会将我们独立地统一安排在多梅伦克宪队长[1]原来居住的那座房子，但出乎意料，领事馆并没有这样做，而是把我们考察队分成几个小组，与领事馆的工作人员混住在一起，这将给主客双方都带来各种不便。于是，我们不得不坚持要住“多梅伦克宪房子”，我们的坚持最终有了结果，如愿地被安排在理想之地。进屋后，我们便不间断地用大火给室内升温。我们刚进屋时里面的温度是 -17℃，比户外温度稍高些，到晚上温度已经升高到 -6.5℃，到了夜里 12 点，在我们睡觉前，室内温度已经升高到了 0℃，我们觉得非常舒适。完全安顿下来后，屋子里的东西也都各就各位。炉子里的火越烧越旺，火苗快活

[1] 俄国总参谋部的军官，队长——译注

地闪着，柴火噼啪作响。不知何时，领事馆悄悄地为我们安装了第二道玻璃窗扇，这样，到天亮前我们已经觉得暖融融的了。接下来的日子，我们继续不停地往炉子里添加柴火，这样，几天后房间里的温度已经升高到 8~9℃，这温度让我们心满意足。直到再次出发前，我们都完全适应和习惯了这样的温度。

“多梅伦克宪房子”一共有四个房间，我和科考队员占据了其中的两间，剩下的两间留给护卫队队员居住。从住进来的第一天开始我就打开了气压表，并放置好了其他的器具，开始整理日记和记事笔记。大伙儿也坐下来写点什么或者到周围去逛逛。标本员们则把几十只鸟和啮齿目动物制成标本，它们中的一部分是在沿途捕获并冻着带到这里的，一部分是在库伦捕获的，还有一部分则是在附近的土拉河谷捕获的。

库伦是蒙古神圣的首府，是蒙古人生活的行政中心、文化中心和精神宗教中心。对每一个蒙古人而言，无论他离库伦有多遥远，一辈子都渴望着能去伟大的“大库伦”[1] 参拜库伦的神庙和呼图克图[2]，哪怕是一辈子只能去一次也心满意足了。

现在，呼图克图不太理想的健康状况不允许他像以往那样经常地出来接见自己的民众，他只偶尔与蒙古封建王公和其他显贵富人进行简短的会见。

现在的呼图克图是呼图克图哲布尊丹巴的第八个转世者。哲布尊丹巴被佛教徒视为佛教在印度和西藏的著名的传教者塔拉纳塔（1573—1635 年）的转世者。根据佛教徒的习俗，哲布尊丹巴的名字与所有重要人物的名字一样，并不是在他在世时就为人们熟知并著名，而是在他死后才广为人知的。

---

[1] 游牧者常这么称呼库伦——译注

[2] 呼图克图是清朝授予蒙、藏地区喇嘛教上层大活佛的封号。原是藏语“朱必古”之蒙语音译，意为“化身”。“呼图克”为蒙语音译，其意为“寿”，“图”为“有”，合为“有寿之人”，即长生不老之意。凡册封“呼图克图”者，其名册皆载于理藩院档案中，其下一辈转世，须经清廷代表主持金瓶掣签仪式而加以承认。西藏地区这类活佛地位低于达赖和班禅，但可出任摄政，这一职衔现已不存在——译注

根据一些西藏人的叙述，呼图克图哲布尊丹巴的新的转世灵童的选定是按以下方式进行的：在向西藏通报呼图克图圆寂后，“无量寿佛”阿弥陀佛的转世者班禅仁波切与达赖喇嘛选出十二个差不多在同一时间出生的男孩，并命令其家人将他们呈送到拉萨布达拉宫。孩子们在此接受饱含学识的喇嘛的考察。喇嘛将根据查验的情况逐步淘汰那些佛相不足的人选者。这样，最后剩下的三名男孩将被认定为真正的转世灵童。

喇嘛查验后剩下的三名候选者将在布达拉宫接受最后的挑选。这一挑选仪式将在达赖喇嘛、班禅仁波切和代莫呼图克图的参与下完成[1]。三个孩子的名字被写在三张纸上后放进一个金罐（塞尔布姆）里，在祈祷仪式和念经结束后，从金罐里抽出一张纸，纸上所写的那个人就被定为哲布尊丹巴呼图克图的转世灵童并将被送往蒙古。之所以选定三名转世灵童，是由于根据佛教教规，每个菩萨转世时要分为“灵之化身”“语之化身”和“身之化身”三部分。

选送到蒙古的是“灵之化身”。剩下的两个男孩子则分别被认定为“语之化身”和“身之化身”。他们也会被授予宗教封号，而后他们就在人们的尊崇之中平静地生活在西藏，有时在塔拉纳塔创建的寺庙里作方丈，有时就作这些寺庙里众僧中的普通一员。

将要前往蒙古的呼图克图，也会接受达赖喇嘛赐予的宗教封号，然后在聆听完达赖喇嘛关于圣书的训导后，以普通僧侣的身份依然被送到塔拉纳塔创建的西藏寺庙中的一个去。在那里，他将研习圣书和祈祷仪式三五年，一句话，就是将在那里生活到蒙古派遣使团到拉萨来迎接他为止。

迎接呼图克图从西藏去蒙古的仪式异常隆重。为了迎请呼图克图，从沙比衙

[1] 代莫呼图克图，拉萨的四大喇嘛之一，负责监管达赖喇嘛的幼年，是幕后的摄政者——译注

门（庙丁）和北蒙四个盟或者喀尔喀，每一处派出的人不能少于二百人[1]。这样，到西藏迎请呼图克图的人最少也会有一千人，而大多数情况下前往迎请的人远多于此数。呼图克图的马车队被各种仪式和迎接拦阻，因此，行进速度很慢。呼图克图从拉萨到库伦的全程都有西藏和蒙古的军队护送。

进入喀尔喀人的疆域后，呼图克图的陪同人员越来越多。这是由于追随迎送队伍的许多喀尔喀人会一直把呼图克图送到库伦。终于能见到从库伦城出来迎候的人了，从库伦城来迎接呼图克图的人往往会迎出十多天的路程。

呼图克图抵达库伦的第一夜将在自己位于土拉河畔的夏宫中度过。第二天，他将乘坐黄色的轿子前往库伦城。为迎呼图克图进城，要在城市的西南面修建一扇特别的凯旋门，门上挂满丝质的哈达并饰以金银。

进入“大库伦”后，呼图克图将首先被送到巴伦约尔戈（蒙古毡包），哲布尊丹巴呼图克图亲属中年龄最大的土谢图汗将在那里迎候他。然后，呼图克图将被送到朝克沁庙，“大库伦”世俗政权的高级官员将在那里迎候他，而从前是在这里以中国皇帝的名义向呼图克图移交政权，象征政权的标志是一枚金印和写在金册上的任命书。

这以后，呼图克图就在其深宫里不为凡夫俗众所知地生活了。在佛教徒看来，呼图克图的所有行为都自然地具有神奇色彩，并会为被赋予一种有灵性的生命。

呼图克图圆寂后，其尸体会被做防腐处理。这种操作由喇嘛们施行，一般要进行三个月左右甚至更长时间。喇嘛们不解剖尸体，而是把尸体摆好一个姿势

[1] 很久以来，喀尔喀封建王公和蒙古北部的封建王公就有建造庙宇赠送给呼图克图的习俗，其目的是使万人景仰的转世者和他们生活在一起并为人民的福祉祷告。这样的庙宇建好后，每个王公都要从自己的纳贡者中划出几个家庭，并将这些家庭交给呼图克图永久拥有。这些家庭现在已经形成了一个单独的部门，称之沙比衙门——原注

后，用各种香料和酒类液体擦拭其身，然后用盐和其他混合溶液涂满全身。尸体一般要以这种状态存放两个月左右，即存放到它完全风干为止。尸体被风干以后，喇嘛们就将盐类混合物从尸体上剔除下来。脱光了衣服的肉体的一些部位，首先是脸，会被涂上一层金粉，喇嘛在涂上金粉的尸体的脸上把眉毛、髭须和嘴唇生动地描绘出来，但眼睛仍然是闭着的，这种样子的呼图克图的尸体被叫作“肉身舍利”。舍利会被放进银质的塔里，在举行过隆重的祷告仪式后被放置到神殿内，在此之后，人们将向他奉以对神灵一般的敬意。

目前，呼图克图的府邸位于库伦城外，在离土拉河右岸不远的一个地方，正面朝向博格多山。质朴的府邸在总体风格上接近俄国领事馆。府邸白色的高墙之外有几座庙，里面住着与呼图克图亲近的喇嘛。

就像所有以慈悲为怀的佛教徒一样，呼图克图优待差不多所有的动物，喜欢马、狗。他甚至拥有一个不大的动物园，里面养着一些偶蹄目的动物：鹿、马鹿、狍子等。

库伦是蒙古的“拉萨”，它正在壮大和发展。从事贸易的俄国侨民数量正在增加，交易额也在逐年增大。目前，在库伦的俄国人家已达到了五百户。来到北蒙的俄国人感觉自己在这里就像在家里一样安心。国家利益的代表者、德高望重的雅科夫·帕尔芬耶维奇·希什马廖夫为了俄国人和蒙古人之间的关系能更加密切，为了彼此能更加团结而孜孜不倦地工作着。

希什马廖夫——俄国库伦领事馆创建人之一，为俄国服务几近半个世纪，对他个人的经历作个札记，还是很必要的。

稳重的希什马廖夫是西伯利亚人。他是在著名的穆拉维约夫－阿穆尔斯基管理东西伯利亚时期开始为俄国服务的，顺便说一下，穆拉维约夫－阿穆尔斯基的突出贡献之一就是慧眼识英才，特别擅于为自己挑选各级合作者，无论合作者的级别是高还是低。希什马廖夫就是被选中的合作者，那时他还只是个默默无闻的年轻官员，之所以他能被选中，完全是因为他的工作能力和勤勉态度。

希什马廖夫，1833 年 9 月 14 日出生于外贝加尔州特罗伊茨科萨弗斯克市。他的初期教育是在家乡俄蒙学校获得的。从 16 岁时他就开始工作，到 1855 年时他已经在特罗伊茨科萨弗斯克市的各个部门供过职，由于拟任命他为北京宗教传教士团的世俗团员，他开始向东方学家克雷姆斯基学习满语和汉语。克雷姆斯基是俄国外交部派遣到恰克图负责俄汉学校的相关工作的，同时，他也在学校从事教学工作。

1855 年，希什马廖夫第一次以蒙语和满语翻译的身份被派遣参加黑龙江考察队。此后的五年里，他不断地受穆拉维约夫－阿穆尔斯基之托前往黑龙江。从黑龙江回到伊尔库茨克后，1856 年，希什马廖夫又被派到黑龙江陪同第三个黑龙江考察队到了瑷珲。在 1858 年，他则既参加了穆拉维约夫－阿穆尔斯基以将军州长的身份进行的黑龙江之行，又参加了他主持的与中国方面进行的边境谈判。根据《瑷珲条约》，乌苏里区划归俄国。条约签署后，希什马廖夫再次前往乌苏里区参加划定新边界的勘察活动。

希什马廖夫最后从事的与黑龙江有关的活动是 1859 年布拉戈维申斯克（即海兰泡）的外交之旅和之后更遥远前往北京的供职。希什马廖夫前往北京时，正值英法与中国的战争（第二次鸦片战争）交火最烈和《北京条约》行将签署之际，他前往北京，在特命大使伊格纳季耶夫手下任职。学识渊博的伊格纳季耶夫对希什马廖夫的评价和穆拉维约夫－阿穆尔斯基对他的评价如出一辙。于是，希什马廖夫结束其北京的使命后，受到奖赏并被派往新开设的俄国驻库伦领事馆。

几乎是在领事馆创建之初，即 1861 年领事馆刚刚展开工作之时，希什马廖夫就以各种略有差别的称谓充任领事馆的领事，这些称谓有“领事馆负责人”“领事”和“总领事”。在此期间，只是由于一些特别的任务，他才暂时离开自己的领事职位。其中，他于 1881 年被派往伊宁充任负责向中国政府移交伊犁地区的全权委员，又于次年被派到蒙古西部研究贸易问题，并分析俄国人与中国人的相互诉求。波塔宁正确地评价了希什马廖夫对俄国的贡献，认为他为了维护俄国的贸易，在蒙古进行了多年的卓有成效的工作。他还长期致力于保护俄国与“满洲”西部边境的贸易往来[1]。

希什马廖夫以俄国蒙古领事馆（驻库伦）代表的身份取得了优异的成绩。库伦的呼图克图曾赠予他一个用檀香木做成的大碗，这一点可以证明他在蒙古地区享有盛名。以一个异教徒的身份得到这样的礼物，这在蒙古佛教史上恐怕是绝无仅有的。

长期居留库伦期间，希什马廖夫走遍了整个蒙古，尤其是蒙古北部。一些地理发现还是他首次宣布的，比如，在杭爱山脉和东阿尔泰（或称蒙古阿尔泰）有终年雪峰的事实。他关于克鲁伦河的旅行记，长期以来曾是关于蒙古北部地区的唯一资料。然而，希什马廖夫知之甚多、最为内行的还是下述这些方面：蒙古人及蒙古王公的家庭生活、他们之间的相互关系、蒙古统管者的情况、经济条件、下层人民生活状况、佛教界的作用和对于俄国最为重要的贸易状况等。

遗憾的是，希什马廖夫只在西伯利亚地理杂志上发表过为数不多的一些文章，如《喀尔喀土地知识》《库伦到鄂嫩河之旅》《库伦呼图克图的唐努乌梁海署》等。

我与德高望重的领事是在 1883 年认识的。我跟随普尔热瓦尔斯基进行第一

[1] 格里戈里·尼古拉耶维奇·波塔宁，旅行家和民族志学者，著名的蒙古和中国西部研究者。波塔宁在其所著《中国唐古特——西藏边陲和蒙古中部》一书中，记录关于额济纳河下游有一座古城废墟的情况。科兹洛夫正是第一次从这本书中看到了有关哈拉浩特古城存在的观点，并对这一历史遗迹产生浓厚兴趣的——译注

次中亚旅行，普尔热瓦尔斯基与希什马廖夫有着极其深厚的关系。他们之间的友谊可以从希什马廖夫让我全权处理普尔热瓦尔斯基写给他的信这一事实得到印证。

我们在库伦的俄华银行里换到了中国银锭和汉堡银锭，这是我们考察队在中亚腹地前行必不可少的。我们在这里还买了相当数量的大麦或者小麦面粉和其他日常食品。哥萨克们按例弄来了两条旅行警犬，他们毫不费事地就从一大群以垃圾为食的流浪狗中弄到了它们。

从我们到达库伦的最初几天开始，就有一些希望把考察队送到蒙古阿尔泰的蒙古大车工人络绎不绝地找上门来，弄得我们不胜其烦，这些人中也有马上就要返回定远营的阿拉善人。我赞成选用阿拉善大车工人，这是因为：第一，我的旅伴巴德马扎波夫曾推荐过他们，他曾以俄国贸易商行代表的身份在定远营居住过一段时间；第二，阿拉善大车工人希望能把我们的二十个最重的以后才能用得着的驮包运到定远营；第三，为轻装的驼队穿过额济纳河下游，前往定远营的考察提供了极大的灵活性。

我们很快与阿拉善人谈妥，并将货物于 1 月 17 日在切特尔金和哥萨克布杨塔·马达耶夫的护卫下启运。这个商队将沿着普尔热瓦尔斯基的路线横穿戈壁前往定远营。

与此同时，我还为驼队雇用了几名当地的蒙古人。这支驼队拟于 1 月 21 日离开库伦，但是蒙古人坚决反对我的这一决定。原来，蒙古人的大节日“查干萨日”（“白月”）正巧就是那几日，于是，他们坚决请求我把驼队出发的日期改到 25 日。毫无办法，我不得不向他们让步。在这种情形下，考察队的队员们都开始给家里写信。总的来说，我不喜欢以后的停留地在城市里，因为这样一来，他们就会抛开正事，并将因此而花费很多的金钱。

如此一来，我们不得不在库伦停留两周多时间，尽管这段时间在蒙古人的生活中消磨得非常快。我们所有的精力都集中到了即将开始的旅行上，因此根本就没有觉察到那寒冷漫长的夜晚是如何替代了短暂白天的。尽管夜晚极其寒冷，我还是常常走出户外去仰望星空。这里的星空特别晴朗，在望远镜中可以观察到各种星球，尤其能看到木星及其卫星，这一切真令人赞叹不已。有几天晚上，在进行完专门的观测后，我们的旅行观象台却没能收拾起来。这是因为它吸引来了一些当地居民。于是，观象台继续被他们用来观看妙不可言的宇宙美景。

蒙古节日“查干萨日”使库伦变得非常热闹。领事馆外面从早到晚不时有一队队盛装的蒙古男女骑马疾驰而过。我总是喜欢欣赏飞速疾驰的骑者，欣赏他们别具一格的骑马姿势。市中心跑来跑去的人就更多了。不少人是从郊区赶来的，他们为呼图克图和主要的官员们带来了自己的节日祝贺。到处张灯结彩，爆竹响成一片，商人歇业，店门紧闭。与此同时，所有佛教庙宇寺门大开，召唤着人们前去祷告。

我们的大车工人信守诺言，按时赶到。该上路了……

# 从库伦到蒙古阿尔泰山

在开始叙述蒙古境内旅行之前，还是让我来先对这一地域的全貌作一个简略概述吧。

从恰克图出发后，我们马上就踏上了蒙古大地。我们先遇到的是平原，继而为山地，其间的山岭或高或低，不一而足。这里动植物品种相当丰富。过了蒙古的宗教和行政中心库伦后，自然面貌开始急剧变化，山地的起伏趋于平缓，植物越来越稀疏，人烟越来越稀少，在蒙古阿尔泰山（亦即戈壁阿尔泰山）东部山脉以南更是如此。这里已是真正的戈壁，它时而是平展的沙石地，时而是或平缓或陡峭的山丘，霞光照耀在山顶，美丽如画。终于，到了蒙古南部。这里差不多完全是一个流沙的王国。流沙大部分是一排排沙丘，其间不乏高达30多米甚至更高的沙丘。

1908年1月25日，对于考察队来说这是一个值得纪念的日子。这一天我们与同胞、母语和习惯的生活方式长别。等待我们的一切都是新奇的、异样的。自然界如此，人亦如此。那天早上天空灰暗、寒冷，刮着风。领事馆的院子里挤满了考察队的骆驼、马和行李。蒙古人与我们的格列那结尔兵和哥萨克们一起忙碌着。当地的一些同胞们来为我们送行，最让我感动的是领事馆所属学校的学生们，女学生特卡琴科代表他们祝愿考察队此行能够有新的发现。

我们还在辞行时，伊万诺夫已经率队出发了，紧跟着是第二个人、第三个人。旅行开始了。很快，商队排成了一条漂亮的长队并且开始以较快的速度行进在蒙古大地上。开阔的谷地里狂风肆虐，为了使身体暖和一些，我们不得不蜷缩着身体行进，还不时下鞍行走。迎面碰见的蒙古人亲切地向我们道别。他们双手紧握，身体蜷缩，嘴里念叨着："库伊通巴伊纳！"意思是"好冷啊！"

尽管推进顺利，但是在走出土拉河谷之前，在翻越贡根达坂之前，我们在土拉河谷里艰难跋涉了很久。翻过贡根达坂后，土拉河谷便彻底地从我们的视野中消失了。这时，一个宽阔的草原带展现在我们眼前，只是博格多奥拉山山脉的支脉继续向东西方向延伸着。支脉上草木丰茂。不多时，我们便把草原地带和山脉都抛到了身后，我们进入了中亚盆地的内部，并在第二天沿着广阔的沙尔哈伊洪代谷地走了一天。谷地里长满了软软的芨芨草（Lasiagrostis splendens），它们那明亮的黄色不时呈现在我们眼前。随处可见游牧者的帐篷，帐篷周围是成群的牲畜，还能见到蒙古黄羊（Antilope gutturosa）与家畜为邻，由于经常遭受猎人的围捕，这些黄羊已经能准确地判明来人"友善"与否。我问向导："这些马、羊和骆驼是谁的？"他们回答说："所有这些牲畜都属于呼图克图和寺庙。"

富饶的沙尔哈伊洪代谷地还有不少鼠兔（Lagomys ogotona），它们常遭到在蒙古过冬的大鵟和鹰们（Gennaia et Tinnunculus）的捕食，鹰常栖息在沿路的山丘顶上。在这一地区，我们还捕获了一只有意思的大黄鼠狼。一只渡鸦（Corvus corax）追了它很久。渡鸦一边向黄鼠狼俯冲，一边大声地叫着。黄鼠狼则猫着腰嚎叫着，暴怒地自卫。

每天所见的都是蒙古人和他们的游牧点，这让我们很快就学会了旅行中的一套活计，这一套活计中包括对骆驼、马和帐篷的使用和管理，而我们的主要任务是前行。没过多久，我们已经觉得自己像一群游牧者并对此感觉良好了。傍晚时，我们的宿营地里还常会有一点微温，但到了夜里，尤其是日出之前，天气就会变得极其寒冷，冷得怕人。我们已经习惯于在日出前起床，虽然穿衣服的过程很短，但是，在这个过程中还是常会听到嗑牙的“嗒嗒嗒”的声音。此后，在就着热茶吃完并不好吃的糌粑后，我们就上路了。每走四五天，我们就安排一天时间用来休整，这被我们大家视为一个重大的节日。

第一次休整是在离圆锥形的高山哈伊尔汉山不远处进行的。旁边就是我们租用骆驼的主人——家境殷实的蒙古人采连·多尔日耶夫的驻扎地。多尔日耶夫是一个心地善良并且十分健谈的人，他在回答起我们提出的一些问题时更是谈锋甚健。这些问题中包括关于扩大和改变我们的考察范围的问题。我将考察路线作了一个大的改变，使其折向西南，以考察原先并没有纳入我们考察计划的图呼木诺尔湖以及邻近此地的南部地区等，后一地区在我们之前还没有哪个地理学家对它们进行过研究。考察队向多尔日耶夫及其妻子赠送了一些礼物以作纪念。

考察队一天天接近我们朝思暮想的南方。积雪一天天变得少起来。白天阳光下气温也一天比一天更暖和。只是晚上依旧寒冷，夜空依旧星光闪耀，美丽诱人……

四周一片寂静，没有任何声音打破草原的宁静，只有天上的流星划过夜空，坠入深深的夜色之中。

前往图呼木诺尔湖的道路从一些不高的山间穿过，从褶皱山索宁罕盖山中间穿过，道路的一旁是翁冈山地和坦格特托特山。另一旁则是海拔 4650 英尺（1417 米）的乌伦达坂。这里的绝大多数岩石是粉红色的花岗岩，花岗岩上有很厚一层砾岩，砾岩上则生长着许多平原植物，一群群绵羊正在享用着这些植物。沿途的一个小山上栖息着许多大鵟（Archibuteo hemiptiopus），它们非常害怕更为强大的猛禽——鹰的出现，鹰不时地从山顶飞过。蔚蓝色的天空常有棕褐色的兀鹫（Vultur monachus）在盘旋。很快，我们在马的尸体上发现了兀鹫，它们发出很响的叫声，为了食物而殊死地争斗着。在这种时候，悄悄地不让兀鹫觉察到靠近前去就能射杀到它们。在这一地区，我们第一次看到了大量的毛腿沙鸡（Syrrhaptes paaadoxus），它们多半是在早上出现，它们发出暴风雨般的响声飞向四面八方。它们飞行的速度真的让人惊叹不已。与毛腿沙鸡在一起的还有各种各样的百灵鸟（Otocorys），它们常成群地到草木丰茂的未积雪的谷地去觅食。

空气的能见度异常高，这让路途上的旅行者常常把距离估计错。目测的距离与实际距离之间的差距很大。当旅行者站到高地上面对谷地时，这种差距还会变得更大。谷地中常会出现海市蜃楼，远远的高处会出现稀奇古怪的建筑物，而建筑物会沉到像晃动的湖形状一样的地域里去……在前往图呼木诺尔湖的路上，我们就有过类似的体验。站在邻近的山丘上看上去很近的地方，走到跟前却需要几个小时，而在远处看起来十分平坦的谷地，走近一看却沟壑纵横，令我们的驼队深受其苦。

图呼木诺尔湖东北岸有一座名为图呼木多根的寺庙，考察队就在寺庙近旁扎营过夜。

冬天的图呼木诺尔湖是一个可怜的无水的白色之所，与覆盖着白雪的盆地几乎没有什么两样。湖并不大，6 俄里长、4 俄里宽。唯一的一条河流——杰尔加兰泰河从西面注入图呼木诺尔湖。湖岸低平，只有一小段稍高。湖底有淤泥是盐沼地。湖岸上植物稀少，偶见芨芨草等植物。

据当地蒙古人讲，春夏季节图呼木诺尔蓄满湖水，湖面上栖息着相当数量的鸟禽：野鸭、大雁和海番鸭，岸上则栖息有鹬、鹭、鹤、鸥。现在，我们在这里见到的鸟类有：白色极地猫头鹰（极为机警）、深色的大鵟、金雕，体形较小的鸟儿则只有百灵鸟一种。至于哺乳动物，除了上面提及过的黄羊外，此地常见的还有常在夜里举办并不令人愉快的“音乐会”的狼，此外是狐狸、野兔和其他几种更小的啮齿目动物。当地的一种不大的野兔（Lepus tolai）（蒙古兔）数量极多，它们对蒙古人非常放心，以至于像狗一样地把自己的窝筑到他们的屋舍旁。但是，它们对专吃兔子的猛禽——鹰却怕得要死。我在蒙古北部就不止一次地见过霸气十足的鹰叼食胆怯的兔子的饶有趣味的场景。兔子竭尽全力地飞快跑开，鹰则从容不迫地飞翔着去追赶兔子。眼看着老鹰就要抓住兔子了，兔子会绝望地向前一跳，经常会从老鹰的脊背上跳过，又飞跑向前。老鹰再一次俯冲下去，兔子会再次重复表演不可思议的跳跃。终于，兔子被老鹰抓住并成为美餐。通常情况下，鹰会把兔子抓到不远处的一个高地上去美美地享用。

由于天空清澈透明，使我得以用天文方法对图呼木多根寺的位置进行判定。整个晚上，轻盈的雪花一直下着，月亮四周环绕着虹霓般美丽的圆环。

我们本来打算在图呼木多根寺庙旁休整一天，但是我们赶大车的人强烈反对，说是此地缺乏饲料，可能会对马造成严重损害。因此，第二天早上，我们的驼队又照常上路了。我和切尔诺夫没有随队一起出发。我们昨晚就已决定要在此地多停留些时日，以对图呼木诺尔湖干涸的湖底进行研究。由于湖底裸露出来，现在可以骑马穿越该湖。

考察队从图呼木诺尔湖开始朝正南方行进，而后折向西南并向北一直到古尔班赛罕山北麓。从总体上来讲，行经之地是多山地形，这段路程的北半段更是如此，南半段则多是些开阔的谷地，从蒙古西北前往库库和屯（即呼和浩特）的主要商道要经过这些谷地中的一些主要谷地。山的表面、丘的表面、谷的表面，一句话，就是所有一切都让人感到自然活动的威力，感受到风暴的威力以及地貌的变化。碎屑岩在变小、风化，离原生岩越远风化程度越重。最小的岩屑还被吹向远方，在路上被磨成单独的小砾石。这些砾石被磨成典型的三棱形，也偶有被磨成四棱形的。最为坚硬的岩石依然以其光泽的表面让人想起狂风肆虐，在通常情况下尽管人们通常会先留意沙漠里被晒黑的古老岩石的外壳，就像冰川融化后形成的水滴要流向谷底、汇向河流或湖泊一样，被风刮起的岩沙也会下落并最终形成一个个沙丘。这里虽然幅员辽阔，但地表都千篇一律和单调乏味。尤其令旅行者痛苦不堪的是遇上风暴天气，暴风平地刮起一层细沙，吹得昏天黑地。所有的生物都躲起来了，只有暴风发狂地嘶吼、咆哮，给这个迷信的游牧民族带来恐慌。

在这样的天气里，即使是熟识道路的当地人也不易辨认出道路。因此，蒙古人在山的高处或者沿路的高地及一些颇有特点的拐弯处都用石头砌成指路标识，行人借此可以辨认方向，就像行人在好天气里可以根据山岭的分布来决定自己行进的方向一样。这是由于差不多每一个山口都会在行人眼前展现出一个新的视野、一幅新的画面。一些新的山又呈现在眼前，而另外一些山则消失在身后的地平线上。在这样的地方，你会手拿笔记本和罗盘仪整天不停地观察每一个值得注意的事物，记录每一个富有特点的形象。一座山岭常常就需要花上几天的时间来进行测量，这是由于有些山岭就在路旁。我们首先走近它，然后就顺着与山岭平行的道路行走，直到最后超越它。我们从图呼木诺尔湖出来后的第二天或者第三天就碰到了上述情形。当时，我们就站在横向高地的顶部。一幅广阔的画面展现在我们眼前：德勒格尔罕盖山山脊一直向南延伸，而在我们身后是为读者所熟悉的索宁罕盖山、奥尔奇克山和其他山。正如你在下面将要读到的那样，我们紧靠着德勒格尔罕盖山行进，并且在半路上又看见了一条新的横向山岭。

沿途的地形依旧是那种不高的山岭，依旧是轮廓或简单或繁复的高地和穿过高地的盆地。有时盆地里有泉或井，泉或井旁一定有人居住，这些地方也是旅行者选择宿营的地方。我们的行进路线依旧是沿直线前进。

考察队日复一日地向南推进，蒙古上空的太阳也日复一日地增添着热量，百灵鸟的歌声越来越响亮地传到我们的耳边。空气重新又变得清澈明亮起来，天空一片蔚蓝。2月5日清晨，在满天的朝霞中，我们观察到了一个饶有趣味的景象：太阳从一边升起，月亮在另一边坠落。有一刻，两个发亮的圆球一个在东，一个在西，同时出现在山坳上。庄严肃穆的宁静与广袤无垠的沙漠美景组合在一起，这和谐的画面令我终生难忘……那些常年置身于山野，常常觉得流连忘返于纯净贞洁大自然中的旅行者是幸福的，他们有幸能欣赏到大自然中的精彩纷呈的美景。

驼队行进时，所到之处的一切现象都会引来人们的注意：大家观察一切，发现一切。时间就这样很快地不为所察地溜走了。更别说冬日白昼短暂了，几乎可以说，一天时间真是“转眼”就过去了。走完了白天的行程，驼队白天的活动也就结束了。在等着吃晚饭的这段时间里，队员们一般都是在整理观察日记，使其更加条理化。吃完晚饭并记下夜间气象观测后，队员们就都休息了。我们的向导睡得还要早些，因此，他们起得也要早一些。冬季，我们的护卫队员的差事尤其艰苦，他们日复一日地负责着我们的警卫工作。夜里，他们分两班值勤，也就是说，他们要在严寒的野外连续值勤五个小时。这并不是一件容易办到的事。只有俄国近卫兵和哥萨克们才能够经受住冬日行军的所有艰难与困苦，这一点颇让我们敬重。考察队护卫队员们为我们的安全付出着艰苦的努力，而我们在科学考察方面也在辛勤劳作。总而言之，我们所有人都各司其职，共同完成着一个复杂的任务。

2月8日早上，突然刮起了大风。大风夹带着雪花，让人眼花缭乱。如果没有事先设置的指示牌，我们无论如何也无法辨清道路，朝正确方向前进。我们走了整整一天，直到夜幕降临时才停下来。我们顺利地在沙滕郭勒[1]地区宿营。风越刮越大，晚上已变成了真正的暴风。暴风一直刮到第二天早上才停下来，这时的温度下降到了 -27~-26℃。

就在刮暴风这一天，我们穿过了通往库库和屯的道路，来到了离图古留金多根寺不远的地方。该寺是在科尔沁人，也就是蒙古人自愿捐赠的基础上修建而成的，是为库库和屯驿道服务的。建造该寺的主要工匠是汉人，他们留下了塔楼一样的炉窑。这些炉窑是汉人们当时用来烧制砖瓦的。

我们的驼队从图古留金多根寺附近经过时听到寺里传来一种乐器发出的声音。

既然提及了寺庙里的乐器，那么我就对佛教喇嘛通常使用的乐器作一个概略的介绍。一般而言，这些乐器分为四类：撞击乐器、打击乐器、管乐器和弦乐器。

第一类乐器包括钟和“达马鲁”。“达马鲁”是一种木槌和小鼓相结合的不大的乐器，它是一个中空的木质圆筒，孔眼用皮革紧绷，圆筒中间用一根特殊的皮带系上两个小球，这两个小球在圆筒中快速翻转时敲击绷紧在圆筒上的皮面，便发出一种类似敲鼓的声音。

第二类乐器中有“肯盖尔盖”，亦即土耳其平面大鼓。这种鼓是木质的，确切地说是用榆木做成的，其侧壁高约 20 厘米，涂以红漆并绘有五条或者七条互相纠缠在一起的龙的图案。鼓的侧壁上用山羊皮绷紧，绷的时候无须借助箍之类的东西。山羊皮做成羊皮纸状，其横向直径约为 1 米。这种鼓固定在鼓架上，用一种叫作“多库尔”的弯曲的鼓槌敲击。“多库尔”把手的一端雕刻有“马塔拉”图案。“马塔拉”是一种神话传说中的动物，“多库尔”弯曲的那一部分用来击

[1] “郭勒”，蒙语，“河流”之意——译注

鼓。除了鼓外，第二类乐器还包括一些铜制的铙钹。

佛教寺庙中的第三类乐器包括“敦布列”“比什库尔”“甘林”和“布列”。“敦布列”[1]是一种普通的海贝，其声音与号角声类似在佛事活动中，把贝壳当作乐器使用可以追溯到释迦牟尼时代。波滋涅耶夫教授在《佛教寺院日常生活概述》一书中写道：有一天海龙王给释迦牟尼带来了一个白色的贝壳，后来，佛门弟子就用它代替“布列”——夏季用来召集人们前来进行祭祀的一种管乐器。而后佛命令其最年长的弟子穆特加尔瓦尼前往西藏，并把这个贝壳藏到了杜里赫图山下，预言说这个贝壳将被宗喀巴找到。后来，这个贝壳果然被宗喀巴在修建一座寺庙时找到。此贝壳被当作有灵的圣物在这座寺庙里保留至今。

“比什库尔”是一种声音与芦笛声相似的乐器，它由三部分构成：中间的一部分用坚硬的木头或角做成，两头则用铜做成。通常其长度略长于50厘米。蒙古喇嘛把“比什库尔”当作宗教乐器，使用的时期可追溯到珠阿吉莎在西藏暂居的时期。他们说：这个佛教的宣扬者在从印度来到西藏时，没有见到那些在印度被尊为圣物的东西，于是他考虑，无论如何也要用别的东西来代替这些圣物，以满足宗教仪式的要求。比如说，在西藏没有“加兰达加”鸟和用来做香的“加尔比瓦拉斯”树等圣物，于是，珠阿吉莎就发明了“比什库尔”来模仿“加兰达加”鸟的声音，以红色蜡烛取代香。非常有意思的是，乐手们在演奏“比什库尔”时，面前总是点着红色的香蜡。“甘林”也是一种由三部分构成的管乐器，不同的是，中间部分是用人的胫骨做成的，两头则是用银子做成的。“甘林”的前面一般有几个系紧的地方，而且前面的一面有两个孔。孔的名字叫作“阿齐纳伊莫林哈梅雷伊恩努亥”，意为“马的鼻孔”。演奏“甘林”是为了模仿神马“阿齐纳伊莫林”的嘶叫，该马专司把信徒从这个世界驮往邻近的“极乐世界”

[1] 据作者上下文描述，“敦布列”当为“白海螺”。——译注

之职。

“布列”是一种长达两米的大的铜管乐器，其中的一种“乌亥尔布列”则长达 5 米。“布列”发出的呜呜声音属于那种最为低沉的声音，令人头皮发麻。关于这后面三种乐器的来源，还有这么一种说法，说是佛教布道者帕德玛萨姆巴瓦（莲花生）当年被邀请前往乌尔江[1]时，以到印度后无法听到神马“阿齐纳伊莫林”的叫声和圣象的吼叫为由而拒绝前往。帕德玛·萨姆巴瓦的印度崇拜者渴望能在印度见到这位圣人，于是就发明了“甘林”来模仿马叫，发明了“布列”来模仿大象的吼声。

在经过图古留金多根寺后的第二天路途中，一座横向的不高的山岭博因盖切山为我们打开了通往南方的宽阔道路。左边不远处是高耸的德勒格尔罕盖山，右边是阿黑尔山，两山之间是一条弯弯曲曲多石的河床。在我们目力所及的最远方，是蒙古阿尔泰山的东段古尔班赛罕山，这是我们希望能立刻到达的地方。周围的地形依旧带有沙漠的特征。

在从博因盖切山下到翁金河这段路程里，我们加快了行进速度，并在和硕希特寺附近的翁金河岸阶地上露营。

尽管翁金河长达 150 多俄里，但这条河 2 月时并没有水。正因为如此，河流沿岸的居民饮水还需要挖井。井一般不深，为 1.5~2 米，少有比这深的。井里的水是品质优良的淡水。河旁常有水量丰富的泉。从远处看去，泉上覆盖着一层很好看的冰，因此，过往行人很容易发现它们。

翁金河发源于杭爱山脉东南，其上游和中游为东南流向，下游则直直地向南流去，注入乌兰湖。我们看见的下游的河谷宽约 2 俄里，河床多石，蜿蜒，时而位于河谷中间，时而位于一侧。大多数情况下，河床两侧是高达 20 米的陡岸。

[1] 印度七大圣城之一——原注

翁金河岸边不高的阶地上，一些地方生长着矮小的河柳（Salix），矮一些的地方生长着银白色的芨芨草（Lasiagrostis splenens），高一些的阶地上则生长着泡泡刺（Nitraria schoberi）和其他的一些带刺的灌木。我们发现，翁金河旁植物茂盛处多半在河谷狭窄的地方，开阔的平原地带的植物反而稀少。此地动物的情况一如先前所述。我们在这里发现的野兽有狼、狐狸、蒙古黄羊、兔子和其他一些小的啮齿目动物，鸟类则有大鹰和小鹰、大鵟、鹗、渡鸦，偶尔也可以见到金雕，还有我们首次在和硕希特寺附近发现的黑尾地鸦（Podoces hendersoni）、角百灵（Otocorys brandti）、花鸡、毛腿沙鸡和其他一些鸟。

商路的北段在寺庙旁穿过翁金河，此后我们一直沿着河的右岸南行到该河急折向西的拐弯处，商路从这里再次穿过翁金河，之后便向蒙古阿尔泰山的北部支脉延伸。

和硕希特寺和坐落在略微靠北的整整一排具有纪念性的塔，从外表看来相当气派、漂亮。而其附近主要的一座塔里面有佛的雕像。主塔还饰有尖顶，尖顶上绘有月亮、太阳和红得耀眼的寓示有深奥道理的火光“纳达”。带有中国建筑特色的一座塔紧邻着寺庙南面，塔上有瞭望台，喇嘛们常站在上面欣赏四野的美景。

和硕希特寺平时共有两百名和尚，在夏季，和尚的人数会达到五百名。我们经停该寺期间，方丈桑佐特巴不在寺里，精力充沛而且严厉的达喇嘛代替他主持寺内事务。他后来造访了我并给我讲了不少有趣的事。达喇嘛到来之前，我们的营地里来了不少喇嘛，他们向我们提出各种各样的无礼要求，令人生厌。终于，达喇嘛来了。他大喝一声：“喇嘛们，这不是中国商队！”此话一出，喇嘛们立即不见了，他们藏了起来，不时像老鼠一样从角落里伸出光光的脑袋来。

我们用普通的茶招待达喇嘛。喝过茶后，我们的客人客气地向我们打听：

"俄国是否向日本支付了赔款？"在得到了回答后，这位健谈的喇嘛又说道："日本会要求赔偿多少钱呢？要知道它所有的储备都已在战争中消耗殆尽了，而俄国无论是金钱还是其他财富都还有许多。所有的人说起俄国来都说它的财富不计其数，就像注入贝加尔湖的河水一样……"直到一种贝壳乐器（白海螺）发出的声音传来，这位喇嘛才打住自己的话头。他要赶回去主持晚上的祈祷仪式。

如果说和硕希特寺从外表看来就富丽堂皇的话，那么其内在的富裕更是无可比拟。这种富裕不仅体现在藏书方面，也体现在圣像方面。圣像有金属的，也有手绘的，其内容多是菩萨的肖像，也有描绘寺庙生活的。

在取得达喇嘛的允许后，我们不仅可以参观寺庙，还可以观看喇嘛们的早课。早课持续数小时，中间有休息。休息时，喇嘛们从寺里出来呼吸新鲜空气，活动筋骨，年轻的喇嘛还会打闹疯玩。因为我们在场一开始让喇嘛们觉得不太自在，但过了一段时间后他们就习惯了，接着他们就开始走上前来恭敬地与我们进行交谈。他们对我们的长相和衣着都颇有兴趣，但是他们最感兴趣的仿佛还是这样一个问题，我们究竟是去拉卜楞寺还是去拉萨。在他们看来，富裕的商队除了前往上述两个著名的地方之外，再不会有其他的选择，而我们的商队在他们的眼中正是这样一支富裕的商队。而对于我们来说，由于经常与喇嘛们见面，使我们对中亚僧侣的数量之多感到震惊，尽管我知道在西藏的僧侣数量比这儿还要多。

波兹涅耶夫教授在《佛教寺院日常生活概述》一书中写道："如果僧侣是指所有有过宗教名字和向神许过愿的人的话，那么，在喀尔喀人中，僧侣的数量将占整个喀尔喀人口的八分之五以上。乍看起来，这是一个颇令人吃惊的现象，在某种程度上，是由于佛教的教义造成的。释迦牟尼一贯认为：人们获得超度的唯一办法是完全放弃今世，鄙视尘世间的一切，并只做对灵魂有益的事情。于是，根据佛教最基本和最原始的教义，佛教的所有信徒都应当成为苦行僧。斋戒和祷告、节制所有肉体欲望是这一宗教的基本要求。而且，谁许下节欲的誓愿越多，他被超度的可能性也就越大，这是因为没有任何一种道行可以和誓愿的道行相比。由于敌人向胜利者呈交珍宝而得来的道行还不及虔诚斋戒修来的道行的百分之一甚至千分之一。”

佛的教义分为三部分：高级教义、中级教义和初级教义。信徒只有在许过相应的誓愿后才能学习教义，并进而理解和吸收教义。不许誓愿就去阅读经书会被认为是一种“罪孽”。这是一个为现代蒙古佛教完全遵守的规定。蒙古人为自己取宗教名字，并在自己的孩子年幼时就为其取宗教名字，其主要原因之一就是要遵守这一规定。不取宗教名字，小孩子就无权阅读经书，这样一来，他们就不能为晋升更高一层的神职职位打好基础，而且也不能很好地了解自己的宗教规则。

由此，喀尔喀僧侣数量过度增加这一现象看来会影响这一地区的繁荣昌盛。因为自古以来就有僧侣免征税赋、免交税收、免服徭役的惯例。然而，汉人在执行政策时想出了一个独出心裁的办法：他们用发放证书的办法来限制僧侣的数量，他们只向喇嘛发放写有宗教名字的证书。

按照我们的理解，蒙古既无村庄，也没有城市。它们都被寺庙取代了。在蒙古，寺庙不仅是祈祷仪式的集中地，而且常常是社会贸易中心及行政中心。寺庙一般都建在最好和最方便的地方，诸如河谷、山谷以及类似的所在，这些地方一般都风景优美。有时，一个寺庙挨着另外一个寺庙，寺庙之间彼此为邻。例如，我们现在就听蒙古人说，在翁金河上游约 8 俄里处还有两座不大的寺庙，这两座寺庙在翁金河的两岸隔河相望。

还没有走到和硕希特寺，远远的就可以欣赏到庙宇的房顶和用来保存遗骨的塔的顶部。房顶和塔顶五颜六色，美妙异常，有的还镶了金线。各种颜色的旗帜在空中飘扬，一些风铃发出悦耳的声音。有的庙宇有围墙，有的没有，它们看起来像是一些院子套院子的单人禅房，寺庙里有街道、胡同，而街道和胡同旁还有一些经殿、小经堂及活佛与年长喇嘛们居住的小院子。庙宇中的大部分建筑，具有独特的西藏建筑风格，看上去特别雄伟壮观，当庙宇坐落于绿树掩映的林中草地时就更是这样。寺院整洁、清静，只有挂在屋顶的风铃不时发出悦耳的声响和张挂的旗帜被风吹得哗哗的响声。此外，还有随风吹来的淡淡的香蜡的气息。寺庙里挂着各种各样的圣像、装饰物和遮盖物，香烟缭绕，朦胧昏暗，给人一种神秘莫测的感觉。远处是供台和佛与菩萨的全身雕像，这些雕像有的非常大，有的具有很高的艺术性。雕像前总点着忽明忽暗的油灯。祈祷时，喇嘛们并排坐着齐声朗读或者齐唱赞美歌，演奏一些奇怪的乐器。清晨，传来一阵用贝壳吹出的忧郁的声音，这声音听起来像是用管乐器吹出来的。随后，身穿黄衣和红衣的喇嘛们就从各个禅房里走出来，他们手捻念珠，步态沉稳而庄重。他们悄无声息地绕着庙宇行走，走完一圈后再穿过一条长形地带来到敞开的寺门前，这大开的寺门颇像一只野兽张开的嘴。喇嘛们在这儿按照各自的位置坐下后，专事歌唱的喇嘛就开始用低沉的声音唱起赞颂“无往不胜”佛的歌曲。每日例行的念经就这样开始了。有时候，佛教寺庙里也有隆重热闹的祈祷仪式。仪式上会燃起无数的油灯，仪式中的一些程序也十分有趣，经过特殊准备的广场上会有一种被称作“禅木”（跳鬼）的神秘的舞蹈表演。这种舞蹈跳得好时，所有在旁观赏的欧洲人会为舞蹈在表情、动作、韵律和与音乐的结合上表现出来的艺术性而兴奋和赞叹不已。有时还会举行更为复杂和神秘的密教仪式，但这些活动只有神职人员才能参加。

和硕希特寺附近设有一个不大的贸易中心，这个中心看起来像是汉人居住区。共有十多个汉人住在七顶帐篷里。帐篷里半边堆放着货物，另一半则用来住宿。汉人不仅向蒙古人提供生活必需品，他们还供应一些丝绸织物和珠串饰品，例如，银质的饰品有彩石耳环、戒指、手镯以及其他许多东西。汉人从蒙古人手中换得的则是原料、毛皮和一些家畜，其中主要是绵羊，他们常把绵羊长年饲养在牧场里。做买卖的汉人遍布蒙古各地，这是因为蒙古人无论外出还是居家生活都离不开汉人的商品。外出时他们需要银圆，居家生活时则离不开茶叶、烟草、棉布和其他一些物品。所有这些物品，只要蒙古人需要，汉人都会立即向蒙古人提供，只要后者家底殷实，并且汉人只要求蒙古人每年向自己提供一些原料、毛皮或者绵羊。

和硕希特寺附近的汉人就住在离我们营地不远的地方，因此我们对他们进行了多次的观察。

我们在和硕希特寺附近过的第一天是愉快的，晴朗的天气使我们可以进行一系列天文观测以判定这一地区的地理坐标。我们根据这两天时间里测得的气压读数判明了这一地区的绝对高度。简言之，和硕希特寺的海拔高度是 1250 米，比库伦低约 70 米。

从 2 月中旬开始，初春的温暖越来越明显。百灵鸟的歌声响亮悠扬。有时，这种鸟儿也会用爪子很凶地打架。由于我的朋友动植物收藏家切特尔金的缘故，我多次跟着他观看这种鸟儿打架，有时看着看着不知不觉就入了迷。大鸳们依然激情难抑，它们站在高高的枝头上，欢天喜地地叫着，让自己的叫声充斥在清新的空气中。

在接近蒙古阿尔泰山脉的路途中我们发现，这些地方风化作用的痕迹要比其他地方明显。风化作用的影响既体现在山岭的岩壳上，也体现在一些易分解的地基及许多峡谷表面的物质上。一些岩石被吹裂，吹落一层粉，又被磨平，又被吹裂，如此反复，经常变成丑陋难看或漂亮神奇的形状。风化作用后的卵石形状受以下三个因素的影响：一是卵石本身的形状和硬度；二是卵石周围磨削它的沙砾的大小及粗细；三是空气和沙子与岩石间相互摩擦时间的长短。从这些地区路过时，我不止一次停下脚步，捡起一块又一块卵石，欣赏它们，从它们身上判断无情地吹磨它们的风向，然后把它们装进口袋或者扔掉。这些地理学方面的样品也会像自然科学其他分类学科的样品一样堆满桌子。那些被磨得光滑圆润、形状奇特有趣的卵石甚至引起了我们的近卫兵和哥萨克们的注意，他们常将口袋里装得满满的卵石带回帐篷送给我们。如此，由于风化作用和沙石磨削，即使是在荒瘠的沙漠地带，也有许多最为典型和最具特点的物品值得收藏。我们考察队最近几天前进得很顺利，因此前进了一大段路程。2 月 15 日，我们已经来到了绍万根洪代，邻近乌内盖泰山。山上有不少盐木，这些盐木成了我们宿营时的好燃料。附近一些山冈上石鹏鸟（Caccabis chukar）的声音打破了沙漠中千篇一律的灰暗的寂静。

在我们到达这一地区时，当地人正在恭候从乌里雅苏台来的中国官员，他们此行的目的是审判犯罪的蒙古人。然而，看到我们后，当地乡绅立即就聚在我们周围。他们殷勤地请考察队享用为中国官员搭起的帐篷。由于有关方面把考察队将要通过这一地区的消息通知了当地乡绅，他们为我们提供了必要的协助，为我们提供了驿站的设备，因此，我们的露营准备工作进展得非常顺利。晚上，一个健谈的乡绅在火堆旁一边喝着茶，一边向我们讲述了一个在当地温良的蒙古人中发生的刑事案。一年以前的一天，就在我们经过的路上来了八个蒙古人。他们也像我们现在一样在这儿歇脚过夜。大家围在火堆旁友好地聊着天。后来，一个年轻的蒙古小伙子俏皮地拿另一个同伴开起了玩笑，玩笑开得有些过火，后者就大声反击。但是这样一来，后者又受到了更厉害的挖苦，这令他恼羞成怒，于是他悄悄地离开了，其余的蒙古人哈哈大笑，年轻人成了这场较量的胜者和“英雄”。没过几分钟，那个怒火中烧的蒙古人手里拿着棍子回来了，他绕到年轻人身后，使劲用棍子朝他头上打去，年轻人当场就被打死了。大伙害怕起来，一边痛骂着一边把行凶者捆了起来。行凶者这时才害怕起来，他边哭边说，他根本就没有想过要打死这个小伙子，他只是想教训教训他，让他痛一下，好让这个“毛孩子”知道自己的厉害，这样他以后就不敢再和自己争吵，不再嘲笑年长者。几个蒙古人在夜色的遮掩下对他们的处境进行了很长时间的讨论，最后，他们将尸体装好，用骆驼运到附近的山丘上埋了。第二天，这些蒙古人装着什么事儿也没发生过一样继续朝前赶路。但是一个蒙古官员正好经过此地，看到了这一事件的全过程并报告给了图什业图盟当局。后来，杀人者连同其同伴都被逮捕，并被移交到了主管法律事务的汉族官员那里。现在，汉族官员们就要前来事发现场，处置这些凶犯。

应该说我还是比较了解蒙古人的。因此，我不难猜出他们听到汉族法官要来的消息时是一副怎样沮丧的表情。一般来讲，在这种情况下，法官们来后都会对当地的蒙古人进行一番恫吓，并罚没一些钱财。但严格来讲，蒙古人是相当爱好和平并远离刑事犯罪的。类似的刑事犯罪只在两种情况下才会在蒙古地区发生，一是有人感到绝望时，另一种则是在极度仇恨和恼怒的情形之下。

乌内盖代山南面的高地为我们展现了横亘于此的古尔班赛罕山的另一个侧面。在这些高地和古尔班赛罕山之间，分布着广阔的谷地，它们穿过一些小丘和一些不太高的山岭以及其间的小盆地。盆地的边缘呈现出红色，底部是起伏不平的沙土，沙土上长着盐木灌木丛。盆地里居住着一些蒙古人，他们喂养着数量超过千头的骆驼，这些骆驼唤作“皇家骆驼”或者“御用骆驼”。

我们受到了这些蒙古人的款待，他们招待我们喝那种加了骆驼奶的砖茶。这些沙漠地区的居民对我们即将前往的札萨克图汗盟的情况知之甚多，他们甚至了解该盟的首脑人物札萨克本人。据他们讲，这是一个在这一带很有名气的老头。

我们在这里还偶遇了札萨克图汗盟的一个居民，这是一个富裕的蒙古人，他正前往库伦。他向我们提了一个实用的建议：沿着他刚刚踏出的道路前往我们将顺之翻越的乌伦达坂山口的峡谷。

中午在沙土和盐木灌木丛中行走很暖和。被太阳照射的开阔沙土表面的温度达到了16℃。西域麻雀（Passer ammodendris-toliczkae）大声地叫着，而孤独的灰伯劳（Lanius excubitor）则唱着非常美妙的歌儿。看见我们后，这种非常机灵的鸟儿停止了歌唱，并飞到我们枪的射程之外。在这一地区我们发现了许多以前见过的毛腿沙鸡、第一次为我们所见的羚羊（Gazella subgutturosa）和大砂土鼠（Gerbillusgiganteus），我们是因其很响的吱吱声而发现它们的。

我们从最深的盆地里踩着被风吹出的红色沉积物登上了一个石砾高地，站在这一高地上可以很清楚地看见呼图克图大道。我们沿着这条道路走了几俄里，然后在美妙的塔拉哈沙塔泉旁扎下营来。我在想，对于夏季赶路的人来说，能在这个水源丰富的泉附近稍作停留是多么舒适啊：泉水哗哗作响像一条银带一样绕过长满碧绿青草的斜坡，一直流向四方……附近栖息着各种各样的鸟儿，其中既有候鸟也有巢居此处的鸟儿，还有色彩斑斓的蝴蝶翩翩飞过，或者有生性谨慎、轻盈的瞪羚在早晚无人注意的情况下悄悄地去饮水。

即便是现在，在这里也感到舒服。在有泉水的斜坡上不再有冰雪覆盖，而那片坦荡如砥的平原上还覆盖着严严实实的冰雪。泉水沿着斜坡流下去，在斜坡的陡峭处溅出一片水花，泉水的温度是1.4℃。

从塔拉哈沙塔泉看过去，视野很开阔，可以看见蒙古阿尔泰山，也可以看见我还在上次考察队时就很熟悉的阿尔察博格多山，这座山的山顶呈漏斗状。一条弯曲的大道正巧通向那里。邻近道路的地方有一口井，名叫“恰采林吉呼都克”

（蒙语，“井”），该井是我们的一个天文观测点。现在，一个大商队正在这条道路上艰难地行进着，往库库和屯运送皮毛和其他原料。这支中原商队的骆驼看起来疲惫不堪，商队的蒙古向导也状态不佳，他们抱怨路途艰苦，缺乏饲料，让他们损失了将近十四驮畜。与中国中原商队的骆驼相比，我们的骆驼就好得多了，因此，面对前面的山岭，我们毫无惧色……

# 前往额济纳河

我们正走近古尔班赛罕山。这是一座雄伟的山脉，其名称的蒙语意义是“三个美人”，这个名称的得来是由于古尔班赛罕山是由三座看上去好像单独兀立的山脉组成的，这三座山脉是西边的西赛罕山、中间的中赛罕山和东边的东赛罕山。三座山脉共同凸起于一个个广阔而高耸的基座上。奥布鲁切夫也注意到了这一点，他在《中亚、中国北部和南山》一书中写道：位于一些谷地之上的山脉的基座的绝对高度比耸立在基座上的山岭本身的高度还要高。

我们越靠近古尔班赛罕山，山岭就越明显，覆盖在中赛罕山北坡中上部的雪也越清晰越明亮。前方的一串山——阿尔加林泰山和哈尔加山挡住了主岭的一部分，并变得较为狭窄。前述两山往东延伸即成为单独的布伊卢森高地、登高地和胡加尔高地。山前地带是一片碎石平原，上面长有羽茅，呈黄色基调。我们的驼队在平原上排成一个纵队，远远看去特别像是长有许多草的植物带。这个“牧场”不仅吸引了蒙古人和他们的马群、羊群的注意，也吸引了草原上的野生动物的注意，这些野生“居民”中有轻盈而且行动敏捷的黄羊（Gazella gutturosa）和我们已多次见过的羚羊。这些非常可爱的动物经常与蒙古族这个性情温良的游牧民族的家畜为邻，不怕生，不够警惕，甚至当人们已经用猎枪对准它们时，它们还以为人家是在欣赏它们的优美体态呢。因此，我们并没有费多大的工夫就猎到了一只非常好的年岁不大的黄羊当作标本。

由于蒙古官员图萨拉克奇札萨克的治所就在附近，所以我暂时离开驼队前往那里，我想在那里找一个向导。虽然图萨拉克奇本人到北京去了不在家，但我还是受到了他妻子的热情接待，她保证会向我提供一切方便，并果真在当夜就为我们派来了一个向导。

接下来的道路穿过与古尔班赛罕山相邻的平原，平原的总体风格在我看来与库库诺尔（青海湖）平原相近。走过这个平原后，驼队在察罕伊尔加布宗过夜。我们准备第二天翻越山脊到札萨克图汗盟札萨克的盟治，在那里我们将作长时间的停留。

在相当长的一段时间里，凛冽的西北风一直顽强地紧跟着我们，现在也不例外，通常都是刮到傍晚就停了。细细的尘土被风吹到了峡谷里，使空气变得颇为混浊。之后，天空中却出现了晚霞。一般说来，中亚的霞光总以那非同寻常的寂静组合在一起。霞光的色调变幻着，构成一幅从艺术的角度来说是无法仿制的图画。我常常静静地伫立着观看日落的景致。太阳的颜色每一分钟都在变化，逐渐由朱红色变为粉红色再变为紫色。天空逐渐变暗、变深，星宿开始在天空中闪现，先是一点、一片，继而是满天星斗，月亮不知什么时候也悄悄地爬上了远方的山头……大自然冬日的景色消失了，神秘诱人的星空笼罩着大地。

第二天早上，也就是 2 月 18 日早上，队里所有的人都显得精力异常充沛，因为大家被告知，到蒙古阿尔泰山南坡只剩下一天的路程了，到了那里后我们将美美地休整一段时间。眼盯着不断向我们逼近的山，我们不由自主地激动起来。现在，一些兀立的山岩、裂隙和高山上的草地已经越来越清晰地呈现在我们眼前。再走几俄里，考察队就要进入弯曲的、一些地方还覆盖着白雪的峡谷了，我们将沿着这个峡谷爬到山口。越往上爬，路上的石头就越多，块头也越大。下面草地上有一些锥体形的凯凯格苏拉（古墓），小河在谷底弄出单调的声响，而笼罩四周的依然是不受搅扰的死一般的寂静。红嘴山鸦（Graculus graculus）栖息在荒凉的峭壁上，山地花鸡（Montifringilla alpicola）则栖息于另外一些地方。

乌伦达坂山口位于中赛罕山西段，并且像蒙古甚至整个中亚地区所有山顶一样修建了鄂博。在鄂博附近被雪覆盖着的山顶平地上，我们碰到了一个送信的蒙古人，他为我们指点了札萨克图汗盟盟治的确切位置。我们在平地上用气压表测量出了乌伦达板的海拔为 2436 米。测量结束后，我们小心翼翼地往南下行，因为那里有特别陡且高的悬崖。棕褐色的兀鹫就在我们近旁骄傲地翱翔，而在峡谷的狭窄处，剽悍的大鹰（Gennaia）正收紧翅膀箭一般地掠过峡谷……

走出峡谷后，我们转向东行，并开始沿着山岭陡峭的山脊行进，一路上，我们穿过许多沟涧。札萨克图盟最好的寺庙和硕希特寺坐落在右岸深处的一个狭长的堤地上。我们从该寺旁边经过时，看到冷漠而慵懒的喇嘛们正从自己的禅房里走出来，朝向阳的山岩爬去，以便在那里享受温暖的春光。毗邻西赛罕山和中赛罕山南面坡地的广阔的盆地上覆盖着一层厚厚的白雪，这些盆地在遥远的南面被低平的伊赫阿尔加林泰山和巴嘎阿尔加林泰山截断。

我们的骆驼很疲累，走得很慢，我们只好耐着性子跟在它们后面。终于，我们见到了札萨克图汗盟的盟治……突然，完全出乎我们的意料，似乎从地底下钻出来一般，两个骑者向我们飞驰而来，其中一个是考察队队员哥萨克巴德马扎波夫，我还在前面的山口时就把他派去向蒙古札萨克问好了；另一个是札萨克图汗盟的官员，他带来了他的长官对我们的问候，同时也带来了一条蔚蓝色的哈达（蔚蓝色象征人们的生活像蔚蓝的天空，万里无云，清爽欢快。白色表示洁白朴实，象征人们拥有一颗纯洁的心灵）以及请我们前去喝茶的邀请。我们前行了几分钟，就来到了乌戈尔钦托洛果伊[1]，这里的一片草地上已经有人事先为考察队队员们搭好了两个蒙古包和一个帐篷。看到这一切并听了巴德马扎波夫的汇报后，我打心眼里高兴，于是，我满心喜悦地前往热情好客的札萨克那里喝茶去了。

札萨克图汗盟的盟治位于东面的一个不大的谷地里，有些隐蔽。它共有四个蒙古包，离我们现在所在地方约1俄里。一些官员在为客人准备的第一个蒙古包旁殷勤地迎候着我们，他们把我引进了蒙古包，让我坐到上座。我的座位是用地毯铺成的，旁边不知什么时候已经悄悄地摆上了一个小小的桌子，桌子上摆满了待客的食品：一碗蒙古茶，里面加了奶和黄油，一大盘非常好吃的面饼、糖和葡萄干。很快，穿戴讲究的热情的主人也来了……

札萨克图汗盟札萨克小个子，长有一张喜庆的，虽然比较宽但并不英俊的脸庞，他言语生动，容易沟通。一见面，我就打心眼儿里喜欢上了这个善良的老人。互致问候后，札萨克开始询问起我们一路上的情况，他还向我打听我们国内的情况，并想起在我上次考察时还曾通过他的官员与我的年轻的旅伴巴德马扎波夫互相致意的情形。驼队到来的消息打断了我俩友好的交谈。我向新朋友道别后，就忙着去迎接驼队去了。

傍晚，我派人向札萨克送去了礼物。

从我们在乌戈尔钦托洛果伊附近宿营的第一天起，我们就开始有规律地进行气压方面和其他方面的气象观测。我们还进行了一系列必不可少的天文观测，并为了地质学和动物学方面的需要进了几次山。这里的一切仿佛都在暗地里帮助我们，只是水和劈柴不足，让我们感到稍有不便。为了解决缺水的问题，我们就从

[1] 蒙语，“山口”——译注

山上把雪运回来融化后使用。乌戈尔钦托洛果伊的海拔是1878米。春天似乎有些胆怯地来到了。到2月底前，晚上最低气温保持在-15~-12℃，白天阴凉处最高气温第一次达到了零摄氏度以上。那是2月27日，当时的确切温度是0.8℃。东赛罕山逐渐黯淡下来，这是积雪逐渐融化的缘故。毗邻东赛罕山南麓的乌斯腾塔拉盆地里的雪更是所剩无几了。碰到不好的天气，一阵雪下起来，山腰又会盖上一层雪，但通常这些新雪很快便消融殆尽，化为乌有了。2月最后的两三天，我们在最近峡谷的井里发现了一些活蹦乱跳的虾，这让我们感到了春的临近。最让我们感受到春天临近的还是在清晨，在宁静明朗的晴空下，沐浴着朝霞倾听角百灵欢快的鸣叫声……

在乌戈尔钦托洛果伊停留的最初两三天里，我们差不多都在忙于与札萨克商谈前往额济纳河的路线问题。札萨克和他的两个谋士都试图说服我们，根本就没有通向额济纳河方向的道路，并说那儿除了石头之外就是沙土，即使是最好的骆驼也未必能走到额济纳河。札萨克还预言说，考察队在从额济纳河到阿拉善衙门这段路途中，将会碰到土尔扈特贝勒[1]的人，后者将给我们带来不少麻烦。顺便要说的是，在这个贝勒的辖区里，我的朋友后来付出了沉重的代价……

经与札萨克商量，确定了我们下一步的行进路线，并最终决定将出发日期定在3月1日。札萨克不停地问我："为什么你们一定要到额济纳河这个地方去，而不是直接到阿拉善衙门去呢？要知道直接从这儿去阿拉善衙门的路更好走，花费的时间也更少。或许，还会少费些精力、少花些费用。"然后他又补充道："是不是你们对额济纳河有某种非常浓厚的兴趣？"我回答他说："是的，你猜得对。那儿有一个引人入胜的古城遗址！""您从何得知？"我的对话者反问道。"是从我国旅行家的书中和我的朋友们的信中得知这些的。"我回答说。"噢——"札

[1] 土尔扈特，现蒙古国西部的民族；贝勒，清朝爵名——译注

萨克意味深长地拉长了声调说，“我从我的臣民那里听说过哈拉浩特，他们去过那里。据他们说，那里确实有一座有城墙环绕的城市，但是城市正在逐渐被沙土掩埋……常有土尔扈特人在城市的废墟中挖掘，他们想找到埋藏起来的宝物。我听说，还有人在那里挖到过一些东西。你们去吧，自己去看一看，或许你们还真能找到什么好东西。你们这些俄国人总是无所不知。也只有你们能胜任这样艰苦的工作。我个人感觉，土尔扈特人不会阻止你们前往这座古城，也不会阻止你们进行挖掘，虽然我得提醒您，到现在为止，还没有任何一个外国人去过那里。而且，前不久土尔扈特人还在精心地掩埋哈拉浩特和经过这座古城前往阿拉善衙门的道路……”札萨克最后总结性地说：“请不要讲我向您谈过关于这座古城的事。如果有人问起，您就回答说是自己知道的，并说曾向札萨克图汗盟札萨克仔细打听过向导和骆驼的事情，以便前往土尔扈特贝勒的治所就行了……”我们意味深长、心有灵犀的目光相遇了。我微微欠身紧紧地握住了我朋友的双手。

现在，我的信念比以前更加坚定。我不仅要前往古城，而且要在那儿开展工作，并且要在幸运的情况下发掘到一些古物以告慰俄国地理学会，告慰我的那些在地理学会供事的朋友们。临行前，我向他们透露了深藏在我内心的这个秘密。

我和我的邻居札萨克每天都见面。他把我介绍给了他的家庭。这个家由以下成员组成：一个妻子、三个儿子和三个女儿。札萨克的妻子是一个很有代表性的蒙古女人，有一张虽然大然而看起来令人颇感愉快的脸庞。两个大儿子身体虚弱，有病在身，做了喇嘛，其中一个就在札萨克辖区内的寺庙里，另外一个在库伦的寺庙里。小儿子秋利图姆是一个英俊、健康而剽悍的蒙古小伙子，被北京政府选进了宫廷，这个小伙子特别令我喜爱。老札萨克经常到考察队的营地来，他对我们的武器很感兴趣，并毫不掩饰地说想得到左轮手枪和别丹式步枪。

一般而言，游牧民族都酷嗜武器。为了武器，他们甚至可以倾家荡产。当我赠送给札萨克一把左轮手枪，并告诉他说，如果他赠送我一把古老的蒙古猎枪后，我还将赠送他一支步枪时，札萨克十分高兴，以致忘记了此前一直在我面前抱怨过自己体弱多病。他的眼睛闪闪发亮，他把我的武器一件件拿在手中摆弄着，并不时对它们进行一番褒誉，然后开始瞄准，反复练习枪支的使用。练习累了之后，札萨克坐下来，这时他仍把武器拿在手中，恋恋不舍，看来，他是喜欢上了它们，对它们有了感情。我问札萨克："俄国的武器怎么样？"札萨克笑着跷起了右手的大拇指，表示极为赞赏。最后，考察队里的神射手们进行了精彩的长短枪射击表演，这让札萨克和他的随从们高兴得大呼小叫。

我们在宿营地不停地工作着。白天与札萨克商谈事务，晚上则进行天文观测。我们还要对收集到的物品进行分类放置。最后，我们将整理好的物品连同工作报告和信件一起发送回国。

我们工作时，经常有札萨克的亲信来访，有时来访的甚至只是普普通通的邻居。所有这些人都是被我们的留声机吸引而来的。这种玩意儿对这儿的居民而言还比较新鲜、比较陌生。听到留声机里放出的歌曲，这些游牧者都变成了兴高采烈的孩子。他们高兴地笑着，把耳朵凑到喇叭前去谛听，询问是谁在里面唱歌。他们对能放出狗吠和鸡鸣声音的磁带咂舌不已！他们多次要求我们重放马、羊、骆驼及其他动物的叫声。他们一点儿也不喜欢歌剧，但是用手风琴或者唱片伴奏的俄国合唱进行曲和其他歌曲却让他们兴奋不已。

在乌戈尔钦托洛果伊停留的十天时间里，我们只到邻近的山里去过一次。那一次我是和地质学家切尔诺夫以及两名标本员一起去的。我们去的是东赛罕山陡峭部分的最高处。海尔罕高地的海拔达到了 2500 米。这些地方有很多峡谷，峡谷里有巨大的砾石，依然生长着一些草本和半灌木植物，它们多半生长在土质柔软的斜坡和峡谷的阶地上。这些植物是札萨克图汗札萨克的数量众多牲畜的好饲料。河床是干涸的，里面的许多地方有水量丰富的井，这就使东赛罕山成了一个优良的牧场，其特点是气候温和，即使在炎炎夏日里这里也比较凉爽。这儿夏季的凉爽气候和丰富的井水可以使家畜和野生动物免受邻近戈壁夏日的炎热干旱之苦，我们此次深山之行在动物方面的成就非常令人沮丧。在相当长的一段路途里，我们只碰见了狼和羚羊，只打到了一只很好玩的峭壁鼠兔。鸟类中我们见到了先前见到过的棕褐色的兀鹫、鹰、山地花鸡、鹏鸮（Bubo），后一种鸟儿从山坡上飞起来，很快藏了起来，让我们再也看不到踪影。我们只打到了一只岩鹨（Sper-molegus fulvescens），但是地质学家在古尔班赛罕山东段得到了补偿，他在那里收集到了许多岩石标本。

在我们驻地附近，鸟类品种和数量就非常稀少。我们在营地最常见到的是渡鸦，它们从早上就不断飞到我们的营地来，整天“陪”我们在一起，到了晚上再飞回到附近的山里去。此外，给我们营地带来生气的是花鸡和盐木鸦（Podoces hendersoni）。大的鹰、鹫以及飞得很快的毛腿沙鸡只在远方盘旋。顺便说一下，虽然毛脚沙鸡多在远方盘旋，但是我们在帐篷里不止一次感觉到它们就在我们的帐篷近旁，这是沙漠地区的鸟儿飞来时振动翅膀的声音及那种很奇怪的叫声很响的缘故。

时间过得飞快，很快就到了寒冷而且大风多的2月下旬。根据我们观察，此时一般刮的是西北风或者西南风。刮风时带起的尘土弄得天空很长一段时间都很昏暗。有时候，突然间一阵更猛的风刮来，将已被吹起的尘土沿着山岭一路刮过去，一直刮到老远老远。往往出现这种蒙古暴风或称戈壁暴风的时候，人和动物根本就无处可躲：风轻易地就钻进了我们暂时栖身的毡房中，动物们不知躲到什么地方去了，听不到它们的声响。除了暴风的怒吼外，四周听不到其他任何声音。然而，风暴过后却会有一阵死一般的寂静，通常第二天的天气会好得出奇，太阳立马就会让你感觉到它的温暖，积雪消融得很快，感觉到暖意的百灵鸟会飞到高处引吭高歌，从它们的歌声中似乎可以听出春天走近的脚步声……

随着 2 月底的临近，考察队出发的日子也临近了。大家在队长伊万诺夫的带领下，精力充沛地修理完了行军用具，并收好了做成的羊肉干。羊肉干的制作方法如下：根据需要和可能一次性地屠杀几只最好的绵羊，去皮后将肉与骨头分开，然后将肉切成细长条，再放入煮沸的盐水中煮。一般煮十分钟，最长煮一刻钟。此后将煮过的肉用绳子挂在通风处直至完全晾干。一般晾三五天后羊肉干就做成了。肉干一般可以保存一年，这种羊肉在途中常成为我们的辅助食品。一般情况下，我们是每天杀一只羊并将肉完全吃掉，羊皮则送给向导。之所以叫队员们制作羊肉干，是因为我们听蒙古人说，我们将要走的通往额济纳河的道路上全是沙漠，荒无人烟无法补给新鲜肉食。与此同时，作为考察队队员的我们也写完了工作报告和最后的一批信件。一句话，一切都已准备就绪，只待出发了。拆除帐篷出发的前一天，我们大家往一个大的鄂博上放置了最后一批鹅卵石，这个鄂博是我们考察队在札萨克图汗盟的盟治修建的。这个石头的锥体建筑将作为一个准确的天文点被旅行者标到地图上，也会让蒙古人想起俄国地理学会的考察队曾在此地停留，而且现在这支队伍还正在路上艰难地跋涉……

3 月 1 日早上，天气寒冷而昏暗。我们拆除帐篷后便在可爱的札萨克及其随从的陪同下出发向南一西南方向行进。我们顺着一个大斜坡很快下到了邻近谷地的最低处，这里有一口井，唤作“巴尔坦呼都克”（“呼都克”系蒙语，“井”）。这里已经没有雪，井水的温度在中午一时达到了 0.2℃。空中传来小百灵鸟（*Pseudalaudula pispoletta seebohmi*）欢快的叫声。札萨克就要从这里返回位于山中的他的盟治了。老人友好地向我们道别，他悄悄地在我耳边说：“再见了！我坚信你一定能到达哈拉浩特，并能发现一些有意思的东西……”产自草原的马儿像旋风一样驮着灵巧的蒙古骑者往回走去，几分钟后，我们的朋友便从我们的视野中消失了。

空气洁净，这让我们得以看到较远的地方。南面可以看见一些泛绿的山和长满芨芨草的谷地，那里有些游牧者的帐篷。

考察队从巴坦呼都克所在的低地逐渐上行，第一天便走进了阿尔加林泰山脉。山脉由大块的东西走向的花岗岩构成。第二天，考察队穿过了这条山脉，便在细敦布雷克泉旁停驻下来。这里仍被冰雪覆盖。

我们从这里出发前往附近的沙拉哈达[1]群山，途中打了两次规模不小的猎。我们原本指望在那里打到一只野山羊（Capra sibirica），但遗憾的是，我们未能如愿。这种生性谨慎的野兽不给我们靠近的机会，而且该山的一些坡度很陡，在这些有尖石的坡上行走起来十分困难，地形也不利于隐蔽。有一次，我非常高兴地从望远镜里看见了一些野山羊，它们正在离我较远的山麓行走，它们行走时排成一行，最前面的是一头老的母山羊，中间是一群青壮野山羊，它们排成一条线，走在队伍最后的则是一只老的经验丰富的公山羊。所有的野山羊看起来都极其小心地留意着周围的声音，极其细心地观察着周围的动静，生怕陷入了包围圈。虽然这些野山羊离我很远，我还是一动不动地站在那里，不仅如此，我差不多屏住了呼吸，生怕由于自己的原因破坏了这幅野生动物活动的完美图景。或许，这正是我们第一天打猎时惊跑的那群野山羊，当时我们正在朝前赶路，想尽快赶到狩猎地去，没想到就碰到了这群野山羊。它们在一个高地的突出部位，发现我们这帮骑马的人后，它们吓得要死，转身就飞快地往下逃跑。此后，我们再也未能不为它们所觉察地靠近过它们。打猎途中，鸟类中除了下述几种外，我再也没有见到过别的。我见过的这几种鸟是：红嘴山鸦、棕褐色的兀鹫、小鹰

[1]“哈达”为蒙语，“峰”“岩”之意——译注

（Tinnunculus）和红尾鸲（Ruticilla erythrogastra）。

站在沙拉哈达山顶放眼四望，视野开阔，入眼之景甚为美妙。往南望去是一望无垠的沙质平原，远方逐渐消隐在雾色之中；北望则群山环绕，古尔班赛罕山傲然兀立其间。这些山上覆盖着白白的一层新雪，这使它们看起来显得非常漂亮，也因此迥异于其他山脉。从这里看去，蒙古阿尔泰山东段的基座部位显得最为雄伟，这使得山顶或者山脊相应地显得很小。这也就是蒙古阿尔泰山东段或者说是其伸向戈壁部分的显著特点，这一点我已经在前文中描述过。

3月3日，太阳落山前，我们在哈拉鄂博附近宿营。我们的宿营地在经朱拉姆泰前往库库和屯的大道略偏南的地方。这天晚上，在我观测天象时，突见月亮周围有奇怪却非常漂亮的霓虹色彩带。这时刮起了轻微的北风，不过看来这风并没有影响到大气层的最上层，因为薄薄的卷层云已经在南面铺展开来。

接下来的道路折向西南，我们穿过极度荒凉贫瘠、布满砾石的地面。这种地形一方面被一排排山冈和小山截断；另一方面，在其内部还布满干涸的河床。在这种毫无乐趣可言的地貌表面，随处可见被风和沙土磨光的歪七扭八的多面体。唯一能给这令人抑郁的风景添上一抹亮色的就是羚羊了。我们在一天之内碰到的羚羊不少于一百只。零星地有兀鹫在高空盘旋或者飞过我们驼队上空，再或者就落到蒙古人的游牧驻扎地附近的地面上，这种鸟一振翅即可飞出两米开外。

沿着倾斜度不大的道路前行，我们很快就碰到了一些由黄色黏土或红色黏土构成的山丘，这些山丘的坡很陡，有时在海市蜃楼中看起来其坡度极其陡峭。在这些陡坡的山脚下常会有井出现，我们考察队就在其中的一个叫作阿门乌苏[1]或布克代的井旁扎营歇息。这个落脚处再好不过了，有极好的饲料供给牲畜食用，还有优质的水让我们享用。营地就近有一个沙丘，丘上长满了浓密的盐木灌木

[1] “乌苏”系蒙语，“水”之意——译注

丛，它们成了我们获取柴火的最佳来源。

春日的温暖让人感觉越来越明显，在太阳的照射下，地面上已经可以见到最早的一批象虫和蜘蛛。当地的麻雀们在盐木丛中喳喳叫着，开始听到朱顶雀（Aegiothus linaria linaria）的声音，随后凤头百灵（Galerida cristata] eautungensis）的歌声也开始在空中散播。啮齿目的砂土鼠，多数是大砂土鼠（Phombomys opimus），常常吱吱叫着从自己深深的窝巢里伸出头来，支起上身好奇地观察着四周。井旁住着一些蒙古穷人，他们像真正的隐士一样生活着。他们专门捕捉这种啮齿目动物，并以它们为食。据他们讲，砂土鼠的肉比绵羊肉更细嫩。这些熟练的“捕鼠工”使用简陋的木质捕鼠器，一天就能捕获三十余只老鼠。除了以这种方式获得肉类外，这些蒙古穷人还能像阿拉善人一样不费什么事就能得到一种粮食——沙米（Agriopillumgobicum）。在布克代附近的谷地上，生长着足够多的沙米，我经常见到这种沙漠植物的草垛，但草垛上多半已没有沙米，只能见到地上剩下的米壳。

走过布克代后，地形重新变得波状起伏。我们从盐木丛旁经过，穿过这种树丛十分费劲，它们会钩住行人的衣服，如果你猛地抖落又会扬起一堆带有盐味的灰尘。终于，我们走进了谷地的最底部。在这里，微斜的山丘上常可见到骞驴（蒙驴）（Asinus kiang）活动的痕迹，这些野驴是从额济纳河跑过来的。据蒙古人讲，在额济纳旗，这种野驴乃是寻常可见之物。

海市蜃楼这个“恶毒的沙漠之魂”又跟以往一样，在远处的高地和山头上“建起了”最为奇异、最富有想象力的建筑。在这种时刻，最令疲惫不堪、饱受折磨的旅行者懊恼的是，在幻影中看见沙漠里虚幻的水波荡漾的湖泊逐渐消失在远处。

在某段沙砾河床旁，长着一排排弯弯曲曲的胡杨（Populus eu-phratica）。

胡杨树上栖息着成对的渡鸦和单来独往的寒鸦（Coloeus neglectus），后一种鸟我曾在巴格莫托（意即“林荫道”）的地方发现过，我们驼队在那个地方夜宿过。

我们在井旁的宿营地停留时，突然刮起了一阵猛烈的西南风。大风剧烈地摇晃着遮住我们帐篷的枝繁叶茂的老树，带来了我们虽然熟悉却久久没有听见过的风吹树木的沙沙声，这种声音很快就让人觉得厌烦，在这样荒无人烟的戈壁上听到这样的响声更是如此。傍晚风停后，我们清楚地听到了长耳鸮（Asio otus）的叫声。第二天早上，我和两名标本员去打猎时，便捕获了五只这种颇有意思的鸟。在这里我还有另外一个发现，这就是：长耳鸮常群居在一起，每一群通常会超过十只，而且看来它们对刺眼的太阳光线并不是太害怕。此外，我们在这里发现或打到的其他鸟有：小鸮（Athene bactriana）、伯劳鸟（Lanius mollis）和使劲唱着欢快歌儿的百灵鸟。纳帕尔科夫还在满是石头的干涸河床里挖出了今年的第一批甲虫。

在离我们营地不远的地方住着一些蒙古人，他们养着许多骆驼。在用盐木树枝围成的栅栏里，圈着一些刚出生不久的小骆驼。我怀着极大的兴趣看着那些年轻的姑娘们充满怜爱地照料这些笨拙的、毛茸茸的小动物。她们极其温柔地抚摩着小骆驼，有时，当小骆驼们把它们的脸友好地伸过来时，她们甚至会去亲吻骆驼的鼻子。

在与上述蒙古人的交谈中，我了解到下述情况，那就是我原定的经过希利比斯前往苏古诺尔的道路不仅绕路，而且极其荒凉，比走另一条路要乏味得多。而另外的那条道路通往托尔措，是直路，路程也要短些。经过详细讨论，我们决定选择第二条道路，希望能尽快抵达苏古诺尔，把省下的时间用到现在已经离我们很近，但仍然神秘莫测的哈拉浩特城上。

3 月 7 日到 12 日这段时间，考察队将不得不跋涉在最为无聊的蛮荒沙漠中。

一路上都是宽大的洼地、不大的山岭和谷地，它们互相交替地出现，没完没了。

从伊赫贡起，我们开始沿着一条直直通向苏古诺尔的大商路行进。一个广阔的平原从这条路往北延伸，一直延伸到侧面似锯形的诺彦博格多岭山脚下。洪戈尔热山岭耸立在南面，一条从北而来的干涸的河床流向该山岭东翼。

由于一路上碰到的井极少，我们不得不改变行进的方式。常常在有水的地方宿营过夜，出发时间往往相当迟——大约在中午时才出发，并一直走到日落时分，而第二天一大早就出发并一直走到中午时分，也就是说，一昼夜后重新又在井旁休息、宿营。这种吃完中午饭再在荒无人烟、极度缺水的环境里行进的方式极其折磨人。更何况暖春让人感觉越来越明显，已可以见到苍蝇和甲虫，还能看到蜘蛛。3 月 1 日，我们首次发现了一种新的蜥蜴种类——沙蜥（Phrynocephalus）。阳光晒得我们浑身乏力，痛苦不堪。路旁既无野兽，亦无鸟类，四周是死一般的寂静，只有风儿畅通无阻，自由自在地刮着，不时卷起一个高高的灰柱。

总的来讲，从古尔班赛罕山到苏古诺尔，或者说从古尔班赛罕山到额济纳河下游地带的沿途，都荒无人烟，一路上水源稀少，只是偶尔在干涸的砾石河床里可见到涌出地面的一些泉水。蓄水层在地下 1.5~2 米深的地方。地表植物逐渐为柽柳、半灌木和较硬的沙漠野草所取代，这些野草只有骆驼愿意吃。我认为，骆驼是唯一能忍受此地酷热和植物的动物。

3 月 1 日，考察队沿着蒙古中部平原行进得极其顺利，该平原略微偏向苏古诺尔，表面覆盖着粗糙的砾石。临近傍晚时分，我们十分高兴地看见了远方的一片银亮。我们久久地凝视着这片银亮……黯淡的阳光滑过水面，从望远镜里看去，可以十分清楚地看见鸟群，它们像一片云一样掠过水面。大家都忘记了疲累、饥饿和我们还置身沙漠。这时候，一种特别的、崇高的感觉控制住了我的灵魂，控制住了我整个人，使我不由自主、无法抑制地想要立刻前往那个有着春天生命、春意盎然的地方……暮色渐浓，我们不得不继续行进。我们在一个可以看见苏古诺尔的地方停下来看了一会儿，此时的苏古诺尔，在四周灰暗基调中，依然那么突出、明显。终于，我们见到了建在苏古诺尔高地北岸上的博罗鄂博，这对于我们来讲就好像在沙漠中看见了灯塔一样。春天的夜晚已经悄悄地笼罩了大地，天空中升起了明亮的星星……

尽快抵达苏古诺尔的心情第二天变得更加迫切而难耐。现在，已经可以清楚看出一行行、一群群白色的或者银灰色的鹭、天鹅在飞翔，一只只鸥和燕鸥浮在水面了。再走近些，我们又听见了鸟声，但是，湖本身却有一小部分被岸边的陡坡挡住了。瞧，一群被骞驴（蒙驴）惊了的羚羊朝我们疾驰而来，然后又飞快地朝沙漠方向跑去。站在最后一个路边高地上，我们看见岸边有一片宽阔的芦苇地，土尔扈特人的马群正在那儿悠闲自在地吃着草。或许，我们驼队的出现引起了土尔扈特人的注意，两个武装的骑马者从两边急速地奔向他们的马群……

# 死城——哈拉浩特

就这样，在鸟儿飞得正欢的时候，我们来到了额济纳河流域并在托尔措扎下营来。我们宿营的地方紧邻两个有高冈环绕的小淡水湖。虽然这两个湖只有一半从冰雪的遮盖中露了出来，另一半还被冰层覆盖着，但它们还是吸引了不少鸟儿飞来。冰层正在迅速融化，在中午太阳光的照耀下融化得尤其快速，这是因为邻近沙丘南坡的温度已经达到40℃，甚至更高。苏古诺尔也只有邻近我们宿营的东南湾才解了冻。我们的宿营地在这两个淡水湖和苏古诺尔中间的一片宽阔的芦苇地中间。这片芦苇遮掩住了一些较小的湖，而我们打猎和对当地春季植物的观察就集中在小湖的周围，这个小湖离我们的宿营地约3俄里，其周长达2俄里。

必须指出的是，到达托尔措后，我们首先就派出了一名翻译前去土尔扈特贝勒的治所，以期能与这位王公取得联系。能否与他们沟通决定着我们是否能顺利前往哈拉浩特[1]。考察队队员仍留在原地并利用等待消息的时间，对鸟类春季飞行情况和生活情况进行观察，看这些鸟儿怎样飞往苏古诺尔，又怎样飞往邻近该湖的那些被芦苇遮掩住的小湖。飞来小湖的这些鸟儿以及生机勃勃的生活方式感染了我们，让我们也兴奋起来。我经常兴致勃勃地前去游览这个小湖，它勾起了

[1] “哈拉”系蒙语，意为“黑色的”，“浩特”则有“城市”之意——译注

我在第一次考察时与永志不忘的普尔热瓦尔斯基交谈的美好回忆，并总是把我的思绪带到罗布泊岸边去。就像在罗布泊那样，我在这里也在芦苇丛中艰难徐行。在同样的寂静中不时会听到一阵叽叽喳喳的声音，这声音有时会变得很大、很响……这是鸟儿们在欢唱、在飞翔。有时，我还可以清楚地听到受惊的野鸭子的声音。放眼望去，到处是迁徙的鸟儿们飞动的身影：一会儿是黑色的，一会儿是银色的，一会儿又是灰黄色的……偶尔还会听到天鹅飞过的美妙的声音，这声音如同音乐一般，令聆听者如痴如狂。终于，我来到一个山冈上，水面在眼前一下子展开了。黑头鸥（Chroicocephalus ridibundus）就像飞舞的雪花一样在空中盘旋……到处是五颜六色的野鸭子、潜鸭、亮丽的秋沙鸭和深色的鸬鹚。这里完全没有鹬活动的踪迹，只有凤头麦鸡摇摇晃晃地飞来飞去。一些大雁卧在那里，另外一些大雁则无忧无虑地在觅食。大雁的旁边是一些天鹅，它们平心静气地游着，不时像鸭子一样把头扎入水中觅食……从望远镜里望去，到处都是成百上千的会浮水的鸟儿……

枪声会引来一阵难以想象的慌乱。鸟叫声会比刚才大一倍，有时甚至会大两倍。天空仿佛一下子暗了下来，一群群受惊的鸟儿四散飞去，真可谓是“万头攒动”。成百只同类会在被打死的同伴上空久久盘旋，不忍飞去。太阳逐渐坠向地平线，湖面上又热闹起来。站在远处便可听到芦苇黄胸鹀那喜悦的啼叫声和文髭雀（Panurus biarmicus russicus）那细细的银铃般的颤音。远方，鸢在空中盘旋；近处，白尾骞驴（蒙驴）在很大的一个范围里游荡着。褐色的大鵟在那片浅浅的芦苇滩上空飞翔，那么平稳而没有一丝声响，仿佛是巡逻队在巡逻。麻鸦在什么地方咕咕地沉闷地叫了一阵儿后，所有的一切又都归于了寂静。

当我慢慢地回到宿营地时，营地里已经燃起了令人愉悦的篝火，大伙儿围坐在火堆旁，兴奋地交谈着白天游玩的收获和对春日的感受。

总的来说，苏古诺尔的东南部，那里的湖面已经解冻，整个湖呈深蓝色，湖中有高高的芦苇丛，还有一些被芦苇丛遮住的较小的湖泊。一群群鸟类飞过湖面，它们起飞时在蓝色的地平线上扬起了阵阵烟尘，并不时发出响亮的叫声。所有这一切确实让我清晰地回忆起了普尔热瓦尔斯基的考察队在罗布泊岸边度过的那个春天。就像那时一样，我现在依然被对鸟儿带来的这种生机勃勃的热闹场面所震惊。无论我走到哪里，鸟儿的叫声都会把我吸引过去，让我连续观察它们数个小时。我不敢相信自己的眼睛所看见的一切：在离我百步左右甚至近得多的地方，有一群群大雁、野鸭、天鹅、鸬鹚、海番鸭、鹭、鸥和许多其他鸟儿，在那儿无忧无虑地游水、嬉戏，不停地飞来飞去……所有这些鸟儿都只为一个目的而活着、嬉戏和忙碌，这个目的就是繁殖后代。在鸟儿飞得最快的时候，甚至是在夜里，躺在营地的帐篷里便可感受到它们那充沛的精力，一会儿是一群群野鸭振动着翅膀发出很大的声响飞过营地上空，一会儿又从天空中传来大雁和仙鹤的叫声，要不就是颇富音乐天赋的天鹅在静静的夜里“演唱”出令人神魂颠倒、悦耳动听的和声……

根据土尔扈特人的完全可靠的记载和基于我个人的推测，可以认为，春季迁徙的这些鸟儿开始回飞的时间是2月下旬。我们到达额济纳河下游的时间，正是这些鸟儿，尤其是我上文提到过的那些能浮水的鸟儿大规模地成群回飞的时间。

我们是从3月12日开始观察额济纳河流域的候鸟回飞的。观察的第一天，我们发现的鸟类有：灰雁（Ariser anser），这种鸟儿一群跟着一群地飞往北方，也有不少停在小湖旁休整的。回飞数量跟灰雁一样多的黑头鸥、天鹅（Ltygnus cygnus）、海番鸭（Clasarcacasarca）、鹊鸭（Clangula clangula）、潜鸭（Fuligula），这几种鸭回飞得比较少。野鸭和针尾鸭（Anas boschas et Dafila acuta）就数量而言，它们占了回飞鸟的绝大多数。这一天还时常看见凤头麦鸡

Vanellus vanellus），某些丘陵的高处或者灌木枝上还稳稳地停着伯劳鸟（Otomela isabellina），石鹏（Saxicola pleschanca）总是不停地从一根芦苇茎秆上飞到另一根芦苇茎秆上，或者从一丛灌木顶上飞到另一丛灌木顶上。

3 月 13 日仍有一些大雁和野鸭飞过。新见到的鸟有：灰鹭（Ardea cinerea）、白尾海鹰（Haliaetus abicilla）、黑耳鹰（Milvusmelanotis）和亮鬃草颜色的石鹏（Saxicola isabellina）。

3 月 13 日夜间，从南往北飞的大雁、野鸭和仙鹤特别多，或许还有一些不出声往北飞去的鸟儿，我们之所以判定有上述鸟儿在夜间从南往北飞，是由于它们飞过时发出了声音。3 月 14 日白天，一只白脸鹡鸰（Motacilla albabaicalensis）沿着波浪形的路线飞到了我们营地附近，过一会儿后又飞来了许多。这种鸟儿飞翔时要么成双，要么就是一整队。每一种新飞过的鸟儿都会吸引我们的注意。临近傍晚时，邻近的小湖里飞来了斑头秋沙鸭（Mergus albellus）。

3 月 15 日，在野鸭和针尾鸭中出现了它们同类中的"美人"——翘鼻麻鸭（Tadorna tadorna）以及琶嘴鸭（Spatula clypea）、红嘴潜鸭（Fuligula rufina）和鸬鹚（Phalacrocorax carbo）。这一天，还见到许多上文提到过的灰鹭，它们定期地一个接一个地飞往北方。

3 月 16 日，在我们附近的小湖上嬉戏的鸟儿有：骨顶鸡（Fullca atra）、凤头鹏鹛（Podiceps cristatus）以及其他的一些鸟儿。新飞来的鸟儿只有黑喉石鹏（Saxicola deserti atrgulars），它为我们的营地增添了许多热闹气氛。

第二天，也就是 3 月 17 日，考察队已经转移到额济纳河旁的托罗伊奥恩采宿营了。大鸨在空中展翅飞翔，这种鸟儿响亮的叫声震得空气似乎都叫苦不迭……

3 月 18 日，白腰杓鹬（Numenis arquatus）以其颇有特色的叫声引起了我们的注意，这只鸟儿第二天栖息在河边浅滩和河岸边的草地上。一对黑鹳（Ciconia nigra）在不远处亲密地互相追逐。

3 月 20 日，近十只黑耳老鹰盘旋在我们营地的上空，虎视眈眈地俯视着我们扔出去的剩饭，突然俯冲下来叼走这些残渣……过了一天，也就是 3 月 21 日，麻鸦（Botaurus stellaris）也很有意思地咕咕叫着飞来了……

3 月 24 日，我们看见小天鹅（Cygnus musicus）沿着谷地飞翔并听到它们发出妙不可言的声音。这就是我们对额济纳河下游地区的候鸟回飞情况所做的一些简单介绍。顺便说一下，3 月 24 日，我们首次发现了一些刚刚从湿地里冒出的小芦苇苗。3 月 25 日，喜鹊（Picus pica bactriana）开始筑新窝。3 月 28 日，越来越多地见到苍蝇、甲虫和蜥蜴，水边草地开始发绿。中午一时，小河里的水温为 11.3℃，与此同时，沙丘南坡的地表温度达到了 54.4℃。3 月 30 日，一条细长的灰蛇浮出湖面来晒太阳。

苏古诺尔的周长达 15 俄里。我们了解较多的东南湖畔的地势比较低平，湖边的土壤潮湿而多水洼，离湖越远地势越高，土壤也变得干燥起来。湖的东南面有黏土层，离湖渐远，地面随之逐渐被沙子和沙丘所覆盖。

苏古诺尔位于中部戈壁沙漠的最低盆地里，海拔高度为 838 米，湖水表层的颜色随光线的强弱和观察者所处距离的远近而有所不同。总的来说，主要有两种颜色：近看呈浅绿色，远看呈深蓝色。水味微咸，如果需要完全可以饮用。湖里只有一种鱼，就是鲫鱼（Carassius carassius auratus），至少，根据我们的观测和鱼类学动物标本来看是如此。十分有趣的是，到现在为止，还没有在中亚腹地的水域中见到过鲫鱼，还没有一个旅行者在这个地区捕捉到过这种鱼。我们把从这里得到的鱼类标本带回国，并请俄国地理学会主席贝格博士进行鉴定。

据当地的土尔扈特人说，苏古诺尔的东南面，有很大一片地方长满了浓密的芦苇，这里四年前还是该湖开阔的东南湾，准确地说，是该湖在陆地的延伸部分。那时额济纳河东部支流额木讷河[1]的水量要比现在多些。现在，大量的水已经不注入这条支流，而是注入另一条支流木仁河[2]，而后注入另一个盐水湖嘎顺诺尔[3]。应当指出的是，中亚沙漠地区的河床总的来讲是相当不稳定的，因此其位置也经常变换。

无论是在塔里木河流域、塔里木河下游，还是在这里，河里的沉积物都分布在相当大的范围内。一些不容置疑的事实不仅可以说明支流的游移作用，而且也可以说明河床下游部分的改道现象。这种改道一方面使河床的一岸冲积物过量淤积，另一方面却使河床的另一岸被冲毁得更为厉害。河水游移或者河床改道遗留下来的沙土、黏土沉积物为风成物的形成提供了丰富的物质材料。

额济纳河和塔里木河都具有这种沙漠河流的特性，使这些河流流域的特点更加接近。这里有什么动植物，那里就有什么动植物。这里的空气是极度干燥并永远充满了一层细细的带点咸味的黄土灰尘，那里的空气也是如此。这里的地平线很近，那里的地平线也是如此。这里的太阳黯淡无神，那里的太阳也同样如此……

我们在苏古诺尔附近生机勃勃、令人欢欣鼓舞的大自然中很快就度过了四天时间。

派去求见土尔扈特贝勒的哥萨克巴德马扎波夫回来了，他取得了积极的成果。那位一开始极其傲慢的蒙古王公（土尔扈特贝勒）立即改变了态度，并派了

[1] 今东河或称纳林河

[2] 今西河或称木林河

[3] 即居延海

一名警察来作我们的向导，要把考察队送到他位于木仁河左岸的治所达希鄂博去。王公还答应全力协助我们通过阿拉善沙漠和前往死城——哈拉浩特。

该张罗着出发了。3 月 16 日，我最后一次去观察邻近我们营地的那个小湖，湖里的冰已经完全融化了。在清晨的阳光中，安静的蔚蓝色的湖面上有骨顶鸡、野鸭和潜鸭在滑翔，湖中心有一只孤独的凤头鸊鷉在悠闲自在地戏水……

由于额木讷河汛期大水可能会影响到我们的行进，所以我们暂时放弃了沿河道前往的计划，而是顺着一道高高的沙垄边行走。后来，我们又通过一条干涸的支流河道来到了托洛伊奥恩采。干涸的河床里依稀可见当年水量丰沛的痕迹，随处可见人类遗留下来的古坝和磨坊。高达 30 米的河丘与河谷紧邻，大部分呈南北走向。一些沙丘单独存在，另一些则似游蛇一般具有离奇别致的形状。这些沙丘中还有一些是锥形沙丘，由此可以判定出刮西风和东风的时间。我们行进时，刮起了猛烈的东南偏东风，吹得沙子漫天飞舞。一些沙丘顶部开始像火山一样冒“烟”：沙子被大风卷到上空又飞舞着落下，大风把沙子从沙丘较陡的地方卷到坡势较缓的地方，然后再把它们带到更远的满是砾石的平原上。很快，大风变成了暴风，四周被浓密的灰尘笼罩，天空变得混浊黯淡，眼睛只能看到半俄里远的地方。阵阵暴风让人呼吸困难，睁不开眼，迈不开步。不只是细沙子，有时甚至是很大的沙粒也被暴风高高扬起，打到骑在骆驼上的人的脸上，有一种生疼的感觉。路旁沙丘的顶部被一层一层地吹落，使沙丘的形状也有了些许改变。

我们的向导在漫天风尘中辨不清方向，有些迷路，但是经过我们共同的努力，大家还是很快走到了奥穆克塔拉[1]井。我们路上经过了阿特察聪吉废塔，该塔是用带有芦苇的半成品砖砌成，或许它在哈拉浩特时代还是一个信号传递站。第二天，也就是 3 月 17 日，我们抵达托洛伊奥恩采，这是土尔扈特贝勒为我们

[1] “塔拉”系蒙语，“草原”“滩地”之意

指定的留宿地。

额济纳河发源于雄伟的南山[1]雪域，急速朝北流去，一路穿过炙热的沙漠，它穿过50多俄里的沙漠地带。在完全分成若干条支流前，额济纳河的河水聚集到了两处：往东注入了小一些的几乎是淡水的苏古诺尔湖，往西则注入了比苏古诺尔湖大三四倍的与外界隔绝的咸水湖嘎顺诺尔。额济纳河的主要支流有：木仁河，该河水量充沛，注入嘎顺诺尔。伊赫河，该河水量贫乏，且又分出几条支流。这些支流中最靠东的一条是额木讷河。伊赫河最终注入了苏古诺尔湖。额济纳河下游水量分布并不具有长期性，据奥布鲁切夫和卡兹纳科夫提供的资料，在他们到达这一地区的时候，伊赫河的水量要比木仁河的水量大得多，与其名字的含义是相符的。“伊赫河”翻译过来就是“大河”的意思。根据旅行者提供的资料和当地人的口述，可以得出这样的结论：在相当长的一段历史时期内，额济纳河下游是从东往西移动的。

我们的宿营地托洛伊奥恩采位于额木讷河稍高一些的右岸上。额木讷河的河面宽度及水深都经常变化，现在其河面宽度约25米，个别地方甚至宽达30米，水深为0.6~0.9米。水流平稳但速度较快，河水混浊有淤泥，而且河水中间偶尔还可见到不大的玻璃状冰块。安静单调的河岸上没有多少春的气息，不过，在岸边一些地方，芦苇已经开始变绿，而且在某些浅滩上也可以看见一些回飞的鸟儿。比如说，一小群白腰杓鹬或者一对黑鹳。在我们停下来躲避可恶的风暴时，偶尔也会有安静和明亮的时候。我们看见了一对漂亮的环颈雉（Phasianus satscheuensis），它就栖息在离我们营地不远的地方。偶尔会有大雁、天鹅和叫得很响的鸥从我们身旁飞过，它们沿着河流的方向排成一线。老鹰则一直盘旋在我们营地上空，它们一边用婉转变化的声音叫着，一边飞快地向哥萨克们晾晒的

[1] 包括祁连山等山脉——译注

肉条俯冲……也正是由于鲁莽，使这些老鹰成了我们的枪下鬼。夜晚，可以聆听到一种爱唱歌的鸟儿的叫声，这种鸟儿动作敏捷，生长在灌木丛中。

总的来说，在额济纳河下游定居的鸟儿除了上述几种外，我们还发现有：文髭雀（Panurus biarmicus russicus）、芦苇黄胸鹀（Cynchramus pyrrhuloides）、喜鹊（Pica pica bactriana）、小嘴乌鸦（corone corone）、寒鸦（Coloeus neglectus）、盐木鸦（Podoces hendersoni）、渡鸦（Gornus corax）、麻雀（Passer ammodendri stoliczkae）、凤头百灵（Galerida cristata leautungensis）；我们发现的在此过冬的鸟儿有：大鹞、伯劳鸟（Imnius）、红尾鸲（Ruticilla erythrogastra）和许多其他鸟儿。至于兽类，额济纳河谷有羚羊、狼、狐狸、野猫（当地人是根据毛色来识别这种野兽的，他们把它分为：浅红大山猫、浅灰大山猫、乌黑大山猫）兔子、砂土鼠以及其他更小一些的啮齿目动物。

我们营地附近的居民不多，正如额济纳河谷的居民不多一样。在额济纳河的中游和下游总共有一百多顶蒙古包或者帐篷。土尔扈特蒙古人约在四百年前从准噶尔、科布克赛尔来到此地，当时，还无人涉足的额济纳河两岸长满了难以通行的密林。土尔扈特人来到后的头三年里，大量烧毁森林，以便形成一个广阔的牧场。土尔扈特人至今还与科布克赛尔的族人保持着亲戚和朋友关系，并经常利用一切可能的机会回去走动，而且，在他们去做客时，土尔扈特人经常把自己疲累的牲畜留在好客的朋友处饲养，直到返回时再带走。与此同时，他们会暂时把主人的劲头十足的骆驼和马牵去使用，以弥补牲畜力量的不足。

霍顺为世袭的第三等级的王公贝勒所管理，其主要营地在额济纳河的西部支流木仁河畔，距我们的营地约 10 俄里。年迈的梅伦灿莱齐登达格沃是贝勒最亲近的助手和顾问，他娶了贝勒 26 岁的年轻女儿为妻，几乎管理着当地行政上并不复杂的所有事情。此外，当地管理机构的所有成员只有两三个小官员。

现在的贝勒名叫达希，是一个很有名气的贝勒，他是土尔扈特人迁居到这里后的第十位管理者。他没有从其父亲那儿继承爵位，而是从其兄长手中接掌的爵印。据称，其兄长的猝死与这位贝勒并非毫无关系，他功名心重、吝啬、残酷，就因为他的这些禀性，他成了这里的管理者。

抵达托洛伊奥恩采后，我立刻再次派巴德马扎波夫去见了这位土尔扈特贝勒。贝勒很高兴地接受了我赠送的哈达，并回赠了一顶蒙古包和一顶帐篷让我们暂时使用。此外，他还派来一些人为我们当差，以减轻我们前往哈拉浩特和进一步前往阿拉善衙门的负担，我感到无比高兴。如果要我开诚布公地说的话，那么我只能说，自打从我国已故旅行家波塔宁的书中得知哈拉浩特古城存在的消息之日起，我对这座古城废墟的兴趣就一直有增无减。波塔宁在《中国唐古特西藏边陲和蒙古中部》一书中写道："在土尔扈特人谈起古迹时，他们常会说起埃尔盖哈拉布留克古城遗址，该遗址距额济纳河最东的支流额木讷河仅一天路程。听人说，曾有人在那里见过这个不大的城市的城墙，城墙周围有许多被沙土掩埋的房屋的痕迹。曾有人挖开沙子后找到过一个银器。城墙周围是许多散沙，而且附近没有水。"1900 年，在我上次探险的旅途中，卡兹纳科夫在研究额济纳河及其附近小湖时，曾试图通过询问的方式得到有关哈拉浩特废城的详细情况。但是徒劳无功，当地人异口同声地否认有这么一座古城存在，说："周围地区没有任何古城废墟。"并说："你们俄国人怎么会对我们的地方了解得比我们还清楚？"上次探险前，奥布鲁切夫继波塔宁之后曾经前往过额济纳河谷。在我出发前不久，我曾与奥布鲁切夫就波塔宁有关哈拉浩特的上述记录进行过交流。他告诉我，土尔扈特人向他隐瞒了哈拉浩特存在的事实，不让他有机会走最近的路去阿拉善。他们迫使他绕了一个大弯，让他穿过阿拉善亲王的属地前往东北，而不是像我们这位天才的地质学家期望的那样前往西北。

在这次旅行中，自到达札萨克图汗盟起，我就不断地向沿途的当地人询问有关死亡之城——哈拉浩特的消息，并总能或多或少地得到肯定的消息。我与被询问者并没有太多的抵触和冲突。当地人对这座被废弃的古城废墟并没有多少兴趣。他们对考古发掘更无兴趣。甚至，我向他们许诺，只要他们每人从哈拉浩特挖出一件东西，就付给他一笔高额报酬，也没有激起他们前去挖掘的兴趣。这让我感觉到，许多当地人甚至害怕靠近这座死亡之城，他们认为去那里是一件危险的事情。

正是由于上述原因，我们更加全神贯注地关注哈拉浩特，并对它更加浮想联翩。它真是令我们魂牵梦萦、朝思暮想呀，这牵系和思念始于我在圣彼得堡、莫斯科之时，在我们终于到达蒙古，在札萨克图汗盟那儿得到了有关哈拉浩特确实存在的消息时，这种感觉更加强烈。我们多么想钻进哈拉浩特神秘的心脏里去呀！现在，我们终于来到了离我们的目的地很近的地方，可以随时动身前往了。

我们第一次出发前往哈拉浩特是在 3 月 19 日。相对来说，我们是“轻装”前往的，我们出发时只带了水、不多的一些食物和一些挖掘工具。我们在那里待了大约一周时间。与我一起前往的除了切尔诺夫和纳帕尔科夫外，还有两位老伙计，伊万诺夫和阿里亚·马达耶夫。考察队的其他成员则留在托洛伊奥恩采。陪同我们这一小帮人前往哈拉浩特的是土尔扈特贝勒最好的向导巴塔，他曾多次前往这座死亡之城，并从其父亲和当地其他老人口中听说过不少关于这座死亡之城的故事。他带我们抄最近的路前往古城，我们走的是东南方向的一条路。哈拉浩特在离我们驻地约 20 俄里处。额木讷河畔的植物带很快便消失了，出现了一片沙漠，沙漠的一部分是光秃秃的寸草不生的平原，另一部分则有或高或低的山丘并长满柽柳和盐木。从半路开始，农业文化或称定居文化的痕迹已可目见，磨盘、灌溉用人工水渠、陶器、瓷器、器皿碎片及其他物品。但我们最感兴趣的还是一些黏土建筑，尤其是路旁的塔。自古以来，人们就是沿着这条道路前往这座现在已被沙子掩埋、成为近古遗迹的哈拉浩特的。离我们朝思暮想的目的地越近，我们的心情就越发激动。在离城 3 俄里远的地方，我们穿过了一条古老而干涸的河床，河床里乱七八糟地堆放着一些干枯的被风或者沙子打磨过的树干，这些树干中有不少被沙掩埋，这景象与我在穿越干枯的孔雀河河床时，在罗布泊周围见到的情景毫无二致。河岸的高城旁有一座卫城废墟，叫作“阿克坦浩特”。传说这里曾经驻扎着一支骑兵，他们是哈拉浩特的卫队。现在已经干涸的河流两岸的谷地，以前曾经有从事农耕生产的人们居住。

终于，哈拉浩特城呈现在我们眼前。城堡坐落在一个由粗沙砾构成的低阶地上。城堡西北角高耸着一个尖顶形的塔，它附近还有一排小一些的同样也建在墙上的塔，它们与城墙都在城堡外，离城越近器皿碎片越多。在离城较近的一个地方，废墟被一座高高的沙冈挡住了，但当我们登上阶地时，哈拉浩特全景就完全展现在我们眼前了。

从哈拉浩特西面走近该城，会被距城堡南角不远的一座大的建筑所吸引，这个建筑有一个结实粗壮的圆形尖顶，因此，给人们的印象与伊斯兰教用来祈祷的清真寺非常相像。几分钟后，我们已经通过西门进到了这座死亡之城的内部。西大门与建在东边城墙上的大门呈斜线相对。我们进西门后碰到了一个正方形的荒废场地，这个正方形场地的边长约有 333 米，场地里有不少或高或低，或宽或窄的废弃建筑物，建筑物四周堆满了各种各样的垃圾，其中包括一个大的陶器碎片堆。到处都是塔，寺庙的数量也不在塔的数量之下。寺庙是用沉重的经过充分煅烧的砖砌成的。我们不由得被眼前的一切深深地迷住了，这种感觉比我们将有可能获得很大的收获还要重要、还要美妙。

路边的塔

西南

西北

北

哈拉浩特废墟

我们的营地位于城堡的中部，紧邻一个两层楼高的泥土建筑。这个建筑物南面紧挨着一个寺庙，当然，是那种被破坏到基座的寺庙。考察队抵达不到一个小时，这座死亡之城的内部就“复活”了。一些人在一个方向上开始了挖掘，另一些人则在另一个方向上开始了测量和绘图，剩下的一些人则在第三个、第四个方向沿着城堡里的废墟表面往来穿梭。一只黑尾地鸦（Podoces hendersoni）飞到我们营地旁，它刚一落到盐节木枝头上就开始大声地没完没了地叫。一位优秀的歌者、沙漠地区的隐居者——石鹏温柔地对黑尾地鸦的叫声做出回应。不知什么地方传来了砂土鼠的声响……就是在这里，在这个无人的废墟上。尽管没有水，也并非就绝对没有生命。由于缺水，我们必须要带好些水来，而且，我们还必须节约用水，以使我们能在这座废墟上待尽可能长的时间。在我们进行着兴味盎然工作当间儿，时间飞快地、不知不觉地溜走了。灰色的、半明半暗的刮着风的白天很快就被宁静晴朗的夜晚取代了。夜色给古城带来了一种神秘、灰暗的气氛。劳累了一天的我们很快便睡下了，但是，我们中的不少人从黄昏起就被一种难听的叫声所搅扰，晚上也是如此，这只鸦一直在主塔的高顶上恶狠狠地叫着。

哈拉浩特的海拔是2854英尺（870米），其地理坐标为：北纬41°45′40″，东经101°5′14.85″。

哈拉浩特城墙高七八米，底部厚度为五八米，顶部厚度为二三米。只在城墙上为数不多的一些地方，可以见到射孔的痕迹。我们在挖掘过程中，也在一些地方发现了城墙修补的痕迹。城北的城墙上凿有缺口，其大小正好便于骑兵自由通行。

城堡内部的所有部分都被划为规范的街区和街道，所谓的“商贸大道”、主干道及一些附属街道旁，是一排排低矮的泥土房子，房顶上覆盖的是一层厚厚的硬壳。未见可以显示出殷实家底的大房子。经常，当我们刚刚挖开一些圆形的估计会埋有房屋的山冈时，在干燥的地面下会立即发现禾秸、芦苇、木质的柱架以及其他一些东西，这说明房顶早就塌到了屋内。许多小庙和其他一些地方都被破坏到只剩基座的程度，看上去像是一个平坦的被磨圆的高地，基座上堆满了沙子、沙砾和一堆堆或大或小，或一色或多色的陶瓷器皿及瓦器碎片，中间间杂有小块的铁制品——既有生铁制品，也有熟铁制品，铜制品碎片很少，银制品就更少了。

小庙的基座十分坚固，是那种通常意义上的坚固，基座上砌着漂亮的方砖，方砖的边长为 35 厘米，厚度为 4.4 厘米。我们把砖的样品收集到了一起。条形砖收集了 7 公斤，方砖则收集到了 14.5 公斤，后一种砖我们没有带走。庙墙是用半成品砖砌成的，这些半成品砖与上述砖相比在重量上要轻一些，坚固程度要差一些，块头上也要小一些，它们或垂直或水平摆放着。房顶是用凸形的瓦做成的，其底部和角上有中国式的几何图案镶边。考察队在一些小店铺里发现了不少瓷片，以及各种各样的日常生活用品和贸易物品。在这里还经常可以见到铜币和纸币，偶尔也可见到一些祭祀物品。顺便说一下，后来，俄国博物馆民族学分部的技术高超的工作人员，把我们从这里找到的瓷片还原成了碗和瓶子。

集中在城堡东北角的一些废墟，例如一号废墟（参见平面图），它们高出地面许多。这里以前极有可能是卫戍部队的驻防地，而卫戍部队的长官则应住在西北塔旁的居所中。现在看来，这些住所在建筑时也许无暇顾及外观的雄伟和艺术价值，因此从外表上看起来很像是小庙一类的建筑物。在这里，也就是城市的西北角，也许比别的地方更适合哈拉浩特的统治者居住、生活。从这里修一条阶梯形的入口，可以上到城墙上面和塔上，站在上面可以看到周围许多地方。

我们在哈拉浩特的所有研究和挖掘都进行得特别细心。在哈拉浩特内部或者表面发现的每一件新的东西都会让每一个人感到高兴。我永远也不会忘记当我终于在一号废墟里发现了一个佛像时的那种巨大惊喜感。佛像画在布上，其规格是 0.081 米 ×0.067 米。

“画面描绘的是一个佛教和尚，而且看起来是一个印度人，因为从年代上来考证，便可以排除他是西藏人。假设成立的话，他就可能是生活在极其久远时代的米拉赖巴或者是其老师莲花生。当然，也有可能是本地传教士的画像。虽然画像已经被磨损得很厉害，但其轮廓总的看来还是完全清晰的，而且它还被别列佐夫斯基用透明描图布完全准确地进行了拓印，拓印的‘准确’可以用‘几乎没有错误’和‘所有色调都跟原色一样’来形容，虽然画像本身的颜色不容置疑，已经褪了一些色……根据画像的一整套细节，非常容易判定这是一个孟加拉人的佛像，他们制造的佛像精品早在 11—12 世纪就已经涌现了。判定的依据有：佛像人体的磨损程度、佛像光轮的处理、背影色……”[1]。

除了这个小画像之外，我们还在一号废墟中发现了一些粗糙的金属小碗和一些西夏文字的手稿碎片。自然，我们对这些手稿十分感兴趣，因为它们是有关这一地区情况的历史文献，从这个意义上说，塔 A 给了我们最为丰富的富有价值的东西。我们在那里找到了三本古书，三十个有西夏文字的本子，以及一个保存良好、色泽鲜艳的画在布上的典型的佛像“阿弥陀佛现身”，我们根据这一佛像复制出了放在这里的一幅图画和绸布上的汉人的形象。在以后的挖掘中，我们又进一步发现了一些小的颅骨形的塑像，一个大的略带微笑的漂亮的头部雕像，以及一系列其他的头部雕像。这些皆是佛的头像，镀金且有黑色头发。有些头像上那斜视的眼睛看来并非印度风格。除此之外，我们还发现了一些有佛像和其他内容的小木牌和一个小的中国石佛像。

我们在塔 B 中发现了几颗玻璃状眼珠，它们是从被毁的泥土塑像上掉下

[1] 参见奥尔登堡《从哈拉浩特运回的佛像》——原注

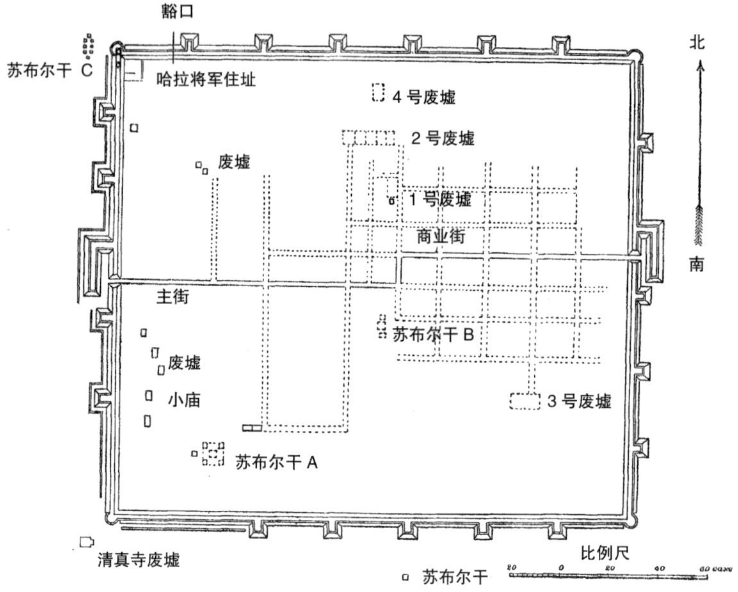
豁口
北
苏布尔干 C
哈拉将军住址
4 号废墟
2 号废墟
废墟
1 号废墟
商业街
南
主街
苏布尔干 B
废墟
小庙
3 号废墟
苏布尔干 A
比例尺
清真寺废墟
苏布尔干

哈拉浩特废墟平面图

来的。这个塑像完整存在的时间也许并不是很长。在这里，我们还捡到了一颗打磨得非常好的用水晶或者是黄晶做成的眼珠，以及一些仅在此处发现的“察察”——一些不大的、很多时候甚至是很小的泥土质地的佛像。

哈拉将军房屋附近的塔形要塞的基部上堆满了“察察”。城堡西北角附近的一群塔中的大多数情况也是如此。

根据土尔扈特人的看法，三号废墟当时居住的是穆斯林，其清真寺建在西南角的城墙外，我们在这里还发现了一些波斯文手稿碎片。科学院院士奥尔登堡研究后得出了如下结论：“其中的一片最有意思，它是著名的《七个圣者》的故事里的片断……”

最后，我们在这个地方还挖出了一些穆斯林的手稿和一个编织艺术品。别列佐夫斯基对其进行了描绘。这个艺术品角上的花纹与敦煌的晚唐和宋代的图案有相似之处。这一编织物的内部与中国和印度的编织物又有许多相似之处。两条小带子具有伊斯兰教的风格，或说是波斯风格。因此，奥尔登堡指出：“极有可能，我们拥有的是一件 13 世纪的工艺品。”

哈拉浩特广场内部，总的来说堆满了形形色色的器皿碎片。这里有各种尺寸、各种质地和各种形状器皿。一些绘有独特图案的很大的陶器非常有意思，它们有可能是用来装水的。我们在地面上还找到了一些铜圆、珠串、小块软玉和形形色色的小物品。总而言之，所有的这些物品现在都被收藏在俄国博物馆民族学分部。

沙子首先是从北部侵入并掩埋哈拉浩特的。在北面城墙和东面城墙的墙里墙外，沙堆最高、最大。人和骆驼都可以畅通无阻地爬到城的东北角和西门城墙上，在某些地方还可以轻松地进到城里。以上两点足以说明我在这一段开头分析的正确性了。城郊处被规划成整齐的街道，从东面一直延伸到城堡城墙处。一条向东通往波罗浩特的道路把这片郊区分成南、北两部分。

在早已远去的哈拉浩特时代，很有可能有两条小河流分别从城南和城北绕过，随后又在北面某处汇合，并流进北面的一个盆地。

在哈拉浩特度过的几天时间里，考察队收获的东西林林总总、五花八门，有书籍、信件、金属钱币、女性饰物、家具、日常生活用品、佛像以及其他物品。用数量来计算，我们这些天的收获是满满的、沉沉的十个邮箱的物品。后来，我们把这些东西寄给了俄国地理学会和俄国科学院。

另外，土尔扈特贝勒对考察队态度友善，我立即通过蒙古驿站向库伦和更远的彼得堡寄去了几个包裹，告知哈拉浩特被发现的事实和在哈拉浩特发掘出来的物品，并附上了一些书信和佛像，以便对其进行尽快的研究和判定。我们十分迫切地想要了解这座“死亡之城”存在的时代和城里当时居民的情况。

我问附近居住的土尔扈特人，当时谁居住在哈拉浩特，他们的回答是“汉人”。我们对此提出异议，说既然该城的居民是汉人，那么为什么在我们发掘出来的佛像中未见有汉人风格的肖像？土尔扈特人无言以对。他们对这个显而易见的矛盾无法解释。但是，土尔扈特人又振振有词地对我们说，在他们先辈发现这座城市时，这座城市的外表和我们发现它时是一样的，是一座中国式的城市：有高高的土城墙，城墙上挂着灯笼。城市修在一个岛形阶地上，城的两面从前还有额济纳河的河水流过。后来，水量越来越小，河流沿着槽状的河床先后流向东面、东北面并最终流向了北方沙漠里的一个叫作“霍丹霍舒”的含盐的沙土盆地里，这个盆地与现在苏古诺尔和噶顺诺尔在同一个方向。

关于“哈拉浩特”或称“哈拉板升”[1]，亦即“黑色之城”或“要塞之城”，民间有如下传说：

[1] “板升”“拜申”系蒙语“房子”之意——译注

“哈拉浩特的最后一任统治者是哈拉将军，他依仗着自己攻无不胜的军队，想去跟中原皇帝争夺皇位，政府被迫派出大量军队前来迎战。皇帝的军队和哈拉将军的军队在哈拉浩特以东，也就是现在阿拉善北部边界附近的沙尔察山地区进行了一系列激战，最终，哈拉将军的军队失利。占据优势的皇家军队迫使哈拉将军的军队步步后退，并最终退回到他们最后的据点哈拉浩特，皇家军队将哈拉浩特团团围住。对哈拉浩特的围攻是否持续了很久，现在已不得而知，但是可以肯定的是，这座城市并没有被立即攻破。久攻不下的中国皇家军队决定切断哈拉浩特城的水源。这样，就像我们上面看见的那样，额济纳河被改道沿城市的两侧经过，并把河水引向了西面，而原先的河床则被塞满了沙袋。这种用土堤堵河床的痕迹保存至今，土尔扈特人前不久还在土堤里发现了一些破旧的麻袋碎片。

“失去水源的城里人开始在城的西北角挖井，但是，他们挖到了约 240 米深的地下还是没有挖出水来。于是，哈拉将军决定进行最后一次总决战。以防万一，决战之前，将军事先把自己所有的财宝都藏到挖好的井里。传说这些财宝不少于八十辆马车。每一辆马车可以装 320~480 公斤。通常认为，这些财宝是一些银子，而不是别的什么宝物。埋好这些宝物后，将军又亲手杀死了自己的两个妻子、一个儿子和一个女儿，以防他们落入敌军之手遭到侮辱。做好上述准备和善后工作后，将军命令在其埋藏宝物之地的北面城墙上打通缺口（这些缺口保存至今）。缺口打开后，将军率领自己的部队向城外的敌人冲去。在这场决定性的战役中，哈拉将军本人战死疆场，他的‘不可战胜的军队’也被消灭了。攻进城去的中国皇家军队照例对这座城市进行了极为严重的破坏，但是他们没有找到埋藏的宝物。虽然邻近城市的汉人和当地的蒙古人不止一次企图得到这些宝物，但是，据说这些宝物至今还埋藏在地下。人们把挖掘宝物未获成功的原因归结到哈拉将军亲自设下的咒语上。当地人相信这一咒语的法力，尤其是当最后一批寻宝者在地下掘出的不是宝物，而是两条有着发亮的红鳞和绿鳞的大蛇后，他们更相信这一咒语的魔力了……”

听着这些有趣的故事，进行着各种观察活动，时间很快就过去了。终于，又到了出发的时间。告别哈拉浩特时我们都依依不舍，现在我们已经把这座城叫作“我们的哈拉浩特”了。我们已经和它熟识，了解了隐藏于地下却被我们稍许揭开的秘密。奇怪的是，在我们和这座古老的死亡之城中间，似乎已经建立起了某种内在的、牢不可分的精神联系。

经过讨论，我决定让切尔诺夫再在哈拉浩特待两昼夜，并把阿里亚・马达耶夫留下来给他当助手，我本人则要赶去和土尔扈特贝勒进行一次重要会晤。

离开哈拉浩特的前一晚，大家一起喝过茶后，我请求札萨克图汗盟的喇嘛向导为我们预测一下第二天的情形。喇嘛很快拿起一块绵羊的肩胛骨放到火上，等到骨头烤得发黑并出现了裂缝后再拿出来，很珍惜地将其放到自己近旁。过了一会儿，喇嘛意味深长地用左手拿起肩胛骨，右手拿茎秆在肩胛骨裂缝之处指来画去，然后他预言道：“队长，您明天将有两件喜事，一件是大喜事，另外一件要小些。第一件喜事是将要挖掘出许多物品，第二件喜事将出现在你们返回主要营地的途中，队长您将打到好的野兽。”我不能不指出，这两个预言都说得很准，都应验了。切尔诺夫和阿里亚・马达耶夫第二天在塔 A 发现了许多手稿和一个画在布上的非常美妙的“阿弥陀佛现身”佛像，而我本人也确实在前往托洛伊奥恩采的途中打死了一只非常好的野兽。

中心营地亦即主要营地的队员们正在焦急地等待着我们回来。在我抵达中心营地后，我们立即打发两个哥萨克带着食品和饮用水，前去为留在哈拉浩特继续工作的队员做补充。之后，我们立即开始为即将进行的穿越沙漠前往阿拉善衙门的艰苦之旅做准备。

3月23日一大早，一位尊贵的客人光临我们营地。这位客人全称为“哈戈乌钦·土尔扈特·达希贝勒”，是一位土尔扈特贝勒。这是一个个高、瘦削却十分精神的六十岁左右的老人，他与人交往的方式完全是中国式的。他非常有礼貌，显得过于自谦。他一直抱歉说，他的辖地贫穷而且居民稀少，并把造成这个结果的原因归结为曾遭到了不止一次的破坏。仿佛是在任何问题上他都不敢反对我的意见一样，贝勒对我提出的所有问题都试图给以肯定的回答，并保证说，如果可能，将为考察队提供一条新的尚未被考察过的道路，以缩短考察队的行程，这条道路经过哈拉浩特、戈伊措和定远营而通往黄河。

事务性谈话结束后，我们开始用留声机逗贝勒开心，而后又款待他吃早饭。土尔扈特贝勒在我们这里坐了很久。他一根接一根地抽烟，看来，这种烟给他带来了莫大的享受。临走时，我给我们的客人拍了张照片，之前我先送他了一张我的照片。此外，我们还送了一些其他的礼物给这位贝勒。贝勒临走时告诉我们，如果我们回访他，他将感到很荣幸。在我们送给他的礼物中他留下了怀表和音乐盒，他请求我们教会他的下属使用这两种东西。

第二天一整天，我们都忙于各种事务，其中包括写我们的工作报告，报告十分详细地谈到了哈拉浩特。此外，还要把各种手稿和佛像收拾好，准备运往彼得堡。昨天，刚从死亡之城返回的地质学家切尔诺夫也写了工作汇报。我们在托洛伊奥恩采时，听说另一支欧洲考察队似乎也从库伦出发前往古尔班赛罕山方向，这使得我们写起所有将要寄给俄国地理学会和俄国科学院的报告来都特别认真、特别仔细。

3月25日，我们终于出发前去拜访土尔扈特贝勒。贝勒的治所在木仁河和伊赫河中间，虽然离我们的营地不远，但是在我们的营地和他的治所中间，隔着伊赫河的两条水量充沛的支流。这些支流不仅脏而且发浑。河床中到处都挖有井，这是因为河床的位置不太固定。非常客气的主人事先为我们派来了一些马匹和向导，如果没有对路途情况很熟悉的向导，在额济纳河谷无穷无尽的山丘和多种多样的灌木丛中旅行，很容易迷路。在路过位于伊赫河两条支流间的巴加达希乔伊纳庙，并顺利渡过所有河流后（过最后一条河时例外，当时河水深而且有淤泥，我们中的一位队员不意洗了个“冷水澡”），我们终于远远地看见了贝勒的治所。作为下属，我们的向导巴塔在看见自己主人的治所后就下马步行了。我们则骑马来到拴马处，把马交给赶来的下人照料，然后就朝围着栅栏的花园走去。在柽柳林中安扎着贝勒的大蒙古包。在一个大蒙古包旁站着许多人，一些盛装的妇女忙里忙外，不时偷看我们几眼。贝勒本人和他的官员们站在大蒙古包旁，他们都穿着正式场合穿的衣服。贝勒很热情地迎接我们。从外表看上去，他一直很激动，他的手一直在颤抖，声音也时断时续（一些爱说闲话的人对我们说，贝勒有时会来几口鸦片）。克服了窘迫后，贝勒十分热情地款待我们吃美味的饺子并喝了茶。喝茶的方式完全是欧洲式的，有方糖、烘烤食品、水果软糖等。我们已经很久没有这么有滋有味地吃过饭了，所有这些食品对于我们而言都是最为精致讲究的美食。

在我回访期间，谈话进行得有些死板。贝勒总是试图避开我们感兴趣的关于哈拉浩特的话题，只是说，他属下的民众是一些没有文化的粗野草原人，他们斗大的字也不识一筐，压根儿就不懂科学。他最后说：“我不只是对你们俄国人如此，总的来说，我不妨碍任何人到死亡之城里去进行挖掘。但是到目前为止，所有企图在里面挖出珍宝的人，都两手空空地无功而返。”顺便说一下，他说的话中指的是在哈拉浩特城里埋藏有大量的银子和金子。

我在贝勒家做客时，科布赛尔王的妻子也在贝勒家做客。她的一位陪同名叫扎希拉克奇。她是前往塔尔寺朝圣归来返回准噶尔的途中在此停留的。我与扎希拉克奇交谈了许久，当王后从扎希拉克奇那里得知俄国考察队长很了解她的家乡并对之充满好感时，她托人向我转赠了一条哈达，由于礼节原因不能在异城他乡与我结识深表遗憾，她还祝我一路愉快并取得丰硕成果。

在我与贝勒的私人谈话中得知，所有土尔扈特人皆承受着名为“阿尔邦”的贡赋的严重压迫，他们必须向所有过往的中国官员提供各种贡赋。所有的土尔扈特人都渴望能避开这种贡赋，他们拒绝提供部分贡赋，甚至当达赖喇嘛的随从们经过他们旗时，他们也这么做。但是，这一次他们却受到了惩罚，性情暴躁的西藏官员为此狂怒不已，他们用言语和行为凌辱了贝勒的副手，并威胁他们必须履行“阿尔邦”，亦即按规定提供一定数量的供给。

为了雇牲畜，考察队向土尔扈特贝勒赠送了丰厚的礼物，并交了预付款，这让他非常感动。作为回报，贝勒派人赠送给我两匹好马，但我考虑到前面将要穿越的是沙漠地形而没有接受这些礼物，这让贝勒深感不安。在打听到我对佛教颇有兴趣后，他送了一幅挂有哈达的佛像给我作纪念。

与此同时，气温也逐日升高，额木讷河的水温中午 1 点时已经达到了 8.9℃。营地附近的一对喜鹊开始忙碌着筑建新巢了……依旧有相当数量的天鹅飞往遥远的北方，偶尔也可见一群群（10~15 只）白腰杓鹬排成一线飞过天空。最靠近河边的地方已有越来越多的芦苇钻出地面，但整个植物的生长情况则很不理想，从西边和东边来的风暴以及每天不停的大风妨碍着它们往高里长。

鉴于上述原因，我们很难立刻启程前往阿拉善沙漠。而且，令人精力衰竭的炎热提早来到，这不利于我们在沙漠中行进，也迫使我们不急于动身前往南方，而是多花几天时间去进一步研究“我们的哈拉浩特”。出于这种考虑，我于 3 月 28 日，再次派三名年轻的旅伴前去死亡之城，并给予了他们在挖掘方面的充分自由。我和切尔诺夫以及纳帕尔科夫需要再在托洛伊奥恩采停留一天，以便完成写给地理学会和科学院的信件和工作报告。地质学家切尔诺夫本来准备写一篇简短的工作报告，但是，写着写着就写成了一篇详细的文章，但他还是在这一天里把它写完了。

3 月 29 日早，我们出发向南行进。天气阴沉而寒冷，持续不断的东风使气温降低了许多。东风扬起沙尘，弄得天空很灰暗。

这些常常刮起的风多半是东风或者西风。大风把越来越多的沙子吹积到哈拉浩特。沙子沿着沙坡越过城墙，吹进这座死亡之城，沙子的厚度还在逐年增加，它们正在掩埋这座城市里的各样宝物，或大或小的二等寺庙、塔和其他建筑废墟。

再过十年，当哈拉浩特新的研究者来到此地时，他们发现的将会是另外一派景象，这些沙丘的位置已不在原处了。

在去哈拉浩特的路途中，我们发现了一个城堡废墟。城堡内院长五十步，宽六十步。传说，这里以前居住着一群生活在哈拉浩特附近的农夫。离哈拉浩特越近，冥冥之中，我们就越能感到这些沉默已久的人在招呼我们前去。我们终于看到了熟悉的塔顶，它们好似给这座古城的西北角加上了一顶冠帽。登上城市所在的阶地后，我给驼队指明了城市西大门的方向，自己则取道一条更直的小道前往北面的缺口。走过缺口后，我不知不觉地来到了我们的营地旁。我们的三名考古者正在城堡的东南角勤奋地工作着，在他们的上方，有一条高高的灰柱在旋转。

阿里亚・马达耶夫新发现的金属物品让我非常高兴。这些金属物品中包括一个椭圆形的牌子、一些马镫、一些硬币，还有一些手稿……安顿好并喝过茶后，我们大家都投入了工作之中，而且每一个人都显得十分主动、积极。天快黑了，大家的劲头明显小了许多，但是一天富有成效的挖掘工作让大家都很高兴，每个人都不由自主地想再挖出一些新的、特别的、还没有挖出来的东西。夜色渐渐笼罩住了这座昏昏欲睡的死亡之城。营地里很快就悄无声息。大家都睡着了。我沿着一个废墟慢慢地、久久地走着，思考着下面这些问题：我们挖出的这些手稿里藏着什么样的秘密？那些神秘不解的书信又会让我们知晓些什么？能否很快就判定出谁是这座被废弃城市的居民呢？一想到次日中午我就将离开我的“孩子”——哈拉浩特，我就难过起来。我在这里度过了多少欢欣鼓舞且愉悦的时刻！这位沉默寡言的朋友为我提供了多少美妙的想法！它不知不觉地扩大了我的知识面，向我指出了在此之前我还完全陌生的一个科学领域。从现在起，我将尽我的全力去钻研这个领域。

第二天，考察队全体成员再次分散到城堡的各处进行挖掘。年轻的索德波耶夫在研究南面城墙时，偶然发现了掩藏在墙里面的一个有圆顶的房间。房间里空空如也，只在窗台上有唯一的一枚硬币。几个外贝加尔人在离一号废墟东北一百步远的地方挖掘出了一个古代建筑的残迹，他们还在里面发现了几件东西：一件瓦器、一串念珠、一个秤砣、一把锤子及其他东西。近卫兵萨纳科耶夫在塔 A 附近挖掘，塔周围有一些房子，房子里有一些黏土制成的佛像。萨纳科耶夫在这里还挖出了一个小的中国石佛像，我在上面已经提及过。

就在我放置最后一批掘获品准备拆营升拔时，志愿前来挖掘的蒙古喇嘛挖出了一整套中国纸币，这些纸币看起来是一样的，但其规格不一样，而且纸币上盖有中国政府的红色印章。这些纸币是在“贸易大道”附近的一座房子外的一层干沙子和牲口粪便混合物下被发现的，其厚度达 15 厘米。我把这堆叠在一起的纸币同其他掘获品一并放进箱子里。关上装满哈拉浩特考古珍品的箱子后，我们又踏上了征途……

# 横穿沙漠到定远营

为了研究额济纳河和苏古诺尔附近的生物活动情况，更重要的是为了发掘哈拉浩特古城，我们在蒙古沙漠中心旅行的日子很开心，像一场美丽的梦。而现在，横在我们面前的是困难重重、缺乏吸引力的阿拉善沙漠[1]，它往东南方向绵延560俄里，看上去仿佛是一个干涸的沙石海洋，其间星罗棋布、高高低低的山岭和沙丘则让人想起海洋里起伏不平的波浪……我们的沙漠之舟——骆驼将用二十五天时间横渡这个“干海”。其间包括两天休整和三天慢行，前者主要是考虑到可能遇到沙暴或者暴风雪而安排，而计划一天只行进15到18俄里的三天慢行，则是为经过戈伊措绿洲而制订的。我们之所以要去穿越困难重重的阿拉善沙漠，完全是因为想去探究和发现一些奇特的地形。这一地区有时也有一些人气很旺的道路，它们把唐古特人的首都与中国西部连接在一起。这只是一方面的理由。我们之所以不怕困难重重而要去穿越阿拉善沙漠，还为了另外一个同样令我们自旅行开始之日起就心神系之的事情，那就是前往贺兰山打猎。

我们在沙漠中行进的第一天走的主要是沙地。我们一会儿沿着满是小砾石的平坦阶地行走，一会儿又走进沙质洼地中，洼地的有些地方有龟裂。有一点很有

[1] 当指巴丹吉林沙漠——译注

意思，这就是“干海”中含云母的黏土砂石组成的岩层有一个不太陡、向东南偏东方向倾斜的断层。

曾几何时，这里有一个流经哈拉浩特东南的河道，现在早已干涸。我们登上了一个荒凉的有着各色石头的阶地，站在上面朝前望去，可以看见一个浅灰色的几乎完全被灰尘蒙住的堡垒。干河床两侧都很陡峻，偶尔在一些地方生长着一些柽柳和盐木，扬起的沙尘在这些树木周围形成了很多沙丘。上述植物根系发达，具有从深地吸取水分的能力，因此经常能在沙漠中遇到。见到它们，就知道离有水的地方已经不是很远了。经过两三个南北向的宽谷后，我们看见在东南方向有一些由沉积物形成的长长的“小岛”，上面一些地方耸立着高塔，这样的塔可以在海市蜃楼中经常见到。这种塔或多或少让人想起现代中国人在新疆南部所建的那种塔。这些塔是旅行者的指路牌，它们为那些沿着古代商道来往的人们指示着方向。这些商道有：纵向的从额济纳河到黄河，或者准确一点地说是从额济纳河前往阿拉善衙门的大道；横向的是从甘肃向北前往喀尔喀地区或者大库伦的大道。

踏上这条通往阿拉善，或者准确一点来说是通往定远营的具有历史意义的大道后，我们对它进行了多方面的研究。这条古老大道的有些节段还可以清晰地辨认出来，这多亏了它那还算比较好辨认的砾石路基，而另一些节段则完全被松散的沙子掩埋起来了。

我们从哈拉浩特出发后，第一次途中停留是在波罗聪芝，它位于一个红色沉积物堆成的颇有特点的岛状台座上。在离波罗聪芝不远的地方，我们发现了今年春天的第一条蛇——箭蛇，它当时正在晒太阳，箭蛇被我的叫声惊吓，立即钻进了洞穴，因此没有被我们捕到。我们在沙土里抓到了一只蜥蜴。

在波罗聪芝谷地有一些很好的牧场，这是由于此地地下 60~90 厘米处就有含水层，而且水质和口感都不错。有些地方还有一大片密密的芦苇丛，其间偶有凹凸不平之处。在平原水草丰美的地方出现了蒙古包，里面居住着从各地游牧来的蒙古人和他们的牲畜。到这里游牧的不仅有邻近的东南各旗的牧人，也有北部和西北部各旗的牧人。向导告诉我们，现在这里的人数还不算多，到一年中最好的季节时，这里的居民要比现在多几倍。

3 月 30 日，整整一天都是晴朗的好天气。对于我们而言，这里的空气异常清新。尽管如此，还是鲜见鸟类活动。只有一只沙漠石鹏站在杨树枝头，一边晒着太阳，一边闷闷不乐地唱着朴实无华的歌儿。中午，树荫下的气温达到了 13.1℃，第二天同一时刻，温度升到了 19.3℃。晚上的气温则很低，低得水桶里的水都被冻得结结实实。井里也结上了一层薄薄的冰。这就是大陆性气候的特点。

顺便说一下，波罗聪芝谷地是土尔扈特贝勒和阿拉善亲王领地的分界线。走过这块水草丰美的谷地后，又是沙漠了。我们很快进入了沙丘地带，这些沙丘大多不高，呈南北向。总的来说，沙丘很少有高过 5~7 米的。沙丘西部迎风坡坡势平缓，而东坡则十分陡峭。沙子那美丽的褶皱蜿蜒曲折，一会儿视野开阔，一会儿我们又只能从它们中间的夹缝中艰难穿行。在有些地势较高的沙丘上，可以见到蒙古人用盐木枝堆出的鄂博。在沙丘中间偶尔还有一些表面覆有薄薄盐层或者沙砾明显粗起来的较好裸地。此外，偶尔还会有一些半月形的含水洼地。当地人通常在类似这样叫“诺尔”亦即“湖”的地方宿营过夜。

沙漠中的植物绝大多数是芦苇和盐木，少见柽柳。沙漠中的动物很少，它们的每一次出现都能让我高兴一阵。我们在沙漠中遇见最多的动物是一些啮齿目小动物，如砂土鼠等。很少见到兔子。蜥蜴差不多还在冬眠，蛇也只是刚开始出来活动。一些甲虫四处乱跑，显得精力特别充沛，这多少给被太阳烤得发烫的死寂的沙漠增添了一些活力。顺便说一下，3 月 31 日中午，这里沙子的温度已达到了 45.3℃。

我们见到的鸟类依旧是一些“过客”，它们匆匆忙忙地飞向北方。这些“过客”有：灰雁、白色鹡鸰，这种鸟儿有时会落在离行走的商队不远的地方，还有石鹏、灰鹭以及其他一些鸟儿；久居此地的鸟儿有：盐木鸦、毛腿沙鸡。

从波罗聪芝出来以后，考察队在长有灌木的沙丘间蜿蜒的道路上前行了 75 俄里。在穿过一个不大的沙漠地段后，我们终于在最后一个缓坡上看到了宽阔的戈伊措谷地。谷地一直向东延伸，其西边是被风吹得波浪起伏的泛着金黄色的芦苇，北面则是深色的海尔罕高地，它们组成了埃尔古哈拉山地的南缘。

戈伊措谷地是著名中央戈壁洼地的东部延伸部分，海拔为 840 米，在纬度方向（从西北偏西到东南偏东）绵延 80 俄里，宽 15~30 俄里。在谷地的北部和南部边缘，有一些悬崖和一些被风沙吹蚀的塔，悬崖是由一些沉积物形成的，其轮廓不清，容易让人想起城市的废墟。与此同时，南面的台地上布满高高的沙丘。

戈伊措谷地中部有一些长满灌木的小丘，小丘中间布满光秃秃的黏土性平地或者相当大的咸水池。黏土性的平地在谷地西部分布更广，因为这里少有沙丘，取而代之的是长有芦苇的沙原。尽管邻近雨水稀少的中央戈壁，戈伊措谷地的水分还是很充沛的。在这里不仅可以看见单独的水量充沛的泉，而且可以看到一些渗水的斜坡，渗出的水把斜坡弄得湿乎乎的。有意思的是，大部分泉水不是在谷地的底部，而是在南部高地底部的洼地里溢出地面的。

丰富的水源使戈伊措谷地拥有相对丰富的动植物资源，并使它成为游牧民族眼中“美丽的绿洲”。这块绿洲不仅吸引着像我们这样长途跋涉的旅行者，也吸引着蒙古游牧者前来放牧。

我们决定沿着戈伊措谷地的南部边缘行进，并决定每天只走一小段路程，以便相对轻松地对谷地进行较为详细的研究。走近从西数第一口井“奥罗尔根呼都克”时，我们的队伍惊起了一小群大鸨，它们立即向西北方向飞去。看着一群群或在水边或在湖边停歇的鸟儿，看着那些优美而孤独的羚羊和那些经常从灌木丛里蹿到开阔地段的胆小的兔子，我的心里非常高兴。

4月2日这一天，天气非常晴朗、暖和。我们在蒙古牧场哈沙塔附近的一个小湖岸边停下来。天鹅、小水鸭、普通的鹤、灰鹭和其他一些迁居的鸟儿不时朝湖边飞来，它们一点也不惧怕我们到来。这一天，在我们营地附近，我们看见了一只形单影只的鹨（Anthus spinoletta blackistoni）、一只白脸鹡鸰（Motacilla leucopsis）和它的姐妹、一只黄色鹡鸰（Budytes borealis）、白头鹞（Circussp）和黑耳鸢（Milvus melanotis）。傍晚，当周围的一切都安静下来，一轮明月升上天空，银色的月光洒向沉睡的谷地时，我的心里更加愉快、更加舒坦。虽然是夜晚，但是到处都可以感受到生命的存在：热闹的海番鸭和灰雁的叫声继续从湖面上传来，春天的甲虫嗡嗡地在空中飞来飞去，青蛙们依然举办着它们那独特的“音乐会”……只是蚊子略微让人有些扫兴。由于水多，这里的蚊子非常多。白天的气温保持在25℃左右，但是一到晚上，跟以往一样，气温就急剧下降，偶尔在附近的沼泽地里还可看见水面有一层透明的薄冰。

总的来说，规模不大的戈伊措谷地连同它的泉水和小湖，连同它那高高的芦苇丛，以及那些和牲畜一起在芦苇丛里搭篷居住的当地朴实居民，都给我一种与柴达木盆地很相似的印象。

4月3日，我们把帐篷搭在了“诺尔”中那高高的挡住我们视线的芦苇丛中，这是令人愉快的宿营地之一。无论白天还是夜晚，我们都可以听见在附近湖面上忙碌的大雁、野鸭和天鹅那生机勃勃的声音。一早一晚还可以听见文髭雀和黑喉鸫那美妙的歌声。偶尔，优秀的歌手灰伯劳（Lanius grimmi）还会前来助兴。

在这里，我们捉住了刚出来活动的甲虫、水龟虫等。同时，我还幸运地打到了一只野猫，这是我从额济纳河开始就一直在苦苦寻找的动物，当地人管它叫“措贡达”。

这种狡猾的动物栖息在湖边干燥地带的芦苇丛中。或许，它也在这里进行捕食鸟的勾当，因为在湖里游泳的鸟儿常会到岸上来晒晒太阳，休息休息。这种野猫很能沉得住气，它决不会在人们的视野中跑来跑去，它只是在我们走到它栖息的那片柽柳丛时才蹿出来，但是它还是被我们重创：二号霰弹打穿了它的肩胛骨。虽然如此，这只野猫还是拼命跑出了六七十米远，然后才倒地死去。除了优质的皮和骨骼外，这只猫还给我们带来了意外的礼物，就是它的三只幼崽儿，这三只幼崽儿还没有完全发育好，花色看起来像老虎，非常好看。我们用酒精把它们好好地保存了起来。

仔细地审视了一番我们的猎物之后，我们的向导发表了自己的意见：“除了浓密的皮毛外，这只猫耳旁的白色斑点，使猫皮显得更稀有、珍贵。”

稍晚，我在附近的湖里又打到了一只天鹅，这只天鹅当时正在一只灰色的也同它一样孤独的大雁旁游水。当地人告诉我，这只“埃列边”（亦即天鹅）每年都飞到这儿来，但它从不与其他鸟儿为伴，很有点“卓尔不群”的味道。

第二天，考察队把自己的营地搬到了“诺尔”以东16俄里的一个称作祖斯伦的地方，并在一个很好的泉水旁扎下营来。这股泉水是从一个悬崖下流出来的，我到那里进行过天文测定，以获取它的地理坐标，我测得的结果是：北纬41°21′58″，东经102°32′0″。我们宿营的地方干燥、空旷、多草。在营地近旁不远的地方有一股清澈寒冷的水流，这是一条小河流的源头。站在悬崖顶上，能看到许多湖，它们或大或小，中等湖的周长1~3俄里。这些湖的东面和北面可以看见同属于海尔罕山的三座山的侧面，它们从西往东分别是：海尔罕山、祖斯伦海尔罕山和杰梅尔海尔罕山。在地平线的最远端，是一些比海尔罕山高的山岭的模糊轮廓。而在近处开阔的湖岸边，不只有我们熟悉的鸟儿鹡鸰和鹨，还有一些今年还没见过新出现的鸟儿：沙鸻（Aegialites dubia）；一种大的鹬，因为它们不让人靠近，所以我们没有弄清它的真实情况；还有戴胜鸟（Upupa epops）等。

由于气候已经变暖，此地又有丰富的水源和许多木柴，因此我们在这里进行了大扫除。我们不仅理了发，洗了澡，还对衣被等进行了清洗。一般来说，旅途之中很难让自己不沾灰尘和其他脏东西，很难做到讲卫生，尤其是冬天，在缺水的沙漠中则更是肮脏不堪。尽管如此，我们还是想方设法地让自己相对整洁一些。夏天，在有水和其他条件好一些的情形下，我们甚至能让自己看上去相当整洁。

我们在戈伊措谷地行走时，经常有当地人来到我们的营地观望，使我们得以从这些当地人口中打听到许多消息。通过这个渠道我们得知，由切特尔金押送的运输队已从库伦顺利抵达了阿拉善衙门，途中他们还在察京呼都克休整了两天。除此之外，当地的一个乡绅还告诉我们，他从阿拉善衙门那儿收到了严厉的指示：一俟俄国考察队抵达戈伊措谷地并向定远营行进，必须立即报告阿拉善当局。

在我们继续向前依然向东南偏东方向行进时，我们的驼队绕着谷地的边缘行走，远远看去，很像一条巨大的蛇。我们走过的是一些泥沙地，有时也会是布满砾石的平地。泉水丰富的山坡变得陡起来，不时有一些蒙古人的游牧点，有时可看到上次游牧留下的痕迹。天气越来越暖和，现在，中午一点时，沙丘南坡表面温度已达到了 60℃。

4 月 5 日中午，我们不知不觉来到了一个具有历史意义的鄂博旁，这个鄂博旁还有一个可以治病的泉。这个古老的鄂博立在山丘上，与其朴实的木架一起给人以一个小教堂的印象，这是其一；另一方面，它仿佛还保护着那条神圣小河的发源地，使其免受污染。小河的中间修了一个不大的人工池，以方便那些患有风湿、胃病和其他疾病的当地人前来泡澡。不少人在这里治好了自己的病。每年都有十几户蒙古人前来祭奠这座鄂博。喇嘛们在这里点燃几把刺柏枝，口中念念有词。他们让烧出的烟飘向鄂博。这些烟的作用与基督教教堂里的神香的作用相似。据传，这个鄂博为一活佛所建，他建此鄂博的目的是感谢佛祖，感谢他在炎热的沙漠中令人意外地安排了戈伊措谷地这样一个非常好的绿洲，以及绿洲里真正能让人清爽愉快的泉水。传说这位因长途跋涉而疲累不堪的活佛还曾在这个泉水边休息了好几天。

经过这座鄂博后，考察队很快又走进了凄凉、没有生机、荒无人烟的沙漠。我们一直在这个沙漠干燥炎热的“怀抱”中走到了阿拉善。是的，我们周围已是典型的戈壁沙漠了，这个沙漠很出名。当地人管它叫“巴丹吉林路”[1]，上次我们旅行花了两周多时间穿越它。沿着这个沙漠越深入，我们在这个沙漠深处看到的红色和玫瑰色花岗岩，以及清清楚楚地露出的片麻岩就更多。这些基岩有时完全裸露在地表。这里极少有水，如果有也只是在一些井里。植物生长状况如前，最有代表性的依旧是芦苇、盐木和柽柳。顺便说一下，柽柳从 4 月 4 日起开始开花，并散发出淡淡花香。除上述三种植物外，还有茶叶花（Apocynum）。此外，还有少量的杨树，或者是弯弯曲曲的胡杨（Populus euphratica），后一种杨树一排排地生长在满是砾石的干涸的河道两旁，看上去林荫蔽道。即使在没有云团的日子里，我们也看不清远处，这是由于空气中经常弥漫着一股烟尘。这些烟尘是被风扬起的，风每天都刮，还经常转变成风暴。蒙古人，准确一些说是南部蒙古人，总是在秋天或者冬天穿越这个沙漠，而从来不在夏天穿越它。夏天穿越这

[1] “巴丹吉林”系“沙漠”之意——译注

个沙漠需要具备十分严格的条件：要有充足的水和最好的向导。如果没有最好的向导带路，在沙丘中前进十分容易迷路，这是因为这些沙丘一模一样，而且还经常随风向改变位置。一个不好的向导曾让普尔热瓦尔斯基在阿拉善沙漠中吃尽苦头，经历了许多艰难险阻。

随着我们向西南方向推进，地势开始升高，地面也由沙地变成了砾石地。有意思的是，在从上述那个有历史意义的鄂博到扎门呼都克，有一片杨树林，我们带着极大的兴趣朝着这片老远就被我们发现的林子走去。在清澈的空气中看去，这片林子离我们很近，但我们却走了两个小时，都还没有走到林子跟前……而当我们终于走到这片林子那里时，我们又是带着怎样一种失望的心情离开这片林子的啊！可以说，我们向它走去时带着多么大的喜悦，离开时就带着多么大的失望。林子及其附近既没有草地，也没有松软的土壤和水，只有光秃秃的硬得像石头一样的盐土，还有一些像是被翻得乱七八糟的田地，和倒塌后被土块填满的井的痕迹。向导告诉我们，这里的水相当苦。

走过这片杨树林后，在我们眼前展现出一片广阔的沙丘和沙包，其间被风沙吹打磨砺的石头越来越多。

扎门呼都克位于一些高高沙丘的北部边缘。考察队被迫在此滞留了一昼夜。我们在这里遭遇到了强烈的西南偏西风暴，风暴一直刮到 4 月 6 日傍晚才停下来。风暴带来的坏天气完全粉碎了我们上路的念头，它掩埋了路上的所有痕迹，并改变了极不稳定的沙丘地貌。气温也降低了不少，尘土被刮走了，地平线变得远起来。

在这种井附近我们间或发现了几种鸟：盐木鸦、西域麻雀、伯劳。我们有幸得到了三只很好的伯劳来丰富我们的收藏。我们在这里还打到了一只大砂土鼠。

从考察队再次走进蒙古中部沙漠地带起，我们就又一次被迫从惯常的早上出发改为午饭后出发，我们这样一直从古尔班赛罕山走到定远营。当然，中途要进行短暂的休整。在这种无水地带艰难旅行，通常总是让考察队员们特别疲惫，备受折磨。

无论是过去还是现在，我都坚持这样的观点：应该尽快穿越所有沙漠，而不应在沙漠里浪费掉对于旅行者以后的旅行来说极为珍贵的精力。沙漠那单调和死气沉沉的气息会以最令人难受的方式作用到每个人身上，并可能使人产生厌烦、冷漠的情绪，并使人们在大自然中的那种忘我无私的精神力量逐步衰减。

因此，我们按例在午饭后从扎门呼都克出发后，很快就来到了一个不大的悬崖前，这是为当地人熟知的一个悬崖，他们管它叫“泰克”，意即“门闩”。在此，我们见到了一幅宽阔的非同寻常的图景：从南到北的斜坡上分布着沉积下来的巨大松软沙丘，沙丘上的沙子在中午三四点阳光直射下，显出特别的黄中带灰的颜色。沙丘沿经线方向排成长长纵列。从沙丘的形状来看，这里主要刮的是西风。我于上次旅行时就已熟悉的埃尔古山在西北偏北方向呈现出黑色。一组山中有以下几个主峰显得较为突出，它们是：罕纳斯山、库库莫里托山、赛罕乌拉山、伊赫山以及其他许多山。东北方向还可隐约看见一些轮廓不甚清晰的大山，那些山堆在一起很难分辨出来。至少，我经验丰富的向导也未能向我说出这些山的名字。道路逐渐上行，进入了一个丘陵较多的地区。许多流沙堆积而成的沙丘让这一地区的地形变得更加复杂。

考察队在无穷无尽的蛇状矮丘中绕行，矮丘中间可见巨大的深色砾石，它们是岩石被破坏后的产物。

越来越多地见到布满裂纹的红色花岗岩和片麻岩，它们以小丘的形式露出地表，很是显眼。

我们在一个叫哈亚的地方停下过夜，夏季这里总有不少当地人赶着他们的牲畜前来。在这里获取水相对来说容易一些，这是因为，在盆地的一个沙丘脚下，含水层就在地下半米深处。为考察队的老队员搭好帐篷后，年轻人想在帐篷外露宿，于是，他们就在营地中间睡下了。在无水的沙漠中走了一天，大家都很疲累，彼此间照例没有怎么交谈。喝完茶、查过哨后，大家就沉沉地睡了。四周很快就被静谧笼罩，沙漠中的一切生命仿佛都不复存在了。晚上十分意外地刮起了一阵旋风。旋风把我们的帐篷掀倒了，我当时就醒了。帐篷倒下时甚至把巴德马扎波夫压住了，但这个年轻人还是继续他那安详的睡梦，并没有醒来。

第二天的行程一直沿着我上次旅行的路线行进。沙子逐渐增多，露出地面的玫瑰色花岗石也在增加。我们的停留地旁有一口非常好的井，井上被过路人很爱惜地蒙了一层“塔尔加”，即当地人用毛或者马鬃做成的一种布，蒙古人用这种布缝袋子。“塔尔加”上面又用厚厚的盐木枝压住。需要说明的是，树枝上有一层厚厚的沙子。这种对井的保护措施对于蒙古人来说是必不可少的，否则，这令人神清气爽的水源很快就会盖上一层沙土，并最终会被沙土掩埋。

地质学家切尔诺夫在这里赶上了我们，他留在后面是为了对扎门呼都克附近的地形进行深入细致的研究。他对自己的研究成果相当满意。赶上我们后，切尔诺夫又以他那充沛的精力，开始研究沿途的沙子和露出地面的原生岩。

切尔诺夫回来后，稍晚，一位蒙古官员也来到了我们营地。这位蒙古官员是受自己长官的差遣，从南路前来确定考察队的准确行进路线的。众所周知，从额济纳河往东有数条道路可走，其中主要道路有三条：北路、中路和南路。我们走的是中路。

我们从这位阿拉善来使那儿打听到了有关我们运输队的更为详细的消息。我们从库伦派出的运输队已经顺利抵达定远营。我们还得知，阿拉善衙门对考察队很友善。考虑到各方面情况，我决定前往塔本阿尔丹，并打算在那里会晤亲王手下的一些人，他们对我们考察队极为友好和客气。

我们在这里捕获了许多非常有意思的蜥蜴，其中最为珍贵的是沙蜥（Phrynocephalus）和麻蜥（Eremias）中的一些，比如普氏麻蜥（Eremias przewalskii），这种蜥蜴因其个头和鲜艳彩色花纹而为当地人熟识，他们把它叫作“久里比尤利莫戈伊”，亦即“蜥蜴蛇”。鸟类中我们还首次得到了一只沙莺（Sylvia nana），得到的啮齿目动物有蒙古兔。

在我们走过埃利肯呼都克后，便开始穿越一些山岭，它们不时在宽谷中耸起，错落有致。这些山岭富含花岗岩，且这些岩石露出地面的现象随处可见。让我记忆最深的是宽谷边呈东南偏南——西北偏北走向的一个沙丘，这个沙丘从基座到顶峰整个都是厚实的花岗岩，这些花岗岩逐渐被沙土掩盖。现在这座沙丘的某些地方还可以见到一些凸起的部分。毫无异议，这些凸起的地方将与原生岩一起，逐年被风沙吹削磨蚀，并最终被沙子掩埋或被风吹走。到那时，花岗岩丘就会变得和沙丘一般高了。

在一些僻静的地方，在凸出的石头旁，长着一些艳丽的灌木“哈图哈拉”，亦即“黄色的野蔷薇”。灌木上缀满了粉色的花儿，花上经常叮着苍蝇和熊蜂。可以明显地感觉到太阳的热度，中午，阴凉处温度是24.7℃。风让远方变得模糊起来。沙的表面上有许多大黑甲虫（Carabus）在跑来跑去，我喜欢观察它们。有一天，我看见一大群这种硬翅甲虫，聚到一个背风的角落互相追赶。我还发现旁边有一些与它们过分“亲密”的甲虫。我走近前去观察，很快发现几只甲虫已经咬死了自己的同类，并已经啃掉了它的一部分躯体。这只可怜的受难者还在那儿拼命挣扎，幸亏我及时赶到，才使它免于一死，我赶走了它穷凶极恶的同类。走到我跟前来的一个哥萨克也对这个场景颇感兴趣，但是，他认为应该用另一种方法去处置这些甲虫。他抓起刚才的那只甲虫，把它弄死后撕碎扔向其他甲虫。甲虫们凶狠地扑上去，转瞬之间就把这只甲虫吃光了。在没有摸清这种甲虫的习性之前，它们给我们造成了不小的损失。这是因为，我们把这种甲虫和一些苍蝇一起扔进了一个装有氰化钾的罐子里，以便弄死它们做成标本。由于这种甲虫存活的时间比苍蝇长得多，而且能在临死之前吃掉很多苍蝇，因此，我们损失了不少苍蝇，其中不乏一些珍贵品种。

道路逐渐升高，达到了 1140 米。爬上双峰高丘“霍尔博察罕托洛戈伊”后，考察队开始沿着一条布满砂石的河床下行，然后便停下来宿营过夜。周围是一片多石的谷地，谷地一直向南延伸。下午五六点时，西北风越刮越大，临近傍晚时，西北风已变成了风暴。

4 月 10 日清晨，考察队照常有节奏地行进着。我们几乎是在不间断的结晶性岩石中间穿过。先露出来的是片麻岩，它们随着地层走向的变动而被挤成了陡峭的褶皱。

干涸的河床两岸生长着杨树。布满小砾石的峡谷里居住着一些游牧者，他们对这里可以从井里汲出水感到满意。在这样的峡谷中我们看到了一个小庙废墟，庙已废弃了十余年。一个新的泥土结构的经堂已经建起来，而且建在丘陵南缘的一个新的风水宝地上。这个庙被高高的围墙围了起来，看上去与附近山丘的灰色基调十分协调，有一种完全融入其中的感觉。山丘的存在使这个虔诚修行者的住处稍稍少受了一些西北风的侵袭。

这个不大的庙叫作“沙拉托洛戈伊嫩苏默”[1]。庙里有十位喇嘛，不过他们大多只是夏季住在这里。但现在这里悄无声息，死气沉沉。

在废庙和新庙之间，建有一个祭神的鄂博，鄂博建在一个非常好的泉旁。这个泉水在露头处就注入了一个长方形的花岗岩池子里，当地人把这个池子叫作“丘伦奥恩盖楚”，翻译过来就是“石船”。

[1] “苏默”，蒙语，“寺”“庙”之意——译注

在离鄂博不远的地方，我们看到了一些典型风化的花岗岩，它们有的单立分开，像一块石板，有的是一块洼地，还有的是被吹蚀的壁槽。这些天生坚硬的石头表面上，通常有一层砾石和或大或小的沙砾。

在丘伦奥恩盖楚附近，到处都可以见到野绵羊和羚羊的踪迹，它们每天都到这儿来饮水。爬行动物和两栖动物也越来越频繁地出现。这里的植物有其特性：依旧生长着我们已经多次提到过的杨树，它们有时长在道路两边，形成长长的林荫道，也有单独生长的，但这种情形较为少见。并且，这种单独生长的杨树一般都是参天老树，多半长在干涸的河道中间。灌木有以下几种：上面提及过的野蔷薇，它雅致的淡粉红色花朵让行人看起来赏心悦目；红砂（Reaumuria）和柽柳（Tamarix），后一种树的花散发出一股淡淡的香味。此外，还有蔚蓝色和淡紫色的鸢尾花和黄色或者白色的委陵菜（Potentilia），所有这些加在一起就构成了蒙古高原南部那千篇一律的画面。

我们一如既往地继续观察迁飞的鸟儿。少见大雁、大鸨。小一些的鸟儿中见得较多的是沙漠石鹏。一些细长的灰蛇从洞穴中爬出来伸直身子晒太阳。许多蜥蜴在沙土上嬉戏玩耍，天气越热，就越难捉住它们。还有许多忙忙碌碌爬来爬去的甲虫。最热的时候，在野蔷薇花上总能发现苍蝇、熊蜂和其他双翅目昆虫，我们捕捉了不少这类昆虫做标本。一天，我站在野蔷薇旁捕捉昆虫时，偶然发现了沙莺（Sylvia nana）正处在发情期，一对沙莺张开翅膀，在灰色的灌木丛里一边叫着，一边不停地蹦跳。看来，它们彼此深爱，互被吸引，因此，丝毫没有留意自己周围的一切，当然也就没有发现正对它们虎视眈眈的我们。我和一个哥萨克靠近它们时，它们也没有停止自己的游戏。看到这情景，我的旅伴竟想出了用捉昆虫的拍网去捉这种鸟儿的招数。

我们在哈拉布尔吉发现了一个孤单的汉人。他先是为我们的不期而至大吃一惊，但很快就恢复了常态，并向我们展示了他那简单的家业。他简陋的房子分为两半，一半用来居住，一半用作储藏室，里面有一些日常生活用品和用来与邻近的蒙古人进行交换或向他们出售的物品。这个汉人还有一个小小的菜园，尽管饱受风暴摧残，园子里依然长着洋葱和大蒜，这是他费尽艰辛才种成的。房前有两只母鸡和一只公鸡，它们正在悠闲地觅食。

这一天，也就是 4 月 10 日傍晚，气温降到了 2.6℃，晚上甚至变得很寒冷……现在，展现在我们眼前的是一个相当大的盆地——洪拉齐金霍莱盆地，盆地里有很多干河床。考察队曾在霍尔博托洛戈伊附近穿过这个盆地。盆地外有一座不高的呈东北偏东到西南偏西走向的多岩石山岭——纳林哈拉，山岭后面则是另外一个高岭——阿尔加林泰山。一些小的横向高地和喷发原生岩构成的低岭则被长着盐木的谷地取代。洪拉齐金霍莱盆地底部有一块大的硬土平地，远远看去闪着光，颇像一个湖面。

纳林哈拉山的相对高度只有 120~150 米。这座山不只有一个名字，还有许多名字，这些名字是当地人对这座山的某一段或者一些山岭的称谓。比如，这座山西段的一个高地就叫作“戈”或者“霍乌拉”，远一些的一个山口叫“戈科泰利”，而我们驼队翻越的一个山口叫作“伊利森科泰利”，等等。

翻过高岭后，我们重新进入了一个广阔的盆地。我们到达干河床中一个叫作“塔本阿尔丹”的井旁，停下宿营过夜。根据我们的测量，井口到井水水面的深度是 5.3 米，而水深为 6.8 米，据此可以推断，这个流向为西南偏西的干河床下面有地下水流。河床侧壁上有一些不大的砂岩和砾岩断层。

靠近井的地方有几间土房，里面住着几个汉族商人，他们定居于此进行大量的商品交易，给当地蒙古人以可靠的印象。与这些汉人相识后，我们用银圆买到了下述物品：面粉、黍、大米、冰糖、非常好的包装纸，我们甚至还从他们那里买到了几只熏兔。

还在前往塔本阿尔丹的路上，我们就已经感受到了阿拉善亲王的殷勤问候。他派了两名官员，带着丰盛的食品前来迎接我们，并一路协助我们。这让我们感到很吃惊，惊讶之余也感到很愉快。在我们卸完驮载的货物时，这两名阿拉善人已经搭好了帐篷，并摆上了满满一桌待客的食物，其中甚至有烤制品、方糖和软糖。在沙漠中受到这种关怀备至的迎接，真让我们感到非比寻常。年纪大的官员郑重地向我献上了亲王的哈达和中国式的名片。在我们一边吃着美食、一边饮茶的时候，阿拉善官员又向我转交了一些信件，我从信件中得知：俄国大商行“索宾尼科夫和莫尔恰诺夫兄弟”的代表人物巴德马扎波夫为考察队的运输队提供了住处，而且已经为考察队的全体成员准备好了住处。巴德马扎波夫曾是我上次旅行的旅伴。阿拉善亲王派出的迎接官员和巴德马扎波夫的信件，仿佛已经把我们带到了向往已久的定远营。从阿拉善官员接下来的汇报中我们得知：他们白白地在南路上等候了我们 40 天，因此，他们与我们见面后很是高兴。他们请求我亲自给阿拉善亲王写一封信，解释一下我们迟延到达定远营的原因。在得到我回赠的哈达和向阿拉善亲王投递的名片，以及我写给巴德马扎波夫的信件后，一名官员急急忙忙地赶回阿拉善衙门复命去了，另一个则留下来陪着我们考察队一同前往阿拉善衙门。

4 月 11 日傍晚，天气又变凉了，第二天日出时寒冷如冬。井里的水一夜之间冻出 4.4 厘米厚的冰。

现在，我们考察队里的气氛明显活跃起来，考察队也因为蒙古官员的加入而更加壮大。一名赶牲口的马夫被我撤换了，补充了一些新人进来。我们因为感觉到离一个文化中心越来越近而变得精神振奋起来，尽管离这个中心还有约十天的路程。实实在在地讲，考察队队员有些疲累了。周围凄凉的景色让我们的精神觉得压抑，差不多无时无刻不感到饮水的紧张，而用当地人的方法晾干的羊肉很快就吃得令人生厌。所有人都很想休息，想吃到新鲜干净的食品。白天过得仿佛特别缓慢，我们似乎已经没有力气走到这最为艰苦旅途的终点。

四周依旧死寂而无聊。沙子和砾石依旧是地表主要的覆盖物，只有极少量的沙漠植物长在其中。动物就更少了。

荒凉的没有水源的阿尔加林泰山离我们越来越近了，它看上去像一条头朝向西面巨大的鱼，它是我们从额济纳河到贺兰山之间的最高山岭。我们依旧没有走比较好走的朝向东南的那条道路，而是走的一条曲折向东的道路。在纳林哈拉山脉西北偏北的一个高地上，现出了一个叫作“察罕埃尔盖聪芝”的悬崖，悬崖上有高高的山顶。

爬上一个个新的高地，站在新的山口上，展现在眼前的都是那种毫无生气的图景：沙漠，沙漠，沙漠……沙漠中往往还有一些岩石，而这些岩石又不时冒出沙土。

从时间上来看，现在已经是春天了。春天展示了它的威力，它使我们情绪高涨，并让我们感觉到，很快就要会到达定远营和贺兰山。美丽的贺兰山是蒙南王公的骄傲。我差不多每天都捧着普尔热瓦尔斯基的《蒙古与唐古特地区》一书，根据它对这座南北走向山脉的描述，我们制订了对这座山进行科学考察的计划，不只是春季的考察计划，还包括夏季的。

我亲爱的伙伴们不停地向我讲述着有关贺兰山的情况，讲它的地质构造、峡谷特点、丰富的动植物资源。我们所有人都被一个念头折腾得心急火燎，这个念头就是：登上贺兰山欣赏西边一望无际的沙漠和东边像带子一样闪闪发亮的黄河，一面是死气沉沉毫无生命力的地带，另一面是中国繁忙的农耕和生机勃勃的景象。

# 干涸的游牧之地

从塔本阿尔丹到曼达尔共有40俄里，我们用两天时间走完了这段路程。中间在莫托奥博嫩希住了一夜。我们从一些沉积物中穿过，旁边是一些平缓的小丘，小丘上面覆盖着沙子、砾石。这样一来，原生岩就很少露出地面了，只在沟堑处可以见到。这里完全见不到沙丘。沙子堆成低平的沙堆，上面还长些灌木丛。路旁可以见到一些开花的浅紫色鸢尾花（Iris ensata）、黄色的委陵菜和小小的白色的车前草（Plcantago mongolica）。鸟类中只见到过沙莺（Sylvia nana）。在沙地上发现了大鸨的足迹。随着离曼达尔距离的缩短，碎石越来越多，块头也越来越大。碎石中的斑岩特别多，也有片麻岩和花岗岩。现在，阿尔加林泰山脉就在我们所经过的道路南面。

星期天早上，一轮黯淡的太阳在灰蒙蒙的地平线上升起。一小群毛腿沙鸡在我们头上如风般飞过，百灵鸟唱着歌儿迅速地飞向天空，在高高的天空上面，白翅鹰在翱翔……下面，生性谨慎的大鸨在丘间觅食，久已未见的石鸱在石头间跑来跑去。现在，我们只要再行进15俄里就可以到达非常好的曼达尔井，我们希望能尽快抵达那里。我们的驼队里只有骆驼，没有其他牲畜。在沙漠的旅途中大家都对这种动物习以为常了，没有谁觉得坐在这种双峰的“动物朋友”身上有什么不方便……人对什么东西都能适应。我们整天都在骆驼身上，晃晃悠悠、慢慢腾腾地往前赶路。只有早上，刚从宿营地出来时，我们喜欢步行一段路，为的是活动活动身子，暖和暖和脚。啊，太好了，我们终于走到了期盼已久的那口井旁！近旁，在独特的鄂博顶上立着一只伯劳（Lanius grimmi），离这只伯劳不远处有，一只沙莺在地上歌唱，声音响亮……我今天是如此渴望能见到一些生机勃勃的景象，这下如愿了。

越往东南行进，沙子越多，地面也变得越来越坚实。出现了一些低矮的山脉和一些形单影只的小丘。东面可以看见比奇克泰山。在近处的路旁，常可见到一些干枯的河床，河床里长着杨树，或多或少。

在路边低矮的丘陵中，可见结晶石灰岩岩系和结晶石英岩岩系。

时间在我们观察周围时悄悄溜走。驼队不知不觉已经达到了目的地，一个有水的宿营地。这次我们在阿尔腾布雷克[1]停下。阿尔腾布雷克是一眼泉，它被一堵高高的圆形泥墙围住，墙下长着浓密的芦苇，使泉水免遭太阳的暴晒。在墙壁东南侧有一股水流，流向一个不大的有很多淤泥的地方，形成一个小储水池。在这个地方有一对鹨（Anthus maculatus）和一只滨鹬（Limonites damacensis），它们打破了四周的死寂……

在阿尔腾布雷克附近，石灰岩岩系被东西向的黑云母花岗岩所取代，这些花岗岩裸露出地面的部分呈现出黄色，远远看去，像是一个个巨大的面包；走近前去，可以从这些黑云母花岗岩中分辨出很大的吹蚀壁坑，它们在东南和南部最多。

陪同我们的阿拉善人不断地给考察队以亲切的关怀。他们不知疲倦地找来一些新牲畜，用以替换考察队的已经疲乏不堪的骆驼。为此，他们常常去找附近

[1]“布雷克”系蒙语“泉”之意——译注

的牧人，而这些游牧者也愿意前来看看我们的营地，他们经常在我们面前显得兴奋不已，谈话毫不拘束，而且乐于交谈。当地蒙古人从自己的汉族邻居身上学到了许多东西。服装、举止仪态、民歌，所有这一切都受到了中原文化的影响。听说，还有一些蒙古人开始学抽鸦片，阿拉善女人一般有漂亮的小脚，在她们穿上自己独特的服装后，看上去特别粗壮结实。她们还有一个大大的头，头上照例稍稍用披肩盖着。这里时髦的银饰物和其他饰物（多半是珊瑚饰物）也完全有别于北部蒙古人的典型饰物。

风继续以其惯常的坚韧和顽强让我们深受其苦。被风扬到空中的尘土让空气变热不少，这是形成闷热的一大原因。越来越多地见到爬行动物和两栖动物，它们现在每天都出来活动。

从阿尔腾布雷克往东南方向行进。经过 20 俄里后，考察队来到了昌甘津，我们在这里认识了一个很奇怪的蒙古人。由于对天子的臣服，这个游牧者改变了本民族的风俗习惯，住进了中国式的有许多套间的房子里。这所房子，准确地说是一个小庄园，建在一个有泉水的平地附近，平地上还有几口井和几个牲口饮水的地方，非常方便。可以看出来，这个汉化的蒙古人曾一度生活得很富裕，是个地主。但是现在，他原先很大的畜群已经所剩无几了，总共只有二百头左右绵羊和山羊。一个十岁左右的男孩儿走上前来向我问好，他的穿戴已经完全汉化了。看着他的面孔和文雅的举止，我很难相信，他不是一个汉族小孩儿，而是一个蒙古族小孩儿。他的母亲是一个身材高大、曾经很漂亮的妇女，她的体形倒是非常像蒙古女人。

一些泉边上有沙丘，沙丘上面长有沙漠灌木。在这些泉的附近，可以看到鹨、蒙古花鸡（Bucanetes mongolicus）和毛腿沙鸡飞来飞去。山地燕子（Biblis rupestris）也可以在泉边见到，偶尔还可以看见大鵟。随着天气变暖，已经随处可见蝎子和一些此前没有见过的新甲虫。

在一个山丘顶上，我们眼前展现出一片波浪起伏的横向沙漠。沙石平原被我们留在了身后，岩屑底下的一些地方可以看见露出来的白云母片麻岩，路旁的沙子里因为杂有白云母而熠熠闪亮。在灌木丛和一些石头的后面，还可以见到一堆堆的云母石。

塔姆瑟克山的陡峭部分的相对高度达到了 80 米，过了这座山后，片麻岩岩系被东西向的片麻岩、花岗岩层所取代。为了尽快向前走，我们以每天不低于 25~30 俄里的速度向前推进。终于在 4 月 15 日这天，我们到达了杜尔本莫托（意即“四棵树”）井，井的四周有四棵枝叶繁茂的老杨树。在这些老树的枝繁叶茂间有鸢、鹰和重新出现在我们的视野里的喜鹊的巢，灰伯劳也喜欢栖息在这里。

在井东南 1 俄里半的一个高地上有一个鄂博，这个鄂博因邻近一个不大的寺庙——察罕奥博嫩苏默而颇为有名。庙建在一个小丘后面，里面有十来名喇嘛。

杜尔本莫托井四周是花岗岩露头的裸地。大粒的花岗岩被小粒的花岗岩矿脉切开，矿脉厚达 1 米，有薄薄的岩枝伸向各个方向。

在这个井附近，我们还碰到了一个放牧的蒙古男人，他和他的两个孩子一起住在水边那简陋的帐篷里。

此后，我们不时地碰到这样远离人群的阿拉善牧羊人，他们远离自己的蒙古包所在地，到那些已经长出新草的地方去游牧，以尽快养肥那群冬天瘦下去的绵羊和山羊。

时间过得慢极了，仿佛蜗牛爬行一样。尽管我们每天都走很远的路程，但还是有一种永远也走不到定远营的感觉。四周千篇一律的沉闷、无聊，让大脑觉得营养不够，因此，身体上的折磨与痛苦感觉就更加强烈。大家的情绪开始低落……

就像我已经指出过的那样，沙漠会以其阴郁的色彩影响到途经它的每一个人。因此，当一座充满生命欢乐的山出现在面前时，我们都欢欣鼓舞起来。这座山有树枝，有哗哗作响的小溪，有盛开着鲜花的林中草地，有生机勃勃的生命……

我们看着东南方越来越清晰的高地很是舒坦。这是一座山岩较多的山岭，名叫巴彦努鲁山，我们将要翻越它的西部。在晴朗的天气里，可以从定远营清楚地看见这座山。我们在前往乌兰哈丹希利山口的路上碰到的干河床，差不多都与塔姆瑟克周围的干河道汇入了同一个不大的洼地——哲伦，这个洼地在杜尔本莫托井东北约 50 俄里处。

哲伦洼地春季是干涸的，多雨季节会积满水，形成一个盐水泥塘。

巴彦努鲁山从东北到西南延伸 40 余俄里，其相对高度和绝对高度都不大。山脉由花岗岩和片麻岩构成。在那些可以看到层理的地方，地层为东西走向。在同一方向的岩系中延伸着较宽的红色花岗岩带。

我们沿着一条多石的河道向山里进发。河道边逐渐出现一些碧绿的草地，越往上爬，草地的面积越大。很快，我们就见到了一些大杨树，这些大树或三五成林，或傲然独立。我们在一棵杨树上打到了一对红色的花鸡（Carpodacus pulcherrimus）。旁边有一个峡谷，叫作“阿通呼根阿马”，翻译过来就是“有马饮水的峡谷”。我们在这里确实见到了一群马在泉水旁悠闲自在地吃草。翻过巴彦努鲁山后，依然可以见到一些花岗岩和片麻岩露出地面。

4 月 16 日夜，突然起了风暴，风从西北方向刮来，在察凯尔代克泰呼都克附近与我们相遇。我们到达宿营地后，大伙儿把帐篷搭在大杨树下，树的附近是一个小小的干涸河道。我们的旅伴还去逮了一些奇特的蜥蜴和甲虫。白天的气温曾达到了 21.5℃，而傍晚很美妙，以至于我还很愉快地沿着花岗岩露头散了一会儿步。一般情况下，我们进行完晚上的天文观测后就去睡觉了，睡觉前的谈话也很快就结束了，只有两三个蒙古人还在继续谈话。渐渐地，他们的声音也消失了，整个营地的人都进入了梦乡。在察凯尔代克泰呼都克之夜的情况也是如此。但是，夜里突如其来的大风将我撼醒。大风直吹着我的头，帐篷里的温度也随之降低。原来，半夜里就刮起了夹雪的风暴，只是由于值班员把我们的帐篷用树干和箱子进行了加固，才使得睡觉的人没有感觉到刮起了风。直到更为猛烈的风吹过来，把冷风刮进帐篷里我们才被吹醒。据值班员讲，风暴刚刮过来时，风特别大：豌豆粒大小的石子在空中飞驰而过，这些石子甚至穿透了帐篷的麻布。考察队的其他人也醒来了，直到天亮，大家再也没有合过眼。帐篷被风吹得左摇右晃，吱吱作响。树木也被吹得呼呼作响。在风暴的呼啸声中，我们可以断断续续地听见蒙古人的声音和锤子的敲击声。他们的帐篷被风暴刮起来了，他们把帐篷重新固定到能被我们的帐篷稍微挡住些风的地方。人是不可能迎风站着而不被风刮倒的。到了早上，气温降到了 -1.2℃。空气中继续飞扬着沙石，夹杂着一些雪。有些地方，雪已经被吹积到了半米多深。中午雪停了，风向转变成了西向，势头也开始有所缓减。最为细小的雪尘几乎一刻没停地在空中飞扬，而且它们还往帐篷的缝隙钻，在我们身旁的物品上越积越厚。我们每个人都穿着厚厚的毛皮衣服，蜷缩在属于自己的角落，心情忧郁地看着雪被吹到地上、箱柜上、怀表盒上，越积越厚。偶尔有人站起来将雪扫成一堆扔到帐篷外去。我们在这样无法令人快乐的情形下度过了 4 月 17 日一整天和 17 日到 18 日夜晚的一部分。当风暴终于因贺兰山西坡的阻挡而转为强风时，气温已下降到了 -7℃。

风暴让不走运的当地人深受其害，损失惨重。一部分刚出生不久的骆驼、马驹和牛崽儿被冻死了，一部分冻残了，绵羊和山羊也同样未能幸免。被剪了毛的和在戈壁中过早脱毛的骆驼也感觉不妙，它们蜷缩在我们帐篷后面的地方避风。

后来，我们得知，这场风暴让定远营一些娇嫩的动植物受害不浅：丁香花还在抽芽阶段就凋谢了，一些迁飞的小鸟儿则被冻死了。

4 月 18 日。考察队在行进时见到了一对大鸨，后来，又有一小群雨燕以极快的速度从驼队上空掠过，朝南方飞去。一些生性谨慎的鸟儿急急忙忙地飞离寒冷和春雪。现在，路上到处都是一堆堆雪。它们使本来就难走的道路变得更加难走。太阳光被白色的雪堆反射出去，天空变得异常明亮。为了躲避强光，我们不得不戴上眼镜。

考察队很快就走进了一个盆地。这个宽阔的盆地一直延伸到远方。在这个盆地里的沼泽地附近，有一些鸟儿栖息，它们是海番鸭、鹨。在附近的一些小山里，栖息着一些凤头沙鸡（Galeridacristata Ieautungensis）。

我们的营地安扎在由一些泉水形成的小溪中间。我们的西面流着一股细小的清澈水流，东面则延伸着一条细细的、多沼泽的水带。利用这里无风的明澈天气，我在察罕布雷克进行了天文测量，测得的结果是：北纬 39° 39′ 58″，东经 104° 52′ 0″。到晚上十一时，天气又变坏了，天空被云遮住了，刮起了西北偏西风，空气中充满了灰尘。风很快改变了方向，变成了西北风并转变成了风暴，这风暴在第二天我们行进时变得更加猛烈，它吹着我们的后背，推着我们向前走。

距巴彦乌拉山越来越近，我们沿着一个大斜坡下到了盆地的底部。盆地最低处的海拔是 1088 米。盆地里的土壤是含盐的沙土，上面有一些小丘。这些小丘的形成，有赖于灌木丛的帮助，而其主体当然还是沙子。这些沙子在推进过程中受到了灌木丛的阻挡，这些灌木丛以后还会在这些新移来的沙丘上扎根。由于劲风吹得天昏地暗，所以巴彦乌拉山很长一段时间里都掩藏在云层之中，偶尔可以见到它那被云团切割成无数段的山体的柔和轮廓。这里极少见到游牧者。

在经过了一个孤零零的井后，考察队开始沿着巴彦乌拉山北郡山脉往上爬。

在这些山的基座上，延伸着 5 俄里长的砂岩，这些砂岩鲜红而不结实，它们风化后的产物——沙子铺满了山脚，也是同样鲜红的颜色。总体而言，巴彦乌拉山从东北向西南延伸，由深灰色的黑云母片麻岩和角闪石片麻岩系构成，这些片麻岩与明亮的片麻岩和深绿色的硅酸盐岩层相互间隔成层。岩系经受过强烈的褶皱作用，而且褶皱的方向也在很大的范围内发生过改变。

巴彦乌拉山北部山脉鞍部的海拔是 1490 米，爬到这个鞍部后，我们看见了一个宽阔的谷地，它把巴彦乌拉山的南部支脉连接了起来。我们考察队就在这个谷地里一个叫“纳克森杜鲁利芝”的地方的一口井旁宿营。离我们营地不远的地方栖息着一对蓑羽鹤（Anthropoides virgo），还有海番鸭和灰伯劳。

天刚亮，驼队就准备妥当要上路了。所有人都因为长期在荒无人烟的沙漠里行走而劳累不堪，都急着想早点赶到目的地：亲切的绿洲定远营。远方每出现一个黑影，我们都希望是飞驰而来迎接我们的信使。与我们的愿望相违的是，无论是在巴彦乌拉山南部山脉的山顶上，还是在谷地里，我们都没有看见雄伟的贺兰山。这是由于雾气遮住了远处的地平线。随处可以见到雪暴留下的痕迹：斜坡上没有被太阳照到的地方还残存着星星点点的雪，而在宽谷和多石的峡谷里残留的则是水。这一天，一路上我们收集到了各种各样漂亮的沙蜥来做标本。

朝东南偏南方向行进约 18 俄里后，考察队来到了一个不大的庙前。我们管这个庙叫作“察罕塔”，这个名字是我们根据小庙北墙旁一个很漂亮的白色纪念塔取的。

“察罕塔”庙往北约 2 俄里处，经过一个往东北方向延伸的沙带后，在一个叫察门呼都克的井附近，有一间汉人开的小铺，里面有 15 名从事贸易的汉人，他们靠向邻近憨厚的蒙古人提供商品维持生计。这些善于经营的汉人就像蜘蛛一样把他们的经营丝网结到蒙古的每一个角落，他们的服务总能让蒙古人感到满意。

在到达定远营的前两夜，我们是在乌楚尔呼都克地区宿营的。走出这一地区后，我们的眼睛才终于看到了贺兰山北段的轮廓。喜悦立刻让我的疲惫不已的旅伴们情绪高昂起来，他们纷纷催动坐骑，想让比人更疲乏的牲口加快它们的步伐。他们恨不得立马就赶到贺兰山下去。道路像一条宽带一样曲折向前，途经之地多半覆盖着泥沙土，有些地方是多石土壤。越往前走，路上的行人越少。离沙拉布尔杜河越近，空气变得越暖和。家燕和灰沙燕（Hirundo rustica et）从河谷向我们迎面飞来。许多甲虫和蜥蜴在旁边往来穿梭。从临近沙拉布尔杜河的沙丘起，我们就开始见到在路旁的霍舍古布雷克泉，该泉汇成的水流湍急地向东北方向，也就是向沙拉布尔杜河方向流去。泉水水质优良，适于饮用。看来，过往的人总是在这里停留歇息，这是由于沙拉布尔杜河的水是咸的，不能饮用。沙拉布尔杜河在我们渡河的地方有两条支流，其中北面的那条支流宽约两米，水很浅，只是刚刚淹住了有淤泥的河床而已；另一条支流稍宽，水也深一些，达到 3.5 米深。两条支流合流后的深水段的宽度超过了 60 米。沙拉布尔杜河的源头在西南约 20 俄里远的地方，那里有汉人的耕地，还有一些高高的杨树和柳树。河水流经的河床里有很多淤泥。

渡到河对面高一些的岸边后，我们遇见了巴德马扎波夫，我们跟他一起到一个汉族商人的小铺里小憩了一阵儿。我们在那里飞快地阅读完了巴德马扎波夫带来的信件，然后动身去追赶已走到前面的驼队。这时驼队已顺利地走过了约 4 俄里路程，在哈杜呼都克旁扎下了营。这一夜，大家的思绪都飞回到了祖国，都在思想着自己感兴趣的事情，回味着曾经度过的温馨时刻。大家都暂时忘却了中亚，忘却了旅途中的艰难困苦。报纸把我们这些长期与文明社会失去所有联系的旅行者与欧洲联系到了一起。非常遗憾的是，我在读报中没有找到一点令我高兴的东西，笼罩着祖国的依旧是灰暗、病态的东西，一如从前。4 月 21 日清晨，天刚一放亮，我们就向定远营进发了。到定远营只剩下 36 俄里路了。

考察队情绪饱满地向前走着，不知疲倦的骆驼，步子也轻快了起来。所有的人，甚至连所有的骆驼都感觉到目的地就在眼前了。随着我们朝贺兰山支脉行进，一些沙土山岭开始呈现在我们眼前，充满砾石的宽涧越来越多，越来越深。贺兰山越来越清晰地展现在我们的眼前，它那复杂的山体和一些很有特色的局部逐渐清晰起来。贺兰山的山麓是一些山丘状的平缓的突出部，它们被位于其间的一些深谷分割开来。在沙漠单调的黄色调中，深色的被冲毁的峡谷口很容易被发现。中午，我们在朱哈停下休息了两小时。过了这个地方后，很快就看见了定远营城墙的轮廓和要塞的角塔，绿洲附近则是一些高大的山丘。

在朝阿拉善衙门进发的最后一天，大家不经意间发现了蛇。最经常见到的是这一地区最为普通的大灰细蛇（Taphrometopon lineolatum）[1]，它们常在陡岸悬崖处盘成三四圈或者急速从道路上爬过去。较少见到的是另外一种蛇，它呈浅灰色，脊背上有一条深色的带子。还有一种是宽而短的花蛇，它们多半出现在沙漠灌木丛和不高的小山丘的底部。这里的蜥蜴也很多，其中又以扁头蜥蜴（Phrynocephalus）最多，而窄头蜥蜴，其中包括密点麻蜥（E. multiocellata）和蒙古麻蜥（E. argus），则比较少见。关于鸟类，我们在这里发现了很有意思的鸫（Oreocichla varia），它们或许是一种迁飞的鸟，在这荒无人烟的地方停下来只是为了歇歇脚。

定远营以北 3 俄里外的一个不高的山顶上有一座鄂博。再往前走 1 俄里，考察队碰见了前来迎接我们的切特尔金和阿里亚·马达耶夫。他们两个月前十分顺利地把考察队的物品从库伦运到了这里。在这一段时间里，他们一直受到巴德马

[1] 箭蛇——译注

扎波夫的悉心照顾，得到了很好的休整，恢复了元气。不仅如此，我们考察队员一到定远营也住到了慷慨好客的巴德马扎波夫家里。在这里可以整理积累起来的一些科学资料，可以对途中的收藏物进行判别和包装，还可以整理笔记和观察记录。

暮色不经意间就笼罩了大地，一轮新月在深色的夜空中显得特别纤细精巧。城市的嘈杂声很快就沉寂下去了，传来的只有召集喇嘛们前去念经的神圣的法器发出的独特声音。这种声音让我听来总觉得十分美妙，我能感觉到里面某种流畅而清晰的东西，能感觉到里面某种与自然界相通的东西，诸如叶落簌簌声，松涛轰鸣声和鸟的啁啾声等和谐的声音。晚上九点半，传来了一声每天例行的炮响，宣告城门关闭。此后，到处都是一片夜的寂静了。

疲倦的考察队员们很快就入睡了。但是，我却久久难以成眠：一些画面一个接一个地呈现在我的眼前。我回忆起了自己第一次来到阿拉善的情形，已经过去很久了。当时我们游玩了绿洲和附近的一些山。我还格外清晰地回忆起我第二次来到这里的情形，那是 1901 年，当时我和西藏考察队一起，从遥远、富饶而神奇的卡姆人的地方，在返回祖国的途中路过这里。在这两种情形中我都会首先想起一位真正的天才旅行家那威风凛凛的身躯，这个旅行家就是我永志不忘的老师——普尔热瓦尔斯基。我不由自主、情不自禁地感觉到：中亚这蛮荒贞洁的面貌与它的第一位研究者那热情洋溢的容貌，融合成了一个密不可分的和谐的整体，形成了一曲生机勃勃的和声……

# 沙漠中的定远营绿洲

定远营绿洲位于一块看上去没有生命力的灰色高地上，绿洲上布满了由小河、小溪和宽沟构成的水网，水网里的水源自泉水。绿洲西面毗邻着无边无际的沙砾质沙漠，东面则是高耸入云的南北走向的贺兰山山脉。这里是交通枢纽，在周围单调乏味的黄色基调的衬托下，这里的绿色令人格外赏心悦目，欢欣鼓舞。尽管定远营那柔美的春日景致曾遭到暴风雪凶狠的摧残，所有新绿香消玉殒，灰暗无光，所有的花蕾还未绽放就已经凋零……但在经过漫长的沙漠之旅后，定远营那高大的榆树、杨树、王公们奢华的园子和大片的农田，给我们一种如入天堂般的感觉。绿洲上的菜园和农田都被精心地侍弄过，处处可以看出农人们对土地的热爱，他们善于利用大自然的慷慨赐予。阿拉善的蒙古人具有定居部族的素质，他们不仅善于侍弄土地，而且以定居的泥土房取代了本民族的蒙古包，这正是他们有别于自己北部和南部的蒙古兄弟的地方。绿洲的土壤很肥沃，只要有丰富的水源灌溉即可有好的收成。

对绿洲上的植物稍加留意，我们就发现，除了高出房顶的杨树和山榆外，还有许多其他树种和更多的灌木、草本植物。在王公贵族的花园里，比较常见的树有松树、云杉、榆树、白蜡树、刺柏、麻黄、柏树、丁香树等；柳树在绿洲里也比较常见，它们生长在小河边和灌渠旁。花园里有苹果树、梨树、李树、樱桃树、醋栗树、悬钩子等。茶园和田园上有大麦、燕麦、荞麦、兵豆、大麻、亚麻、罂粟、马铃薯、葱、蒜、胡萝卜、甜菜、萝卜、豌豆、龙须菜等。到处都可以闻到箭豌豆浓烈的香味。在郊区和栅栏边长着铁线莲。此外，这里还有车前草、甘草、翠菊（亦称紫菀）、鹅绒委陵菜、毛茛等。

总的来说，就像在定远营绿洲上一样，定远营附近常见的植物品种还有：泡泡刺、红砂、垂柳、旋花、鹤虱、独行菜、水麦冬、海乳草、猫头刺、眼子菜（又称鸭子草）、猪毛菜、鸦葱、白滨藜、苋菜、蒿、芫荽、狗尾草、马齿苋等。小湖边芦苇丛生，水中则有杉叶藻。湖里有蛙 [Rana amurensis（Rama chensinensis，亚洲蛙）]。

城堡高高的城墙位于绿洲北部，城墙上修有用来防御的射击塔。城墙十分坚固，顶部铺砌了砖并用石头造出屏障，屏障上留有射击孔。在城堡外面有一条商业街。走近一些，可以看到许多贸易场所。这条大道经过贺兰山山麓，通向南山（祁连山等山脉）。

城堡内部，有一座与亲王府并排耸立着的大庙，该庙建于“黑狗年”[1]，已有近 168 年的历史。庙里的喇嘛信奉黄教。

绿洲西南部是“满洲庄园”。这里以前住着亲王的兄弟四爷和三爷，他们为自己建造出美丽的庄园，现在他们已经去世了。一条宽敞整洁的街道和王爷绿树成荫的花园是我喜欢去散步的地方。这条街道旁边有一条清澈的灌溉沟渠，渠上栽满了杨树。我特别喜欢四爷的庄园，这里有参天大树，有主人不辞辛苦地从内地运来的花木，有舒适漂亮的凉亭和人工石洞，还有一条从拱形的庄园门一直通往房前的妙不可言的杨树林荫道。但现在这里只有死一般的寂静。这是因为，根

[1] 藏历——译注

延福寺

定远营北部

据当地风俗，丈夫死后妻子不能见客，尤其是男客，更不能设宴招待，不能进行娱乐活动，偶尔有些妇人可以前来与她一块凭吊和缅怀死者。这一风俗看来被严格地遵循着，因为在我私自造访庄园时，只见到了一些妇女和小孩。

曾几何时，阿拉善亲王夏天也到这里来度夏。他的宫殿旁有深渠环绕，这些渠把行宫和其他设施，诸如戏台、凉亭等分割开来。行宫现在虽已废弃，但从整体上看还是给人一种中国皇帝小型宫殿的印象。一些山丘紧邻着亲王的行宫，丘间有一些宽谷，以前这些宽谷里曾建有动物园。动物园里曾经有不少当地的动物，如马鹿、岩羊等在这里生长、嬉戏，而现在所有的动物仿佛都已死绝了一样。

应该指出的是，定远营、王公的宫殿和城堡本身也正处于一种颓败的趋势中。所有的建筑都陈旧不堪，需要进行彻底的翻新。城堡、寺庙和商业街的古老破旧的样子，总让我想起死亡之城哈拉浩特。也许，定远营与这座死亡之城有着许多共同之处。

考察队的地质学家切尔诺夫在他从定远营到贺兰山等地的第一次旅行中，还发现了定远营与哈拉浩特有更多类似的地方。

人们在田野里进行着各种各样的劳作。一些罂粟花已经谢了，汉族人正在割开它的厚厚的皮把汁收到一起。罂粟总是占着一些地段，远远地就能从艳丽的花上认出它们来。水稻田里，一些汉人正弯着腰拔除杂草。我们见到了相当大的一片有水的芦苇地，里面展现出一派生机的生活图景：许多鸥、鹭和野鸭在里面上下翻飞，麻鸦发出哀怜的叫声，另一些会唱歌的鸟儿则唱着悦耳的歌曲……

现在，回想起位于额济纳河下游的哈拉浩特郊外的一些情形，哈拉浩特这座被废弃城市的情形就会清晰地呈现在我眼前：那里也见到了灌溉系统的痕迹，也见到了整齐的田地和田地上面一些建筑的残迹。可以肯定，哈拉浩特以前的生活、生产也与复杂的灌溉渠系紧密地联系在一起，我肯定，一定是这一地区的供水主动脉受到破坏后，它才被人们废弃的。

到达定远营后，我们根据礼节与阿拉善亲王互换了名片，这位当权的蒙古王公派了自己的二儿子阿里亚来向我问好。我则向亲王及家属回赠了一些礼物。顺便说一下，这些礼物中有几只表、一些锦缎、一些珊瑚手镯、一部留声机及其他东西。

4 月 20 日，考察队队员打扮得漂漂亮亮，在我的带领下坐进亲王的车子，在近卫兵和哥萨克护卫队的护送下，穿过市区前往阿拉善亲王古老的王宫。一路上到处可以见到驻足观看的人群。亲王步履蹒跚地走下台阶，在自己的住所外迎客，与他一同迎客的还有他的两个小儿子。亲王亲切地邀请我们进到客厅，我们在那里坐了大约半小时。根据亲王和我们谈话时脸上的表情和他那客气殷勤的态度，我们可以判定，他对我们的到来非常高兴，并确实愿意为我们做些力所能及的事情。我对古道热肠的主人给予我们的帮助表达了谢意。对此，亲王殷勤地回答说，希望以后还能帮我们一些忙。在询问了我们路途中的一些情况和下一步的打算后，亲王谈起了关于欧洲的一些有趣的问题，在谈到有关俄国的话题时，亲王非常有分寸感，说话很客气、很委婉，生怕由于自己的不慎让我不高兴。在谈到一些具体细节时，亲王回忆起了我们的上次探险，说从那时起我的肩章就在不断地变化……“你已经获得了与尼古拉（普尔热瓦尔斯基）相差无几的成就了”，亲王用他那完美无瑕的干净的细手指摸了摸我的肩章后，若有所思地说道。然后，他又问起有关我们旅途上的一些问题。在得知我们的队伍中有地质学家后，求知欲很强的亲王和他的儿子们，争先恐后地把各种各样的鼻烟盒和其他的宝石制品拿给地质学家看，向他打听制成这些物品的宝石的名称。“你瞧瞧，看看里面有没有金子、银子和其他贵重宝石，稳重的尼古拉曾经替我们看过一些宝石，并答应我下一次来旅行时，给我带一个地质学家来，以对我们这里山里的宝藏进行更为细致的研究。”

阿拉善亲王是这样一个在许多方面富有学识和教养的人，与他交谈不仅趣味盎然，而且受益匪浅。由于心里牵系着农业生产，所以亲王与我们认真地研讨了这样一个问题：如何才能将更多的水从贺兰山中引出来。我很自然地想到了修建地下水渠的办法，这个办法在中国新疆南部的吐鲁番盆地运用得十分成功。当地人管这种地下水渠叫作“坎儿井”。我们与亲王谈得很愉快，这得益于我们的翻译官巴德马扎波夫，他在这次谈话中当了翻译，而我们的新翻译、一个名叫波柳切夫的哥萨克军士只是在一旁倾听、学习。谈话结束后，我们回到在城郊的住所。进屋后，我们迫不及待地脱下了身上的正装，赶紧换上了自己的旧的、舒适方便的旅行服。到城里去过后，我们总是感到有些疲累，这是因为在经历过沙漠的寂静后，城市里人来人往的嘈杂和熙熙攘攘的拥挤，总让我们觉得不习惯、不适应。

由于俄国在阿拉善地区的侨民作风正派，所以俄国人在这一地区的威望颇高，当地政府也愿意向俄国人提供一些方便。正是由于这一点，才使我们有了同祖国保持紧密联系的可能。在定远营的最初一段日子很快就不知不觉地过去了。主营地里的工作一刻也未中断。白天的工作很多，诸如整理日记，对一路上的收藏物进行筛选、分类，补充酒精，对城堡附近的一些山系进行研究，把地图绘到考察报告上等。偶尔找些人问问远近各处的情况，我们还得到了一些民族学方面的收藏物。我的两位年轻的合作者伊万诺夫和波柳切夫建造了一个亭子，用以进行气象观测。此外，为购买木材，引起了一些麻烦事，最终，我们费了很大的劲儿，出了很大的价钱才算把这件事摆平。晚上，我们则进行一些天文观测，以确定一些地方的地理坐标。

4月25日，我的两位标本员捷列绍夫、阿里亚·马达耶夫与植物和昆虫采集员切特尔金一道儿，前往贺兰山西坡的一个最近的峡谷里去打猎。静静的苏布尔干郭勒峡谷对我们的旅伴们很友好，尽管这里没有河溪（贺兰山的峡谷中只有井里有水，春季和夏初尤其如此），河溪会给山林带来生命的景色。这里的林子里栖息有马鹿和相当数量的鸟类，这让我们的猎手十分高兴。在最初的两周里，我们就在这些峡谷中得到了二十多种我们考察队尚未猎获过的新的鸟类品种，并在得到亲王恩准的情况下，打到了三只西伯利亚马鹿。我们在山里度过了充满乐趣和收获的日子，那些新的高山植物让我们感到十分满意。

与此同时，气温明显升高。常常一大早就能感觉到阳光的热度，早上七点，阴影下的温度已达20℃。在无风的天空中，燕子上下翻飞，鸽子咕咕鸣叫，戴胜鸟也在空中飞翔，偶尔还有雨燕尖叫着疾飞而过。有一次，一对戴胜鸟从考察队居住的房顶上飞了过去。各种各样的苍蝇四处乱窜，也可见到小蝴蝶优美的身姿。

在无风的日子里，空气变得异常透明清澈。贺兰山差不多是纤毫毕见地展现在人们的面前：可以看见它的山峰、峡谷、峭壁和森林。但这一切只能在刮风前看到，只要一刮风，哪怕是并不强劲的风，立刻灰尘弥漫，将四周的一切遮掩起来。远远的沙漠上有时会出现一些高高的、细细的或其他稀奇古怪的风暴的轮廓，让人看起来感觉沙漠好像立刻就要推移过来，凶狠地吞噬掉这个百花盛开、生机盎然的绿洲。

在天气较好的傍晚或者早晨，我们喜欢登上邻近住处的高地，欣赏贺兰山那美妙神奇的风光，辨识风景中色彩的变幻。太阳斜射在山脊上，山梁上沐浴着金黄、灰蓝的薄雾，只见雾气慢慢地从峡谷中升起，再缓缓地飘向附近的山坡。主要的圣峰巴彦苏姆尔在夏季时显得尤其漂亮。每年6~7月，笃信佛教的蒙古人都要到这座山峰的中心鄂博来烧香上供，求神拜佛。有时还会举行特别隆重的供奉神灵的仪式。站在山头上，用望远镜可以清晰地看出这座圣峰半山腰的树林，有时甚至可以看清更远处的高山和草地。

据当地居民讲，最近五年，阿拉善地区一直是大旱天气。加之本地降水量本来就小，而且缺乏大江大河的水源补给，因此，造成了粮食歉收。失去这一主要生活来源的阿拉善蒙古人变得很穷，这也导致了阿拉善亲王的窘迫，他和自己的三个旗已欠下北京王室约三千两白银。

很快就到了 4 月底。空气依然十分干燥，被西风吹起的尘灰逐渐充斥在空气中，使天气变得更为闷热。与此同时，春天的生命却在顽强迅速地出现、生长。在苍蝇和甲虫之后，一些小的食虫鸟儿也开始出来觅食了，它们有：莺、鹟、红尾鸲，鹪鹩[1]。在春冻和风暴之后，还有一些新芽和幼枝长出。在绿洲边缘，差不多推开每一块石头，都可以找到两三只蝎子，有时甚至可以发现一大堆蝎子。

5 月 1 日中午一时，树荫处的气温已达 27.2℃。出现的食虫鸟有莺、鹟和红尾鸲。这一天发生了一件对我们而言非常愉快的事情：阿拉善亲王亲自来看望我们考察队。这对所有曾到过此地的俄国考察队来说都是第一次，是一种殊荣。此前，在普尔热瓦尔斯基率队考察路过此地时和我上次探险路过此地时，亲王都是仅派自己的兄弟或儿子前来看望。

通常，考察队在任何一个繁华的地点停留时，考察队队员都会花去很多的钱。我们在阿拉善停留期间也是如此。大家都情不自禁地想买些东西作纪念，大家都被中国内地或当地产的一些小玩意儿吸引。在巴德马扎波夫和阿拉善的一些朋友的帮助下，我弄到了不少佛教崇拜物，其中大多是金属佛像和画在布上的佛像。我们也没有放过那些有艺术价值的古老的青铜瓶和古画，这些东西都是从宦

[1] 亦名巧妇鸟——译注

官和贵族的后代手中获得的，一部分是花钱购得，另一些则是用一些最好的私人物品交换而来的。

5 月 6 日，亲王宴请考察队全体成员。亲王像以前一样热情而又彬彬有礼地将我们迎了进去。我和亲王立刻进到雅间，雅间打开的窗户正好面对着家庭戏台。护卫队成员则被安排在隔壁房间，有一些官员和亲王的儿子们作陪。

我们入座时，剧情已经进入了高潮，戏台上正站着一个男子饰演的女英雄，她已打了几次漂亮的战，把穷兵黩武的邻国军队打得落花流水。演员们以其精湛的演技和唱腔把一位女英雄的故事描绘得有声有色，把女英雄的形象塑造得逼真而感人。他们着重抓住了其中的几个场景，比如“别故园、上疆场”“辞别老母”和“荣归故里”，等等。亲王的三儿子三爷是一个戏迷，他一直在戏台旁边指手画脚，为演出的成功激动不已。化妆、服饰、独特的唱腔，这一切让你觉得十分完美，无与伦比。夜晚演出时，效果就更绝了。下午后半段，我与亲王的谈话变得有些冷场，到晚上，谈话又活跃起来。当餐桌上摆满美味可口的饭菜和碗筷杯盏后，所有的人都吃得津津有味。戏这时还在演着，大家听着、看着，渐入佳境。这时，大家都渐渐地抛开了社交礼仪的繁文缛节和生分客套，变得随便、自然起来。菜肴很丰富，总共上了二十多道，其中包括一道很有名的菜：燕窝。然而，最合我们口味的还是我们在路上每天都吃的羊肉。此外，还有一道备菜，虽然这道菜最后没有上，但这更加充分地表现出了主人的热情好客、慷慨大方。另外，一开始我们喝的是米酒，后来改喝很高级的欧洲香槟酒。

女人们没有上席，她们被安排在一个单独隔开的房间里，从那里也能看戏。亲王从我们所在的房间里走出去，按照当地习俗向我们的护卫队员们敬了一杯酒，祝他们身体健康，并祝他们在以后的旅途中取得新成绩。演出结束时，我们向演员们赠送了一锭白银以示谢意，我们还向厨师表达了谢意。这样，在亲王这里吃这顿饭我们共花去了五俄磅（两公斤）中国白银。

宴会很晚才结束。返程时我们是步行回去的，有许多仆人提着灯笼为我们照路。由于亲王举行盛大宴会，城门一直没关。

考察队的工作也有序地进行着。建造气象亭的工作即将结束。以前的乡村教师，现在的观测员、能干的达维坚科夫正在积极地做着准备工作。我的老合作者切尔诺夫和纳帕尔科夫被派去执行一次大的旅行任务去了，他们两人要去研究贺兰山的山坡，即西面和东面的斜坡，并寻找确定一条通往贺兰山北部边缘的路线，那儿的山已经越过了黄河右岸。我还派标本员阿里亚·马达耶夫和两名级别较低的队员去收集动物标本和准备一些路上用品。

把这些旅伴派出去之后。我开始对从哈拉浩特挖出来的东西进行系统分类，准备把它们整理好后邮往俄国地理学会。终于，我整理出了十箱东西，每箱东西重一俄担（16 公斤）。闲暇的时候我就去拍一些照片，我还对相机进行仔细的研究并亲自冲洗胶卷。在我做这些工作的时候，年轻的五爷总是陪在我的身边，他对摄影十分着迷。总的来说，亲王的儿子们没有忘记考察队，我与他们保持着交往，就连亲王的大儿子、王储大爷也在从兰州府返回后，就立刻前来看望了我们，并表达了对我的最为诚挚的问候。大爷的行为举止已俨然一副欧洲人的做派了，他随身带着白色小巧的名片，待客时也不像一般蒙古人那样让客人坐到地毯上，而是让他们坐到桌子前那柔软的铺有天鹅绒布的椅子上。在与这样一位有教养的年轻人坐下来喝喝茶、吃点小点心时，我非常愿意和他谈论许多问题，其中包括有关中国内地、俄国和阿拉善的问题。最后一个问题我们谈得特别多。另外，我还注意观察对面女性住处的情况，那儿的窗边不时有满洲人和蒙古人走过。大爷高挑儿美丽的妻子也从那里走过去了，她走过去的时候总会吸引周围许多人的目光。

从 5 月 15 日开始，考察队的气象站开始进行定期观测了，所有物理设备，其中包括一些自动的气压记录仪和温度记录仪都已投入并正常使用，开始发挥作用。进行了一些定期的天文观察后，我利用月亮对一些星体的几次遮掩，成功地计算出了定远营准确的地理位置。

驿站的工作人员照样很关照我们。他们不仅从北京给我们带来消息，偶尔也从库伦为我们带来消息。库伦领事馆的希什马廖夫一直特别关照考察队的邮件，总是让它们以最快的速度送到我们手中。由于上述原因，我们收到了著名的哈姆喇嘛多尔日耶夫的信件。这封信让我打心眼儿里高兴，并勾起了对达赖喇嘛的思念。现在，达赖喇嘛正在北京，他打算秋天或者冬天离开北京到塔尔寺去。我心里很希望能在那儿与他见上一面，事实上也在那儿见到他了。这是后话。

在天气晴好的日子里，太阳西斜气温稍降后，我们常出去练习步枪射击。这次旅行我非常重视考察队护卫队的战斗力问题，选中的护卫队员的枪法都是无可挑剔。之所以这么做，是因为担心遭到土族的袭击，这种担心是有充足的理由的。因为，中国人利用俄国人在日俄战争中的失利，得到了许多俄国武器，并用这些武器武装了一些野蛮的山地部落，这些部落包括居住在南山的部落，但更主要的是居住在安多地区的部族。亚洲腹地的这些尚武的山地居民和高原居民现在成了更有威胁的力量，能够与那些深入亚洲腹地的少数俄国研究者进行相当顽强的对峙，我们不得不考虑这些令人不安的因素。除了步枪外，我还练习双筒猎枪的射击，并取得了令人满意的成绩。顺便说一下，我使用的这支猎枪以前曾属于普尔热瓦尔斯基。我们的射击练习吸引了许多好奇的当地人前来观看，他们不停地为我们高超的射击技术大声喝彩。

伙伴们离开后，我站在定远营城外的高冈上看风景的时间比原来更长了。现在正是黄金时段，太阳落到了地平线那边，天空呈现出异常瑰丽的色调，空气中令人愉快的凉意更浓了……山冈上还可以看见远处的沙漠，它像大海一样无边无际。近处的绿洲使它们更加突出。听不到从城市方向传来的一点人声，看不到从那个方向走过来的一个人影。农民都从田野里收了工，回到他们那莫测高深的院子里去了。

这时，晚霞布满大漠上空，美丽如画。霞光映照在贺兰山山顶，看上去更加美丽动人。蓝色的薄雾依旧从峡谷里慢慢地移向陡峭的斜坡。再过半小时左右，夏夜就降临到大地上了……

# 贺兰山见闻

我的大部分时间是在定远营度过的，这儿有各种各样的工作需要我来做。但我的内心深处却十分牵念贺兰山，很想早一点进入这座美丽的山。因此，我对那些首先被派到贺兰山附近的峡谷去打猎的旅伴们非常羡慕，终于，我加入了他们的行列当中。我们去的峡谷在苏布尔干郭勒的第一个宿营地措斯托附近，我们准备在那儿猎获一些迟飞的候鸟，然后再前往和滕郭勒峡谷。

和滕郭勒峡谷入口处有一座坟墓，这是现在亲王的一个妻子的墓地，她为亲王生下了三爷和其他两个孩子，这两个孩子也埋在她旁边的土堆下。这位中国王妃的安息地为一个泥墙所围，里面栽满了云杉树。再往山谷里走，在这个峡谷的山岩上还有修行喇嘛的住处，他们有时住在那里。门和方格窗户给这位修行者的住所增添了一抹童话般的色彩。

我与大家在两个峡谷里转了一周时间，但非常遗憾的是，我们想在这个地方猎获许多猎物的打算未能实现。

在我冲出嘈杂拥挤、灰尘满天的肮脏城市到广阔的原野时，我们心里的那种喜悦真是难以尽述。原野上空气清新，不时从山野草地里吹来令人陶醉的芳香。贺兰山主脉还在远处，不甚清晰，但是，山脉上的草木与周围悬崖峭壁的灰色调看上去却是那么和谐。我早就魂牵梦萦着这美丽的地方，渴望骑上轻捷的蒙古马早日前往。

融入大自然的这些日子，我总是尽可能充分地享受它们，我们不停地去打猎，不停地测量贺兰山山脉的一些鞍部或者山顶的高度。在我们沿着和滕郭勒峡谷攀登贺兰山途中路过一座山峰时，在那里度过的一段时间是我感觉最为惬意、美妙的时光。山的两边是像波浪一样延伸的长丘，它们被薄雾轻笼，一直伸向远方；山的西部是无边无际的沙漠，东边则是黄河那闪着银光的“水带”。而我当时一个人坐在那里，静静地坐在那里，没有任何人来打扰。

贺兰山北面是一些陡峭的石灰岩及砂岩峭壁，它们呈灰黄色调，比较显眼。北面可以看见形状十分奇特美妙的绿色山脊。山麓边缘是一些很厚的砾岩，它们被力量强大得可以穿石的水流分成了一些很有特点的山沟，这些水流在沿贺兰山的峭壁奔流时，速度非常快。除此之外，贺兰山还富含煤层。

在贺兰山的地质结构中，除了上述的石灰岩、砂岩和砾岩，还有页岩、斑岩、粒岩、片麻岩和火山岩。

地质学家奥布鲁切夫和切尔诺夫著有关于贺兰山地质构造的更为详细的论述，请参阅奥布鲁切夫的《中亚、中国北部和南山》第一卷和切尔诺夫的有关著作。

近处雨燕翻飞，远处兀鹰盘旋。兀鹰有褐色的，也有白色的，即喜马拉雅山兀鹰。从贺兰山深处传来布谷鸟的叫声。在这样的环境里，我常会深深地陶醉在大自然中，一坐就是几个小时，浑然不觉时光之流逝。

贺兰山基本上呈南北走向，远远望去像一堵厚厚的齿状墙，墙上饰有森林和地毯般的高山草甸，它横亘在鄂尔多斯草原与更加荒凉、贫瘠的阿拉善草原中间。山陡然从基座上高高耸起，山岭最高部分通常是一些起伏不大的高地，最低的边缘地带却有一些峭壁和高峰，它们的形状有时像中国古老的塔楼。黄河从东面流经贺兰山，把贺兰山分成了两部分，并把山的北侧与其他部分隔开，北侧的山在河那边突然向东拐去。

深谷与两旁陡峭的石壁插到巨大的山体中间，它们与横着和竖着的鞍部一起，形成了最为复杂的组合。在这些峡谷底部，有一些微不足道的泉和井，泉和井里的水绝大部分是淡水，有些含有硫化氢杂质。在绝大多数情况下，泉里只有极少的水，而且很快就被蒸发掉了。尽管如此，在这些泉里还常能发现一些小鱼。小鱼如何能在这样的泉水里生存，真是一个谜。水旁有青草地和汉人的菜园，耕地用泥墙圈了起来，也许是为了免遭蒙古牲畜的践踏。

当地人非常珍视这些水，它们用石头把泉砌起来，以免泉水散流到平原里去。此外，当地人还修建了水库和池塘，可根据需要从里面将水放出，这对庄稼的灌溉非常重要。

就像在阿拉善一样，中原经济的影响力在鄂尔多斯草原也在逐年增强，在贺兰山山脉中的一些好的地段及东面毗邻贺兰山的黄河谷地，都有他们的产业。在这些地方，不仅有肥沃的农田，而且有一套完整的人工灌溉系统。蒙古人则大多居住在稍微贫瘠一些的地方。除了农业外，汉人还从事挖煤和伐木工作。他们伐木的方式颇不足取。在贺兰山上，现在已难以找到一个这样的峡谷——没有汉人的房子，听不到汉人的伐木声，看不到被砍倒的树木。就连最高的山坡上，都有伐木工人的身影，他们不放过任何一片树林、任何一种树，只要这些树长到 4 米以上。只有那些生长在无法攀爬的峭壁上的树木才能逃过一劫。森林里到处都可以见到路，这些路通向极为险峻的悬崖边，伐木者从这些悬崖上将木材滚下去。森林资源较为丰富的西部山岭的木材被运往定远营，东部山地的木材则被运往宁夏。如果我们注意到这种年复一年的毫无节制的砍伐，就不难明白为什么贺兰山的井和泉大量干涸，为什么定远营绿洲缺水，而且还不能排除将给这一地区带来更为恶劣影响的可能性。

普尔热瓦尔斯基也注意到了森林资源日渐枯竭的事实。他在《蒙古与唐古特地区》一书中写道：“数以百计的汉人在从事树木砍伐工作。要找一个不大见得着伐木工人的峡谷要费很大的劲。”过了十二年以后，他又在《第四次中亚之旅》中写道：“原先覆盖在贺兰山东西部半山腰的森林就遭到严重砍伐，现在已稀疏了许多。人们还大量捕杀当地的野生动物：岩羊、麝和马鹿。总之，现在的贺兰山已远非我们于1871年第一次见到时的那副原始贞洁模样了。这些山整整十年人迹罕至，森林平静地生长，野兽也无拘无束地在这里栖息、繁衍。”

贫乏的水资源和干旱的气候明显地影响了山中动植物的生长发育。这里动植物的品种比较单一，考察队在贺兰山和绿洲里只收集到约三百种植物和六十余种鸟类，鸟类当中小部分是迁飞的候鸟，其余的则是定居和巢居于此的。根据西坡植物的特点，贺兰山可以分为三个垂直带：山麓地带（此带包含一些草原植物品种）、森林地带和高山地带。

山麓地带的固有树种有榆树、野生李树和桃树；灌木有黄色的野蔷薇和玫瑰；此外，还有极少的长满浆果的麻黄（Ephedra equisetna）；再低一些的地带有许多带刺的旋花和带刺的猫头刺（Oxytropis aciphylla）。这一地带的草本植物比较多，有大黄（Rheum uninerve. R. racemiferum）、香薄荷（Thymus serpyllum）、骆驼蓬（Peganum nigeltastum）。铁线莲的蔓随心所欲地顺着灌木爬，它们多半生长在峡谷口。南芥菜紧贴着山岩生长。稍高一些的地方可以见到报春花、大戟（Euphorbia esula）、冰草（Agropyrumcristatum）、景天（Sedum hybrifum）和肥马草[1]、独行菜、鸦葱等植物。

[1] 亦称“臭草”——译注

应该指出的是，我们对动植物群落的考察主要是沿着贺兰山西部的措斯托峡谷、达尔滕托峡谷、亚马塔峡谷、和滕郭勒峡谷和苏布尔干郭勒峡谷进行的。

森林地带是动植物最丰富多样的地带。这里的森林主要生长在峡谷北坡。这里的木本植物品种很少，只有云杉、普氏杨树（Populus Przewalskii）、白杨（Populus tremula）和长得不高的柳树，其间杂以少量的刺桧。山的东坡有松树。贺兰山西坡随处可见的灌木有：小檗、委陵菜、榛、忍冬和刺柏。非常美妙的丁香树生长在林间峡谷中。在那里还可以见到茶藨子、悬钩子等植物。森林地段常见的草本植物有：堇菜、红百合、马先蒿、矢车菊、耧斗菜、银莲花、紫云英、骆驼刺等。在最潮湿的地方还长有柳叶菜、缬草（Valeriana tangutice）、蒲公英、莴苣、地榆等。

生长在斜坡上的植物有：艾（蒿）、辣椒、马齿苋、葶苈和冰顶花等。山坡上和河岸边可以见到鸢尾花，在泉边则可以见到苔草等植物。

高山地带的草本植物中还有一些新的品种，诸如毛茛（Rarauneussp）、龙胆、飞燕草（Delphinium sp）、石竹、紫堇（Corydalis adunca）等。

随着地势的升高，矮小灌木植物完全消失，只有多刺的锦鸡儿例外，这种植物在贺兰山最高的山峰上亦可见到。生长在高山地带的草本植物一般都变得比较矮小。

贺兰山的哺乳动物和鸟类的品种也不丰富。我们在上述山中共发现了约十种哺乳动物，它们中占据第一位的是马鹿（Cervus asiaticus）。马鹿大多生活在针叶林中，受到阿拉善亲王的庇护，亲王禁止猎捕这种珍贵的动物。除马鹿外，还有麝和被蒙古人称为“库库亚曼”的岩羊，这种动物成群地栖息在东边较陡的山上；羱羊只能在山北边没有树木的地方见到。这儿经常有羚羊沿着长有草原植物的缓坡深入贺兰山的峡谷中去。比较狡猾的哺乳动物有狼、狐狸、黄鼠狼；啮齿目动物有野兔（蒙古兔）、黄鼠和老鼠。

在经过阿拉善亲王的恩准后，我们打死了三只马鹿。在这以后，我们的猎捕活动主要围绕着岩羊进行。

考察队尽可能齐全地收集了贺兰山鸟类品种，我们总共收集了约十五种鸟。但这些鸟儿并没能给荒凉的贺兰山增添多少生机。这里不像西藏东部，在那里的每一条峡谷都能呼吸到生命的气息，都充满了鸟儿的鸣唱和潺潺的流水声，在山溪喷溅的水珠上可以发现小小的彩虹。而在这里，你只要闭上眼睛，便很自然地会想到紧邻的荒无人烟的沙漠里那死一般的寂静。因此，一听到鸟儿清亮的叫声，我们会很兴奋，这些鸟儿是鸫、云雀和小柳莺等。在峡谷口附近可以见到的鸟有石鹏、凤头百灵；在稍微高一些的地方，在峡谷深处的小灌木丛中，可以见到达斡尔沙鸡（Perdix daurica），喜欢居住在悬崖上的鸟儿是岩鸽；在林中刺柏树上，栖息的有白翅蜡嘴雀，它们的叫声很有特点。单调乏味的峭壁上会突然有红翅旋壁雀像艳丽的花蝴蝶一样一闪而过，我很喜欢看这种鸟儿飞翔，尤其是当它们从我头顶上飞过峡谷时。在低矮的长着草的山坡上还发现了百灵；在有泉水的草场上有鹡鸰、鹨和小滨鹬在泉边嬉戏。黑乌鸦居住在高高的云杉上，红嘴山鸦则住在高山地带的崖壁上。它们三五成群地叫着，盘旋在稍矮一些的崖旁。在高山地带的悬崖上，还能遇到善飞的鸟儿——雨燕，它常用刺耳的叫声打破周围的宁静。在比雨燕低的地方，则有山燕。岩鹨栖息在山林中，鸸鸟则生长在针叶林边缘。5月时常有布谷鸟“咕咕”“咕咕”的叫声从森林深处传出。柳树的顶上则立着伯劳，而在邻近的长有带刺的锦鸡儿的峭壁上，我不止一次看到过鹟。清晨，当山顶刚刚沐浴在金色的阳光中时，蔚蓝色的空中就出现了强壮的兀鹰，兀鹰分褐色兀鹰、白色兀鹰（或称为喜马拉雅山兀鹰）和髭兀鹰。当地人对这些威严的兀鹰都十分敬重，从不猎杀它们。另外，我们只从远处见到过一种鹰和金雕，但是，没有把它们打下来收集到标本中去。至于红隼（茶隼）这种广泛分布的猛禽，在这里也是一种最为常见的鸟儿。

如果你问当地的蒙古人，贺兰山鸟类中最好、最有意思的是什么鸟，他们会回答说是“哈拉塔基亚”，亦即“黑鸡”，俄国称这种野鸡为蓝野鸡或者长耳野鸡。蒙古人很喜欢打这种鸟和我们前面已经提及过的岩羊。

长耳野鸡是贺兰山所有的野鸡中较为特别的一种，它的块头明显大于普通野鸡，有强有力的脚爪和密密的尾羽，其中四根羽毛要长一些，而且披散开来。长耳野鸡的羽毛总体色调是铅绿色的，尾巴上的毛则呈银灰色。它耳朵上和喉咙部的羽毛是白色的。它那无毛的面颊就像脚一样呈红色。雌长耳野鸡的羽毛与雄长耳野鸡的羽毛没有什么区别，与后者的区别仅在于个子稍小点。

哈拉塔基亚的栖息地在有悬崖的山林中，它们以草为食物，觅食时步伐平稳，漂亮的尾巴与地面呈水平。深秋和冬天，这种野鸡常一小群一小群地聚集在一起，像其他野鸡一样栖息在树上。早春时节，它们配对成双，然后各自占据一定的区域，在那里孵养小野鸡。据蒙古人讲，长耳野鸡的巢是用草和树枝搭成的，里面一般有五至七枚蛋。

早春时，雄野鸡便开始了求偶的鸣叫。它们的叫声极其难听，令人想起孔雀的叫声，只是声音较后者稍小些，间隔的时间稍长一些。此外，这种野鸡还会发出一种特别低沉的声音，这种声音很像鸽子的咕咕声；在它突然受到惊吓时，它们的叫声又极像珠鸡的叫声。

普尔热瓦尔斯基在《蒙古与唐古特地区》一书中写道：“即使是在交配期间，这种鸟儿也不像普通的野鸡和黑琴鸡那样发出求偶的鸣叫，公的长耳鸡只是偶尔鸣叫，间隔的时间长短不一，它们一般是在日出以后鸣叫，虽然有时在黎明前甚至中午左右也能听到这种野鸡的叫声。”

这种非常漂亮而独特的鸟儿正遭受着当地人的残酷捕杀，它们被捕杀的原因是自己那长长尾巴上美丽的羽毛，这些羽毛被用来做中国官员帽子上的饰物。当地猎人对长耳野鸡的生活习性相当了解，他们发现它们有步行翻山越岭的习惯，因此他们在一定的地方用枯树枝和各种废金属设置障碍物，中间留一条通道，而通道中有一个陷阱。当它们爬到山顶后，很快就发现了中间那条即将出卖它们的通道。它们走到一块预先安放好的小板子上时，就会掉入陷阱，并被用绳子制成的活结紧紧捆住。由于经常受到这种充满智慧的捕捉方式的威胁，长耳野鸡变得十分机警，在贺兰山中要打到它们非常困难。

考察队在贺兰山西坡的峡谷中收集到了许多昆虫标本。

在贺兰山深处风景如画的峡谷里，有两座受到蒙古人极其虔敬的佛教寺庙：巴伦希特[1]和宗希特[2]。巴伦希特位于距定远营东南30俄里左右的地方，紧贴坡面，位于半圆形的支脉布杜达坂山和古尔班乌拉山的山麓地带，伊赫河就从那里流出，其水流湍急，潺潺有声。在陡峭的山岩上雕刻和绘饰有艺术价值较高的佛像，下面还有一个祷告场景，大大小小共七个寺庙，一些白色的塔，以及在远处的山顶上与绿色主峰交相辉映的鄂博，这一切构成了一幅秀丽的画卷，有一种无以言状的美妙。

然而，无论巴伦希特如何富丽堂皇、漂亮美妙、遐迩闻名，阿拉善人还是认为宗希特才是阿拉善地区最好的寺庙。这座寺庙位于定远营东北部约30俄里的地方，深藏在山林深处陡峭的斜坡上。纳马加郭勒和巴郭勒两条小河从旁边流过。从定远营绿洲出发，朝东北方向行进，贺兰山上的树就越稀少。在高山地带的峭壁上越来越多地出现灰色的零散的石头，它们把碧绿的草场分割开来。终

[1] “巴伦”蒙语“西”“右”之意——译注

[2] “宗”，蒙语“东”“左”之意——译注

于，下到一个周围是山岩的褐色的山沟，再顺着曲里拐弯的道路拐过几道弯，我们看见了一座大庙，庙的白墙和镀金的甘吉尔（塔顶的饰物）在绿树丛中很是醒目。除了大庙外，我们还看见了鄂博和为数甚多的挂在树上的“嘛呢”。这里的森林又恢复了先前的茂盛，寺庙周围的山坡上都长满了树。

宗希特以其履行宗教祈祷仪式和严格的规章而闻名于全阿拉善，这些规章是从最受人尊敬的阿拉善喇嘛丹达尔哈拉姆博那儿传承下来的。正是这位喇嘛使宗希特声名远扬。这是因为，除了纯粹的宗教事务外，他还从事一些文学性的工作，他写出了最完整的蒙古语法典籍，还把不少藏文书籍译成了蒙文。不仅仅是寺庙本身，就连喇嘛们的禅房也整洁而讨人喜欢：大大小小的禅房清洁得无可挑剔，进屋后给人一种舒适的感觉。镀金的和绘制的佛像和嘎乌（用以避邪的神龛）在房间里占据着重要的位置。从房间里打开窗户可以看到长满绿色树林的斜坡，它们与灰色的峭壁交替出现。

我去宗希特的时间正好赶上纪念牲畜的庇护神迈达里佛（弥勒佛）的节日。当地人安静、虔诚的祈祷气氛被为数甚众的朝圣者和各种各样生意人的到来破坏了，后者在节日的人流中赚了不少外快。天气极佳，艳阳高照，照得金色的甘吉尔金光闪闪。寺庙的白色在周围柔和的绿色背景上看上去十分抢眼，盛装前来游玩的行人让这里充满了浓浓的节日喜庆气氛。

节日第二天[1]早上才开始。到时，喇嘛会沿着峡谷底部和斜坡排成长长的一队（近似东正教的举着十字架圣像和神幡等物而进行的宗教游行）。每个喇嘛手中都拿着一个宗教祭祀用物。游行队伍中间抬着一个高高的迈达里佛（弥勒佛）的肖像。嘈杂的音乐正好与喧闹的喜庆气氛相得益彰。

这个独特的宗教仪式结束后，祷告者就开始在平地上、在凉棚下集聚成堆。

[1] 1908 年的节日这天是 6 月 21 日——译注

在华盖下，有一尊大的金属的迈达里佛像。在中心寺庙后面，一些用金属线绣有弥勒佛肖像的绸子从房顶一直垂到地上，堆了一层又一层。

达喇嘛占据了高处的一个主要席位，他的左右和前面坐着他的助手，一些职位较低的喇嘛紧邻着这些助手坐成长长的一排。喇嘛的旁边、佛像的左边，聚集在阿里亚爵爷旁边的是一群男人，而女人们则聚集在佛像右边的公爵夫人旁边。在祈求完神的赐福后，喇嘛们排成一队走向祈祷者，把各种各样的圣物端到他们面前，让他们紧贴在额头上。圣物首先被端到公爵夫妇面前，然后依次往下。与此同时，六个喇嘛手持斧钺，头戴类似面具的东西走到弥勒佛像前，在那里做出各种动作，其中包括在神像面前挥舞斧钺。与此同时，三名老喇嘛轮流站到祷告者面前拖长声音诵念经文，并三次敲响锣。在仪式最后，达喇嘛脚上穿着棉绒布鞋从高处走下来，他来到中央的弥勒佛像前，鞠了三个长躬，献上哈达。然后公爵、公爵夫人和所有其他人都依此办理，一个接一个……祈祷仪式到此就结束了。

除了上述为蒙古佛教徒所特别看重的节日外，蒙古人在整个 6 月份还要进行不少祈求水神保佑的祷告。当地人的福禄吉祥全仗这个神的恩赐了，他们希望这个神能赐他们以风调雨顺，能让他们的庄稼获得丰收。让大家都很高兴的是，6 月初就开始不断下雨，空气变得干净了，绿草变得更加光亮鲜艳。今年的夏天不再像往年那样灰蒙蒙地刮着干风了，而是下着令人欣喜的雨水。应当指出的是，绝对高度达到 3000 米的贺兰山还是能够让残余的水气凝聚并降到地面上的。在像这样的降水充沛的年份里，蒙古人一般总能有个好的收成，毗邻贺兰山的沙漠上也能长出一些草料来……与此同时，考察队在定远营的主要营地又热闹起来：我的两位合作者纳帕尔科夫大尉和地质学家切尔诺夫回来了，他们两个顺利地完成了各自在贺兰山脉和黄河谷地的研究。一开始他们两人是一块儿开展工作的，十天以后，两人决定分开各自进行自己的研究。这是因为，地质学家切尔诺夫需要细心地对途经的每一个峡谷都进行长时间的考察，而制图员纳帕尔科夫大尉却不需要做那么细致的研究工作，不需要陪他一起消磨时间。他需要的是到更多的地方，对这些地方的地形进行总体上的研究。结果，纳帕尔科夫大尉沿着黄河右岸到了离鄂尔多斯草原上的博姆湖不远的地方，他从当地人那里打听到，这个湖的存在已是六代人以前的事了，以前绕它一周大概需要骑马走一昼夜。原先博姆湖所在的地方现在是一片长有猪毛菜的沼泽地，当地居民管这片沼泽地叫作“谢尔滕库库诺尔”。纳帕尔科夫是经过贺兰山中最好走的通道图穆尔马拉返回定远营的。四天以后，切尔诺夫也走过了这个通道。切尔诺夫的考察路线自然是沿着山走，他还深入了宁夏后面的一些山脉，并在那里研究了在此之前还没有被人研究过的鄂尔多斯高原上的两座山：卡伊塔格里山和阿尔比索山，然后抄近道从沙拉霍杜尔（高约 2450 米）横穿贺兰山回到主营地。

5 月的最后几天在我们繁忙的工作中很快就过去了。这些工作包括撰写工作报告、写信和对收藏物进行包装处理。其中，光是地质标本就装了十八个一普特[1]重的箱子。为了减轻驼队的负重，收藏物中一些笨重的多达几驮载的东西，我们找一个机会让人顺便带到了库伦。现在，所有人都感觉精神倍增。在结束了对阿拉善、鄂尔多斯及邻近的贺兰山的总体研究之后，我们已经开始渴望下一步将要进行的对南山（祁连山）和青海湖的研究了。

考察队离开定远营前不久，巴德马扎波夫为我们举办了一个告别宴会，阿拉善亲王和年轻的王子们也前来赴宴。作为例外，王子们这次可以与父亲同坐一张餐桌就餐。宴会持续了四个小时以上，办得好极了，热情好客的主人为客人们摆上了用中国烹饪技术制作的各种各样的美味佳肴和欧洲酒水，酒水中有一些最

[1] 1 普特 =16.38 公斤——译注

有名气的名牌的香槟。当天色全部黑下来以后，大家一块儿出去游玩。我们在一个高地上放了烟火。爆竹将热烈的气氛推向高潮，它们向上钻到老高老高的地方后，爆出巨大的响声，打破了黑夜的宁静，而后又喷射出一股一股的火焰，犹如下了一阵火雨。最后，作为这个成功宴会的结束，我为亲王打开了天文望远镜，亲王站在那里久久地凝望着夜空中的月亮和星宿。

准备出发期间，我抽空前去向阿拉善亲王辞行。亲王和他的两个儿子阿里亚和五爷像往常一样友好而热情地接待了我。顺便提一下，亲王详细询问了考察队的下一步考察计划和返回他辖区的时间。我们在这里留下了一个仓库和一个气象站，亲王答应好好保护它们。我们交换了照片，然后以老朋友的方式道了别。第二天，亲王派人将一匹非常好的灰色骝蹄马作为礼物送给了我，还配上了非常豪华的蒙古马鞍。但遗憾的是，我不得不拒绝这份礼物，因为这样一匹娇生惯养的马是很难适应我们前面十分艰难的路途的。年轻的王公们也让我感到非常高兴，他们送给我一只内地考古挖掘出来的小古碗、一些中国内地文房用品和一本定远营的摄影画册作为纪念。

出发的时间临近了。为了使考察活动顺利进行，我们分成三组。地形测绘员纳帕尔科夫首先率队离开定远营，陪同他的还有近卫兵萨纳科耶夫和哥萨克布杨塔·马达耶夫。我为这一小组下达的任务是研究桃翠河谷到古元州城以及从兰州府前往西宁的道路，纳帕尔科夫将在那里等候考察队从青海湖归来。除了主要的绘图工作外，我还委托他做一些民族人种方面的观察记录，并收集一些昆虫。

三天以后，即 7 月 2 日，我们又送切尔诺夫率领的第二小组上路了，除了切尔诺夫外，这一小组中还有标本员阿里亚·马达耶夫和杰米坚科。在彼得堡时我们就定好了，地质小组将探出一条沿沙漠到索戈浩特（镇藩）并沿凉州——青海湖斜穿南山之路。我们将在青海湖重逢。

剩下的就是我所率领的第三小组，也是主要的一个小组。我们将首先进入蛮荒的沙漠，这个沙漠紧邻着南山东部山麓，在北面与东面都有汉人耕作的土地。在沙漠中行进的全程，探险队都是朝着西南方向前进，沿着我上次探险的路线走到庄浪平原，我们将从那里经过平房城，横过南山前往西宁河，然后沿西宁河上行到西宁，并继续经过沙拉霍杜尔山口（日月山山口）前往青海湖盆地。

# 横穿南山东部山脉

距离开定远营还有几天，但我的思绪已经飞到青海湖、南山东部山脉和大通河去了。青海湖吸引我的是它的湖心岛，南山让我迷恋的是它那丰富的动植物群落，而令人生畏的大通河则以其雄伟的峭壁和滔滔急流令我神往。

自我第一次前往大通河探险起，大通河就以其野性的美艳令我迷醉，让我萌发了再次前去拜谒的念头。大通河使我和普尔热瓦尔斯基紧紧联系在一起。一想到大通河，我就又回到了那些与普尔热瓦尔斯基一起度过的难忘的日日夜夜……

刚送走我们的旅伴切尔诺夫和纳帕尔科夫，三十匹新买的养得膘肥体壮的骆驼就被送来了，这些骆驼将把探险队送到青海湖并返回西宁。

我们请来负责赶这些骆驼运送行李的依然是优秀的阿拉善蒙古人。就像我们在前面已经交代过的那样，我们在旅行之初就雇用阿拉善蒙古人把我们的行李和一些设备从库伦顺利地运到了定远营。现在，这些骆驼的主人，阿拉善地区的首富伊希喇嘛亲自赶来为我们送行，并和我们结交。他的游牧区域在沙尔灿庙附近，即在定远营西北 230 俄里左右的地方。

伊希喇嘛有着高高的个子和粗壮的身材，他衣着讲究，这是他给大家的第一印象。我本人则非常欣赏他的言谈举止和行事方式，他镇定、正派、言出必行。

阿拉善亲王也很宠信他。分别时我们答应了这位巨富，回来时在他的领地上停留一两天。他说：“我希望能用我的骆驼把你们送回祖国去！”

让大家非常难过的是连续下了三天雨，迫使我们在阿拉善停留到7月6日。我们不时可以听到远方的雷鸣声，空气变得很潮湿，气温降到了15℃。灰色的、有时是铅灰色的浓云笼罩了远处的山峦，云层还不时笼罩住一部分平原。7月5日下午两点钟前，在宽阔河道里平缓流动的水流忽然变成了令人恐惧的急流，激起高高的浑黄色的波浪，桥梁经不住暴雨的冲击轰然坍塌到水中。陡峭的河岸也不时地坍塌下来。奔腾的急流汹涌澎湃、气势汹汹，卷走一切能够卷走的东西，其中有不少小动物，这些被卷走的小动物多死于非命。汹涌的洪水旁聚集了一群群汉人和蒙古人，他们密切注视着水势的变化。在连续不断大雨的作用下，定远营呈现出一幅惨遭破坏的景象，街道成了深深的泥沼，一脚踏下去就难以拔出来，一些泥土围墙及住所墙壁也被大雨淋塌了，这把当地人的家当和一部分隐蔽的生活场景无情地展现在人们眼前。

7月6日是个星期天。终于，我们告别了嘈杂而拥挤的城市。我们的好朋友巴德马扎波夫和他的助手西穆欣陪同考察队走了一天。这天我们只走出了一小段路。他俩把我们送到拜申泰泉旁，久久与我们话别并祝我们旅途平安、有所收获。

被雨水冲洗过的天空异常清澈，这让我们既能欣赏到贺兰山那泛着亮色的绿茵，也能眺望到西面宽阔的沙原，它一直延展到地平线的另一端。考察队穿过西南方向的一个沙湾，这个沙湾截断了黄河左岸起伏不平的沙漠的东部。

最初，我们沿着贺兰山脉在邻近定远营的山麓边缘行进，很快走完了可以过车的大道，进入通往西宁去的商道。在沿着伊赫河床行进时，我们饶有兴味地看着被大雨冲下来的岩屑和坍塌的石块。探险队中绝大部分是骆驼，我在前面已经交代过了，骆驼一共有三十峰，其中二十峰驮货，十峰供我们骑乘。此外还有四匹供考察队员和标本员骑乘的马。我们的骆驼和马匹在白天被晒得极热的沙地上行进，这些沙地由于近段日子的阴雨天气，新添了不少绿装。脚下的砂土鼠、蜥蜴、甲虫爬来爬去，苍蝇飞来飞去，把它们千年不变的嗡嗡声充斥在空中。很少能见到蝴蝶翻飞的舞姿。鸟儿更少，只有海番鸭、黑翅长脚鹬和野鸭栖息在小水洼旁；灰色小滨鹬和鸻鸟从潮湿的沙上跑过；只要可以见到一些绿色的地方就能见到凤头百灵和角百灵。有一天，我们还见到了正在吃蜥蜴的仙鹤。猛禽中我们只发现了鹰和隼，前者一动不动地立在又小又窄的河流边的一块高地上，后者飞翔的速度则不亚于善飞的毛腿沙鸡。比鸟类更少的是哺乳动物，我们只远远地见到了羚羊，它们偶尔出现在山脊或平缓的沙丘上。人类房屋的出现打破了周围单调的景色，东边靠山的地方有汉人的房子，西边可见蒙古人的毡房，周围依旧是少得可怜的羊群、骆驼群在吃草，有时也可见到牛群。

夏天在沙漠中旅行是十分单调、痛苦而艰难的，晚上感觉还好一些。只要太阳一出来，真正的炎热就开始了，人的精力往往消耗很大。就连闻名于世的“沙漠之舟”——骆驼，在天气最热的时候也一个劲地向远方张望，寻找哪怕是很小的一块绿地，希望那里能有一口井让大家稍事歇息。在沙漠中用肉眼判断距离很容易出现失误，我们在拜申泰泉旁的宿营地上就清清楚楚地看见了位于路边的博姆博托鄂博的总体轮廓，尚根达莱高地看起来也不远。但是，翻过了一个又一个缓坡，呈现在我们眼前的还是有着砾岩和砂岩露头的沙漠，而原先看起来很近的地点，却仍在很远的地方。我们在塔尔巴盖住了一夜，又用一天时间走了 42 俄里后，才终于抵达了尚根达莱这座小山，那里有一口好井，井旁有一些植物。

酷热的太阳一直陪伴着我们走过了沙漠的前半部分，它让我们感受到了沙漠脾气。沙子被晒得很烫，透过薄薄的靴底，使我们的脚被烫得发疼。可怜的狗儿比我们还要难受，尽管伊万诺夫上士很关心、爱护它们，他每隔半小时就要解下水盆，怜爱地给“西格纳尔”[1]喂水。狗儿非常清楚地记住了这一点，到了该喝水的时间，不用叫它们也会聚拢来要水喝。沙丘越来越高。骆驼伸长了脖子，重重地喘气。这些骆驼排成长长的队伍，一会儿爬上沙丘的顶部，一会儿又下到沙丘的底部。骆驼那宽大的脚掌轻轻地踩在沙丘面上，发出独特的“沙沙”声，但这“沙沙”声已被骆驼嘴里发出的粗重的喘息声淹没了。

爬上沙丘放眼望去，入眼的还是刚刚见过的景象：四周除了沙子还是沙子，单调乏味，我们的嘴唇早已因沙漠极其干燥的空气而变得焦渴难耐。

7月9日，好不容易等到了一个阴天，我们上路特别早。金星高挂在天空中，数以千计的小虫在温暖的空中飞舞，蝙蝠一只接一只地飞过。我们将要横穿代雷斯滕霍杜尔山，这座山也许是骡子山的支脉，从山脚到山口的山路一共有6俄里长。爬到山顶后，我们看到西南方向有一个谷地，谷地上笼罩着一层薄薄的烟雾。往远处看，还可以看见措克托库雷寺那白色的建筑，沙砾从所有方向包围着这座寺，只是由于多雨的天气，在其西面和南面形成了一小片沼泽地，这座寺才没有被沙丘所吞没。沼泽地周围长着一些半灌木沙漠植物。

考察队还没走到措克托库雷寺，就在巴彦呼都克井旁歇下宿营了。一口枯井旁有几只驴子，它们耷拉着脑袋，妄想解一下口渴，但很显然，它们是枉费心机。附近生活着一些游牧的蒙古人和他们的牲畜，正是由于他们住在附近，才使这里出现了令人极其难受的事情：这些蒙古人不爱护巴彦呼都克井的井水，大量的家畜排泄物使这口井散发出一阵阵恶臭。

黄昏时，跳鼠在周围跑来窜去，晚归的羊群驱赶着它们。沙土越来越大。现在，经线方向的排排沙丘占据了南面的地域。骆驼慢腾腾地走在松软的沙土上，

[1] 我们狗的名字。俄语“信号”之意——译注

顺着坡势往上爬。我们经过的有些地方是坚硬的地面，可见砾岩露头，我们在经过这些地方时相对容易一些。黄色松散的沙子只是偶尔让开一条路，现出一小块可怜的洼地，洼地里的水又苦又咸，洼地周围长着泡泡刺和一些草本植物。

这些洼地中有个叫“希里金多隆”（意为“被蒸干的七个湖”）的地方，考察队在那里休息了一昼夜。为炎热和口渴所困的我们贪婪地摘吃着已长熟的泡泡刺果，并多次到一个小小的湖里去洗澡，希望能以此降降温，凉快凉快，但是收效甚微。这里的动物主要是鸟类，海番鸭和麻鸭在水面上自由自在地嬉戏，浅滩上则有一些小滨鹬、白腰草鹬、池鹬，一小群浅灰色的沙鸻、花脖滨鹬以及一只孤独的鹨。邻近的芦苇地里有芦苇莺的巢，不远处则有毛腿鵟鵰在晒太阳。在一些沼泽旁还发现了蝌蚪，它们和青蛙在一起。我们捕捞了一些蝌蚪。

很幸运，探险队是在零星细雨天气里穿越第二部分沙漠——腾格里沙漠的。先是北面刮过来乌云，然后就下起了雨。空气变得清新，呼吸起来很醉人。

随着考察队向西南方向推进，横着的斜坡越来越大，最东南面出现了一排排小山，我们把其中的一座称为“红山”。这些山的顶部有用各种各样的石块堆成的鄂博，还有一些玛尼堆。宽沟中偶尔可见游牧人踏出的弯弯曲曲的小路，少见大路。据向导讲，其中的一条路从东面的一座不大的汉人城市——代雷孙浩特，通往西边的一个含盐的盆地察罕达巴苏。路旁常可见到一些骆驼、马和绵羊的尸体，它们是因为很大的暴雨生病死的。根据我的观察，蒙古人和他们的骆驼一样，很能忍受极端的酷热，但是却很容易因为寒冷和潮湿而生病。尽管腾格里沙漠贫瘠且雨水不足，但仍然到处都可以见到蒙古游牧人在放牧着他们的骆驼与马匹。这进一步证明了我从上次旅行时就持有的观点，在蒙古沙漠里没有大片的无水区。

我们接近连绵不断的松软沙漠的南部边缘了。是的，把腾格里沙漠的最后一个颇大的部分留在身后后，我们已经脱离了危险，而且，差不多每天都下的雨为我们增添力量。希里金多隆西南30俄里的地方，有一个长着泡泡刺的沙土丘，我们在那里露营后，开始向伊黑通贡呼都克前进，我们在那里为第二天的旅行备足了水。顺便说一下，我们在那里还捉住了一条以凶猛而著称的蝰蛇（蝮蛇）。当地蒙古人把这种蛇叫作“霍宁莫戈伊”，亦即羊蛇，它们经常咬动物，尤其是羊，动物被咬伤后伤口会肿疼一周半到两周。在离这个井不远的地方，沿着一个陡然下降的沙丘前行，有一个非常美丽的长满草的谷地。蒙古人的畜群正在碧绿的草地上悠闲地吃草。

傍晚，太阳在即将坠入地平线时，又从云层里钻了出来，照到正在斜坡和沙丘顶上行进的长长的考察队身上，构成了一幅奇妙景观。从任何一个角度看，除了黄沙和蔚蓝洁净的天空之外，什么都看不见，只是偶尔在一些地方，长着不多的绿绿的芦苇，它们与沙漠的总体色调形成了极大的反差。天地间已是昏暗一片了，晚霞的余晖还隐隐约约地映照着天际，我们借着这点余晖走出了沙漠，在乌兰赛附近的第一个平地上扎下帐篷。地形变化很大，展现在我们眼前的是一个叫作“伊黑乌伦”的一串小山丘，西边耸现出阿尔加林泰山的山岭，东面和东南面则隆起一些高地，它们把黄河河谷和我们分隔开来。探险队进入了一条宽阔的河床，河床在开阔的沙土平原多隆内河平原上蜿蜒曲折地向前方延伸着，平原上可以见到前不久下雨的痕迹，河谷岸边立时就出现了一些植物。

第二天，我们用一整天的时间走到了扎哈多隆，并把目标定到了一个叫多隆内鄂博的鞍形高地上，环绕这个高地的河流叫作“多隆内郭勒”。令人愉快的阴天代替了让人痛苦的炎热天气，这使我们看到马昌山的轮廓时情绪特别高涨，这座山挡住了更为高大的楼胡山的下半部分。踏上宁夏大道之前，我们仔细地研究了一座古老的塔，这座蒙古式的塔高约4米，是为了纪念班禅博格多，或者就像蒙古人对我说的那样，是为了纪念达赖喇嘛而建造的。据传，正是达赖喇嘛首先开辟了这条道路。为了纪念这位伟大的朝圣者，人们把邻近的沙漠命名为“腾格里”沙漠，亦即“上天的”“崇高的”沙漠。在离我们经过道路的东北方的营盘水村不远的地方，出现了汉族农耕文化的痕迹，勤劳的汉族人正在利用多雨的天气，在沙漠临山的那些地里翻土和播种，这些地方此前还从未被犁铧开垦过。

7 月 14 日，考察队在天洛巴村的废墟旁停下宿营。从日落时分起，空气变得清新起来，然后刮起了西北风。一阵暴风刮来，掀翻了我们的帐篷。下起了寒冷透骨的雨，我们无处藏身，又无法搭帐篷，于是，钻进防雨布中试图睡觉，但这是徒劳的，因为下的雨太冷了，根本无法入睡。

天洛巴村位于含盐沙原的东北角，其西边角上有一个咸水湖。这里干燥、温暖的气候和具有沙漠特点的植物为骆驼生长提供了良好的条件。因此，北屯的汉人就专门在此从事骆驼繁殖工作。

在下了一夜的暴雨后，天空在中午前开始放晴。前方 26 俄里处的马昌山脚下的杨树和一座小镇——萨阳镇的轮廓已可看见。那里以前有个海关，对从阿拉善运往兰州的货物征收关税。

现在，萨阳镇仿佛成了一座死城，那里的居民极度贫困，甚至连粮食也不够吃。我们在这里只买到了一小把葱。一个与军队一起住在这个镇里的汉族官员很高兴地接见了我派去的人，并给考察队签发了通行证。谢天谢地，由于进城时天已经黑了，这让我们避开了看热闹的人群。一般说来，中国城里的人很爱看热闹，他们常追随着俄国考察队，或者说所有的外国考察队。

从萨阳镇开始直到沙拉浩特，沿途都可见到从事耕作的农民。农耕人口集中在黄河流域。沙拉浩特是一个小城，毗邻着一个同样叫沙拉浩特的山口。青海湖流域就是从这里开始的，它为游牧者提供了广阔的土地。

马昌山上少见令人愉悦的景色。山上覆盖着厚厚的黄土（黄土下可见各种各样的砂土鼠），看上去很像沙漠景观。随处可见缺水的痕迹，植物也很少。我们在这里收集到的植物只有骆驼蓬和另外两种植物。我们慢慢地沿着陡峭狭窄的峡谷前进，在经过了一些一会儿是基岩一会儿又是沙质黏土的地段后，考察队穿过了伟大的古代建筑长城那依稀可辨的遗迹，在大沙河旁停下宿营。河附近有一个村子叫作“王子镇”。

河边和村旁都长有普氏杨树和柳树，草本植物则有田野苦苣菜、蒿、萹蓄、独行菜、委陵菜、锦葵、铁线莲、车前草等。

抵达山地后我们就可以饮用到甘甜清凉的溪水了，这让我们忘却了沙漠既少又苦又咸的水。在离沙漠只有几俄里远的地方，绵延着经过精心侍弄的庄稼地。此外，还可见碧绿的青草地和相当稠密的汉人的房子。文明与蛮荒、生命与死寂在这里相距如此之近。这不能不让旅行者感到惊讶。站在马昌山南面靠前的山冈上，视野非常开阔：展现在我们眼前的是宽广的戈佳沃普滩谷地，它的南面是雄伟的楼胡山，西边是玛沁雪山和楼胡山的一些支脉，东面则是黄河左岸的一些高地，它们插入了戈佳沃普滩谷地。两个不大的文化中心——宽沟城和永台城，远远看去就像两个小村子一样坐落于楼胡山峡谷口上，但它们看上去富丽堂皇。沿峡谷前进，随处可见建在黄土之上的房子、废弃的农田以及其他农耕文明的痕迹，它们充分说明周围有大量的从事农耕的居民。但现在我们经过的地方是荒芜的，为数不多的居民贫穷、肮脏、衣衫褴褛，给人一种很不愉快的印象。据蒙古人讲，这些人还偷窃，甚至抢劫成性。

那种精耕细作的景象开始消失了，由于历史原因，这里耕作遭到极大的破坏，从而影响到了谷地的安宁和繁荣。近年来，常有的干旱少雨又使幸存者从事农耕的积极性受到彻底的打击。为了保存这里珍贵的水源，当地人采用了相当原始的办法，将石头从田野里弄来，垒成深深的坑和一条地下通道。这样雨水就不会很快蒸发，并使地面更为凉快。在收获庄稼后，这些石头坑留在被使用过的田野里，仿佛是一种“贮水器”。

考察队沿着西北—东南走向的斜路穿过戈佳沃普滩谷地，逐渐爬上了绝对海拔1672米的地方。路旁的植物跟田野里的相似，我们收集到的植物有：车前草、莴苣、和兰芹、苜蓿、骆驼蓬、南芥菜、委陵菜、猫头刺（Oxytropis）等。

拉成一条线的商队旁不时有黄鼠跑出来又飞快地钻进洞穴里去，小砂土鼠们以其颇有特色的吱吱声让我们知晓了它们的存在。远处经常可以看到羚羊，它们在早上游玩嬉戏，而在中午最热时休养。在路旁的一个村子里，汉人向我们展示了他们驯养的一对普氏羚羊，这对羚羊是从出生起就开始用牛奶喂养的。一些优美的动物就在房子的近旁嬉戏吃草，它们不怕人，让人们欣赏自己优美的体形。这些和蔼亲切的汉人告诉我们，野生的普氏羚羊早晨时分警惕性很高，中午时分则要容易接近得多。除了羚羊和一些小的啮齿目动物以外，峡谷里还有一些不大的灰色的松鸦、红嘴山鸦，这种鸟儿经常发出悦耳的鸣叫声；还有毛腿鸶和骄傲的“美男子”——金雕。此外，我们在田野附近收集到了许多有意思的苍蝇和甲虫标本。

7月17日，考察队抵达楼胡山北麓，宽沟城位于楼胡山东南处。这座山为西北—东南走向，看上去像是一个很平坦的山岭，其北面是很陡的悬崖峭壁，楼胡山的一些支脉插入戈佳沃普滩谷地很长一段距离，而在南面则降低得较为平缓，并很快消失在宋山城高原里。我认为楼胡山的较高部分靠近贺兰山的苏姆布尔岭高地。楼胡山北坡除鞍部或者山口附近的地方外都长有云杉，林中有柳树、忍冬（金银花）、合叶子、悬钩子、茶藨子和不多的其他一些树。灌木依旧很少。林带上面是绿色的高山草场。

我们在楼胡山采集到了铁线莲、羽茅、小扁豆、肥马草、千里光、景天、龙胆、大戟、翠菊、丝石竹等植物标本。

冬天山岭上的积雪很厚，现在还有一些残雪在西边的高地上熠熠闪亮。据猎人讲，楼胡山里有麝、狍子、狼、狐狸，但是我们未能幸运地碰上哪怕其中一种。只有土拨鼠深深地吸引了我们的注意力，它们之间互相有趣地嬉戏玩闹，经常落入像巡逻队一样在天空中飞来飞去的金雕的爪下。

郭柳恩东大道（干口峡大道——原注）呈现出一片生机勃勃的景象。北坡各峡口有一些汉族村庄：干谷口村、诗瓦扎村、五唐山村和郭柳恩东村。这些村子一般只有八至十户人家。汉族人从事农耕，兼营一部分畜牧业，他们养的主要是绵羊。为了防止自己的牲畜被偷去，他们总是很小心地把牲畜关在一些特别的像小型堡垒一样的地方。在离郭柳恩东村较近的一座小山的较高处，我们发现了一些非常漂亮的汉人的小庙堂。这些小庙一个位于另一个之上，构成了一幅美丽如画的图景。

在楼胡山山顶，我们最后一次回头看了看我们穿越过的阿拉善沙漠，沙漠上照例笼罩着一层灰尘。我们为已顺利通过这样的路段而颇感惬意。前方可见到雄伟壮丽的南山和离我们较近的支脉了。南山西南偏西方向的群山特别雄伟，让观赏者惊异不已。在这个方向上还有通堂寺，这个寺邻近美丽的大通河左岸的一些山岩。酷热也随沙漠的消失而消失了，再也没有满天的灰尘。我们的精神一天比一天好，又可以睡上香甜的觉了，胃口也好了起来。

到了被普尔热瓦斯基叫作“恰格伦平原”[1]那长满草的多丘高原后，我们开始向孙山城方向前进。该城位于海拔 2667 米的高地上，城市规模并不大，但有

[1] 庄浪平原——译注

两排堡垒式的泥墙环绕。两条小河从小城的北面和南面流过，河里的水湍急且清澈，灌溉着周围优美的牧场。牧场上水草丰美，草地上主要有羊、牛和骆驼。这些牲畜大多属于唐古特格根[1]年芝克，他在要塞的西南角修了一座好庙。

[1] “格根”，活佛，蒙语

# 从庄浪平原走向西宁

庄浪平原拥有一些优美的牧场，但是水源依然贫乏，在干旱年份则既不适于定居，亦不适于放牧。1908 年雨量特别丰富，因此这一年的草原上可以见到各种各样的动物及大量人类活动的景象。楼胡山的支脉走向跟主脉的走向一样，也是西北—东南走向。我们每爬上一个山顶，都能见到一些新的村庄，它们曾经遭到了毁坏，重新修建后又住上了人。羊群和马群在草原上悠闲自在地吃草，在家畜的近旁，不时可以见到野生的普氏羚羊，奇怪的是它们见了我们就往远处跑，而见了当地人则毫不在意。汉人一般放牧绵羊，他们的身边总是跟着一群狗。敏捷、矫健的唐古特人一般放牧马群，他们差不多总是骑着剽悍的骝蹄马，还常为自己的骑术、坐骑和挂在肩上的步枪而自豪。这些唐古特人常走近探险队，而且很愿意和我们结识。他们总是好奇地向向导打听我们这些俄国人的各种情况。

随着考察队向西南方向的挺进，南山的一些厚实的峭壁、重重的支脉越来越清晰地呈现在我们眼前。现在，我们与平房盆地中间只隔着一座高山，我们用了两天时间才翻过这座高山。在峡谷宿营时，我们整整一昼夜都沉迷于附近的山色中。山岭的下部长有许多大黄，由于缺乏水源灌溉，相当大的面积被晒枯了。芬菲岭山口附近的动植物群与南山相近，主要植物有：芜菁、委陵菜、蒲公英、毛茛（Anaphalis nubigena）、翠菊（Aster ps）、两种蝇子草，还有南芥菜（Androsaee septentrionalis）、飞燕草（Delphinium mosoynense）、千里光（Senecio sp）、油菜、马先蒿（Peducuaris sp）、乌头、蓝刺头、大麦（Hordeum pratense）、夏至草（Marrunium in-cisum）、唐松草（Thalictnum minus）、荞麦（Poligonum viviparum）等。顺便说一下，从北面上山的山路共长七八俄里，从南面下山的山路长二三十俄里。

平房盆地有庄浪河流经（庄浪河下游称平房河），到处都是耕地、村庄和畜群，远远看去，美丽诱人。看来，汉人比较注重种树，他们种的一些高大的杨树和柳树为盆地的美景增色不少。

庄浪河或称平房河发源于终年积雪的古浪雪山和浪芝雪山，这两座雪山位于考察路线的西北方，在南山往北突出部上，形成了雄伟的、不间断的高山长岭的东段，这段长岭在南戈壁方向和柴达木盆地方向将整个西藏高原隔开。它属于昆仑山山系，其不同节段有不同的称谓和不同的物理、地理特征。

在我们涉过庄浪河的地方，河右岸的高地上有两座汉族庙宇：娘娘庙和龙王庙，它们在河边红色黏土的映衬下，美丽如画。后一个庙是祭敬龙王的，每年人们都要在这儿举行隆重的祈祷仪式，祈求龙王爷多下些雨。

河谷里到处长着唐松草、猪秧秧、蒿和白柳，在干涸的河床里则长着兴山榆、杨树、草木犀等。

在河谷很小的高台和浅滩上，尤其在有灰色鹅卵石的地方，考察队见到了一种很有意思的鹮嘴鹬。离这些鹮嘴鹬不远的地方栖息着苍鹭，在更靠近城市一些的地方可以见到田野麻雀、雨燕、乌鸦、喜鹊和老鹰。另外，我们在平房附近得到了一些半翅目昆虫。

我们没有费什么事就渡过了庄浪河，在平房城的南墙下宿营。据当地人讲，平房城建于三百年前，筑有坚固的城堡，城堡由砖砌成，每个角上筑有圆形塔楼，城墙上还装有厚实的凸椽，城堡每一面的中间凸椽上都盖有奇巧精致的亭子。城市居民中有商人、农民、行政官员和卫戍部队。卫戍部队中包括步兵、骑兵和炮兵，号称有五百人，实际上只有这个数字的一半。卫戍部队有各种步枪，炮兵还有五门铜炮，这些炮是用马车拉来的。不执勤时士兵们分散居住在各处，并可去办自己的私事，但要时刻准备着一有征召立即前往出事地点。平房城的人告诉我们，卫戍部队资金缺乏，原因是当局从不及时支付军饷。

在平房城停留的这一天过得很快。上午，我给莫斯科的阿努钦教授写了一封带有考察报告性质的信件。午后，我和切特尔金一起去洗澡。我们和一群半大的汉族孩子一块儿在庄浪河清澈而流速缓慢的支流里洗了澡。顺便说一下，我们刚到这群孩子中去时，他们害怕地逃离了，然后又重新游了回来。一些商人听说俄国商队有钱，整天在我们营地周围转悠，问我们要不要买粮食、草料、木柴，甚至还有向我们兜售佛像的。那镀金的中国佛像开价很高。红教派或者说旧教徒的一些小型塑像价格则更高，这些小塑像似乎是什么时候从阿拉善亲王领地里的巴伦寺或宗希特寺偷来的。

7 月 22 日，天气闷热，考察队离开平房城朝西宁方向进发。我们选择的是西边的道，这条路上的山口不多。应当指出的是：南山东部的地貌与其西边的地貌比起来有相当大的不同，在东部山脉的边缘部位有许多结晶露头，它们有着厚实的山峦，远远看去，层峦叠嶂，美不胜收。在这里，旅行者爬上山口高地相对要容易一些，甚至可以和驼队或者中国的四轮马车一道爬山。这是由于到处都是厚厚的黄土层。车道比周围的黄土层要低许多，而且车轮行经之处，在黄土上压出深深的车辙。迎面而来的马车很难错开，有些地方根本就无法错车。南山东部山脉尤其是北大通岭的植物少得可怜，我们既没有发现森林，也没有发现灌木林，甚至没有发现我们期望见到的高山草地。当地没有四季都有水的河流和小溪，因此，当地人使用的多是井水。井的深度为20余米，取水需要借助绞盘。井水很凉，夏季时最低可达0.5℃。牲畜们多跑到肮脏的、不流动的池塘里去喝水，这些池塘是专门挖出来供牲畜饮水用的。

从平房城到西宁的沿途显得生机勃勃，随处可见用泥土或者石头砌就的房子、耕地和草场。由于过往者甚众，道路近旁的村子里出现了一些定居的庭院，我们对一个位于新站山口附近的叫作“新站村”的村庄的印象最深，这里有很好的路边客栈。村庄四周的高地上有许多田地，上面种植的主要是小麦和大麦。已经快到收割庄稼的时候了。田地中间有一个小小的“娘娘庙”，该庙是七百年前一个苦修和尚为观世音菩萨修建的。从北大通山山口高地上可以看见南大通山不大清晰的轮廓，其后面厚实山岭的轮廓更加模糊不清。南大山沿着西宁河的右岸往前延伸着。

7月20日午后，我们在途中遭遇了很大的冰雹。冰雹很快为雨水所代替，一瞬间，雨水汇聚成昏黄的水流顺着峡谷流淌，但是，水流很快就随着雨的减小而减弱，最终在雨停后断流了。

我们迎面碰到的多是步行的唐古特人[1]和汉人，他们携妻带子前去平房城务工。贫穷迫使他们冒着酷暑和黄土灰尘在一天之内行走几十俄里，只是为了能到城里挣几个银圆补贴家用。那些带着傲慢自大的神情到各处办事的富裕的汉人，则用马车载着大包小包的货物坐在装饰漂亮的轻便马车上，与这些贫民的奔忙形成鲜明的对比。汉人喜欢在路上唱歌。他们的嗓音高亢嘹亮、韵味独特，这给我以莫大的享受。

[1] 唐古特一词是清代文献中对青藏地区及当地藏族的称谓。近现代国际上一些民族学、历史学者把青海、甘肃一带的藏族称为唐古特人，以区别于西藏的藏族——译注

在走过唐房子村后，考察队很快就能看清远处大通谷地那令人愉快的绿野了。谷地顺着西北偏北到东南偏南的方向延伸。

我熟悉美丽的大通河，熟悉它的发源地，熟悉它中游乔尔滕坦附近地区。大通河在那里被夹在阴暗的峭壁间，水流湍急，沿着山岩底部的缝隙往前奔去，宛如一条急速游走的长蛇。普尔热瓦尔斯基在他的《第四次中亚之旅》中写道："在整个中亚，再也找不出第二个像大通河中游区那样令人神往的地方了。这里有宽广美丽的森林，森林的深谷里有水流湍急的小河；这里有丰茂的高山草地，夏季百花盛开，宛如在草地上铺上了一层鲜花地毯，草场边则是蛮荒的无法涉足的峭壁和高山上光秃秃的石堆，而山下是曲折蜿蜒的大通河，它在厚实的群山中发出阵阵轰响……所有这一切组合在一起，构成了一幅宏伟雄壮的图景。有些地方还有一些原始的、美妙迷人之处，这一切实难用语言描述。如果你刚从单调沉闷、死气沉沉、令人痛苦不堪的戈壁平原走来，你就更会为这美妙、可爱的景色而赞叹不已，心醉神迷……"现在我看到的则是另外一种强大的、生生不息的景象，站在岸边的高地上，可以看到或宽或窄的弯曲河道，河道在一些地方分出一些支流。河床的宽度达到了 80~100 米，有些地方甚至达到了 200 米，这是指两岸之间的距离。稍高一些的地方，峡谷则宽达 1 俄里左右。大通河依旧以一种令人惊叹的速度向前奔流，形成了波浪和浅滩，带来时断时续的轰响，听起来非常悦耳。河水清澈，可见河底五颜六色的溜光浑圆的鹅卵石。但是岸边的原始美景正在遭到破坏，河边的一些圆柔的起伏不大的阶地上种满了庄稼，到处都是人类活动的痕迹，人们纷纷涌向这条唯一的水干道，并用灌渠将这里的水引到绿洲上。顺便说一下，7 月大通河沿岸正是农忙季节，男人、女人还有半大的孩子，都在田间地头忙着收获庄稼。

7 月的大通河，宽度和水位都属于中等，峡谷里还有暴雨期留下的痕迹，但暴雨期已经过去，所以涉水渡河没让我们感到太为难。帕巴川渡口归汉人管辖，一些汉族人家在这里摆渡，世代相传，仿佛是在执行一种差役一样。他们使用的是一种小的平底船，有些像船篷加高加长的驳船，一只这样的小船能同时驮运三只骆驼。骆驼过河时，一般有八九人护卫着。每只骆驼加收七分钱。尽管没有栏杆，我们还是很相信我们温顺的牲口，只从它们背上取下了最为贵重的物品。两个小时后，考察队顺利地渡到了大通河的右岸，并在那里宿营。由于河水清澈干净，我们几个人一起下去洗了个澡，洗完澡后大家都感到非常舒服惬意。晚上，我顺利地进行了天文测量，测得帕巴川的地理坐标是北纬 36° 29′ 13″，东经 102° 48′ 00″。

深夜，我们被一个老妇人悲切的哭声惊醒。老妇人的女儿前不久不堪丈夫虐待跳进大通河自尽了。这位不幸的母亲的哭声和抽泣声久久地回荡在宁静的谷地里，让人不由得为她难过，但我无能为力。

邻近河的山上修有一些鄂博，因受太阳毒晒，山上植物很少，只是在河流上游，可以见到一座山的影子，山的中部地带有森林。越往东走，山越平展，完全失去了其西段的壮丽与雄伟。大通河是生命之河，它给予沿岸的人们以栖息之所和食物。

我们在这里见到的植物相对而言很少，有胡桃、接骨木（Sambucus adnata）、玫瑰（Rosa）、茜草（Rubia cotdifolia）、千里光、大戟、毛茛、小米草（Odontites rubra）、柳叶菜（Epilobium hirsutum）、扁桃（Cyperus tuscoater）、灯芯草（Iuncus mongolicus）、小豌豆、旋覆花（Inula britannica）、唐松草等植物。

下面主要说说鸟类的情况。我们在这里看见了黑鹳，此外还有许多岩鹨和村燕等。

顺便说一下，我们在这里收集到了一种非常有意思的蜂，后来，根据斯科里科夫的判定，这种蜂是丸花蜂（Bombus vasilievi）。

告别了生机勃勃的大通河以及此地清澈凉爽的空气后，我们重新钻进了干燥的令人厌倦的炎热当中。

南大通山的轴心部分由含黏土的板岩和硅质板岩构成，其边缘有红色的黏土和砾岩，这些岩层上铺有肥沃的黄土，这使荒芜的山坡、山口以及整个平原都有变成农田的可能。

兵沟岭和邻近山岭上的植物十分稀少。站在这个岭上，可以清晰地看到远处的南大山，它那美丽的高山绿地和黑压压的森林很是醒目。在西边的一个锥形高地上，有一个唐古特人堆砌的宏伟的鄂博。在黄土峡谷的一些偏僻的角落，栖息有浅红色的花鸡，它为我们增加了三个鸟类标本。在昆虫收藏物方面，我们捕到了一些蝴蝶、许多甲虫和苍蝇。

上述山口（即兵沟岭）地区在当地人的印象中是一个很不安全的地方。较晚时间从这里经过的旅客可能会遇到各种各样不愉快的事情，其中包括受到武装袭击。我们在兵沟岭客栈留宿期间受到了匪徒的骚扰，他们企图挖墙进来进行抢劫。

但是这次匪徒们很快就从我们这里离开了，这是因为他们听到了我们人多且装备良好的传闻，于是改道而去，寻找更适合下手的目标。

南大通河止于西宁河谷处。下山时须在黄土层里沿着弯弯曲曲的凹坑，亦即这里的道路行走，而且，在一些地形较陡的地方，道路是以大“之”字形回环的方式曲折而下的。我们在这样一个狭窄而且危险的地方迎面与一个全家迁往宁夏的汉族官员相遇。由于采取了有效的措施，我们各自的人马才顺利地在狭路上错过，各奔前程。

在离兵沟岭4俄里的地方有一个悬崖，悬崖深处有一些半圆形的梯田。悬崖上有一座庙，这是汉人为供奉著名的关公而修建的“关公庙”。

考察队于7月26日走完了大通河谷的最后一段，进入了西宁河邻近老鸦城的宽阔谷地。

西宁河的源头在西北的青海湖和黄河的分水岭上，水流出山口后流向东南，与大通河和庄浪河汇合后注入黄河。我认为，考察队经过的三条河中，大通河是主流，而庄浪河和西宁河则分别是其左右支流。我们所考察的河底落差很大，河宽不一，有些地方被岸边的麻岩和结晶板岩构成的峭壁挤得只有三四十米，冲出这些狭窄的河谷后，西宁河谷大为增宽，宽达两三俄里，有些地方甚至达到了4俄里。河谷里有被黄土覆盖的沙石层。在这样广阔而肥沃的地方，有一些极为重要的城市，它们是丹噶尔（今湟源）、西宁、碾伯（今乐都）、老鸦城。西宁河的水流与大通河的水流一样，湍急而响声颇大，但河水并不是很清澈，而是有点浅红色，这是受河边黏土影响所致。尽管岸边是黄土壤，但西宁河沿岸的植物很少，只在有许多汉人居住的村庄旁人工栽植了一些乔木和灌木。

老鸦城是一座小城，并不漂亮。它位于一个长35俄里，宽三四俄里的平坦而无森林的盆地里，远远看上去，像是一个小小的岛屿。这里的西宁河南岸或右岸的山麓有阶地，阶地比冲积形成的盆地底部要高出约40米，是由砾石层形成的，其间杂有黄土。波塔宁认为：有理由认为这些阶地和整个老鸦城盆地一起曾处在水下。似乎是一个大的流动的湖。城市附近的河床的正中央，有一个高出水面6米的厚实的峭壁，峭壁上建有一个汉庙，其美妙独特依然存在。

到处都可以见到一派生机勃勃的景象：人们在庄稼地里和罂粟地里忙来忙去；在沿岸的兰州府至西宁的大道上，商队从早到晚川流不息。堑沟一样的道路上罩着厚厚的尘土，尘土是被吱吱呀呀的双轮车扬起来的。赶车的汉人和唐古特人不时弄响他们的铃铛。商队旁还不时有唐古特骑手飞驰而过，他们骑着自己引以为豪的所谓“塔尔寺骝蹄马”。这种好马有以下特点：个子不高，脖子相对短粗，脊背和臀部浑圆，蹄子就像所有善跑的马的蹄子一样窄窄的，其结实度超过其他马种。

西宁河的一些级等支流上有一些磨坊，它们不停地响着。当地人用这种磨坊来加工收获的粮食。邻近磨坊的支流的堤岸用柳树林和杨树林来进行加固，堤坝则是用河里的砾石筑成的。

我们在前往西宁的道路上碰到的第二个城市是碾伯城（今乐都）。这座小城为牢固的城墙所包围，城里所有的建筑都既肮脏又破旧。只有房屋旁边的一些柏树、栗树及其他果树，和菜园子里的蔬菜一起，给这个城市增添了点亮色。在悬挂于城堡大门上的笼子里，放着这座城市享有盛名的统治者的一双双穿破了的旧鞋，而一般中国城市是在那里悬挂死刑犯的头颅的。碾伯城的居民不多，除了汉人外还有东干人，他们称自己为“老东干人”。城里的贸易很不发达。

我们在离城堡东南 1 俄里的地方宿营后，我派翻译波柳切夫前去参见这座城市的长官，请求他为我们派一名向导。我的使者很快就带着令人愉快的消息回来了，他还带回了市长的名片。我们的宿营地在舒玛河岸上，这条河的河水清澈透明，流动时哗哗作响。我们在此停留的一整天都下着绵绵秋雨，而且晚上接着下，一直下到天亮。但这丝毫没有影响到我们在附近进行的打猎和采集活动。我们在这里发现了山雀、歪脖鸟、鹡鸰、喜鹊，猎获了两只啄木鸟，一只是绿啄木鸟，另一只为斑啄木鸟，还猎获了一只漂亮的蓝鹊。植物方面，则只有切特尔金采集到了近十种不同植物样本。

在我们研究的区域内，西宁河右岸的峡谷褶皱起伏，那里的平坦之地上长着连成一片的绿洲植物，这些地方通常人烟稠密。这些峡谷中比较大的有三个，从东往西，或者说溯河而上分别是：湖兰沟、老鸦沟和甘扎沟，其中老鸦沟因在这一地区湖泊多而著名，约有二十个湖泊；甘扎沟则因有一个唐古特人的寺庙——瞿昙寺而为人所知，寺里喇嘛多达五六百人。在与这座庙邻近的老鸦沟，有人在从冲积河床的沙里淘金。

从碾伯峡起，道路开始在西宁河左岸的峭壁下通过，而且都是窄窄的小路。在这里行走时，如遇下雨天，考察队就有被淹的危险，而7月的多雨天气对旅游者而言是极为不利的。考察队在经历了千辛万苦之后，总算从这条窄路上走了过去，当时，我们把骆驼一峰一峰地从陡峭的路上牵过去。继续前进时，道路又变宽了。道路旁有庄稼地和瓜园，天气也由雨天变成了阳光普照的热天。我们非常愉快地用美味的香瓜和西瓜来消减令人痛苦的酷热。

在西宁河流进峡谷之前，在河左岸的悬崖下，人们正在对道路进行修补。当地人干活干得很卖劲儿，但是，由于他们使用的是最为原始的工具，所以白白地浪费了许多力气。从高处掉下来的巨石只在极少数情况下才会掉到被水冲刷过的道路上，在路面上砸出坑。绝大多数情况下，这些石头从山上轰隆作响地滚下，一直滚到河的深处。从这些修路的汉族民工身旁经过时，已经临近黄昏了，但是我们还是捉到了一条相当大的浅绿色的蛇——甲颜面蛇（AncistrOdon haly），它当时试图穿过我们前面的道路。

放眼望去，北面的视野为一些岸边的高地所阻，红色砾岩的峭壁上覆盖着黄土，有些地方看上去颇像古代封建贵族的带有塔柱的城堡废墟。还在10俄里以外时，我们就看见了一个厚实的暗红色的峭壁，峭壁下被寺庙的白色建筑点缀得分外漂亮。我们远远地凝视了良久。

古老的佛寺玛藏岩寺（汉人叫它白马寺）位于砾岩峭壁的突出部上，它的四层窄庙隐藏在一个难以抵达的陡坡之下，让人觉得，一旦发生塌方，只有在极为侥幸的情况下，这些念经拜佛者才能幸免于难。庙后的山和庙的侧面都被辉映成了白色。

在沿着一条陡峭的小路登上这个寺后，我拍摄到了一个很有趣味的刻在峭壁上的大佛像。一位高龄喇嘛在门外迎接我们，礼貌地请我们进庙去。头上什么地方有鸽子在千篇一律咕咕地叫着，除此之外，还有黑乌鸦哑哑的叫声传来。狗儿汪汪地叫着，显然是嗅出了我们这群不速之客身上不熟悉的气味。

从修行者的禅房的窗户里，可以看到宽阔的河谷和南面山岭妙不可言的全景，这些山脉属于南大山支脉。往下看去，在这些山的山脚下有一个唐古特人的小村庄。这个村庄的村民看来是从事农耕生产的，因为在村子中间的场地上，垛放着一些粮食的秸秆。在一条大道上，南北往来的商队接连不断，铃铛发出轻微的响声……

红色的砾岩山体被玛藏峭壁阻断，形成了一个较宽的盆地奥尔戈伦，盆地上有一条河，也叫作“奥尔戈伦河”。盆地较高处有一座叫“艾古曼寺”的寺庙，这是黄教的一座大寺庙，比较富裕，它位于西宁河以北 10 俄里处的一个叫作“黄奶”的峡谷左岸上。

西宁河的最后一个峡谷在西宁以东 10 俄里处，由片麻岩和结晶岩构成。峡谷[1]里建了一座比较坚固的中式桥梁，只能供运载货物的牲畜和官员们的轻车通过，四轮大车经过时则须先把车上的东西卸下一部分。这座桥在骆驼经过时咯吱作响，因被压得有些弯曲而摇晃，但是它最终还是承受住了相当可观的重量。顺便说一下，建桥处的西宁河只有三十九步宽，桥比水面高 6 米。

在经过这座还算结实的桥后，到西宁以前，考察队一直沿着西宁河的右岸行进。天气依然很好，我们在西宁河里愉快地洗了一次澡。偶尔下雨。7 月 29 日甚

[1] 名为小夏——译注

至起了暴风雨，最后变成了小冰雹。

走出小夏后，我们在一座孤单的小庙附近，发现了一座现已不复存在桥的痕迹。然后很快就看见了西宁城城堡上的塔楼。离西宁城越近，路上就越热闹、繁忙。岸边高地的顶部出现了一些很有特点的烽火台。一旦需要，就在塔楼上燃起火堆，通过事先规定的暗号将消息从一个烽火台传到另一个烽火台，最后，传到北京那里去。在发现蒙古军队或者西藏军队入侵的消息时，就在这些塔台上燃起烽火，拍发“无线电报”。

# 西宁城及其邻近的塔尔寺

西宁是一个大城市，这座城市连同它的钦差大臣的府邸一起，不仅为青海湖的游牧者所熟知，也为遥远的西藏东北的游牧者所知晓。关于这座城市的情况，我的先辈以及我本人已经不止一次地介绍过。因此，我只想说，现在西宁市发展十分迅速，人口越来越多。西宁河流域土地很肥沃，是中国西部地区的粮仓，西宁到兰州的路上，运送粮食的商队最多。

除了粮食外，西宁还是一个与游牧者进行易货贸易的集散地。游牧者在这里用他们的原料来换取日常生活必需品，有时也换取一些奢侈品。这片山川野性十足的人们喜欢穿鲜艳的衣服，他们乐意购买红色、黄色、天蓝或蓝色的绸缎和布匹，有时甚至乐意购买各种各样的银饰物。天生会做生意的汉人能够很快地适应需求，摸清这里人们的购买喜好。每家店铺前面都挤满了来进行贸易的蒙古人、唐古特人和西藏人，他们总能在城市中受到善于经营的商人们的热情接待。非常奇怪的是，贫困潦倒的游牧者给汉族商人带来的利润，并不比那些有可靠收入的客户和富裕户低。这是因为，富裕户在交易时会支付现金，而贫困潦倒者则把自己仅剩的最后一点财产拿来变卖，这些变卖的财产中，有不少是稀有和贵重物品，在毛皮方面尤其如此。这些东西变卖时的价钱非常低，因此也就能给商人带来丰厚的利润。

除了汉族商人外，在这里从事贸易的还有一小部分外来的萨尔特喀什噶尔人，他们主要经营丝，非法出售丝绸织物（布匹料子），鲜有出售地毯的。有时，机灵的萨尔特喀什噶尔人竟能想办法搞到别丹式步枪，非法出售给唐古特人。当然，他们在价钱方面也毫不含糊，竟能报出一百卢布、一百五十卢布甚至二百卢布一支的价格。

我们的商队在西宁以东2俄里半的地方安营扎寨。这是西宁的郊区，叫作“蔡家寨”。我们宿营在庄稼地旁的一块空地上，耕地旁边有一小片沼泽和一口井，附近的居民对我们很友好。总的来说，西宁人的忠厚让我们感到满意。考察队在原地休整，我则一大早就出发前去市里。三点时，我已经在熟识的被称为“常泰毛”的汉人商行中喝茶了。商行是一个有文化的汉人开的，他特别热情地接待了我。我们很快就愉快地交谈起来，先是无限热情地叙旧，然后踌躇满志地展望前路。同一天，我的翻译波柳切夫向西宁钦差和城里的四位重要人物道台、镇台、府台和社台呈递了我的名片。

7月31日上午10时，我已穿好礼服，坐进骡车，拉下布帘，前去访问。我首先拜访的是钦差，这是一位个头高高、精力充沛的老者，看上去很精神。他接见我时礼数周全，这是一等汉族官员中惯常的那种礼数。总理衙门曾下令保护我和我的助手们，钦差开始询问我们的考察计划，他对我们说：“我诚恳地请求你们不要太深入野蛮之地，也不要在青海湖滞留太久……那里居住着强悍的唐古特人。”

钦差答应给我们协助，为此我向他表达了真诚的谢意。之后，钦差关切地询问起我们返回西宁的日期。当他得知我们不准备在一个月甚或一个半月之内返回西宁，而是计划对高山流域的纵深地带进行研究考察，并为此准备了一条小船时，钦差竟惊讶得从座位上站了起来。然后，他恢复了常态，克制住了故作宽容的笑容，严厉地说道："您，也许还不了解青海湖湖水的特性，它们不仅会使石头沉下去，也会让木头沉下去，因此你们的所有打算都会以失败告终，船会沉到水里去，而你们会空手而归。"我再一次以全体考察队员的名义对这位预先给我们警告的老者表达了谢意，最后我说："我将一如既往地本着为国家利益和为地理科学服务的责任感和理想行事。"

西宁道台或按俄国称呼叫作"西宁州长"是一个比钦差年纪更大的老者。总的来说，他向我重复了一遍他的上司已经对我说过的警告和提醒。

镇台是驻防部队长官，这是一个年轻、乐观、英俊漂亮的上校，他让我在客厅等了很久。后来他向我说明了原因，说不知道我来的具体时间，并为此向我深表歉意。这个官员是一个善骑，是一个非常不错的射手，他对各种武器都很感兴趣。他早已从自己在外交部供事的兄弟那里，知道了我们这次中亚考察之行和我本人的名字。

在拜访了一个文职官员、最年轻的法官社台后，我最后拜访了府台。府台异常亲热地接见了我，他说："我从上午十点就开始等你，几乎已经没有耐心等下去了。"在接下去的关于唐古特人和道路上其他困难险阻的谈话中，我和府台两个都感受到了相互间的好感，简直可以说我们已经成了朋友。

7月经常下雨，最后的几天更是下了暴雨和阵雨。雨水淹没了我们的营地，尤其是我们位于洼地里的"军官帐篷"。类似的意外当然令人很不愉快。

8月1日，我辞别了西宁城，返回位于这座城市东部的蔡家寨。回到营地以后，因为有钦差的警告在先，我们立即着手将一小部分物品邮递回俄国。我们定于8月2日出发，而且准备将辎重从到处都是汉人的西宁河谷运往丹噶尔（今湟源）。由我和一名哥萨克组成一支小分队，则在前往丹噶尔的途中顺路参观一下塔尔寺。

近些天的雨水使道路十分泥泞，这严重影响了我们的骆驼经过西宁的速度。穿过整个城市从南门出城后，我感觉到呼吸都顺畅多了。然后，我领着商队经过一座架在西宁河南面支流南川河上的桥后，开始沿着这条小河的河谷上行。我们逐渐进入了弯曲的峡谷。道旁的山顶上有一系列鄂博，它们仿佛是在向我们这些凡夫俗子指引通往佛教圣地的道路。在山丘的缓坡上，庄稼已经成熟了。人们在田地里忙忙碌着，差不多所有的居民都集中到了庄稼地里，只有年老体弱者和年幼体弱者留在家里。经过荒芜的肖家寨小山后，我们很快就登上了翻越一座山支脉的小山口，站在上面就可以看见塔尔寺了。

塔尔寺位于海拔 2700 米高的地方，距西宁市约 37 俄里[1]，位于莲花山中，山从西边与南川沟河谷相连。据说，这个寺所在地点的选择与佛教伟大的改革者、黄教的创始人宗喀巴的出生和生活密切相关，寺里的编年史里记载关于这位备受众人尊敬的圣者的许多传说，我只是从中选出了两个我认为最值得注意的传说。

第一个传说。14 世纪中叶，在现在塔尔寺所在的山脚下，住着西藏人鲁布木格和他的妻子安多人阿却，在流向洛采拉方向的一条小河旁有一口井，井旁则是这对勤劳的夫妇修的一个不大的磨坊。这一对贫穷的夫妻除了几头牲畜外，一无所有，甚至连一个完整的家都没有，虽然他们虔诚地拜佛，祈求佛赐给他们一个孩子。有一天，当阿却站在井旁舀水时，突然在清澈的水面上，看见了一个她不认识的男人的影子，这一刻她突然感到自己受孕了……这一年亦即 1357 年，阿却生了一个健壮的儿子，儿子一生出来就长着长长的头发和白白的胡须。夫妻俩给儿子起名为宗喀巴，这是一座长有野葱的山的名字[2]，他的父母就住在这座山的

[1] 据蒲文主编《甘青藏传佛教寺院》一书，塔尔寺“南距西宁市 26 俄里”——译注

[2] 藏语称湟中为宗喀，宗喀巴就是宗喀地方的上人。弘学主编《藏传佛教》第 87 页——译注

山脚下。

宗喀巴三岁时，母亲给他理了一次发，并把剪下的头发随手扔到了帐篷外的地上。头发掉落的地方立时就长出了一棵可爱的小树苗，以后逐渐长大，变成了一棵强劲有力的大树，树叶上从最初起就能看见六字真言“唵嘛呢叭咪吽”。

宗喀巴童年时即表现出过人的智慧和超凡的能力。还是个半大孩子时，他就喜欢独立做事，并因沉迷于斋戒和自我反省而喜欢到邻近的沙漠中去。有一次，小男孩儿认识了一个从遥远西方来的长鼻子喇嘛，这个喇嘛拥有精深的宗教哲学知识。他留意到了这个好沉思且能力非凡的年轻人，很快让他做了自己的徒弟和朋友。他向宗喀巴传授了自己的宗教观和一些宗教基本知识，让他知晓了所有西方宗教祭祀的奥秘。而后，这个陌生的喇嘛就去世了，从这天起，这个受到感召的年轻人开始热切地向往西方，希望能到自己永志不忘的恩师的故乡去，以便能更加充分、全面地吸收新的宗教知识。

在漫长的前往西方的路途中，宗喀巴十分偶然地来到了拉萨，冥冥中，他的灵魂向他授意，他应当在这座城市停下来，并在这里传授新的宗教，因为这个宗教注定将传遍全国。于是，宗喀巴就在这里停下来传教，并在最短的时间里吸引了为数众多的朋友和信徒到自己身边。

罗克希尔所记录的关于宗喀巴的第二个传说与第一个传说有所不同。1360年，在离塔尔寺不远的藏东北的一个地区特松格，一个叫作阿却的母亲生下了一个小男孩，母亲给孩子起名为宗喀巴，后来，他成了著名的季林波切（意即“亲爱的主宰者”——原注）。当孩子长到7岁时，母亲剃光了小孩的头发，并把他送到寺院里。丢到帐篷后面的男孩的头发立刻长成了一棵非常好的圣树。从16岁开始，这个小孩就开始研究神学，17岁时他根据师父的建议前往拉萨进修，以完善自己的知识。宗喀巴到了拉萨后，全面研究为数众多的佛教教派，并经常进行点评，他的观点和见解吸引了一大批追随者，他在对神职人员的组织和纪律批评方面尤负盛名。

受到西藏王支持与鼓舞的宗喀巴，在很短的时间里就创立了格鲁派，并在离拉萨不远的地方建成了名叫噶勒丹寺的“幸福之寺”。随着新教派的发展，它不仅在西藏得到了人们的拥戴和信仰，而且在蒙古也拥有了众多信徒。因此，人们就在宗喀巴出生地附近修建了塔尔寺，意即“十万佛像之寺”。这个名字的得来，也许与由宗喀巴头发长成的圣树上出现的数量众多的小佛像有关。

塔尔寺由博格多格根建于五百年前，是安多高原上最为著名和僧众最多的寺庙。在为这一佛教圣地奠基以后。博格多格根继续前往西藏，但他再也没有从那里回来。塔尔寺的人们转而接受阿嘉格根的统领。现在，阿嘉格根一般被认为是第五代转世活佛。

塔尔寺进一步发展和繁荣的原因应当归为它优越的地理条件。这使它成为整个甘青地区政治和文化中心。由于吸引了众多的朝圣者前来，塔尔寺也因此成为贸易集教地，商队来自各地：库伦、喀什噶尔、北京和四川。

“黄帽教”的信徒对宗喀巴异常尊崇。弗拉基米尔佐夫在《佛教在西藏和蒙古》一书中写道：“在世界上任何一个角落，比如在西藏，在蒙古戈壁，在外贝加尔和阿斯特拉罕平原，在天山，只要黄教学说传到了那里，到处都可以见到尊崇宗喀巴的人，他们不只把他当作一个新的宗教创始人和领袖来尊崇，而是把他当作一个伟大、完美、慈悲为怀的菩萨和第三个佛来尊崇。”

为他而写的第一个词是“米格泽玛”的颂歌，每一个哪怕只是稍微信奉一点喇嘛教的信徒都能背诵。对于他们而言，宗喀巴是一个亲近的、看得见的、完美的佛，是多灾多难的人类的一个亲近的庇护神和安慰者。这就是在寺庙里、宝塔里和西藏人与蒙古人的居处到处都是宗喀巴的全身雕像的原因，这就是人们把宗喀巴像挂到胸前的原因。生活中遇到痛苦和不幸的事时，西藏和蒙古的老百姓总是首先想到“自己的”喇嘛——圣者宗喀巴。一天之中，有多少蒙古人在片刻的沉思时脱口说出“宗喀巴喇嘛！”对于那些学识渊博的喇嘛而言，宗喀巴的文章无论在思想内涵、结构形式还是语言艺术方面，都是完美的典范。初冬，大约12月，喇嘛教徒们要纪念自己先师的圆寂之日。这一天晚上，在信奉喇嘛教的国度里，处处地地、家家户户都会在房里房外点上油灯，纪念这位不仅以其智慧折服人，而且如此贴近平民之心的伟大菩萨。即便是住在阿尔泰山支脉深处的最为贫穷的牧人，这天夜里也会在帐篷里点上油灯。明亮的光线射到帐篷外，照亮滴水成冰的酷寒和沙漠里死一般的寂静。

塔尔寺仿佛藏在山里一样，山像半圆形不断增高的露天剧场，把它拥入怀中。塔尔寺具有历史意义的金顶庙宇、白塔及僧侣们的禅房一排排地沿着深深的谷地中的陡坡排开，美丽如画。沟底的水井旁长着高高的杨树，井里的水清澈洁净。

在塔尔寺的大部分建筑上都可看见古老的遗风，在一些庙前的台阶上（比如阿尔滕苏默），可以看到一个木制的铺垫物和地板上的洼坑，洼坑是由于祷告者那长满老茧的手长期触摸、脚的踩踏及膝部的下跪形成的。

但是，在塔尔寺的所有圣物中，只有一座金顶的庙未曾受到破坏，保留住了自己的原貌，余下的建筑则或多或少都受到过破坏。

塔尔寺的主要寺庙沿着一个冲沟呈长线排开，它们构成了塔尔寺的北部。这些庙一共有十二座，分为两类，一类是普通的庙。这些庙是格根（活佛）的重要财产，只用来进行祷告，另一类则是寺庙学院，喇嘛们按照佛教的各个分支聚集在这里研习经文。塔尔寺一共有四所学院，第一所是显宗学院，第二所是医明学院，第三所是时轮学院，第四所是密宗学院。

在显宗学院里，所有的喇嘛每天早上必须念经，其间不时伴有辩论。召唤喇嘛们前去念经的信号是神圣的喇叭状白海螺发出的声音，听到这声音后，喇嘛们立即拿着经文集中到大厅里。在大厅里，老喇嘛们在中心席位的两旁坐成四排，年轻的喇嘛和其他的听经者则无论天气好坏都被安排在邻近大厅的院子里，带着经文的喇嘛进来时每个人都戴着黄帽。“在家人”（与“出家人”相对）则只被允许旁观，绝不允许参与进去。

几分钟的沉默后，站在最前的学生开始大声念诵经文，在场的所有人小声地跟着他们诵念。与此同时，年长的喇嘛或更高职位的人则站在念经者的周围，并在念经结束后对念过的经文进行解释，此后会有一段短时的寂静。然后，一个学生站起来，摘掉帽子，走到一个老喇嘛跟前去，打着手势，热烈地与他争辩着什么。而老喇嘛则提出反对意见，于是，一场真正的辩论就进入了高潮。学术辩论结束后，胜者有权爬到负者肩上，负者则须扛着胜者绕院一周。显宗学院的喇嘛在塔尔寺的生活中扮演着十分重要的角色，他们的意见甚至在行政事务中也起着举足轻重的作用。他们负责在发怒的神和有过失的人中间进行调解，前者将惩罚后者，把各种各样的不幸降临到他身上。为了完成这个调解仪式，寺里组织几个喇嘛挖了一个深坑，在进行悔过祈祷时，要往这个坑里放入忏悔者带来的钱、衣物等。这还不够，有罪过者的差不多全部财产，包括骆驼、马、羊等，都要分给邻近的游牧者和汉人，这些人很贪婪地希望得到这种“施与”。几天后，喇嘛们会重新挖出埋在地下的东西，除了钱之外的所有东西都要被烧掉，钱则上交总庙。

显宗学院的一间房子里保存着一整套有历史意义的珍贵物品，其中最为珍贵的当数宗喀巴的自画像。这幅自画像是用血画成的，是作为给这位伟大的宗教改革者母亲的礼物，画像是从拉萨运到安多地区的。神话传说中称，当宗喀巴的母亲用手拿到这幅画像时，画像立刻复活了，而且还对她说："宗喀巴在拉萨健康地生活着。"

塔尔寺的宗喀巴像在总体上有一个典型的特点，伟大的改革者两旁有象征佛教统治地位的莲花。在莲花左边立着一把宝剑，右边则放着一本书。宗喀巴的两只手都放在胸前，手掌向内。

在同一所学校里还保存着一个颇有意思的佛像，这就是泥做的弥勒佛塑像。人们告诉我说，在这个塑像制作完成后，塑像的头上曾经长出过头发。

除了上述物品外，塔尔寺还保存有各种各样的珍贵圣物，比如说宗喀巴的帽子，班禅额尔德尼用过的四轮大车，中国皇帝的马鞍和达赖喇嘛的衣物。

从重要性上排在显宗学院之后的是医明学院，喇嘛们要在这里学习治疗各种疾病的技能。每年夏末，这些学医的大学生都要在老喇嘛的带领下，到附近的山中采集治病的药材。他们带一些干粮、斧子和棍子到山中采集药材，直到天黑才能回去。连续采集八天药材后，学生们要用五天时间对采集的植物进行挑选和分类，经过挑选和分类后的药材将充实到塔尔寺的药房中。在为期两周的野外活动结束时，要举办一个节日般的茶会，还有精美食品供应。采集到的药材中的一部分将送到寺院的药房，用火熏干后制成药粉，然后用红纸把它们包成一小包一小包地贮藏起来。包上标有相应的药物名称。这些药粉不经过任何化学加工。病人身体有微恙时，喇嘛们一般只看看患者便给出一定剂量的药粉，患者吃了药后就可以痊愈。

医明学院院长的职位被认为是十分受人尊敬的。它一般由寺庙里很有学问的僧侣团里那位功勋最大、最适合这一职务的成员担任（但我觉得这一职位的获得与社会关系的好坏也不无关系）。在这一人选的选择过程中伴随着一个独特的仪式。据一位英国旅行家介绍，举行这个仪式时，寺庙里的院墙上挂满了亮丽玄妙的中国画，院子中央摆着一张窄长的桌子，上面摆满了各种尺寸和不同形状、数量众多的盘子和金属器皿，里面装满了米饭、糌粑、面包、奶油和其他食品。所有这些供品都是为了庆祝新的医明学院院长候选人的产生。

好奇的人们围在供桌周围，贪羡地看着这些为神灵们准备的美食时，门口走来由五十名喇嘛组成的非常漂亮的游行队伍。喇嘛们穿着红色和黄色的衣服，手里拿着圣铃，他们从人前经过后，就在路面上坐下来。紧跟着他们之后，一个仿佛是医佛的喇嘛迈着沉重的步子缓缓走过来，在一个特殊的用红色和黄色布料装饰过的木质座椅上坐下来。这个喇嘛穿着非常体面的衣服，戴着高高的刺绣帽子，这一切与整个节日隆重的气氛完全和谐。

六十只铃铛发出的震耳欲聋的声音，宣告仪式正式开始，这时喇嘛们开始低声吟诵起神秘玄妙的经文。院长座位前放着一个大罐，里面燃着火，从里面升起阵阵烟雾，飘出淡淡的香味。这时，几个喇嘛从座位上站起来，用大勺子舀起一部分供品，扔到火罐里去，把这些东西烧掉，以此庆祝新院长的当选。

最后，喇嘛们往火里添上少量的圣油，又坐回原位继续念诵经文。

在塔尔寺的时轮学院里，喇嘛们研究相应科目的文献，除此之外，他们还要为死者诵经，并完成死者的埋葬仪式。

塔尔寺的第四座学院是密宗学院，是研究密宗文献的学院。密宗学院有非常严格的章程，其成员过的是禁欲主义的生活，他们用各种各样残酷折磨的方式来压抑自己罪过的肉欲。根据“特苏巴”章程，喇嘛只能以把头弯向膝盖的扭曲的姿势睡觉，喇嘛们在路上不能三五成群地行走，他们走时应当一个接一个排成一列，后面喇嘛的动作必须与前面喇嘛的动作保持高度一致。一个喇嘛要出恭，另外的人也必须跟着去出恭。

塔尔寺最古老的寺庙被认为是张英贡苏克庙（音译），这座庙是由建筑师赵措先生在创立者博格多格根的监督下修建的。第二个用以进行聚会的庙是措克琴杜甘庙，里面可容纳多达五千名祷告者。这座庙里窒闷和混浊的空气让我感到吃惊，这里似乎从来都不透风。让我感到惊讶的是，这里的人怎么能在里面待上五分钟以上的时间。措克琴杜甘庙后面离山更近一些的地方是阿尔滕苏默佛祖庙，这座庙有着金色的屋顶和非同寻常的上过釉的砖墙（这些砖是汉族工匠在这里烧制的）。据传，在这座庙镀金的中心塔下面埋藏着宗喀巴的遗骸。沿着庙墙排着一些镀金的金属佛像和上了彩的泥土佛像，佛像的头上挂的依然是这些佛的金黄色的和红色的绘像。在这座金顶寺庙藏书楼的大量藏书中，有多达十六卷的宗喀巴本人的著作。著作《宗喀巴》是用西藏的排印体裁排印在中国纸上的，这是这位宗教改革者的主要著作之一，其宗教哲学内容是讲“怎样达到善境”的。

在我逗留塔尔寺期间，这里随处可见众多朝圣者。阿尔滕苏默庙前更是挤满了喇嘛，他们排着队等着到台阶上去进行长拜。正是在这里的木头上，可以看见被朝圣者的手和膝盖磨出的深深的槽。

离阿尔滕苏默庙非常近的地方，与它并排的是朱高庙。这座庙以其位于祈祷场所中间的宗喀巴的大的镀金塑像而闻名。应当指出的是，在塔尔寺里，没有一个建筑里没有或大或小的宗喀巴像。他的像被藏在“嘎乌”（护身香囊）里，挂在每一个和尚的胸前。

沿着冲沟的边稍往下去，观察者可以看到两座风景如画的庙——沙布登尔哈坎庙和奈春江罕庙。第一座庙里最受人尊敬的圣物是“乌兰建丹树”（白旃檀树）。佛教信徒们相信，这棵树是在宗喀巴剃度出家的头发的埋葬之地长出来的。另外一种观点则认为，这里埋的是宗喀巴的胎盘。乌兰建丹树是一种丁香树，长在一个宽12~16米的不大的院子中央，树下修了一个花坛，花坛的外面镶砌了砖墙。院子里还有几个这样的植着圣树的花坛。

和尚们相信，笃信宗教、合于佛心的人，可在这棵丁香树芬芳的新叶上看到佛的神秘的轮廓[1]。因此，该丁香树上的每一片树叶都被视为一件珍贵的圣物，而且，黄教信徒们还认为这种叶子有益健康（妇女们就把圣树的叶子拿回家去熬成汁喝下去，以治疗各种产后疾病）。我围着这棵圣树认真仔细地辨认了半天，也没有从树叶上看到任何轮廓。尽管如此，我还是无法抗拒我学术上的好奇心。于是折了一小段树枝，很珍爱地放到记事本里以备日后的研究之用（最后的研究结果是这种丁香树在贺兰山脉中也有）。我的这一举动立即招来了看门人的斥责，但是陪同我的西宁翻译很快稳住了这位警惕性很高的喇嘛，其办法很简单，就是塞了一些银子给他。当然，这银子是我出的。

在沙布登尔哈坎庙里，除了庙里常有的佛像外，让参观者惊奇的还有很大的动物标本：老虎、豹子、熊、岩羊、羚羊和其他动物，这些动物是被当地的唐古特人捕获的，对于他们来说，捕获这样的动物无疑是一件值得庆贺和夸耀的事情。

邻近的奈春江罕庙庙墙暗红，房顶上有金色的甘吉尔，比沙布登尔哈坎庙要辉煌壮丽一些。这个庙里的金字题词很醒目，是用中国的象形文字写的。奈春江罕庙处在八个雪白的塔中，因而更加引人注目。这个纪念塔的来历是这样的：为了扩大自己的统治，甘肃省的汉人想霸占自古以来就属于塔尔寺的土地。塔尔寺的喇嘛（约 2500 名）在八名格根（活佛）的带领下与青海湖的游牧民族一道儿，坚决地捍卫了这片土地的所有权。最后，中央政府终于介入了这一争端，它得到报告说和尚们已经开始暴乱。皇帝派了一支部队前来平乱，率领这支部队的是在那时以残酷著称的亲王嫩恭王。在他们抵达塔尔寺后，果断而严厉的亲王开始调查事情的来龙去脉。经过调查以后，他认为这起祸端的罪魁祸首是八名格根，于

[1] 指狮子吼佛像，释迦牟尼身像的一种——译注

是就把他们召来，说：“你们是智者，是活佛，无所不知，知道过去、现在和将来。你们现在告诉我，你们什么时候死？”格根们震惊了，并很快明白了自己处境，他们回答说：“明天！”“不，你们错了！”嫩恭王大声反对道：“是今天！你们今天就将被处死！”并下令自己的士兵立即砍下了这些活佛的脑袋。

八名活佛的尸体被烧。塔尔寺的喇嘛们在八名活佛被杀死的地方修建起了八座塔，以此纪念他们。

在对塔尔寺进行镇压后，嫩恭王来到了东车谷。这个山谷位于现在的归堆市以南约 10 俄里的地方，那时这个城市还不存在。在杰马扎宗庙停驻下来后，亲王把所有的喇嘛都召来，并下令杀死他们。喇嘛们迅速武装起来，阴险毒辣的嫩亲王在搏斗中被打死，他的部队也作鸟兽散。

嫩恭王的尸体被埋进了砖砌的墓穴中，忠于他的士兵在墓穴上修了一个小庙。到现在还有许多朝圣者来到这座庙里，朝嫩恭王的塑像吐唾沫，用各种各样的方式来侮辱挖苦他的遗骸，试图以此发泄他们对这个死人的憎恨和鄙视。

在沙布登尔哈坎庙的续建建筑中，有像在奈春江罕庙里一样的动物标本。

在塔尔寺最主要的建筑物对面的山坡上，圈有一片不大的森林草地，喇嘛们常去那里散步。根据自古以来就有的习惯，僧侣们常在这里讨论佛教教义，并为此举行公开辩论。从远处看上去，这样的辩论会给人以十分奇特的印象，数以百计的青年人拖着长腔回答对方提出的问题，发出既大又嘈杂的声音，有时还可听到高呼声或呐喊声。虽然这些声音并没有破坏整个秩序，却让在旁边观看的我们吃惊不小。我第一次无意间走近用以进行辩论的花园边，听到里面闹哄哄的声音时，还以为喇嘛们遇到了什么事情。

除了大大小小的寺庙外，塔尔寺还有一些为佛教徒们敬重的塔。其中很大的一座塔有一个大的灌溉沟渠的通道。另外的两座稍小一些的塔也很出名，它们分别叫作乔尔滕扎特塔和纳姆日门措尔哲塔，前者是为纪念赐予生命的菩萨阿尤希（长寿佛）而修建的。

包括喇嘛禅房在内的塔尔寺的所有建筑都建得很好，堪为某种风格的典范。楼房非常漂亮、坚固，其中的一些比如说食堂，还可发现一些十分完善的设备，在巨大的中心炉灶上放进了三个真正的铜锅，每个锅高达到 0.71 米，直径约 2 米，稻草或者灌木柴草从下面放进炉膛里。这样，为主庙的僧团或者香客烧茶做饭时就能最大限度地节约燃料。顺便说一下，就像众所周知的那样，中亚居民的普通饮品是加奶的砖茶，而最普遍的食物是糌粑。这里的山地地形为塔尔寺总体上的洁净起了相当重要的作用，它使雨水能把所有的脏东西冲到一个河床里，并冲到比较远的山脚下。勤劳的喇嘛在寺内各处空地上种植了树木，绿地和花园里的花儿让塔尔寺更惬意无比，诱人万分。

塔尔寺有 63 名格根（活佛），他们的名字为全寺 3500 名喇嘛和比喇嘛还多一倍的丘克所熟知。而且，格根还可以分为三个种族：蒙古人、唐古特人和西藏人。行政人员职位最高的是阿嘉格根。他们从最具代表性和最聪明的僧人中挑选出来两个人，一名为秘书，一名是负责世俗事务的总法台。与世俗官员进行交往的权力掌握在三名僧侣手中，他们分别是大喇嘛、三喇嘛和额木齐喇嘛[1]。

处理世俗事务的三名官员和总法台住在一种特殊的房子里。这座当地人叫作“尔芝瓦”的建筑物位于离谷地出口较近的堤岸上。

负责监管庙里遵守秩序情况的是总法台，他每月巡视所有的街道两次，使其秩序井然。他巡视时一般有“研究生”陪同，“研究生”们手里拿着涂有彩纹的手杖，遇到犯规的喇嘛，他们便用这手杖打他们的背、肩和手，他们使用起这些玩意儿得心应手。除此之外，在许多庙的门旁还挂有马鞭，以起警诫威慑作用。

[1] 作者此处有误，上述权力掌握者应为总法台、襄佐、大老爷、二老爷等——译注

马鞭用厚实的黑色皮带做成，固定在手杖柄上。也许，看上一眼这根令人毛骨悚然的鞭子，也足以对年轻僧侣起到教育的作用。总的来说，塔尔寺的生活秩序严谨，合乎规则，只在极少数情况下，才会有喇嘛经不住诱惑而犯下过错。诱使喇嘛犯下过错的诱因之一是一个汉人商镇，它在塔尔寺下面，离塔尔寺只有 200 米的距离，叫作“洛塞尔”。喇嘛们被禁止前往这个虽不干净但人很多的小镇，但是我们偶尔可以在这个镇上看到一些三五成群玩得很开心的喇嘛。

塔尔寺的各种宗教事务和学习进行得极有规律，到处都可以看到对教规严格遵守的情况，这些教规被寺庙住持强有力地维系着。

# 塔尔寺及丹噶尔城

作为一个备受佛教徒虔敬的宗教中心，塔尔寺在节日期间会吸引许多来自各地的进香者、朝圣者。在这里，你不仅可以见到来自蒙古南部和青海湖地区的进香者，甚至可以见到从蒙古北部来的和从南面的西藏来的朝圣者。许多前往拉萨的商队中途都要先来朝拜这个与宗喀巴名字紧密相连的圣地。另外，他们也想在这个热情好客的寺庙里休整两三个月，再继续去应对前面充满艰辛的旅程。

塔尔寺一年比一年富有。它的牦牛群、羊群和马群与日俱增，增加的原因是邻近游牧者的慷慨捐赠。除了捐赠牲畜外，这些游牧者还向寺庙赠送金银、锦缎、丝绸制品、麝香，至于他们向寺庙僧团捐赠的糌粑、面粉、油、盐和其他物品，那就多得数不胜数了。塔尔寺在得到许多自愿捐赠物之外，每年还能从施舍物方面获得很高的收入。数十名喇嘛定期前往周围地区获取施舍，他们向当地人赠予哈达、佛像和各种各样的小玩意儿，用它们交换来大量的“自然界的馈赠”。本性热情好客的游牧者总是无法拒绝喇嘛们的请求，因为这里民风古朴。

塔尔寺的节日很多。这一个节日刚结束，下一个节日又开始了。这些节日是定期的，持续时间或长或短。2 月份，佛教徒们要过的节日是“新年”，亦可称为“正教战胜邪教纪念会”。节日期间张灯结彩，并伴有舞蹈、唱歌、戏剧演出。

在新年庆典即将结束时，会有特别多的佛教徒从各地赶到塔尔寺来过“花节”或称“油节”。塔尔寺很早就被这些佛教徒住满了，后来的没有地方住的香客们只好在塔尔寺外的山坡上扎帐篷宿营。在过节的几天里，塔尔寺周围完全改变了模样，到处都是唐古特人及西藏人连成一片的黑色帐篷，看上去完全是一个大本营的样子。马的嘶鸣声、骆驼的叫声、牦牛的哼哼声、狗吠声和人群发出的声音与管乐、鼓声和喇嘛们富有节奏感的诵经声融成一体。

接下来，塔尔寺的一个大节日应当算是“释迦牟尼佛现身”庆典。这个节日从四月初一直持续到五月初，持续时间长达一个月。这个节日的一个显著特点就是有许多游行。人们手持佛像沿着塔尔寺所有的街道游行。

秋天一到，第四个节日“水节”也就来到了。这个节日带有赎罪和清除罪过的性质，其方法是洗澡和饮用净水，节日持续约三周。

10 月 25 日是“灯节”。这一天同时还是伟大宗喀巴的死亡纪念日，或称“升入极乐世界纪念日”。晚上，所有的佛像前都会点燃彩灯，所有屋顶上也会点起灯，这样整个寺庙灯火通明，灿烂无比。这时，喇嘛们根据灯光的亮度和闪烁情况进行占卜，对第二年的年成作出预言。

然而，最为人们喜爱的节日还是“帽子节”。在这个节日里，“寺庙的大门”将为妇女们开放两三天。这几天里，每个男人都有权力摘掉他们在寺庙里碰到的每个妇女的头饰。然后，妇女将根据约定，夜里亲自从男人那儿把头饰要回来。顺便说一下，妇女们一年中只有两次有权力走进寺庙，第一次是在“帽子节”期间，第二次则是在 3 月初。事实上，这一规定只在金顶寺庙得到了严格遵守。

除上述主要大节外，塔尔寺还要进行一系列各种各样的宗教仪式。我只挑选其中的两个予以介绍，它们是为全世界旅游者举行的祈福仪式和喇嘛的晚祷仪式。

每月 25 日，塔尔寺的喇嘛们就会聚集到邻近的一座山上祈祷。祈祷完毕后，他们把许多纸马抛向风中，让风把这些纸马吹到四面八方去。这些受佛支配的纸马会在沙漠里追到那些饱受折磨的疲倦的旅行者，而且一见到他们就会立刻变成真正的精力充沛的活马，并把他们带出沙漠，使其免遭厄运。

最独特、给人印象最深的宗教仪式要算是喇嘛们的晚祷仪式了。晚上九至十点钟，塔尔寺的肃穆突然会被刺耳的喇叭声、神圣的海螺声、锣鼓发出的刺耳声和铃铛声打破……

塔尔寺所有的居民，不分老少都聚集到自己居所的房顶上，房顶上点燃了大大的篝火堆，浓浓的烟团直上云天。祈祷的喇嘛们或坐或站，低垂着脑袋连续不断地念着永垂不朽的六字真言“唵嘛呢叭咪吽”。许多挂在长长竿头上的红色的灯笼不时轻轻地晃动一下，寂然无声地照在一组组奇特的祈祷者身上，构成了一种如梦如幻的景致。

午夜后，这个夜晚进行的仪式出人意料地被齐齐的惨叫声突然中止，这叫声足以给每个没有听过这种叫声的参观者心头带来某种恐惧感。所有的灯笼也都在一瞬间全部熄灭，四处又恢复了原有的寂静和更深的黑暗。

这令人恐惧的宗教仪式的目的是将恶魔赶走，恶魔曾给温顺的和尚们带来了很大的不幸，让他们遭受到各种疾病，并带走了很多人的生命。多年以来，喇嘛们无力摆脱降临到自己身上的各种不幸，于是，一个笃信神佛的人不久前才想出了这一宗教仪式，借此消灭恶魔。

8 月 6 日，在俄国地理学会成立周年纪念日（俄国地理学会成立于 1845 年 8 月 6 日）这天，我们这支分队很早就离开了塔尔寺，取道西北偏西的路线前往丹噶尔[1]。

---

[1] 今青海湟源——译注

一开始我们穿过的是一些柔和低缓的山丘，然后走进了一个盆地。盆地里种满了庄稼，当地所有的成年人都在地里忙碌着。我怀着一种特别的心情看着南面远处的山岭，这座山岭把我们和黄河分隔开来，它的高山地带十分具有吸引力。作为一个自然科学研究者，由于对青海湖和西藏具有更浓厚的兴趣，我才迫使自己放弃了对这些尚少有人研究的山岭的考察。前往丹噶尔的另一半路程是沿着大道顺着西宁河行进的。当我们在一座曾经十分兴隆的陈旧拱形桥附近停下休息时，我兴致盎然地看着从桥上经过的一串串人流和车流，好奇地欣赏着所谓的丹噶尔人或称他们达尔德人，他们很久之前很可能是汉人和藏族人的混血儿，在任何时候看上去，他们都是一个特殊的部族。

这一有意思的部族被普尔热瓦尔斯基称作“达尔德”（参见《蒙古与唐古特地区》），而波塔宁则叫作“土族”[1]。这支部族的居民住在兰州府往上，黄河两岸的一个叫作“山川”的地方，他们的居住地向北延伸，一直到西宁河为止。达尔德人定居，从事农业生产。他们种植的粮食作物有大麦、小麦和荞麦。他们耕种的土地是地主私人财产，有人工灌渠灌溉，田野里精耕细作，用一种以黄土、牲畜粪、灰渣以及各种各样垃圾的混合物给地施肥。达尔德人的房子一般用泥砖建成，大多单门独户，也有一个村子连成一片的，房子周围一般都有很高的围墙，看上去像是一个小小的城堡。

达尔德人的语言与蒙语很接近，但是有一些突出的特征，其中夹杂着汉语和藏语词汇。

这一部族没有统一的宗教信仰，其民众有佛教徒，也有伊斯兰教徒，甚至还有信仰萨满教的。这一部族人的外貌端庄文雅，令人赏心悦目，颇像我国南部的人。达尔德人整洁的服饰以其考究和独特的式样见长，他们的外表很招人喜欢。

[1] 定居甘肃、青海的蒙古族的一支——译注

当我友好地向他们问“德姆”即“你们好”时，他们总是报以微笑和极文雅的谦恭态度。

越沿河上行，西宁河的河水越少。但河水变浅并没有使西宁河丧失其强大的力量，清澈的河水依然很快地流着，并在谷地最狭窄的地段形成漩涡，发出非同寻常的响声。西宁河有时冲垮河岸，有时把草地上面的一层泥土带走，有时还冲走庄稼。当地人奋力与西宁河进行着斗争，他们修补道路，用石头加固被河水冲毁的堤岸，努力从淤泥中捡出被河水冲下来的禾穗。

道路很顺畅，一排排庄稼地和一个个村庄不知不觉地出现在眼前。看着它们，无论是眼睛还是大脑都感到极其愉快。在走到离丹噶尔约 10 俄里的地方，我们遇见了一个令人喜爱的做生意的小伙子，他骑着一匹膘肥体壮的白马前往西宁。这位年轻人温文尔雅、彬彬有礼地向我问好，还告诉了我探险队主力顺利抵达丹噶尔的消息。哦，终于走到了西宁河谷一个狭窄之处，这儿风景如画，自我上次探险起，这个地方就留在了我的记忆深处。人们在涛声震天、奔腾咆哮的小河上架设了一座小巧玲珑的高桥。河对面的桥下面长着一片非常漂亮的白桦林，看着很舒服，林子顺着陡峭的小丘往下生长着。

总的来说，西宁河谷的植物无论在品种还是个体数量都不丰富。考察队在从西宁到丹噶尔的整个路途中，只采集到和发现了约五十种植物，它们是沙棘、蒿、地榆、荞麦、千里光（狗舌草）、金线桃、苜蓿、猪秧秧、夏至草、龙胆、蕨、丝石竹、唐松草、芍药等。

昆虫的分布情况与植物的生长情况紧密相连。在整个西宁沿岸及其上游丹噶尔河沿岸，除了一些鞘翅目昆虫和相当数量的半翅目昆虫外，我们只得到了一只很有趣的膜翅目的丸花蜂新品种。

南面出现越来越多的小溪，发出响亮的声响，北面的山也逐渐呈现在眼前。

终于，我们见到了丹噶尔的炮塔。与此同时，刚刚刮起的西风刮得更大了，吹来了浓浓的云层。稀稀拉拉的小雨变成了真正的暴雨，一直到我们宿营后都没有停。我们不得不钻进帐篷里，并在帐篷周围挖出深深的排水沟，以免遭遇水灾。

与考察队主力会合是大家最高兴不过的事情了。一切进行得都很顺利，骆驼出色地克服了路滑带来的重重困难，将所有贵重的行李完好无损地运达了目的地。考察队主力从西宁到丹噶尔花了三天时间。

丹噶尔城位于西宁河左岸，丹噶尔城以上的西宁河被称为丹噶尔河[1]，河谷宽约 1 俄里。一些轮廓不大清晰的高地环绕着城市，高地由红色沙土堆积而成，沙土水平成层，表面有黄土覆盖。

夏末，山间浓密的绿荫和成熟的庄稼交织成一幅赏心悦目的画面，它使我们淡忘了市场上的肮脏和嘈杂。据当地居民称，丹噶尔城堡建于 250 年以前。更早一些时候，城堡及地方管理机构位于镇海堡这个地方，中国皇帝顺治把它从这里向西迁移了 20 俄里，也就是迁到了现在的丹噶尔城所在的位置。顺治还封自己的一个儿子做了这里的第一任长官。现在，丹噶尔具有重要的商业意义。从甘肃前往西藏南部的道路经过这里。大道上商队往来频繁，前往拉萨进香朝贡的人络绎不绝。在丹噶尔城唯一的一条商业街上，可以见到聚集到这里进行物品交易的各个民族的人们，有唐古特人、蒙古人和藏族人（甚至有从拉萨来的商人）及附近的游牧者，也有从事农耕的达尔德人（土族），他们出售各种原料：毛、皮、（黄）油、盐，甚至还有火药，以换取茶叶、金属制品、布匹、帐篷和一些奢侈品即女性装饰品。在拥挤混杂的人群中，衣着打扮最引人注目的还是青海湖一带的唐古特男人和女人。青海湖唐古特女人的服饰以其非同寻常的背饰让人为之惊叹，背饰由两根带子或三根带子组成，上面缀满了钱币、贝壳、银嘎乌、绿松石

[1] 指今天之“西川河”——译注

（土耳其玉）、珊瑚饰物及其他物品。唐古特骑手常常全副武装地骑着马在大街上疾驰而过，看着他们优美的身姿，我的同伴们总是禁不住地发出赞叹声。自高自大、目空一切的草原人什么都不怕，谁也不怕，倒是当地的汉人时时表现出恐惧和卑躬屈膝的态度来。在节日般拥挤嘈杂的人群中，偶尔也能见到愁苦的带着足枷的囚犯，他们戴着沉重的铁制镣铐。有几次我发现，他们并不乞求施舍，但也有人愿意接受完全自愿的施与。意识到所有的罪过后，犯罪的佛教徒一般都能心甘情愿地接受对自己所犯罪过的惩罚，甚至有些罪犯认为自己犯了滔天大罪，在惩戒期满后也不愿取下镣铐，说是对自己的惩罚轻了。

考察队抵达丹噶尔后，就向该市的长官进行了通报。我们得到了他殷勤而热情的照顾，感觉很舒服。于是，我们就整天去观察商业中心的人们那饶有兴味的生活，去采集一些民风民俗方面的材料。我们还抽出了一整天时间去试验我们的防水布小船，这条船以后在青海湖发挥了巨大的作用。当我们把它放进水里后，它起先有点漏水，我们就把漏水的地方补好，按照我的老旅伴伊万诺夫上士的说法，它便“迅速膨胀”起来。于是，我们坐上小船很顺利地顺着丹噶尔河漂流而下……

得知俄国考察队对佛像、嘎乌和当地生产的一些物品感兴趣后，生意人很快就挤满了我们的宿营地，我们的营地简直就成了一个“市场”。考察队得到了许多珍贵的民俗文化方面的物品，其中既有佛教祭祀方面的物品，也有日常生活所必需的衣服和青海湖唐古特人的饰物。

考察队预定的从丹噶尔城出发的日子临近了，天气情况却不令我们满意，一天接一天地下着雨。在丹噶尔河的一些地方，水已漫过了堤岸，考察队的营地受到了水灾的威胁。当然，我们避过了这场灾难，没有人员伤亡。一个阴雨连绵的漆黑的夜晚，从丹噶尔河方向远远地传来喊叫声。由于河水发出的声音太响，我们没能搞清发生了什么事情。一直到了第二天早上我们才知道，三个赶大车的汉人在水流汹涌的河里被淹死了，他们当时想从河里把被水冲下来的圆木拖上岸来，没想到自己却被河水卷走了……

我们的“沙漠之舟”对潮湿很不适应，开始生病，它们的脚肿起来。这不禁让我对考察队以后的行程担心起来。鉴于考察队备受考验的牲畜的不良状况，我决定对考察队的行李进行重新分类，并把所有非必需品留在了丹噶尔。这样，在我把一部分收藏物托付给可靠的人照料后，考察队就能够更加轻松地继续旅行了。我们利用极短一小段好天气，较快地完成了物品重新分装的任务，于8月11日将考察队八个沉重的驮包交给了丹噶尔城的长官照看，他向我们开出了收据。

出发前，非常殷勤客气的“钦差”为我们派来了四名武装骑兵和一名唐古特语翻译。在以后的路途中，这几个人在我们与当地人的交往中帮了我们不少忙。当地人对我们很尊敬，这也与西宁钦差的关照分不开。出于对考察队命运的担忧，钦差派人向各处发了一个特殊的文书，文书中对我本人的重要地位和我将要进行的工作的重要性进行了说明解释。除此之外，这位西宁昂邦还利用每年一次例行到青海湖拜祭水神的机会，亲自与唐古特的首领进行了谈话，以获取他对俄国考察队的友好态度。

从丹噶尔城前往高山湖泊——青海湖有两条道路可走。南面的一条路经过沙拉霍杜尔山口（日月山口），北面的一条路则从大仓庙旁经过。前往青海湖南岸的旅行者一般选择第一条道路，而欲前往青海湖北部的旅行者一般选择第二条道路。我们选择了第一条道路亦即南面的一条道路。顺便说一下，西宁高级行政官员每年前往青海湖公干也是走这条道路。

由于路面上一直是踏进去就难以拔出来的泥泞，所以一直到绿洲边缘，考察队都行进得十分艰难。但是，沿着丹噶尔河峡谷越往上爬，沙石路面就变得越来越干。这条流经山地的小河里流淌着晶莹而透明的河水，水声轰鸣，并在石质的浅滩处激起阵阵泡沫式的浪花。河谷最宽的地方有连成一片的庄稼地，地里种的是小麦。有些小麦由于本身较重，兼之又遭到了雨水的浸泡，已经倒伏在地里。小麦已经黄了，人们正在进行紧张的收割。

弯曲的道路像是一条离奇古怪的窄窄的蛇形路，它经常从岸的一边跑到另一边，这样一来，我们就需要从河的一边渡到另一边。在离丹噶尔城很近的地方还修有一些桥，在这些地方，考察队可以从桥上过河，其他地方，考察队就只能涉水过河了。好在河水正处于中等水量期，涉水过河并没有给我们带来什么麻烦。最让我们感到头痛的是在峡谷最窄的地段，突然碰上迎面而来的唐古特商队。这些从头武装到脚的唐古特人是从达巴苏戈壁运食盐和原料出来的。唐古特人结队而行，一般是六七个骑马者看护着六七十头驮货的牲口：膘肥体壮的牦牛或是“海内克”。“海内克”是牦牛和普通牛杂交的产物，天性温顺、随和，使用它们比使用凶暴的牦牛要可靠得多，当地人当然知道这些牲口的习性，因此，他们总是将牦牛和海内克混在一起使用。

为了避免在类似的“碰面”下可能出现的意外，我们不得不根据路的宽窄情况，在路窄的地方提前派人出去，把迎面而来的唐古特商队滞阻在前方，有时我们甚至把他们挤到了山坡上。

从丹噶尔城出来后的第二天，我们离别了最后一些农耕文明区，并看到了广袤的游牧区域。

我们面前又出现了一些山脉。它们是阻隔在我们与美妙的、令人期待已久的青海湖之间的最后一道屏障。

在山里呼吸并不困难，甚至可以说比较轻松。纯净的空气可以让我们看到很远的地方。天空看上去更深更蓝。辽阔无垠和人迹罕至的高原使我们的思维再度活跃起来，这儿给思维以极大驰骋的空间，在这里，天气晴朗时，人类才能与大自然进行交流。四周始终有令人愉快的生物存在，低处是一片片金黄色的花儿铺成的地毯，蝴蝶在上面飞来飞去，有时也有丸花蜂和苍蝇嗡嗡地叫着迅速飞走。在草场上出现了许多鼠兔（啼兔）和旱獭（土拨鼠）。我们发现的鸟类有山地花鸡和它们残酷的敌人鸳、隼和渡鸦；天气好的时候还可以听到其他鸟儿的清脆响亮、令人愉快的歌声；我们还发现了白鹡鸰和玫瑰色的鹨。

现在，站在辽阔无垠的高地上，已经可以清晰地看见高地北面和南面的排排山丘了。我们不由自主地把注意力集中到了南方。考察队下一步的活动将在那里进行。

晴朗无风的白天被满天繁星的夜晚所取代，山里的黄昏降临得很快。夜晚来得更快。

我被贞洁纯净的大自然所吸引，晚上总是很晚才匆匆躺下睡觉，为的是不耽误第二天的行程。仿佛刚刚睡下就又听到了值日者起床的动静。睁开眼睛便看见了明亮的晨曦，它们透过拉紧的麻布照进帐篷里。朦朦胧胧中我知道天已经亮了，过一会儿就该起床了。

8 月 14 日，站在沙拉霍杜尔山口，我们终于看见了美丽的青海湖那蔚蓝的水面，它们在遥远的西面与明净的天空交融在一起。在西南方向，沿湖挤着一些不太高的山，里面的一座多石的山岭塞尔奇姆山较为突出，这座山有一个较高的山顶，现在山顶上还残留着前不久下雪染成的银白色。从长着青草的山丘后面显现出来的青海南山一直在湖的南面高高地耸立着，它看上去线条分明、轮廓清晰，山上厚实的积雪闪出不太耀眼的白光。清澈得令人惊讶的空气中笼罩着一种庄严的寂静。太阳晒在身上感觉很舒服。在蔚蓝色的空中，到处飞翔着威武的鸟儿：喜马拉雅兀鹰、棕兀鹰和髭兀鹰。后一种兀鹰不时从我们头顶上掠过，它们沿着山体滑行时并不需要振动翅膀，我们能较近地欣赏到它们平稳的飞翔姿势，大自然由于它的加入而显得更加生机勃勃。

沙拉霍杜尔山口的海拔是3540米。它的北部有一个碎屑高地，当地唐古特人称作“纳马尔盖”，而南面的索尔盖山挡住了我们一部分视线。在比较大的一个陡坡上，堆有一个用来祭祀的鄂博，以前唐古特人常聚集在这里进行祈祷，祈祷青海湖的保护神保佑的仪式，现在改在一个前不久由汉人修好的庙里进行。考察队经过山口期间，看见了一支庞大的运输队伍，他们是往祈祷场所运送食品和家具的。经过询问我们得知，原来他们是在为西宁官员的到来做准备，这些以钦差为首的西宁官员每年要来神圣的青海湖进香一次。

离青海湖越近，考察队迎面碰到的运盐的唐古特运输队就越多。一群骑马的当地人也在族长的带领下急急忙忙向东赶去，他们是去迎接高官。在这些唐古特人中，有一个人以其高傲的举止和仪表堂堂的相貌显得格外出众，这个人就是恰姆鲁盟的盟长。他盟里的人经常在青海湖东南沿岸及邻近山里游牧。从翻译那里得知俄国考察队已经到达的消息后，恰姆鲁骑马上前向我们问好，并对我们说，他已经从有关方面下发的文书中知悉了我们将要抵达的消息，并说我们将会得到各种各样的协助，并会受到敬重。

在从南面山中流向青海湖的为数众多的小溪和小河旁，可以看到许多游牧者的帐篷。我们在路旁经常可以看见牦牛在用它们强劲有力的角去拱地上的土堆；稍远一些的地方，有很大的一群羊正在悠闲地吃草。

经过阿拉河（今倒淌河）后，考察队很快就走到了为当地人所喜爱的水草丰茂的牧场，重新呼吸到迎面而来的青海湖那熟悉的辽阔气息。我们在青海湖东南岸的第一个停宿点是准古泽拉。它给我们留下了难以磨灭的美好印象。在这里，我们第一次走向了无边无际的浅蓝色的“大海”。“大海”是我们对这个威严的、汹涌澎湃的湖泊的称呼。在这里，我们感受到了它变幻无穷的魅力；在这里，我们理解了波浪“一会儿温柔恬静，一会儿凶暴残忍”的说法。

# 青海湖的传说

“青海湖”是汉人对我们面前的这个湖的称呼（也有称“青海”的），蒙古人把青海湖叫作“库库诺尔”，意即“蔚蓝色的湖泊”。而据蒙古人称，唐古特人把这个湖泊叫作“姆措古姆布姆”。这个湖被佛教徒视为圣湖，很早以前就引起了游牧民族的注意，关于这个湖泊有许多传说。

其中一个传说已经被普尔热瓦尔斯基在《蒙古与唐古特地区》一书中引述过。当我们这一次来到青海湖边时，又听到了这样一个传说：很久很久以前，青海湖盆地只住着一些蒙古人，那时在现在的湖泊所在的位置有两个不大的池塘。附近的居民很不爱惜清洁的池水，经常把它弄得很脏。有一天，一位妇女直接将小便解到了池塘里，黑麒龙（水龙）再也无法忍受，他从水底的龙宫里钻出来，令人恐惧地站在水面上，他经过的地方形成了一个大窟窿，水不断地从这个窟窿里往外涌，最后，淹没了沿岸数百俄里的地方。惊慌失措的蒙古人赶紧与邻近的汉人一起去祈求木匠的庇护神“鲁班爷”，希望他能给他们以庇护。“鲁班爷”回答说：在和水龙交战之前，他想试试自己的力量。为此，他来到三个装着土的篮子前，命令它们往上长。很快就出现了奇怪的事情：篮子里的土很快升高，升到了高出水面的地方。确信自己法力无边后，“鲁班爷”就去声色俱厉地向黑麒龙叫阵，命令他回到自己的龙宫去，黑麒龙立即消失了。于是，鲁班就把山搬到湖里，用它堵塞冒水的窟窿。从此以后，以前小池塘所在的地方就形成了无边无际的大湖，而堵窟窿的山则成了一个岛屿。

到过青海湖的福特引述了另外一个传说。这个传说流传于青海湖地区的佛教徒当中，他们通过这个传说为青海湖创设了一个超自然的来历。具体传说是这样的：在很久很久以前，人们在拉萨修一座佛庙。尽管修庙的人很虔诚、很努力，但是修了几年这个庙仍修不好。不知什么原因，每隔一段时间，庙便会被破坏得面目全非。终于，一个喇嘛说，在遥远的东方居住着一个圣人，他知晓庙被破坏的神秘莫测的原因。要想把庙修好就必须找到这个圣者，向他讨教。被派去寻找圣者的喇嘛在所有的佛教寺庙和圣城里依次探寻，用了整整一年时间却一无所获。终于有一天，在西藏和内地交界的草地上，他碰到了一位很不起眼的盲人老者。他很偶然地谈到了那座在拉萨久修不竣的庙。老者说："此庙所在位置的地下深处有一个很广阔的湖泊，因此庙久修不成。"老者最后又说，"这个湖即将消失，而我现在所在的这个地方将被水淹没。但这一切只会在西藏的喇嘛知道庙底下有湖泊存在这件事后才会发生。"得到这个启示后，喇嘛大喜过望，立即辞别老者匆匆忙忙地赶回拉萨去了。当天晚上，在内地与西藏交界的地方发生了地震，一声轰响后，大量的水从地底下冒了出来，填满了高山之间的峡谷，看到洪水后，神派一只力大无边的大鸟下来平息了水灾。大鸟在南山峭壁的帮助下堵住了向外冒水的窟窿。这个变成了山形岛屿的峭壁，现在依然留在青海湖的中央。

普尔热瓦尔斯基第一次看见青海湖时说过："我的理想实现了！考察队朝思暮想的目的地到了！前不久还只能是想象的东西，现在已经变成了事实！是的，这样的成就是用许多磨难和痛苦换取的。然而，所有的磨难和痛苦现在都已被抛到九霄云外了，我和战友们站在这个伟大的湖泊边欣赏它那美妙深蓝的波浪时欣喜若狂！”（参见《蒙古与唐古特地区》）现在这一切已经过去超过三十五年了。

美丽的高山湖泊青海湖的水，积存在一个广阔的草原盆地里。盆地的北面和南面环绕着雄伟的群山，其他两面则被低一些的山脉包围。虽然如此，青海湖仍高出海平面3000多米，而且是一个很大的（周长达370俄里）、颇深的咸水湖（青海湖的水面高度为海拔3230米，其地理坐标为北纬36° 39′ 11″，东经100° 13′ ）。它的湖岸大多较低，是砂土和砾石质的，只在很少的地方才被石矶或悬崖切断，从石矶和悬崖上可以很清晰地看到原先青海湖水位更高时留下的痕迹。奎苏岛（海心山）把青海湖分为南北两部分。另外，沿着奎苏岛所在的经线方向，还可以把青海湖分为东西两部分。青海湖南半部分的湖底是砂土，到中间变成淤泥，并开始有了起伏，逐渐向湖中心降低，形成一个有较深槽的盆地，这个深槽从奎苏岛南面通过。湖的西半部分极为宽阔，按照普尔热瓦尔斯基的看法，湖的西半部分也是最深的部分，而东半部分则浅得多。在离遍地散沙的东岸不远处，还有三座沙岛。除此之外，在这一地区还有一个不大的湖——哈拉淖尔湖。这个湖曾经与青海湖连成一体。现在，它们中间隔着一道沙丘。这一事实给我们提供了下列观点的依据，这就是占主导地位的西风给这里带来了尘土和沙子，使青海湖变浅。青海湖变浅的过程也是湖泊面积逐渐变小的一个过程，只要通过对岸边湖泊和岛屿的研究就能很清晰地弄明白这一过程。顺便说一下，青海湖一共有五个岛屿，它们是：奎苏岛或称“普普岛”（海心山）、察罕哈达岛或称“白崖岛”及其他三个沙岛。

奥布鲁切夫说：“没有黄土覆盖的低矮阶地的存在，以及沿着岸边排开的浅沙滩及小湖的形成，证明着这个湖（青海湖）现代逐步干涸这一事实。”（参见《中亚、中国北部和南山》第二卷）越来越多的岛屿从湖里显露出来，就像岸边凸凹不平的沼泽地正在扩大一样。

这个高山湖泊变浅的原因是经常有或几乎是经常有尘、沙填入，且流入的水量小。普尔热瓦尔斯基在《第三次中亚之旅》中指出：“夏天，青海湖广阔水域的蒸发损失得不到补充。”这个封闭的湖有约70条河流流入，其中只有两条，也就是西边的布哈河和北边的哈尔根河（或称“巴列马河”）水量大一些，其他的河流经常干涸，只在雨季向青海湖输入一些水量。而且，约70条河流的数字是当地人提供的，普尔热瓦尔斯基认为值得注意的河流只有23条。

青海北山（或称“阿玛苏尔古山”）与青海湖岸相距很远。两者之间是宽阔的草原。青海南山则距青海湖较近，两者之间只有狭窄的缓坡草场，其间在阿拉河出口处有三个小的淡水湖。

青海湖平原土壤盐分较大，这与空气干燥有关。此外，强劲的西风对森林和灌木的生长都极为不利，这也是造成土壤含盐较高的原因之一（湖边盆地一般有利于风的生成，风时而从北面的山岭刮来，时而从西面的天际呼啸而来）。

在青海湖的东部沿岸可以看见云杉和杨树；在沼泽地带则可见到苔——包括普通苔和西藏苔，除此之外，还有毛茛和车前草。在绿油油的草地上则长着玫瑰色的报春、白色的鸢尾、白色和黄色的马先蒿；在泥泞一些的湖岸边长着杉叶藻、水毛茛和普通狸藻；在潮湿的洼地里则长着为整个唐古特地域，尤其是为全西藏熟知的“朱玛”，即委陵菜，众所周知，这种植物的根是游牧者爱吃的菜肴之一。而在青海湖里，除了一些水草外，没有其他任何绿色植物。而在辽阔的草原上，由于土壤的不同（有的是黄壤，有的是黏壤，有的是沙壤）而分别长着下列植物：芨芨草、羽茅、葱等。在老的游牧地上长有滨藜和各种伞菌，它们成了我们经常食用的美味食品。

青海湖那清澈干净的湖水完全不能饮用，因为水里含有矿盐。湖里有许多鱼，但是这些鱼只属于同一个属，即青海裸鲤。

空闲时，考察队成员们最愉快的事就是去捕鱼了。有时我们用大鱼网在河水出口处就能很快捕到上百条鱼，一条鱼的重量一般在两公斤左右。

这么多的鱼自然会吸引一些食鱼动物的到来，被鱼吸引而来的鸟类有海鹫、鸥和鸬鹚。海鹫在捕鱼时通常站在陡岸上长时间地进行观察。青海湖的长尾海鹫特别多。一旦发现猎物，老的长尾海鹫便飞快地飞过去把鱼抓起来，然后发出独特的叫声，呼唤年幼的海鹫来享用。飞到一起后，鸟类能以令人瞠目结舌的速度吃掉任何鱼。海鸥和燕鸥一样，在海鹫吵嘴时，从不放过任何一次从它们的美筵上偷走一些食物的机会。

在青海湖，鸟类的活动十分频繁。盆地里经常有下述鸟儿飞驰而过，它们是：鹫、大鵟、隼、鹰、鸢和渡鸦。威严的兀鹰总在蔚蓝的高空中盘旋。在离岸不远的水面上，经常可以看见飞来飞去的灰雁及印度雁、各种野鸭、海番鸭、翘鼻麻鸭和秋沙鸭。沿岸的草地上栖息着角百灵、田野百灵、地花鸡；潮湿的土墩旁可以见到较大的西藏百灵，它们常成双成对甚至成群地栖息在这里。

在离湖岸较远或者很远的地方，可以看到黑颈鹤和毛腿沙鸡，后者总是以其独特的叫声让人知道它的存在，同时也为自己带来了危险。在附近的小溪旁，除了小滨鹬外，还有小川鸲鸟、红点颏、鹡鸰等鸟儿。

在广阔的青海湖平原上有数量众多的野兽。这里栖息有狼、狐狸、沙狐、黄鼠狼和人们愿意捕猎的在青海湖区数量很多的鼠兔等。在岸边以及林间草地上，可以看到连成一片的土拨鼠挖的洞穴。而最小的啮齿目动物中则可见到兔子。在沼泽地和老的游牧点上有野猪在游来荡去，这些野猪是从南方跑来的。但是，临湖平原上最惹人喜爱的动物还是普氏羚羊和藏羚。前者常常是大群地在广阔的草原上吃草，一群通常有二三百只，有时甚至更多，而后者则大多在湖滨平原周围的山丘上游动。我们不止一次地去猎捕普氏羚羊，遗憾的是没有任何收获。这是由于它们受到当地猎人过多猎捕，因而变得极其小心谨慎、难以靠近。除了羚羊外，在青海湖草原还定期有骞驴（野驴）出现。

与动物相比，青海湖地区昆虫的数量则要少一些。在湖东南沿岸水草肥美的草地上可以见到丸花蜂，另外还可以见到两三种半翅目昆虫。

青海湖草原不仅为野生动物和鸟类提供了良好的生存条件，它对人类也有很大的吸引力。没有苛求天性的游牧者把这一平原视作一个上好的牧场，它的高海拔使这里没有夏日的炎热和令人厌烦的虫子，而且这里冬天不下雨。所有这些都构成了一个上好牧场的必备条件，因此，青海湖平原自古以来就是游牧民族的争夺之地，从北面来的蒙古人和从南面来的唐古特人多年以来一直为它纷争不息。性情软弱的蒙古人应该不是刚毅强悍、精力旺盛的唐古特人的对手，事实上也是如此，前者在对这一优美牧场的纷争之中败下阵来。

总的来说，唐古特部落是一个十分尚武好斗的部族。近些年来，汉人和唐古特人开始以比从前宽容得多的态度相待，他们相邻而居，汉人学会了少量的唐古特语言和一些唐古特风俗，甚至两个民族的年轻人通婚的情况也不鲜见。但是，汉人本身对这种异族之间的婚姻持不赞成态度。一般来说，汉族男子和唐古特族女子结合所生的孩子完全不适合过一种平静的生活。

总的来说，唐古特女孩（西玛）所受的是很随意、自由的教育，她们早早地就有了自己的私人生活。长到十一二岁时，女孩就到草原上去放一整天的羊。在那里她们完全是自由自在的，可以与其他孩子一起尽情地嬉戏玩耍，可以说她们完全是在无忧无虑的情况下度过一天又一天的。到十四五岁时，女孩已经成了母亲的得力帮手，她要做除缝补之外的所有家务活——缝补之事是男人的活计。妇女们天刚亮就起床，点上炉子后，在火上熬化油，然后用熬化的油搽脸和手，这是因为只用清水梳洗被认为是很不体面的。于是，人们拿被允许用油搽脸和手的女人们开玩笑，说她们是要用自己白净的脸庞招引男人。梳妆完后，姑娘开始煮茶、挤奶，忙完这一切后，她们就赶着牲畜去收场，所有这些自然之子并不复杂的浪漫故事一般就是在那里发生的。爱情的萌发自然是秘密进行、不为其他人所知晓。

如果一个小伙子（西利）是一个好射手、好骑手，是一个精力充沛擅长演说的人，只要具备了上述条件，即便他是一个一贫如洗的穷光蛋，他也可能会成为任何一个唐古特女子喜爱的对象。年轻人是这样相识的，如果一个小伙子看上了一个姑娘，他就会走上前去，捡起一块干羊粪（雷莫），装作无意地朝姑娘扔过去。如果姑娘对小伙子不中意，就会装作什么也没看见；如果情况正好相反，也就是姑娘想对小伙子的这一挑逗行为给予鼓励，她就会捡起干羊粪向小伙子扔回去，这一表示好感的信号会令小伙子欣喜若狂，然后他会立即跑上前去热烈地亲吻自己的心上人。

未婚夫送给未婚妻的第一件礼物是一枚戒指，而女方回赠的则是一个用来装烟的刺绣小包。结识姑娘后，年轻人的父母就会知晓这件事，然后开始张罗说媒求亲之事。未婚夫（苏玛穆哈）的父亲在得到前者同意后，会派两个老人到未婚妻（纳玛苏玛）家中说媒。媒人应为婚礼做些准备（如订下婚期等）。他们还要打听新娘家索要彩礼的数目。有时媒人并不是一次就能谈妥这些事，于是，他们会被一而再、再而三地打发到新娘家去。

对媒人的接待很隆重，新娘的父母会在预定的时间出来迎接期盼的客人，并把他们引进帐篷，让到上座——炉子右边的位置。其他被请来的客人则按照风俗就座：女人坐在左边，男人坐在右边。男人要设宴款待客人。款待的食品用羊的整个后背（这是羊身上肉最多最好吃的部位）做成。羊肉端上来后，无须举行其他什么仪式，客人们抽出自己随身带的刀子便开始进餐，关于彩礼等事宜就在进餐过程中加以解决。

新娘在整个说媒过程中不在帐篷里。等到媒人离开后，她才从离家较远的地方回到家中，并在父母的帮助下，为自己缝制一顶特别的高高的狐狸皮帽子，帽顶饰有丝质流苏。现在，她已被正式确定为“订婚女子”，戴上帽子后，她和自己的女伴们一起去向亲戚和朋友们辞别。这个辞别仪式将持续三天，在这期间，喇嘛们几乎一刻不停地在新郎和新娘家里念着经文。在订好的吉日里，新郎的父母和几个邻居前来迎接新娘，陪伴新娘的则有媒婆和一些女伴。

新郎家摆好酒席，恭迎新娘。酒席散后，媒婆开始为新娘编发辫，并把一些贝壳编到头发里去，被编进去的贝壳除了一些年轻姑娘用的小小的白色贝壳外，还有四个妇女用的大贝壳。举行这个仪式时，在旁相陪的只有新娘的一些女伴，在这个仪式结束后，姑娘们就四散回家去了。所有其他带着贺礼来祝贺新人的客人则会被招待吃席。喜筵中的主菜仍然是羊肉，是羊的最好的后背部位。一位受尊敬的客人会依次向所有出席婚宴的人敬上一小壶特殊的饮料，这种饮料叫作“阿桑希那”，类似我国的伏特加酒。被敬者总是干净利索地把“阿桑希那”喝掉。

喜筵过后，双方的客人会骑上马跑上一阵儿，以展示自己马匹的力量和自己精湛的骑术。一天时间就这样不知不觉地过去了。夜晚来临了。从远方来的客人留在新郎家中过夜，离家较近的邻居则各回各家。年轻的新娘睡在公用的帐篷里靠近帐篷进口的地方，新郎则露天宿营照看马匹。

深夜，当四周的一切都变得沉寂无声，当所有的人都已入睡后，新郎蹑手蹑脚地来到朝思暮想的帐篷前，敲几下门并把帐子稍抬高一些。早已期待着这特定暗号的新娘则爬着从睡着的众人中钻出来，迫不及待地爬出屋来。天快亮时，这对年轻的夫妇才分开。新娘又悄悄地回到刚才睡觉的帐篷里。上午，新郎和新娘要到庙里去，他们手挽着手跪在喇嘛面前，喇嘛则要用神圣的册子为他们祝福，还会说上一些临别赠言之类的话语，允许他们结合。如果您对青海湖地区唐古特人的婚俗十分感兴趣的话，还可以参看拙著《蒙古与卡姆》的有关记录。

年轻的妇女怀孕后，全家人对她都很照顾。家中的老人不允许她骑马，她也听从长者的意见。临产前数周，老人们更是告诫她要远离各种各样可能带来危险的活动，而且要她不要到湖或河近旁去。这是因为根据唐古特人的迷信的说法，孕妇到水旁很容易给自己招来不幸，假如她到了水旁，会看到水下一些怕人的东西，并因此受到惊吓，而在此时受到惊吓会给自己带来病痛。

分娩时一般有接生婆（加尔穆）在旁边伺候，如果难产的话，还要请喇嘛。喇嘛则看看水，念念适合这种场合的经文，洗净孕妇的手掌和脚。加尔穆把新生儿接生到自己手里后，要用温水洗净，如果是冬天，还要把婴儿裹进熟羊皮中并在下面垫上一个装着灰的小皮套子，小孩晚上就在上面大小便。

在第五天，第十五天，有时在第二十天时要给婴儿起名，而且是父亲或母亲这方备受人尊敬的年长的亲戚给婴儿起一个名字，前来的喇嘛还要给小孩起第二个名字，最后由父母给小宝贝起第三个名字。熟人和邻居们在这一天都要前来向这个幸福的家庭表示祝贺，他们来时会带来各种各样的礼物，或是一块羊肉，或是一段布匹。空手而来是不合适的。

如果生的是一个男孩的话，那么这个小孩在五岁或者六岁时就已经在学骑马，并会被派到草原上去放牧了。在小孩长到十四五岁时，父亲就会送给儿子一顶沙隆薄呢帽子、一支标枪和一杆火枪。

无论是贫穷的还是富裕的唐古特人家，都常有下列情形发生，这就是还没举行婚礼，小孩就出生了。在这种情形下，小孩的外公外婆会把小孩带回家。他们一点也不鄙视这个小家伙，正好相反，他们会很高兴地把这事儿告知全族的人：

“我们发财了，神赐予我们一个孙子（诺尔久沙奇）或者孙女。”如果以后小孩的母亲嫁给了小孩的父亲，那么，当然要在出嫁时把这个小孩带走，但是如果她嫁的是另外一个男人，那么外祖父、外祖母就会把小外孙留在家里，像抚养自己的孩子一样抚养他（她）长大。

青海湖区唐古特人的寿命并不长，鲜有能活到七八十岁的。预感到将不久于人世后，家庭的长者会预先给孩子们分配自己的财产。老人给每个孩子留的东西一样多。然后，老人会从自己的牲畜群中挑选出最好的、最喜欢的一头公牛来告诉孩子们说，他死后就用这头牲畜驮他的遗骸上路。

唐古特人把死人的尸体用皮带捆起来，一根带子从脖子后穿过，另一根带子从膝盖下穿过，把脚朝头拉近，让其尽量弯曲。在做完这一切后，死者的近亲就把死者逝世的消息通告给邻居。最后差不多整个盟的人都会来到死者的遗骸旁与其进行最后的诀别。前来的每个唐古特人手里都拿着一小块白布（灿达加），他们小心翼翼地把白布放到尸体上。这样，有些死者的身体完全被白布遮盖住了。如果这样，亲人们会很高兴，因为这种现象在他们看来是一个好的征兆。在特别的仪式结束后，唐古特人会在捆住死者的皮带里穿进一根棍子，把尸体抬到院子里，然后用死者事先选定的公牛把死者的尸体驮到山里去任由猛禽享用。

在这个仪式中，自然少不了喇嘛们的参与，他们会来念经并在查对完历书后指定应在哪一天将尸体扔到什么地方。喇嘛们并不将死者送到安息之地去，而是在获得酬谢后就回到自己居住的地方去。酬礼的数量视死者家庭经济状况而定，经济条件好的给几只羊，差一些的就给一只羊……

出殡后还要举行追悼仪式（楚都戈克）。这种仪式在头两三年内每年都要举行一次。举行的日子就定在死者归天之日。

在叙述了青海湖区的一些民风民俗后，还是让我们回到考察队的话题上来。

考察队为青海湖的美景所吸引，沿着湖岸走了两三天。我记得 8 月 15 日这天傍晚是少有的几个迷人的夜晚之一。太阳在走完了自己白天的路程后，开始朝地平线垂落，它把一部分光线洒在群山上，而另一部分光线则照在我们能看得见的天际，再连同天际的景色一块投射在青海湖里，显得金光涌动，湖光潋滟，美不胜收。羽状的丝丝细云，就像金色的花边，轻盈缓慢地向南边移去。山里则是一片静寂，它们让青海湖也随之沉静起来，湖水已停止了汹涌，不再拍打湖岸，只是轻轻地荡来漾去，仿佛在娓娓叙谈着什么。它那宽阔无际、一直延伸到天边的湖面，它的色调、它的咸涩、它的深度，以及高高的波浪和有时拍打湖岸时巨大的声响，皆给人以大海的印象，而不像一个湖泊。

在青海湖里游泳异常畅快，我们每天都要在湖里游上几次。湖水的温度一般在 15~16℃。水的浮力很大。这让我们能游出相当远的距离，然后又被波浪冲回到离湖岸较近的地方。湖水是如此清澈，以至于可以清晰地看见五六米深处的沙质湖底和在湖中游动的鱼儿。

第二天，天刚蒙蒙亮，考察队的人就醒来了，但塞尔奇姆山还没有醒来，还被一种朦胧所笼罩，沿着山脊拉开的层积云仿佛是盖在山脊上的被子。湖的那边传来大雁咯咯的叫声，鹬也发出各种各样的叫声，远远地还传来海鹭的鸣叫声。潮湿的草地上，百灵鸟醒过来了，它们唱着歌儿从草地上飞起来。已经有商队在轮廓不甚分明的大道上行进了。一个小时后，刮来了一阵儿猛烈的风，然后是第二阵儿、第三阵儿……吹皱一池湖水。

我们沿着青海湖南岸行进。当我站在一个长满青草的斜坡上时，展现在眼前的是更加宽阔的一片与天相接的绿色草场。终于，我们见到了奎苏岛（唐古特人叫作“茨霍尔季格热”），这是我们朝思暮想之地，也是我内心深处久已慕之系之之所。奎苏岛就像一艘巨大的军舰一样从青海湖深蓝的波浪中浮出，用它不为外人所知的秘密吸引我们前往。在晴朗无风的日子里，用天文望远镜很容易看清这个岛屿的细节，可以看清上面的山岭、鄂博和一个和尚用以修行的小庙。

8 月 17 日，考察队在离奎苏岛南岸最近的乌尔托宿营。我们在这里度过了约三周时间，在这里可以欣赏到离我们 5 俄里或者更远一些的游牧人无拘无束、自由自在的样子。几个唐古特人的黑色帐篷以及绝对孤独和令人不安的沉默引起了我们的注意，在周围许多俄里内都没有邻居。通过询问我们得知，原来在这个小小的仿佛被遗忘了的游牧点上，居住着一些患有猩红热病的游牧者。这些病人中的不少人已经死了，但是没有任何办法救助他们。病人的亲属和熟人除了把他们留在这里听天由命之外，再也找不到更好的办法。在做出这个痛苦的抉择后，没有得病的人被迫远远地游牧他方，以免被传染。

我们在青海湖宿营地周围的环境是这样的，北面三四俄里处是青海湖，南面六七俄里处是一些山脉——属于塞尔奇姆山的西翼。从山里流出一条小河，横穿过微微斜向青海湖的盆地，在离青海湖较近的堤岸外面，形成了一个周长达 2 俄里的又一个独立的、封闭的湖状水域。我们的营地就扎在这条小河边，在一个与沙土平原融为一体的第三层岸堤的高地上。从我们营地朝四周看去，视野都很开阔。水流较急的清澈的河从三面环绕营地，它给我们的营地增添了活跃的气氛。我们在小河中的一些漩涡里用钓鱼竿和捕鱼网捉到了许多鱼。常有大雁、野鸭、海番鸭和燕鸥飞到河边来，它们更多的是飞到附近的小湖上去。在青海湖的沙土岸上，成群地栖息着鸬鹚、鸥鸟和单居的海鹫。

恰姆鲁盟的居民与我们处得越来越熟稔了。我一直期待着这个盟的头领恰姆鲁本人来访，但看来是白等了一场。他正忙于迎接钦差，除此之外，他还要参加两个盟（恰姆鲁盟和戈米盟）之间纠纷的调程。作为恰姆鲁盟的盟长，这项工作必须由他来参加。

事情是这样的：边界一直延伸到塔尔寺以远的戈米盟拥有西宁河沿岸的非常好的牧场，这个盟的唐古特人半定居，年成好的时候，不能充分地利用属于他们的牧草。1908 年夏季时，恰姆鲁人就带着自己的帐篷，赶着牲畜闯入了戈米盟的地盘，开始在异盟的牧场上放牧。得知这一消息后，戈米盟组织了一支数以百计的武装队伍，对这些不速之客进行了攻击，把他们赶回到了青海湖畔。但是，恰姆鲁人在稳住阵脚，并给自己的队伍补充人员后，齐心协力地朝戈米人反扑过去。一场恶战。战斗持续了数天，双方各有伤亡。这时，恰姆鲁的首领想出了一个狡猾的战术，他决定使用诈术，于是，在塞尔奇姆山西北的山脚下扎起了许多空帐篷，并故意让敌人看见，以诱敌深入。戈米人果然中计，派遣自己的队伍杀向空帐篷，与此同时，恰姆鲁人从侧面发动了出其不意的进攻，把戈米人打得落花流水，溃不成军，落荒而逃……

现在，钦差前来青海湖，就对整个事情来个了断。

降临到恰姆鲁本人身上的第二个不幸是他儿子的伤。年轻人指责自己的一个亲戚盗窃父亲的马，并当众对他的不体面行为进行了奚落。恼羞成怒的小偷抓起火枪就朝奚落者放了一枪，打伤了对方的腿。据在场的人称，恰姆鲁儿子的伤势很重，需要有医生帮助治疗。

抵达青海湖后，我们就从驮包中取出了粗帆布小船，把它弄好后就开始去做试验性航行。我们一开始只把船划到离岸四五俄里远的地方。我们选择各种各样的天气来进行试验，既有风平浪静的天气，也有风浪天气。总之，试航的结果令人满意。在有波浪的天气里航行时，小船像一条浮船，但能随着桨的摆动，朝着期望的方向快速行进，这是其优点；其缺点主要有：桨不结实，桨架附近的地方从航行最初几天里即开始被扯坏，桨架本身不稳当，船舷活动得很厉害，导致高高的水波经常拍打船舷，并开始往船里灌水。因此，在我们前往奎苏岛前，必须要对小船好好地进行修理，否则我们无法放心地乘着它前往奎苏岛。加在船舷上的菱形木质翼板可使整个小船变得坚固起来，也把桨架钳得更加稳当。桨上则被加上了皮垫片。

试航时，要操心食品（包括粮食和饮用水）问题，还要操心测量仪器及一些装备问题，并要确定参加航行的人员。我们选定了出发点，这个地方在乌尔托营地以西 7 俄里外，距离岸边的鄂博有 4 俄里远。这个鄂博也是冬天从冰面上到奎苏岛进香者的指路牌。就这样，我们在各种有意思的工作中度过了在青海湖的第一周时间。

一天，我沿着青海湖的西岸去打了一次猎，我走得并不远。当我回到宿营地时，发现营地里异常热闹。原来，是地质学家切尔诺夫完成任务后回到了考察队。他走过了大约 750 俄里路。从定远营出发后，他一开始朝西北偏西方向走，很快又改向西南方向，并走到了索戈浩特。接下来他又往南行进，并沿着一条小河走到兰州。他在兰州停留了一周，为的是挑选大车和向导以横穿南山。在从兰州到大通河之间，切尔诺夫研究了一个欧洲人从未涉足的新地区，他在这里成功地发现了几条冰河，它们被南山最高山脉北坡的一些峡谷夹住了。过了大通河后，切尔诺夫未能从通向青海湖盆地的西南斜向走来，因为大车工人十分害怕青海湖区的唐古特人，于是，切尔诺夫折回到穆拜申、丹噶尔，沿着商路前来追赶考察队。

回到考察队后，切尔诺夫开始整理自己的观察日记和收集品，我们则继续忙于青海湖的研究，研究它多变的习性和变化多端的水文情况。在青海湖东南湾平静、安稳，倒映出蔚蓝色的天空的时候，青海湖的北部已经翻滚起了绿宝石色的波浪。与此同时，高高的深色巨浪已经从西北面翻滚而来。青海湖很快就从平静转为波涛翻滚，而与此相反的是，在大小风暴过后，湖面却久久难以从波涛翻滚中平静下来。

无论是风平浪静，还是巨浪滔天，青海湖总是这样雄伟壮丽、美妙绝伦。我常常走出营地到一个较高的地方，凝望青海湖那无边无际的水面，谛听湖水拍打堤岸的单调的声音。我常常一站就是几个小时，丝毫也不感到厌倦和疲累。青海湖水拍击岩岸的声音让我想起了海浪拍打克里木半岛南岸的声音。

我安排自己和哥萨克军士波柳切夫先前往奎苏岛。我们两个人都明白，有不少困难和考验在前面等着我们，或许还会有生命危险，应当做好最坏的打算。我平生第一次写下了遗嘱，而最让我放心不下的还是我最为珍视的考察队的命运。

8 月 28 日傍晚前，所有准备工作都做好了，于是我和波柳切夫到出发点过夜。青海湖上风平浪静，太阳的光辉刚刚消失在西边的天际，一轮月亮便挂在了东面的天空上。清冷的月光照在浩瀚无际的青海湖湖面上，看上去冷艳之中多少有些害怕。我后悔未能更早一些做好前往奎苏岛的准备，以至于白白失去了今天这个适于航行的良好天气。

我沿着湖岸逛了个够，并充分领略了“海风”的凉爽，然后回到帐篷里睡觉。这时的青海湖也像大海一样沉睡不语。水手们不喜欢这样的沉寂，因为这样的寂静，常常蕴含着凶险和杀机。

夜里两点，我被青海湖的浪声惊醒了。天亮了，我们预计出发的时间到了，青海湖的波浪翻涌得更厉害了，不时发出阵阵尖厉的像口哨一样的啸声。我们不得不向这恶劣的天气屈服，把船停到岸边等待天气好转。中午，湖面开始趋于平静，我们数次试图解缆离岸，但却都徒劳无功，我们被“生气”的九级或者十二级大浪抛回到岸边。

我们于是回到了主营地。我建议我的合作者切尔诺夫和切特尔金先去出发点等待情况好转。他俩比我们要幸运一些，他们实现了我们大家朝思暮想的愿望——以研究者的目光洞察这高山湖泊的核心地带。

我让切尔诺夫讲讲他航行到奎苏岛的经历。

我和杰米坚科在8月30日晚做好了航行的最后准备工作。我们进行了一次试验性航行，以检测小船性能。小船轻盈、灵活，但是它的体积太小了，以至于我们在划船时会互相妨碍，使船尾的桨无法发挥效力。我们不得不重新考虑装备问题。遗憾的是，我们无法确切知道岛上有没有人。当地的唐古特人告诉我们，听说去年冬天在奎苏岛上住着两个和尚。但是和尚们现在是否仍在岛上，他们一无所知。如果能在岛上找到这两个和尚的话，我们就可以少带一些装备，就可以不带备用食品。

太阳下山后，我们烙好了饼，煮好了船上要吃的肉。饼烙得并不成功，油是苦的，羊粪是潮的，我们无法把饼烤透。而且，当时我们还在忙更为重要的事情，这就是要确定出发的时间。我们希望能选出一个最为理想的出发时间。

我们日复一日地观察湖面情况。风浪几乎从来就没有停过，只是8月28日这天相对平静，但到黄昏时又泛起了涟漪。天气一般是在午夜后开始变化的，有时也从午夜开始。整个青海湖盆地有助于风的形成和增强。风时而从盆地北面吹来，时而又从南面吹来。这些山脉正好就是盆地在北面和南面的边界，风一刮起来，湖中的波浪就翻涌起来。另外，青海湖海拔高，大气压较小，也有利于风迅速发展。除此之外，多雨季节里云较多。我们不得不特别提防突然飘来的云，因为这些云一般都会带来大风天气。

我们决定在中午或是午夜时出发，可依据无液气压表行事。这样，即使一开始天气就不好，我们也能及时返回岸边，等待更好的天气。

我们抵达岸边的那一天晚上没有风。无液气压表上的刻度白天下降了，现在又升了上来。在与青海湖仅一个潟湖之隔的营地里，只勉强可以听到湖水拍打湖岸的声音，看起来，晚上可以出发。

但在这时，青海湖北面远远的地方突然出现了闪电，我们犹豫不决起来。月亮升起来了，又让我们在某种程度上燃起了希望，因为这天晚上的月亮是一个满月，它的光辉可以为我们夜航提供不少方便。然而很快就有云层从青海湖南山飘过来，并遮住了月亮。风从山上刮过来。我们夜航的希望变得渺茫起来。

我们躺下睡觉，但睡得并不踏实，因为我们要不时起来留意天气的细微变化和湖面情况的变化。半夜，后营地周围的声音开始变得大起来，可以听清是从东面涌来的不太大的波浪拍击湖岸的声音。这波浪声让我们泄了气，我们决定推迟出发日期。

半夜两三点下起了雨，雨一直下到早上八九点。早上，青海湖的波浪较大，但并没有白色的浪峰。中午时分，波浪已不大了，我们决定出发。我们很快收拾好自己的行李，小船被行李挤得满满当当的，我们不得不弃下航海罗盘仪。我们的腿互相妨碍，这是由于腿中间放入了一个窄长的装有储备品的木箱，箱子上面放着深度计。箱子旁边则放有一只橡胶袋，里面装有备用茶水。这个袋子最为碍事，特别妨碍划桨，并使小船有些倾斜，但是我们必须带上这个袋子，因为我们担心岛上一个人也没有。我们每人只带了一件保暖的短上衣。在战友的坚持下，我们还带上了防水布，以便在遇到大浪时用以对船头部分进行一些保护。

一点多，我们离了岸。这时有一点轻微的东北风，天上有四分之三的面积被云遮盖着。我们很快就划到了离岸较远的地方，留在岸上的人的影子越变越小。一小时后，无液气压表下降了一个半刻度，但是我们仍然决定继续前进，期望能够在天气变坏之前上岛。划了两个小时，从水中看，奎苏岛像从岸上看过去时那样显现出了锥状的山陵。

四点半时我们做了第一次深度测试，测得的数据是31米。水砣把浅灰色的淤泥从湖底弄了上。由于忙于在天气变坏前赶到岛上，我们没有测量湖底的水温。无液气压计上的刻度仍在变小，尽管如此，我们还是决定继续前进。这是因为根据我们的测算，我们现在已经走了一半路程，即使天气变坏，我们往岸边回返和往前朝奎苏岛划去的距离是差不多的。这样，我们在最后考虑了一次自己的处境后，毅然选择前往奎苏岛。岛屿看起来比它的实际面积要小一些，这是因为我们离它还比较远，但是它已经越来越清晰地呈现在我们面前了。它看上去是棕色的，只在一个地方有一个白点。岸边是陡峭的礁石。这时，西边的天际布满了乌云，太阳也被它们遮住了。五点时，在这些云中可以看见四种颜色，我们不由得经常往这个方向观看。五点半时，我们对湖底的情况又进行了测量，测得的深度和第一次相同。岸上整整一排鄂博已经清晰地显现出来了。我们单调的航行偶尔被大鱼划水的声音打破。大鱼长时间地在离湖面不深的地方游动，因此我们可以清楚地看见它。一次，一只鸬鹚绕着我们飞了一圈，我们还看见一只鸥鸟落到了水里。太阳完全藏到了乌云里面，黄昏看样子很快就要来临。这时，在青海湖东岸又出现了一批云层，它们看上去像是一条细长的带子。西边的云从离我们较远的地方飘过去了，而这批云却向我们移来，乌云离我们越来越近，开始刮起了东北风，岛屿开始变得模糊不清。

七时二十分，风突然变大了，立时出现了浪花。我们在船上换了一下位置，开始同汹涌澎湃的波浪搏斗，同伴已经把橡胶垫板冲上了气。

宽阔的巨浪包围了我们，白色的浪峰上泛起泡沫。巨浪差不多是从侧面冲向我们，使我们的小船时而被推向浪尖，时而又陷入了浪底。这时下起雨来，我们被包裹在了黑暗之中。曾有一刻，岛屿从我们的视线里消失了。这一刻持续了多长时间很难说清，这让我们颇感惊慌。浪大得使我们看不见任何东西，我们只能根据波浪涌来时的响声来判断它们的情况。常常有白色的浪峰在我们的小船近旁涌出，溅我们一身水，我们试图用防水布挡住水浪的侵袭，但是未能成功，我们船里早就进水了。

在这样的境状里我们听到了鸥的叫声，这叫声给我们带来了欣喜。终于，我们意识到奎苏岛就在我们近旁！雨过去了，我们听到了远处湖水拍岸的声音，顺利地将小船划到了一个风相对小一些的地带。我们在八点半时靠了岸。

我们兴奋地、迫不及待地登上岸。船里的所有东西都被取了出来，船也被拖上了岸，翻过来盖在了我们的物品上。我们立即开始去察看四周的地形。

岸边是砾石，然后变为缓慢上升的草地，草地很快就被陡坡挡住了。显然，我们登上了奎苏岛最南面。岸往东延伸得很短，尽处是一个砾石浅滩；往西则是一个陡坡，坡直接与青海湖相接，并在那里形成一个峭壁。来到陡坡前，我们很偶然地发现了一个洞穴。我们小心翼翼、尽量不弄出声响地走进洞穴窄窄的入口。我的战友一手拿着蜡烛，一手握着手枪走在前面。突然，他欣喜若狂地喊道："骨头！"那骨头是挂在墙上的羊的躯干。羊皮被剥掉了，羊肉干得像石头一样。架子上还放着两块骨头。在一个特殊围墙后的角上，放着一些干马粪，马粪旁边有一个壁炉。所有这一切都表明这个住所主人的远见。他人并不在这里，只有一些苍蝇飞起来，打破了这里的寂静。我们走进这个洞穴时，还从里面飞出了一只小鸟。

在我们从洞里出来又沿着陡坡底部走了几步后，我们发现了一个栅栏，里面圈有许多绵羊。我们在栅栏外又看见了一个建筑物，这个建筑物紧靠着峭壁，比我们刚才所见的洞穴要大一些。很显然，这里面有人居住。

我们小心翼翼地返回到小船边准备吃点东西。但是我们带的食品被湖水弄湿了，让我们没有一点胃口。饼被水泡得膨胀起来了，盐和糖被水融化了。箱子里的所有东西都变得黏糊糊的。我们都成了落汤鸡，看上去颇为凄惨。我们出发前把无液气压表收藏得特别仔细，把它放到了袋子里面，即便如此，它的套子还是被泡胀了，开了胶。

我们每人吃了一个蛋、一块肉，喝了一些水和白兰地，提了提神后钻到了小船下面，希望能在自己的“寓所”里入睡。因为衣服被淋湿，又刮着风，我们不停地打寒战，这让我们情不自禁地冒出返回刚才我们进去过的洞穴的念头，那个洞穴仿佛本来就是为来访者准备的。没错，在没有征得主人同意的情况下就贸然入住是不太礼貌的，但除此之外，我们别无选择。我们决定利用栖身之所里所有方便的设备，然而，点燃火并非一件容易的事，我们费了好大劲儿才把炉子点着了，我们迫不及待地烘烤起自己湿透的衣服来。

我们在火光中更加仔细地察看了我们的住处。进入入口后地势稍有下降，整个建筑的基座是一些大块的石头，在一个自然的坑洞之上盖了一个顶，并砌起另外的一个侧壁，侧壁是用没有烧过的黏土砌成的。炉灶后面的洞穴旁，建有当座椅的小台阶，旁边还有一个特别的坑洞，它被不高的侧壁隔开，上有一个不大的壁槽。

东边远处的天空和西南面的地平线上布有乌云，不时有闪电从乌云的缝隙中现出并伴有雷声，雷声传到我们的地下居所，听起来很沉闷。

半夜时，我们已把自己的衣服烘烤得差不多了。我们再一次出去察看了周围的地形。

# 奎苏岛奇遇

月亮从乌云后露出来。我们在朝岛屿航行前曾对月亮的光辉寄予了很大的希望，我们渴望马上看到奎苏岛的最高处。

刚走几步，我们就发现了一匹马，这匹马见到我们后立即跑开了。我们沿坡往上爬了一会儿后，遇见了一座半毁坏的大塔。

坡很陡，形成了一个冲沟。终于，我们走到了全岛最高处。上面有一些建筑物，我们最先见到的是一个不大，但看上去是不久前刚修好的庙。庙门前有台阶。我们划亮火柴朝庙里一看，发现庙里的墙上挂了许多佛像。继续往前走，我们看到了两个洞穴。我们蹑手蹑脚地走进洞里，洞里阒无人迹。在最高处还有一个鄂博，它比所有的建筑物都高。整个岛屿都沐浴在月光之中，但是我们仍无法判断出岛屿面积，这是因为岛屿的轮廓与湖泊交融在一起。这时，从湖泊深处传来了低低的含混不清的声音。这是波浪一个接一个地从远处涌来拍击岛岸发出的声响。南面可见奇特的幻影，原来南岸离我们非常近，它看上去像是一个黑色的悬崖，悬崖上耸起了山峰，这山峰比青海南山高一倍。

欣赏完这难以用言语描述的岛屿全景后，我们回到了自己居住的洞穴中。登上岛屿的兴奋劲慢慢消退，倦意开始袭来。当我们很不舒服地躺在地上时，已是夜里两点多了。床榻的长度只有 1.4 米，向前伸出的炉子让我们睡起来感到很挤。

太阳出来前我们就起床到了小船边上，四周一片寂静，湖水轻轻地拍打着湖岸。波塔宁山被雪白的积云笼罩着，积云与积云之间是蔚蓝色的间隔，其后还有一片云带。早上七点，湖水的温度是 11.8℃，而气温只有 6.4℃。我们开始整理自己的物品，将一部分清洗干净，把另一部分进行晾晒。

从有人居住的洞穴里冒起了炊烟，我们期待着它的主人的出现。我们在自己的小船前等着他。之所以选择这个位置，是因为我们觉得洞穴的主人从远处可以看见我们，相比看见我们住在他的房子里，他受到的惊吓会小一些。但是时间过去了很久，也没有见有人出来，于是我们决定前往拜访洞穴的主人。绵羊还在栅栏里。从洞穴里传来了单调、含糊的声音：很显然里面的人正在念经。我们没有走进洞穴，只是用蒙语在外面向他问好，屋里的人只是提高了自己念经的声音，并没有走出来。当我们走进这位离群索居的修行者的居所时，只见他坐在一个很特别的高处，前面是摊开的书，书前放着一些用于祈祷的小碗和小碟。看见我们后，喇嘛一下就站了起来，他被我们吓了一大跳。他的双手吓得直发抖，哆哆嗦嗦，眼睛睁得大大的。接过我们递上的哈达后，他慌忙给我们这两个不速之客让座。他把一张皮子扔到地上，叫我们坐上去。喇嘛像是玩魔术一般把差不多所有的美味都摆到了我们面前，他像说绕口令一样结结巴巴地一直念着祈祷词，不时用手指指喉咙，勉强地笑着。这时，喇嘛抓起一个大铁碗，飞快地从洞穴跑了出去，开始慌慌张张地挤羊奶。我们听到喇嘛嘴里不停地念叨着："泰尔赞达，达泰尔赞达达？"意思是"怎么办啊，这可怎么办啊？"

挤好奶后，喇嘛把锅放到火上。看着我们像其他人那样吃着东西，他逐渐放宽了心，笑得也更多了，只是他的眼睛一直不停地看着我们，简直可以用"目不转睛"这个词来形容。他很快地捻动着念珠，嘴唇偶尔轻微地颤动一下。

招待我们的食品主要是：酸牛奶、干奶渣（丘拉）和黄油。除此之外，喇嘛这里还有糌粑和砖茶，砖茶显然是进香者所赠。喇嘛还给我们端上来了一条羊腿，羊腿硬得跟石头一样，与我们在昨天晚上“避难所”里找到的羊肉的硬度别无二致。我们谢绝了茶饮和其他食品，但是喝了些酸奶。酸奶的味道很好，也比其他食品做得干净些。我们吃饭时喇嘛重又坐下念起经来。他从碟子里把砾石倒出来，然后从铜盅中倒出水，仔细地清洗它们。除了这些物品外，神龛上还有“察察”，即一些用黏土做成的小的佛像。喇嘛读着又长又窄的书，书页没有连缀在一起。

等喇嘛念完经以后，我们打手势请他跟我们一起走。我们把他引到了小船前，他看到船和其他物品后，完全放心了。看来他已搞明白，我们这两个外国人是从哪里和怎样来到这个岛上的。要知道，在这样的季节里，以前还从没有人以这种方法到过岛上。我们送给喇嘛一些礼物：一把折叠刀和一个装过干白菜的铁皮盒。这两样东西已经在我们中间建立起了牢固的友谊。和尚请我们跟他一起去，说是要为我们介绍岛上两个像他那样的“岛民”。

我们起身跟在喇嘛身后。沿着峭壁下的湖岸行走。走过第一个喇嘛的居所后，很快又发现了一个更大的建筑，然而这个建筑仍像第一个喇嘛的居所一样，都是“洞穴式”的。我们的“向导”向里面喊了话后，房屋的主人应声而出。这两个邻居之间进行了热烈的交谈。可以看出，我们第一个相识的朋友已经充当了“情况说明员”的角色，那位居民惊诧莫名地看了看我们，然后在与他对话者的一再说服下，才向我们展示了自己的居所和居所旁边的一座小庙。

在参观完小庙后，我们一起前去寻找第三个“修行者”。这三个喇嘛都是有些岁数的人了，但离“老迈”还有相当距离。第一个喇嘛显然要年轻些，脸刮得很光，从外表看上去跟普通的佛教徒没有多大不同。余下的两个已经完全“不修边幅”了，他们对自己的外表完全不在意，长长的头发乱七八糟，像一堆疯长的枯草一样伸向各个方向，形成了独特的发式。三个喇嘛显然都是唐古特人。第一个和第二个喇嘛有着唐古特人所特有的典型黑发。第三个喇嘛的头发和皮肤颜色浅一些，他看上去完全像个野人，他的目光像鬼火一样来回晃动着，咧着嘴，龇着牙。

发觉我们对石头感兴趣后，第一个喇嘛叫我们跟他走。我们爬上一个悬崖，沿着悬崖边往前走。湖岸已经折向北方，我们的脚下展现出一幅迷人的画面。湖岸是厚实花岗岩，形成八九十米高的陡岸。岸基是一些巨石，它们伸向湖的深处。波浪轻轻地在这些石头中间晃荡，里面游动着一些半米多长的鱼儿，它们一群群地不断从岸边游过，像一条花带绕在岸边。鸬鹚三五成堆地站在悬崖上。我们走向它们时，这些鸟儿飞到了水面上，并游到离岸有一些距离的地方，在它们游去的地方，已经可以见到鸥鸟在波浪上飞翔。鸬鹚后面是一群游来游去的鱼。

终于，峭壁降低了，退后到离岸有一些距离的地方，于是喇嘛领着我们朝一个石矶走去。石矶突出部分是一块浅红带黄的大粒伟晶花岗岩。其由白色石英和粉红色的长石组成，颗粒直径可达数分米。占主体的伟晶花岗岩中嵌入了银白色的云母薄片和黑色的电气石，直径达 3 厘米。

粗略地看完湖岸后，我们很快来到一个又窄又低的地峡。这个地峡把岛屿的西北角与岛屿的主体分隔开来。地峡后面重又是耸起的花岗岩块，它们形成了一个被湖水切成齿状的多角山岩，其顶部是平平的场地，高出水面 12 米。岛屿的这个岬像一把斧子一样伸向湖里，在湖湾里游动着一些很大的鱼，岛屿的北岸有土堤。岛上的三个居民也加入了我们的队伍，我们一起完成了环游湖岸的任务。

从地峡开始，湖岸开始朝东拐，并被湖水切开，但过了这一段以后又重新变得整齐起来。没有见到树木，也没有灌木的影子。在岛屿一些从中心平地向周围降低的斜坡上，长着低矮的草本植物。

几个喇嘛似乎在交换他们对我们的印象，发现我们对一闪而过的狐狸感兴趣，他们就告诉我们：在这个岛上共有八只狐狸。

岛屿东北部的最远处是一个低矮突出的尖角，它最后变成了一个不大的砾石浅滩。在这个突出的尖角旁，有一个“U”形的潟湖，潟湖里有鸥鸟在戏水，而在南岸的砾石浅滩上则是鸬鹚和大雁，它们紧紧地排成一排，十分有趣。

喇嘛们又仔细地观看了我的小船和船上的物品，他们把玩着我们的东西，对每一样都惊讶不已，在看了望远镜后，更是大吃一惊。这一切让他们既兴奋又满足。我们最先碰到的那个喇嘛已经与我们完全熟稔了，他一直跟在我们身后，不停地和我们说着话。他还一而再、再而三地邀请我们到他的“寓所”去做客。其他两个喇嘛也每人得到了我们送的一条哈达和一把折叠小刀。说来也巧，我们正好带了三把折叠小刀到岛上来。喝过我们邻居的酸羊奶后，由于昨晚没休息好，白天又很疲累，所以我们感到很困倦。于是我们在小船边躺下休息。下午三点，我们被风弄醒了，风是从西边刮过来的，它在湖上吹起了波浪。很快，湖里就涌起了白色的浪，波浪拍击着湖岸，发出阵阵声响。鱼儿们很快离开岸边游向湖的深处去了。带有灰尘的乌云滚滚而来，遮住了湖的南岸。高达 1 米的波浪一个接一个地向我们所在的湖岸扑过来，漫过砾石浅滩，把水注到潟湖里。在多石的岸旁，冲向湖岸的波浪淹没了高出湖面的巨石。喷溅起来的水花连续不断地朝悬崖上冲去，其高度达 6 米多。波浪上空到处可见鸬鹚和鸥鸟在飞翔，它们仿佛对这样的天气感到很高兴，为这样恶劣天气的到来而手舞足蹈。我们开始对岛屿进行测绘。我们用指南针确定了方向，用脚步丈量距离，然后把得到的数据换算成米。最后，我们得到的结果如下：南岸和西岸到地峡的长度是 1.5 公里，西北岬连同地峡的周长是 0.6 公里，北岸和东岸的长度是 1.7 公里。这样，这个岛的海岸线长为 3.8 公里，岛屿的最大直径为 1650 米，最宽处为 560 米（在岛屿的中间部分）。我们有三个信号弹，可以向岸上的伙伴们传递消息。我们事先约定好在晚上九时燃放它们：我们抵达奎苏岛后燃放第一个信号弹，离开奎苏岛的前夜燃放第二个。第三个信号弹是为下述情形做准备的：第一次离岛未能成功和我们由于某种原因不得不在岛上滞留到冬天，在后一种情况下，我们必须连发两个信号弹。虽然昨天我们抵达奎苏岛才八点半，但我们并没有发射信号弹，这是由于我们忘了带放置信号弹的木棍。今天，我机灵的战友把信号弹放在我们的木箱子上，以此取代了放置信号弹的木棍，我们才向岸上传递了抵达奎苏岛的消息。我们在自己的洞穴里借着蜡烛的光线记日记，一直忙到半夜。大风在峭壁旁发出尖厉的呼啸声，但是它吹不到我们住的洞穴里，只有波浪拍击湖岸低沉的声音传到我们的耳边。在得到这个洞穴乐观愉快的主人允许后，我们打穿了昨夜影响我们睡觉的那个侧壁，今晚终于可以伸直腿睡觉了。

9 月 2 日一大早，我们的熟人就一个跟着一个地来邀请我们去他们的“家”里做客了，为了谁也不得罪，我们只好依次到他们家里去做客。主人们现在已经会迁就我们的口味了，我们刚一走进他们家里，他们就会立即在我们面前摆上一个大大的带盖的木罐，里面装满了酸羊奶。到达这样一个非同寻常的岛屿，遇到如此热情的主人，而我们却无法与岛上的居民进行交流，这使我们觉得美中不足、遗憾不已。于是我们只能贪婪地盯住所有的东西看，以期不浪费我们在岛上度过的每一秒钟。我们期望能记住这个岛的自然状况及其居民生活的每一个细节。至今，我对自己的一个疏漏仍感到后悔不已，这就是我有一架相机，但在出发时，我犹豫再三，害怕把相机弄坏，影响下一步路途中的拍摄，终于没有把它放进行李里。

在岛的中央，有一小块高耸的平地，平地的四周都是陡坡，坡上长满了草。

这些陡坡的土壤由黄土构成。黄土不仅覆盖了这里的陡坡，而且覆盖了岛屿上的其他基岩——花岗岩，不过覆盖得并不厚。东面和南面的斜坡被沟壑弄得坑坑洼洼，有些沟壑嵌入花岗岩中很深，这种情况以奎苏岛南部为甚。而在西部和南部，花岗岩在湖边形成了断裂的峭壁，其高度为10米左右。岛屿的南端是个例外，它的北部是一个窄窄的石矶，我们在这里找到了一个坡度相对较缓的湖岸，这里有利于登陆。现在回想起来，我们在漆黑的夜晚恰好在这里登陆，真是令人难以置信的幸运！别说是晚上，即使是白天也难以从其他满是峭壁的湖岸登陆成功。

我们希望能不停歇地欣赏峭壁周边生物活动的情况，这是由于鱼儿经常在峭壁旁活动，而在地势较缓的北岸和东岸却见不到它们的踪影。我们偶尔可以攀上伸向湖里的巨石，鱼儿继续在石头旁游动，一点也不害怕离它们很近的人。有时，鱼简直就是在人的脚旁游动。它们会游进那些巨石间的窄缝里去。这些鱼个头一般大小，属于同一个属，即青海裸鲤。它们游动得很慢，懒洋洋地。我们都很为它们担心，这是因为它们之间的距离太近了，眼看着就要互相碰撞到一起。青海湖沿岸特有的小鱼绝大部分都栖息在流入青海湖小河的入口处，而在这里，我们却没有发现一尾这样的小鱼。

这么大鱼群的食物问题颇让我们关心。经过仔细观察，我们发现水下的石头上长满了密密的、柔软的水草。这些水草只长在水面以下差不多36厘米的地方。密密的水草厚达4.4厘米，在水下徐徐摇动，变幻出各种各样的略有差别的绿色来！鱼儿常把自己的嘴伸进水草里去，有时甚至在水草上一动不动。原来，它们是在这茂盛的像毯子一样的水草里觅食，也就是说，水草就是它们的食物。岛屿北部和东部较为平缓的湖岸下，堆满了沙砾石，由于有一些碎屑物质经常移动，因而不利于水草大面积生长，因此，在那里就没有鱼类栖息。

鸬鹚们一落到水里，这些鱼儿就停止了觅食，跟着鸬鹚游动。这些鱼很喜欢鸟类降落到湖里来，这是由于它们仗着自己个儿大，鸟儿对它们无能为力的缘故。我们从来没有见过鸟儿捕食鱼，它们对捕食这些鱼感到力不从心。这些鸟儿食用何种食物不为我们所知。岛上的鸟以鸬鹚为最多，它们不能以鱼为食，而这里根本就没有小鱼。有可能，那茂盛的水草也是鸬鹚最主要的食物，虽然它们在有人的时候总是位于离岸较远的（亦即离水草较远）的地方。鸥鸟在岛屿东南角的小潟湖中觅食，它们常栖息在那里，尤其在无风的天气里。

鸬鹚在岛上筑巢而居。这种鸟儿简单的巢在峭壁间随处可见。偶尔，我们可以发现一些鸟蛋，但经常只是一个空空的蛋壳。常可见到受尽折磨的鸬鹚的残骸，这可能是落入狐狸掌心后的结果。巨大的一块接着一块的石头有利于这种猛兽埋伏，而鸬鹚巢就筑在容易走近的地方。岛上还有少量的海鸥、燕鸥、大雁、海番鸭、百灵、花鸡等。在我们居住的那个洞穴里居住着一只红尾鸲。它后来和我们处得很熟。猛禽方面，我们只看到了隼，此外有一天还听到了鸮鸟的叫声。

我们问喇嘛们有没有在水里见过比鱼大的生物，我们得到的回答是否定的。因此，奥布鲁切夫在《中亚、中国北部和南山》（第二卷）中指出："在湖里还有某种鳍脚目动物。"这一说法没有得到证实。我们没有在岛上发现啮齿目动物，但我们在青海湖旁的斜坡上发现了许多鼠兔的洞穴，也许是这里的狐狸将啮齿目动物消灭光了的缘故。岛上还有一些低级生物，偶尔可见苍蝇和甲虫，有一天我还发现了一只正在拖死蠡斯的蚂蚁。此外，我们还从一些石头下面找到了软体昆虫。

我们在岛上认识的第一种植物就是葱。在我们登陆的当天晚上。刚在小船边准备睡觉时，就闻到了被我们踩倒的这种植物发出的刺鼻的味道。后来才弄明白，原来在湖岸潟湖和峭壁中间的整个草地上都长满了葱。总的来说，岛上的植物群与青海湖岸边的植物群类似。我的同伴在这里发现了滨藜、蒿、锦葵、翠菊、龙胆、荨麻、芨芨草和兰芹等。在峭壁的缝隙里偶尔可以见到蕨和木贼。和尚们在日常生活中常将和兰芹籽放到酸羊奶中做作料。而芨芨草的茎被用来做油灯的灯芯。岛上只有沿岸的几个地方的植物长得茂密一些，其他地方的草则被拔得所剩无几了。

我们抵达奎苏岛后的第二天就发现，在西北偏西方向有峭壁从水中露出来。它们看上去像是三个发白的小牙齿。看起来它们离青海湖岸要比离奎苏岛近些。喇嘛对我们说，岛上有个叫作“折姆恰赫”的峭壁，看上去好像只有三个，而事实上有十个。这十个峭壁寸草不生，恐怕难以抵达。发白的大概是鸟粪。

在奎苏岛的西北偏西方向出现了意想不到的景象。原来在距奎苏岛约 20 俄里的地方还有另外一个“岛屿”，其面积相当大。岛上有坡势较缓的北坡还有稍显陡峻的峭壁，在这个大片岩石集聚的地方，既看不到青海湖的主要湖岸，也看不到任何山岭。我们对此困惑不解，而在一个喇嘛向我们讲述了一些事情后，我们就更加困惑了。这个喇嘛告诉我们：中间是奎苏岛（和尚们叫它“措尔宁”），在湖西岸附近还有另外一个较大的岛屿。他对我们说，冬天的时候，他曾带着食品和饮用水去过这个叫作“采尔巴列”的岛屿。岛上既没有人烟，也没有水源和燃料。喇嘛认为从奎苏岛到采尔巴列岛的距离跟从奎苏岛到青海湖南岸的距离相差无几。怎样解释关于青海湖西岸的这些互相矛盾的说法呢？使事情变得复杂的还有在这堆岩石聚集处以南有一个低矮的红色长形区域。应当认为这个长形区域是孤立存在的，喇嘛讲的那个岛屿也许指的就是这片低矮的长形区域，我们没有找到证据来证明喇嘛所讲属实。居住在青海湖南岸的居民说，采尔巴列只是一个半岛，它有一个很长很窄的浅沙丘垅与青海湖岸相连。

现在就去弄清这些互相矛盾的说法对我们很有吸引力。西边，我们只能看到我已经描述过的岩石聚集的地方，它从青海湖的湖水里显露出来，看上去是如此之近。我们还有五六天时间可以支配，但是青海湖湖面状况变化万千。今天早上无风，南面的山脉笼罩在雾气之中，北面的山脉勉勉强强可以看见，但在下午四点之后又刮起了西风，翻起了大浪。白天，当青海湖上的浪还很小时，我的同伴用钓钩钓到了一条鱼。我们把这条鱼做熟并吃了它。吃鱼时三个喇嘛都在场，他们目不转睛地看着我们吃鱼。其中的一位很想避开自己的同伴私下里尝一尝，鱼对他而言是一种新的食物。虽然最终他并没有这样做，但他对于吃鱼这件事已不感嫌恶。

9 月 3 日，风浪依旧从西面吹涌而来，看不见青海湖的湖岸，只有采尔巴列岛看上去略显清晰，它让我们心绪不宁。明天是我们决定是否前往这个岛屿的最后一天。如果明天天气还不好转，我们就将彻底打消去这个岛的念头，定下心来一门心思返回南岸。

在这种情形下，我就有了充足的时间来研究奎苏岛的构造。这个岛不仅从地质方面，而且从考古方面都能引起我的兴趣。

奎苏岛由花岗岩和片麻岩构成，占主导地位的岩层是黄色和浅红相间的粗粒黑云母花岗岩，但是岛上没有这种花岗岩露头，这是因为在花岗岩中到处都能找到各种各样的矿脉，矿脉中最多的是伟晶花岗岩。在少数情况下，这些伟晶花岗岩还构成颗粒更大一些的黑云母花岗岩。比如，在岛西岸一个地方就有很大的一块粗粒花岗岩，它的中间有交叉成十字的大粒花岗岩矿脉。矿脉并不厚。伟晶花岗岩矿脉在通常情况下由石英、正长石、白云母和电气石颗粒构成，有些地方还有花岗岩。它们的厚度不一,一般厚度为 0.5~1 米。还可见到对伟晶花岗岩而言颇有特点的石英和正长石的共生现象。各种晶体的地带分布也看得很清楚。

岛屿上的片麻岩规模较小，我们在第三个喇嘛住的洞穴附近发现过较大的露头，以后又在西岸发现过较大的露头。在奎苏岛北岸，也有片麻岩的露头。

到处可见大粒黑云母花岗岩矿脉穿插于片麻岩中间的情形。多数情况下是层状的矿脉，或是逐渐变薄而消失，或是逐渐增厚。

除了片麻岩和花岗岩外，在奎苏岛上我们没有发现其他任何原生岩，除两块被偶然发现的石头外。第一块是长形带有珊瑚虫的石灰石，它与一些白色的小块石英矿脉堆在一起。我们是在岛上最高的小庙入口处偶然见到这块石头的。另一块石头是在岛屿东南端的鄂博上发现的，这是一大块长石砂岩，上面刻有一些字母。这两块石头或许是从别的地方带到岛上来的：砂石可能是因为它上面刻有象形文字引起了人们的注意而被带到岛上来的。那小块石灰石则可能是因为它较轻而被带到岛上来的（喇嘛们有时收集一些化石用作药材，我在甘肃的一个寺庙里就从和尚手里弄到了几块用来治病的化石）。

在岛屿的表层物质中，最引人注意的是黄土，它薄薄地覆盖在整个岛屿的表面，这种黄土是典型的被风吹来的黄土，在岛屿中部的场子上，这种黄土最厚处达到了 1 米。在由这种黄土构成的斜坡上常可见到基岩，在黄土里可以发现陆上软体动物的壳，这些壳与现在依然生活在岛上的软体动物的壳是一样的。

岛屿上的另外一种覆盖物是砾石堆，它们在第三个喇嘛住所后面很多，由曾描述过的花岗岩和片麻岩块组成。很显然，这些碎石块是青海湖的那具有破坏性的波浪造成的后果。砾石堆厚度达到了 8 米，最高的位于湖面以上 30 米，覆盖在岸边的峭壁上面。砾石堆上面只覆盖着较薄一层黄土。看来，黄土比这些碎屑更晚形成。

总之，奎苏岛是由侵入片麻岩岩系的花岗岩构成的。由于强烈的破坏作用，片麻岩系只保存了一些微不足道的碎片，因此我们现在看到的大多是花岗岩部分。这一方面表明了伟晶花岗岩矿脉造成的花岗岩富集，另一方面也表明了片麻岩和花岗岩之间复杂的接触关系。有时，片麻岩仿佛是被花岗岩削去了一样，在花岗岩中有片麻岩的存在，其直径为 0.5~1 米。

从地貌学的角度来看，奎苏岛在远古时代也许很大，但现在已经不大了。我认为：采尔巴列岛和青海湖西岸的周尔米特山以及青海湖东面的阿拉河（今倒淌河）北面的一些山岭以前都属于这个山系。我想指出，这个属于南山山系的山脉楔在波塔宁山脉和青海南山之间，并且看上去是洪堡山脉（乌兰达坂或称党河南山）在东部的延续，在这条山脉和洪堡山脉中间，连接它们的是布亨达坂（关于布亨达坂的有关情况请参阅罗博罗夫斯基《俄国皇家地理学会中亚考察队报告》第一卷）。

顺便说一下，在青海湖的研究者面前还摆着一个难以解决的问题，这就是我上面指出的这条山脉是否曾经把青海湖一分为二，我是同意这一观点的。如果这个观点成立的话，通过详细的测量将能在青海湖里发现一些从西北偏北方向经过奎苏岛向东南偏东方向延伸的不高的水下山岭。

普尔热瓦尔斯基曾经详细地记录过关于青海湖以及奎苏岛来源的神话传说（参见《蒙古与唐古特地区》）。我在下面谈到的这个传说与我提出的关于这个岛屿的来源的观点有一致的地方。很久以前，现在青海湖所在的地方曾经是一个广阔的平原，而湖泊位于西藏的地下，位于现在拉萨所在的地方。为了惩罚这个平原上的一个老头泄露了拉萨修寺久修不成的秘密，这个平原被发怒的神灵用水淹没了，被水淹没而死的还有许多动物和人，水是从地下的窟窿里涌出的。最后，神灵终于动了恻隐之心，命令一只大得出奇的巨鸟去南山中衔来了一座巨大的山堵住了水眼。这个山就是现在的奎苏岛（“肚脐岛”或“鼓包岛”之意）。

我们在研究奎苏岛西岸的峭壁时，偶然发现峭壁上有一个岩洞，这个岩洞位于第三个喇嘛洞穴后面的一个悬崖下面，但是只能从北面穿过峭壁下的一些巨石才能接近这个岩洞。岩洞里有一个类似小庙的建筑，在后面的侧壁旁挂着神像，摆着一些小玩意儿和塔的模型。岩洞里横拉着一条绳子，绳子上挂着许多绵羊肩胛骨，上面写着一些字。岩洞旁的悬崖上面有一个石匣，里面放着一些小玩意儿。

从第一个喇嘛的洞穴开始，沿着东岸和北岸岩壁上延伸着一条窄窄的断断续续水淹过的痕迹，毋庸置疑，这是青海湖原先较高的水位高度。在那个时候，奎苏岛的所有方向与青海湖相接处皆是峭壁，地峡还在水下，西北的山岬是一个单独的小岛。有意思的是我在青海湖南岸发现的一些阶地中，有一个在 3.3 米的高度上。在青海湖的水位从 3.3 米降到现在这个高度的过程中，无论是在西岸，还是在南岸都没有留下痕迹。这是波浪作用的结果。条形痕迹已被冲洗掉了，而从西面刮来的风很大，造成西面的波浪汹涌猛烈。也可能，这里水下陡坡朝西和南倾斜的缘故。潟湖和满是砾石的东南岬，之所以形成了长条痕迹，是由于波浪从各个方向而来的缘故。

连接小岛岸边与中心的是一些坡度不等的斜坡，在这些斜坡上，有些地方可以发现一些轮廓分明的台阶。在岛屿的东南部，一个这样的台阶地高 26.4 米。在这个二级台阶地角上建有一个较大的已毁坏的塔，里面有各种小玩意儿。

再往高处走，在湖面以上 44.5 米的地方可见第三级台阶地，它在岛中央向四周各个方向急剧地下降。在南面，这个台阶被较深的沟壑切断。

我把这些较高的台阶地依然视为岸边阶地的残余。是的，我没有在这些阶地的脚下找到能证明这些阶地来源的砾石堆，如果找到了，也就证明了这些台阶地的来源。但毋庸置疑的是，在青海湖岸边竟有这么高的阶地。

场子的斜坡很陡。陡坡在东南面是在接近 67.5 米的高地往上升的，而在其他方向上，尤其是在西南面，陡坡升起的地方要低一些，从这里，中心平台看上去像是一个牢固且结实的城堡。“城堡”呈长方形，较长的边从西北向东南延伸，其长度达到了 225 米，而短边的长度均为 130 米。平台的几个角略比其中心部分高一些。高出湖面达 80 米。角上坑坑洼洼，上面布满了圆锥状的土堤。在东北面还有几个这样的土堤，其中一个在角上，是岛上的制高点。这是一个巨大的鄂博，鄂博上面一层是用石头堆成的，高达 1.5 米。建在面积较大的一个土堤上。土堤看来是由翻松的黄土构成。我们在黄土里发现了马的颅骨碎片。

大部分锥体破坏严重，但有两个锥体里保存了两个洞穴。应当认为，其他的土堤也曾经是居所或鄂博。

奎苏岛上很早以前就有人居住了。传说公元 312—663 年统治青海湖地区的吐谷浑人就曾在岛上繁殖纯种马。因此，从地质资料的观点来回答下面这样一个问题就显得很有意思，这个问题就是以前奎苏岛的面积是否比现在要大一些？乍一看来，回答是否定的，这是因为青海湖后来变浅了不少，然而事实上这个岛的面积以前有可能比现在要大一些。我们不去谈论地质年代的事情，那时可能只有奎苏岛的最高一级台阶地露出了湖面。我们要谈论的是历史年代内的事情，在这个时间内，湖面最终降低了 1~5 米。应当认为，这是一个持续时间较长的时期，在这个时期内，虽然岛屿北面和东面的条形地可能因为水位下降而有所增加，但是岛屿的总面积则可能由于风化作用的影响而减少较多。让我们来看一下对岛屿西岸破坏最为严重的波浪作用吧，只要想到这些，我们就不难得出这样一个结论，奎苏岛以前的面积有可能比现在要大一些，这是由于岛在那时比现在要向西延伸得远一些。对奎苏岛附近湖底地形的研究，可以为这一观点提供一些论据。现在岛屿是从西北偏北往东南偏南延伸，这与其构造地质学的方向不一致。这个原因恐怕多半是波浪冲击作用造成的，也可能，其中的一部分是在很久以前出现的。从西北往东南延伸的中心台阶地会不会在那时就有了自己的雏形呢？

因此我们不得不认为，在悬岩坠落到湖中之前，岛上最初的居民就生活在悬岩顶部，之后，悬岩已经无法为居民提供栖身之所。当时最适于居住的地方是岛上较高处。然后，在较高地方的边缘逐渐出现了堡垒式的土堤，这些土堤是许多隐居者花了很长的时间修成的。这个时间或许长达数个世纪，这是因为土堤数量众多，说明它们是许多人共同修成的。另外，岛屿有限的面积使得岛上不可能同时住许多人，因此，数量众多的土堤不可能是在很短的时间内一起修成的。认为这些堡垒式土堤是用来进行自卫的观点缺乏依据，这是因为岛屿那得天独厚的自然地理位置是最好不过的堡垒。

顶上的两个洞穴状况良好，这说明它们被废弃的时间并不长。人们认为南岸最适合生存，经常刮着的大风于居住在高处者不利，风从各个方向吹到这里都畅通无阻。而在峭壁上深深的崖孔里，在自然造化而形成的“迷宫”里，风吹不进，水溅不到，甚至在狂风肆虐和巨浪滔天的天气情况下也是如此。

9月3日晚，波浪有所减弱，然而到了9月4日早上七点，整个湖里又涌起了白色的浪峰。我们想利用湖面在中午相对平缓时出去测量岛屿周围的水深，但当我们把船放到水里后，船晃得十分厉害，我们不得不放弃了测量的打算。由于我对岛屿很感兴趣，所以我们在岛上度过了几天时间，而这几天的天气条件更适宜于对岛屿周围水深进行测量。也就是说，我们由于时间安排不当而失去了对岛屿周围的深度进行测量的机会。我们还不得不放弃了前往采尔巴列岛的打算。这样一来我们就决定，如果第二天湖面情况良好的话，我们将从奎苏岛返回青海湖岸边。做出这个决定后，晚上我们按照事先的约定燃放了信号弹。

意识到这是我们在奎苏岛度过的最后一天后，我们在自己的居所里坐了很久。我们差不多已经在这里住惯了，并不感觉到住在这里有什么不方便。我们从岸上带来的两根蜡烛早在第三天晚上就点完了，于是我们只好点起较为简陋的油灯，这是我的同伴仿照和尚的油灯做成的，灯芯是用线和芨芨草的空心秆做成的。

令人神经紧张的湖面状况迫使我们在9月5日一大早就离开了自己的居所，但是天气情况并不令我们满意。后半夜起，风改变了方向。湖里涌起了白色的浪峰。大半的天空笼罩在乌云里，我们决定暂缓出发。喇嘛们也处在紧张兴奋的状态中，他们停下了自己念经的大事，差不多与我们寸步不离。他们每个人都给我们带来了一些路上吃的东西。我们盛情难却，只好收下。

到上午十点，波浪略有减缓。半小时后，我们上船离岛了。我们离岛时，不知为什么我们的邻居却没有来为我们送行，而我们与他处得最熟。于是我们没能和他告别就离开了奎苏岛，而其他两个喇嘛则坐在刚才放船的地方。很有可能，他们在那里一直坐到看不见我们的小船为止。

还在头一次航行时，我们就发现了青海湖南山上的一处较低的地方，我们试图把船划向这个方向，虽然由于尘土飞扬很难做到这一点。尘土在山脉上罩了厚厚的一层幕布，让我们看不见湖岸。

出发一刻钟后，我们进行了第一次测量。这里离岛有800米的距离，但是水深已达25米，这让我们感到有些意外，湖底是很细的沙子。再过一刻钟后，水深达到了37.5米，湖底已经变成了淤泥，而且是蓝色的和浅黄带灰的淤泥。离岸3俄里远的地方水深已变成了30米。

我们继续往岸边划船。风向变了，变成了东风，波浪冲撞着我们小船的侧面。南边的山岭上，乌云密集成堆，或许是想到我们正在被风往回吹，这一念头增加了我们的力量，我们每隔一个半小时才交换一次，交换划船的时间间隔比来时要长一些。这次我们没有发现鱼的踪迹。在我们划到一半路途时，又有一只鸬鹚绕着我们飞行，难道它也是一个隐居的修行者，也是青海湖广阔水域的居民？

乌云低垂下来，罩住了四周的山岭，虽然乌云移动的速度并不快，但是由于云的移动，而且已经刮起了风，这风差不多是朝我们迎面吹来的，波浪现在冲击的是小船的左边，这影响了船体的平稳。

划到半路时，我们看到了黄色岸边的峭壁。我们一直努力使自己的小船向左划去，这是由于我们希望能停靠在考察队的宿营地乌尔托。由于不清楚乌尔托所在的位置，我们一直聚精会神地朝湖边张望。终于在下午四点左右，我们看到了期待已久的白点，那是我们的白色帐篷。但我们也弄清了一点，这就使我们无法在帐篷附近靠岸。这是因为风浪将小船吹到西边的距离比我们想象的要远。

乌云散开了，但是气温也随之下降，迎面吹来了冷风。下午五点时，舱里的水逐渐多了起来，巨浪源源不断地朝我们涌来，那令人心悸的声音一遍遍响起，这些险阻里似乎有些蓄意的成分，它与我们停靠奎苏岛岸时青海湖使出的手段如出一辙。但是，这一次考验对我们来说比上次要小一些，这是因为虽然天已经开始变黑，但我们还是能很好地看清我们将要停靠的地方，而不像第一次，完全是在黑暗中盲目地摸黑航行。白点早就消失了，湖岸看上去都是一样的黑，我们划着划着，岸边的一个浅滩突然就出现在我们眼前。终于，我们上了岸。欢乐的感觉如潮水一样淹没了我们，我们两人久久地、热烈地拥抱在一起。

沙砾浅滩后面有一个潟湖，但在此时，我们再也不愿离开陆地了，何况也没有这个必要。我们把小船里的东西堆放到砾石浅滩中间，在上面盖上防水布，然后再把船翻过来扣在上面。我们找到了从浅滩通往湖岸的路并沿着这条路上了岸。这时，天已经完全黑下来了，周围一片漆黑，我们无从判知我们所处的位置。终于，我们发现了营地的灯光，当时我们差点从旁边走过去而没有发现它。

我们不仅受到了考察队队员的热烈欢迎，就连护送考察队的蒙古人和汉人也为我们的返回而感到由衷的高兴，他们对我们能在这样的条件下航行成功感到难以置信，大家都迫切地想听我们讲一讲在奎苏岛上的见闻（参见切尔诺夫《普通自然地理学》第一卷）。

在切尔诺夫和切特尔金前往奎苏岛期间，我到青海南山中进行了一次长达上百俄里的狩猎旅行活动。当然，主要是为了了解青海南山的动植物生活、生长情况。陪同我前往的有：标本员阿里亚·马达耶夫、从西宁来的翻译及恰姆鲁向导拉普森喇嘛。

8月29日晚，在我们出发的头一天，突然刮起了强烈的风暴，伴随风暴而来的还有雪。天亮前风停了，雪也在瞬间消失得无影无踪。于是我们就在预定的十点钟出发了。大家沿着缓缓的山坡向上爬时，不时回头看看越来越宽阔的青海湖湖面，奎苏岛的面积比我们在山下看时明显增大了，它的轮廓已清晰地显现在我们眼前。路旁，我们经常遇到迎面而来的唐古特人，他们是去猎捕羚羊的。我们终于爬上了哈图杜尔丰山口。在周围的高山草场上，可以见到鼠兔挖的数不清的洞穴和熊挖过的洞。在稍远一些的地方，可以见到活蹦乱跳的羚羊，我没有放过一个欣赏它们那轻盈、优美和迅捷奔跑的机会。

有一个地势很高的高原，总体风格很像西藏高原，其上有潮湿的凸凹不平的草场，草场里长着被蒙古人称作“莫托希里克”（即“树草”）的西藏苔草（Kobresia thibetiea），这种草是以其非同寻常的硬度而获得树草之称的。在这个高原上有小路通往北面和南面，小路消失在远方，就像是一条条弯曲的小溪。南面有一个空地。它是达布苏诺尔谷地在东部的延续。圣山哈杜拉普齐山现在已经特别清晰地呈现在我们眼前，在这里还可以看到山里的一些长满牧草和柳树的峡谷。

在这次打猎期间，我们一次也没遇见熊，虽然这些地方很适合熊生活，而且向导也告诉我们，说这里栖息着许多熊。我们打到的鸟有：凯斯勒鸫鸟（Merula kessleri）、火红喉咙的鸫鸟（Turdus ruficollis）、花鸡（Leucosticte haemotopygia）和看起来像灰雀的佩利佐夫黄胸鹀（Urocynchramus pylzowi）。在一个沼泽地里栖息着一对黑颈鹤（Grus nigricollis），不知为什么，这对鹤的警惕性很高。

在返回主营地的路途中，我们碰到了伊万诺夫上士，他兴奋地告诉我们："昨天（9 月 1 日）我们看见了奎苏岛燃放的信号弹！"它表明，我们的"贝壳船"已经把我们的伙伴顺利地送到了奎苏岛上。我和伙伴们约定，他们从青海湖岸出发后的每天晚上九点，我们主营地都会注意观看奎苏岛上的动静，看是否有信号弹发出。第一个信号弹应当在抵达奎苏岛的当晚或次晚燃放，第二个信号弹则应在从奎苏岛返航前一天燃放。"信号弹燃放时像一条小火蛇一样在湖面闪现，它让我们精神振奋。"这一番话伊万诺夫已对我说了几次，我则回答说："谢天谢地，让我们注意观看他们的第二枚信号弹吧。"9 月 2 日至 4 日，我连续三个晚上站在天文柱旁，我的周围围着我的旅伴及从西宁来的汉人和从阿拉善来的蒙古大车工人。我们比约定的时间提前十分钟左右就聚在了一起，站在那里仿佛是在做祷告一般凝视着奎苏岛方向漆黑的夜空。快到九点时，周围的寂静变得庄严起来，所有的人都停止了说话。9 月 4 日晚上九点整，一条亮光划破了漆黑的夜空，死一样的沉寂瞬间被兴高采烈的欢呼声和交谈声打破了，汉人和蒙古人的声音尤其响亮，因为他们没有看见第一枚信号弹燃放时的情景。

第二天晚上九时，当青海湖的湖水越来越猛烈地拍击湖岸时，同伴回来的希望也在渐渐变小。正在这时，我听到了走近帐篷的自己伙伴的声音，我们当时真是欣喜若狂，大家纷纷奔上前去问长问短，嘘寒问暖，翻来覆去，刨根问底，仿佛永远也问不够一样。

我的两个合作者回到考察队后，我们搬离了已经住习惯了的营地，考察队沿湖岸向东行进。在经过唐古特人的游牧地时，我们偶尔可以看见脸色阴沉、目露凶光的当地人，他们从黑色的帐篷里偷偷地看着我们，一些凶猛的猎犬扑向我们的骆驼，准备将这些不速之客咬个鲜血淋漓。不知为什么，碰到这样的人总会让我们觉得阴森恐怖和不舒服。

走出这片唐古特人的游牧地后，我们不由得感到一阵轻松，并在一个半岛的中心扎下营。这个半岛实际是一个岬，叫作“乔诺沙哈卢尔”（即“狼窝”），它的末端是一个窄窄的浅沙滩，伸向湖中很远。半岛的一面是青海湖的深水湾，另一面则是一片淡水区，看上去像是一个沼泽小湖。这片淡水区里栖息着许多大雁、野鸭、海番鸭和一小群鹞。考察队在乔诺沙哈卢尔停留的第一天晚上，我们深为雕鸮所吸引，它那低沉而听起来不祥的声音与湖浪发出的单调轰鸣声结合在一起，听起来给人一种奇怪的感觉。

9 月 8 日早上，我与几个合作者一起骑马去考察“狼窝”岬和它的伸向湖里的那个浅沙滩。乔诺沙哈卢尔岬地势较高，属沙土土质，随着它往湖里的延伸而逐渐变窄。当它窄到十米左右时。其侧面就变得十分陡峭了，它本身也就变成了沙砾浅滩。这个沙砾浅滩呈弧形，又向湖里伸出整整 1 俄里长。

岬的西北面是开阔的水域，湖水呈浅蓝色，波浪激起珍珠般的浪花。而在岬的另一面，深蓝的水面只是微微荡漾着。沙滩上落满了海鸥、大雁、野鸭以及鸬鹚。稍远一些的地方有一对天鹅和自己长大的雏鸟在水里警惕地游着。目力所及的整个湖湾里，是在波浪上翻飞的黑压压的一片鸟儿。现在正是鸟儿秋天迁徙的季节。忙于捕鱼的长尾海鹫一如既往，或沿着湖岸急速掠过，或站在高处凝视湖中的目标……

在我与一位同伴一块沿着浅沙滩往前走时，意外地发现了一个深色的东西，这个东西被波浪洗得很干净，而且很显然是湖水冲到滩上来的。走近一看，原来这是一只狐狸，极有可能是不久前才淹死的，因为它的整个皮肤完好如初，我们仔细察看了这只狐狸后觉得它很有意思，于是把它归入了我们的动物收藏品中。

考察队在“狼窝”停留的两天时间里，切特尔金与翻译波柳切夫一起进行了两次航行，以测量水深。他俩把浅沙滩作为出发点，第一次航行向北划出了7俄里，是在青海湖开阔水域中进行的，这次航行进行得很顺利；第二次航行是朝东南方向沿着湖湾走的。这个湖湾的一面是岬，另一面则与青海湖的湖岸相连。这次航行出了事故，小船上一个横着的铁夹子绷断了，导致了船舷散开，桨架也出现故障，船很快朝一边翻转。我的两位同伴在与相当大的波浪搏斗了很久后，才控制住了小船，于是他们急急忙忙地靠了岸。这样，小船在完成了自己的使命后，也就结束了自己的生涯。

顺便说一下，我认为自己有责任在此指出，要在青海湖里航行，必须要有一艘相当大的船，最好是航海用的快艇，而不要再像我们这样用这种简陋的小船到青海湖中去航行……

我们把对乔诺沙哈卢尔的研究作为考察队在青海湖工作的结束。我认为我们考察队的第二个任务已经完成了，于是下达了返回西宁的命令。

我们怀着依依不舍和无限忧伤的心情与这个美丽但性情古怪的高山湖泊作别。它给予了我们如此之多美好难忘的时刻。这个生机勃勃的蔚蓝色的“大海”用自己柔和的永不停息的低语声抚慰我们，哄我们入睡，它的无边无际、浩瀚无垠令我们神魂颠倒……永别了，伟岸的美男子！要是你能讲话就好了，那样，你将会向我们讲述你那饶有兴味的往昔，几十万年以前，甚至几百万年前你就像现在一样守卫在这里了。人类在你的岸边进行过许多残酷的战事，你的湖水多次染上了鲜血的颜色，一个部族取代另一个部族……只有你的心脏——奎苏岛没有成为争夺的目标。

在我们离开青海湖的那天，青海湖面风平浪静，蔚蓝的天空倒映在水面上，蔚为壮观。青海湖仿佛是在以这样美好形象来为我们送行，祝我们一路平安。

# 经西宁前往贵德

就这样，我们的探险队又排成长长的队伍向东行进了。现在，原先那些对我们充满恶意、从黑帐篷里偷偷地观察我们的游牧者一改先前的态度，变得对我们特别尊敬。他们好奇地向我们打听奎苏岛上的情况。当我们向他们讲述那三个离群索居、在波浪汹涌的“海洋”中心潜心向佛的喇嘛的事时，他们听得聚精会神、津津有味。唐古特人对我们能重新返回青海湖岸边感到很吃惊，他们见到我们时脸上露出笑容，并伸出大拇指，对我们的英勇无畏表示佩服。

秋天临近了，在晴朗无风的夜晚，气温已经下降到了 -6℃。天亮时地面上结上了一层霜，帐篷上结了一层冰。湖里的水温相对要高一些，中午一时，水温保持在 12℃左右。

候鸟们也感觉到了秋之将至，它们开始排成长队向温暖的南方飞去。我们每天都要见到大群迁徙的灰鹤、大雁和野鸭。还能见到生长于高谷地带的黑颈鹤（Grus nigricollis）、小滨鹬和一些其他的鸟。所有的鸟儿都急急忙忙地向遥远的南方飞去。

9 月 10 日早上八点一刻，我们看到了一个十分奇特的现象，在青海湖东北的覆盖着白雪的群山之上，笼罩着浓浓云层，浓云之上是单调的雾一般的天幕。一条更浓更黑的“带子”很快就从灰色的天空中垂落下来。这条“带子”有一会儿改变了自己的形状，但只过了三分钟左右，这条“带子”就消失得无影无踪。

跟来时一样，考察队在聪古泽拉停下宿营。但是我们在清澈见底的小溪里已经找不到任何生物了。我们徒劳无功地向小溪里抛撒渔网，但已经捞不到鱼，它们游向青海湖的深处去了。严寒的天气不知不觉地影响着周围的一花一草……

我们走过一片地方，这里夏天长着茂密的青草，微风拂过，草儿害羞般地微微低下自己的头。这里曾经是草原，但现在已看不出草原的模样了。草料已经被吃得差不多了，到处都是羊群、马群、牦牛群和当地人的黑色“巴纳吉”（帐篷），它们告诉人们，这里是一个唐古特人的大游牧居住点。

在朝沙拉霍杜尔山口攀爬的路途中，考察队很快就把小河尔格门曲和其右边的支流库库拉曲，以及一座中国衙门与其卫城的废墟留在了身后，这一废墟曾经是政权所在地。一个山地上空有兀鹰和髭兀鹰盘旋，我在这个山地里很意外地发现了一只狐狸。一声枪响后，狐狸蜷缩成了一团，然而，当听到朝它奔跑过去的哥萨克的脚步声后，狐狸用尽最后一点力气，钻进了附近的一个洞穴里，藏到了洞穴的深处。

站在沙拉霍杜尔山口上，我们最后一次满怀依恋与不舍地回头看了看远处蔚蓝的青海湖和被白雪覆盖的塞尔奇姆山……我们将要经过的是为我们所熟悉的山地风景区，再往前就是整整齐齐的庄稼地了。我们从当地人口中得知，在我们侧面一个较近的峡谷顶上有煤层，于是我建议地质学家切尔诺夫到这个地方去考察，并让他随后到西宁与大队人马会合，切尔诺夫依此行事。

在沿着丹噶尔河谷下坡过程中，我们明显感觉到气温升高不少。雨季过去了，雨也下得少了，干燥晴朗的秋令季节到来了。树上的叶子发黄了，不断飘落。迁徙的鸟儿依然吸引着我们的注意力，沿着河谷往上行，数量庞大的鹤群一群又一群地迎面向我们飞来，它们独特的声音从很高的地方传来，这是一种极其美妙悦耳的呼哨声，我们很难分清是哪种鹤发出的声音，它们为什么能发出如此美妙、悦耳的声音。在天气晴朗的日子里，在太阳照耀下可以越来越多地见到昆虫活动的身影，空中有时被它们发出的嗡嗡声充斥着。有一天，在西宁附近的河柳丛中，我甚至还找到了一大窝黄蜂。是的，这些黄蜂对外来人一点也不警觉，显得漠不关心。

我们在丹噶尔只停留了一天，于 9 月 16 日进入西宁。纳帕尔科夫大尉在那里迎接我们，他在甘肃境内顺利地进行了考察。值得一提的是，在丹噶尔到西宁之间，在从塔尔寺前往丹噶尔的道路快进入西宁河谷的地方，有一座叫作镇河堡的小城。

纳帕尔科夫实际走过的地方比预计的还要多。除此之外，他在选择考察路线时，尽量避开那些已被人研究过的地方。因此，我的助手最终考察到了甘肃省的一些完全不为人们所知的偏僻地方，并首次在地图上标注了九个新城市的名字。

我们收到了两包邮件，我们迫不及待地阅读起信件来。跟往常一样，从祖国来的消息总能给一些人带来欢乐，同时也会给另外一些人带来忧伤。我们的切尔诺夫就因为读了家信后极为痛苦，以至于到了无法再继续进行考察工作的程度，他正式向我提出必须赶回俄国的请求。我当然无法勉强我的合作者，于是叫他立即着手准备带一个运输队前往阿拉善。我决定让这位地质学家返程时顺便把一部分收集品和一些多余的东西带到阿拉善去。这些东西一共装了七个驮包。

西宁当局极其热情和殷勤地接待了考察队，他们专门在市中心为考察队准备了一套非常好的房子。我们在青海湖上航行和在青海湖地区进行各种考察工作的传闻，以及当地人对我们的友好态度很快就传遍了整个西宁，并引发了许多议论。让所有人都感到惊讶不已的是，我们考察队里没有一个人淹死在青海湖里。

钦差和西宁的其他官员在与我们见面时，都向我们询问横渡青海湖和考察奎苏岛的有关情况，他们对我们横渡青海湖所使用的小船尤其感兴趣，问来问去，还想亲自坐一坐，他们对驾驶这条小船前往奎苏岛的切尔诺夫和切特尔金很是敬重，争先恐后地去看他们因驾驶小船而磨出老茧的双手。钦差说："是你们俄国人最先在青海湖里进行航行，并最先向我们讲述了关于青海湖深处的情况。你们也是登上过奎苏岛或称海心山的第一批外国人，我将把这些情况及时地呈报北京。"

为了不破坏这种良好的关系，我决定不提此前钦差向我们提过的什么"青海湖里不仅石头会沉下去，木头也一样……"这些话语，这无疑是正确的。

在西宁的日子过得飞快。这是因为，我一方面要准备同地质学家切尔诺夫一起返回阿拉善处理有关事宜，还要对收集品进行分类、包装；另一方面，不断有汉族高官和唐古特人前来我们营地。所有这一切既让我们在这里的生活丰富多彩，同时又令我们忙于应付，疲累不堪。热心的商人给营地带来了佛像和各种民族民俗方面的物品。有一天，他们甚至带来了一只活的野猫，我们后来在一次自然科学研讨会上展示过这只野猫。在应付这些事情的过程中，我很少有时间能静下心来思考，可以用来充分、周密地拟定考察队最后阶段考察计划的时间也很少。遥远的四川深深地吸引和诱惑着我们这些自然研究者，让我恨不得立即前往那里。但是，希望与达赖喇嘛见上一面的愿望，又把我滞留在离塔尔寺不远的地区，这是因为，我听说达赖喇嘛将要前往塔尔寺。

9 月 27 日，地质学家切尔诺夫率领的驼队从西宁出发前往阿拉善。我派了两名哥萨克协助切尔诺夫，第一个哥萨克是巴德马扎波夫，他将在把驼队送到阿拉善后从那里返回考察队；第二个哥萨克是索德波耶夫，我命令他把切尔诺夫护送到库伦，然后返回阿拉善，看守我们设在那里的仓库。

而我们的主力则买了一批适于走山路的骡子，并在做好各种准备工作后，于

9月30日向钦差辞别，顺利地朝着西南偏南方向行进。

我们经过庄稼地和一些村庄向前行进，道路逐步变高。我们在清晨第一缕阳光的照耀下，朝着沐浴在阳光之下、向南延伸、覆盖着白雪的高高的山脉行进。

这座横在我们面前的山脉顶端呈锯齿状，耸立着一些悬崖峭壁。这些悬崖峭壁不仅在山脉的上部很多，在山脉的中下部也很常见。山脉的两个坡都很难爬，北坡除了坡陡之外还结着冰，并覆盖有厚雪。而南坡的小路上石头较多，略显干燥，且没有积雪。

很快，从山麓延伸而来的褶皱让地形变得起伏起来。在进入一条从拉脊岭开始的河谷之前，我们在通往塔尔寺、贵德和西宁道路的交会处做了短暂的停留。我们在西宁听说过的一些温泉，并不在考察队行进的路上，而是在西南一些的山丘里。我们越朝山口行进，峡谷就变得越窄、越陡，石头也越发多起来，小溪流动发出的声响比先前经过的地方要更加响亮一些。

在我们前面和后面的路上，走着许多信佛的香客，他们要赶到塔尔寺去过节。在弯弯曲曲的道路上，香客一个接一个，形成了一条弯曲的没有间断的长队。年轻的唐古特人三五成群，穿着各种各样鲜艳的衣服，快活地交谈着，他们很快赶超了那些稳重的、一边不停地转动着念珠。一边口中念着“唵嘛呢叭咪吽”的面容愁苦的老人们。所有这些骑着马的剽悍当地人都好奇而羡慕地看着我们，他们狡黠的目光停留在考察队队员那精良的武器装备上。

拉脊岭的海拔高度为3520米。其南面和北面有陡峭的峡谷和宽沟，沟边长有草地，可以游牧。在峡谷底部长着茂密的沙棘（Hippophae rhamnoides）和其他灌木，它们为数量众多的鸟儿提供了栖息之地。那里有许多施特劳赫雉、大大小小的优雅的山雀（Leptopoecile sophiae）、啄木鸟、河乌及其他一些鸟类；在高处差不多可以经常看见兀鹰、髭兀鹰，偶尔还可以看见金雕；在山里可以见到的野兽仅有狐狸、野兔和一些小的啮齿目动物。

我们在山岭的两面都碰到了一支由十个警察组成的特殊巡查队。他们负责护送行经此地的官员、官家的商队和邮队，这些巡查队员的职责是巡捕深藏在山脉最为险峻、蛮荒之地的窃贼和盗匪。

在我们爬上拉脊岭山口时，由于空气的能见度较好，使我们能看到南面较远处。在这个方向上，有接连不断的山岭，它们被纵横交错的峡谷分割得跟迷宫一样。最远处的山脉与天空交融在一起。在我们目力所及的距离的一半左右，山脉变矮了些，好像陷入了深渊一般，形成了一些横向的裂缝，露出一片深蓝色，这是在黄土层里为自己开出了一条弯曲之路的黄河深深的河床。黄土层如舌状伸向山间峡谷的深处，并表现为两侧受到限制的狭长地带。夏季汛期，混浊的水流就从黄土上流过。

虽然南坡的高山地带坡度很陡，但我们下坡还是很顺利。当我们下到中山带时，见到了从事农耕生产的唐古特人。在我们沿着从左岸直接注入黄河、清澈且有响声的小河尕让河行进时，发现了挤在峡谷底部的数量众多的磨坊，而在峡谷两边较高的台地上还有不少佛教寺院，这些寺院白墙金顶，甚为漂亮扎眼。

我们在昌胡村宿营了一夜。在距这个村子不远的地方，有一片长着绿色云松林的地方，云松长在让人看上去都心惊胆战的陡峭的悬崖上。据说在这些森林中栖息着狐狸、狼、野兔和麝，而有捕猎价值的鸟类有红色和天蓝色的雉。

10 月 20 日，考察队在天还没亮时就迫不及待地从昌胡地区动身上路了，大家都想利用一天时间走完到贵德还余下的 40 俄里路程。

我们期待已久的这片绿洲是我们冬天的居留之地。它被周围的高地挡住，有很长时间没有出现在我们望眼欲穿的视线里了。一走出黄河河谷，我们就发现了沿黄河右岸向西南偏西方向延伸的一片接连不断的金黄色的杨树林，杨树之下掩映着贵德居民灰黄的泥土房舍。

走了一天我们都十分疲累，我们在一个僻静的、似乎也是唯一的一块开阔的草地上扎下营来。我们的旁边有一个山丘，山丘上有一些汉族穷人洞穴式的住所。

黄河在贵德附近的流速很快，在其像蛇一样弯曲的沙砾结构的主河道之外，北部又分出了几条支流，这些支流浅滩处的水只淹到了马的腹部，清澈河水的温度在秋天来说还算比较高，为 13℃。天气晴好的时候还可见到蝴蝶、苍蝇和甲虫。只有发黄飘落的树叶和忙于南飞的候鸟，才让人想起现在已是天气渐凉的秋日了。第二天早上，我们看到了一只扁头蜥蜴，数只青蛙，稍晚一些时又发现了一只白鹭，它差不多是一点声音也没有地从我们营地上空快速飞过，它身上亮丽的白色，在周围群山那令人愁苦的死灰色中，显得特别扎眼，让人眼前一亮。

我们是乘坐一些平底的大船渡过黄河的。渡口附近挤满了看热闹的人群。船一靠岸，很快就被腾空了，马、骡子和人争先恐后地从船里出来。听得见欢快的喊叫声、尖叫声和笑骂声。在拥挤的人群中依然有商人往来穿梭，他们出售梨和其他一些物品。当地的一名官员负责在渡河过程中为考察队提供各种方便。我们的许多行李没有费多大事就装进了一艘载货量很大的船里，分两次运到了黄河的右岸。

在黄河渡口，河道宽达半俄里，而该河的主航道未必能超过 300 米。黄河河谷的总走向，正如我在上面已经指出的那样，是东西走向，其间有或大或小的朝北或朝南的拐弯。离岸之后，大船通常顺着流水往下漂流一段距离，但船会转向并逐渐靠近对岸。摆渡者在这一过程中会努力地划动用来代替方向盘的巨大的桨。虽然他们一边划船一边说笑、歌唱，但是他们总能把船靠到对岸，并灵巧地用粗绳把船固定在岸墩上。

贵德市的官员在黄河右岸迎接考察队。他们把我们送到了为旅行者准备的停留之地——维右子庙（即“南海”旅馆）。起先，他们建议考察队在城里留宿，但我谢绝了他们的好意，因为我不喜欢喧闹，而倾向于选择相对安静的地方宿营。最终，我选定了一座偏僻的小庙，它位于绿洲南面的高地上。从这里可以欣赏到贵德，可以欣赏到贵德花园里那金黄的树叶，以及邻近的被黄河切割开的山脉。

每逢早晚，在绿洲和周围的洼地里，我们都可以发现一些人影。他们在那里晃来晃去。用望远镜看去，才发现这是一些妇女，她们正弯腰把落叶和牲口粪拾捡到一个特别的口袋里，然后弄回家去做燃料。应当指出的是，在贵德这个地方，最累和最苦的活一般都是由妇女来完成的。

经过绿洲的唐古特商队排成长长的一队，几乎从不间断。这是因为，通往拉卜楞寺、拉加寺和西宁的道路在这里交会。

贵德绿洲位于海拔 2268 米的地方。它由有城墙围绕的小县城贵德城和数百户带有草场、耕地和果园的农家房舍组成。草场、耕地和果园分布在两条小河的岸边。这两条小河都从黄河右岸注入黄河西边的一条被唐古特人叫作敦切伦河的河里，东边的一条则被称为兰久沟河，它们把绿洲分为东、中、西三部分，而且东面和西面的部分呈条带状伸向峡谷之内。两条小河中间有一座低矮的山地。它从南往北延伸。在距贵德城 2 俄里的山上，盖有一座大庙和一座佛塔（浮图），佛塔建在与寺庙相邻山岭的顶峰上。

贵德城及其城堡建于三百年前曾遭到破坏，后又重新得到修复。遗憾的是，现已没有关于贵德城最初建城情况的确切书面材料了。因此，正如一些汉人所言，现在的所有记述和描写都是经过粉饰和美化的。

贵德此时的居民总数将近一万人，其中四分之三是世居此地的汉人，另外四分之一是哈拉唐古特人。东干人已不再在这里居住，现在仍然居住在贵德的东干人只有两家。

在城堡里的衙门附近，只有不多的一些生意人和手艺人，主要的市场在城外，并在那里形成了几条街道，街道两旁皆是汉族人泥土式结构的店铺。为了获得做买卖的权利，生意人每年须向衙门缴纳七八两银子。贸易中间商每年缴纳一到三两，而街头摆摊小贩则不必交任何费用。店铺里出售的大多是粮食、茶叶、布匹和其他一些生活必需品，这些物品都可用游牧者带来的原料（毛、皮革、油、牲畜）进行交换。这些游牧者进城贸易也需要缴纳一定的税赋，具体数额是每只羊缴纳七十文。

在城外一块靠近山岭的地方，居住着一些汉人和定居的唐古特人。他们从事蔬菜种植、粮食生产和畜牧业。菜地里种有葱、萝卜、胡萝卜、白菜、豌豆、豆荚、土豆，也有黄瓜、香瓜和西瓜。庄稼地里则种着大麦（有两个品种）、小麦、大豌豆和小豌豆、黍、罂粟和其他作物。贵德的田地很值钱——一亩田地价值十到十二两白银，除此之外，每亩地还要上缴一升公粮。

富裕的汉人拥有多达120亩的土地，中等的地主则满足于80亩土地的供给（只有40亩或60亩土地的中等地主也较为常见），而穷人一般只有8~10亩土地。在中国，没有田地的人是不被敬重的，因此，中国人很喜爱买田置地。他们勤勤恳恳、兢兢业业地在土地上耕耘，一般可收获七倍于种子的粮食，甚至更多。最勤劳的庄稼人一般在2月7日至9日开始在“干地”上劳作。大约两周后，他们已经在潮湿的地上翻地了。汉人的灌溉沟渠系统可以说已经达到了尽善尽美的程度，灌渠旁种着许多杨树，偶尔也可见到泡泡刺、河柳和沙棘。黄河谷地里比绿洲更高一些的地方，林间还夹杂着小檗（Berberis caroli）灌木丛，而在比绿洲低一些的地方则生长着数量较多的柽柳。在绿洲的菜园旁则不时可以见到丁香

（Syringa pubescens Var fibetica）和野蔷薇（Rosa）。在流经绿洲的清澈且流速较快的一些小溪旁，随处可见一排排运行良好的磨坊。

在贵德的果树中，最有名的是梨树，它结出的果实非常好。梨树又分为三个品种：第一种梨是甜梨，这是一种个头大，糖分多，稍微有些不易消化的梨；第二种梨是“东戈”梨，多以冰冻形式进行销售；第三种梨是最甜、汁最多的梨，叫作“吴阿尔梨”。差不多家家户户都种有梨树。富裕的汉人算出自己卖梨的收入为三十五两银子，中等收入者在这方面获得的收入则仅及富裕户的一半，而穷人获得的收入只有中等农户的四分之一，甚或五分之一。梨的价格因质量和销售季节的不同而略有差异，换成俄国的银币，一般一百斤梨的价格在五十到八十戈比之间。

贵德的梨与杏、甜樱桃一起，多销往西宁、塔尔寺，甚至远销到兰州府，据说在那里价钱卖得非常高。

贵德从事畜牧业生产的居民主要养殖放牧牛、羊、驴、骡子和马。城里的许多居民都养有猪，家家户户都养鸡。

贵德汉人的生活愁苦多于快乐，很少听到他们唱歌。偶尔听到的歌声还是年轻人在夜晚发出的，他们唱歌只是为了打破周围阴沉可怕的寂静，驱除自己心头的恐惧。至少，上了年纪的汉人是这样向我解释年轻人在夜晚唱歌的原因的。

绝大多数男人懒惰成性、迟钝木讷、没精打采。而妇女们的情形正好与此相反，她们极其勤劳，承担着所有的家务活和地里的活儿。秋天，我们除了能看到数以百计的妇女在拾干树叶外，还可以见到许多妇女在勤恳地做着田里的活计。妇女的步态轻盈、优雅。迎面相遇时她们很有礼貌，也不拒绝与旁人谈上几句。汉族女人的自尊心很强，在她们中间，由于受到羞辱而自杀的事是较为常见的。而她们自杀的方式通常是跳进黄河。比如有一次，贵德就发生了这样的一件事：

夏天，一个刚出嫁不久的媳妇，经过一块种满豆荚的菜地，为这种美味蔬菜所诱惑又四顾无人，她就摘了一小篮子豆荚准备拿回家去。正在这时，从她身后传来了一个男人如雷般的吼叫声，男人在用脏话骂了她后还打了她一巴掌。回到家里后。小媳妇扔掉这些倒霉的豆荚，离家出走后就再无踪影。人们说，她跳进了黄河的滔滔急流中。

当地汉人的衣着很朴素，衣服大多是具有民族特色的蓝色。汉族女人穿着普通的深色裤子（爱打扮的人穿紫色的裤子）和红色短棉袄，棉袄是用手工缝制的，镶有花边。红色的棉袄外面还常穿着一种薄薄的蓝色长外套。在冬天时，妇女们也穿宽而肥的黑裤子。妇女的鞋与男人的鞋没什么两样，这是因为贵德的妇女不缠脚。只有少数妇女，尤其是卖弄风情的女子，才在普通的鞋底下垫上一个小小的鞋掌。穿这种鞋的妇女走过之后地上留下的鞋印很小，像是小孩走过留下的印子，这是为了让别人有一个小脚的印象，这种小脚俗称“三寸金莲”。

由于与唐古特人相邻而居，所以贵德的汉人经常与唐古特人通婚，并从小学习唐古特语。除此之外，大多数汉人信奉佛教，在维右子庙宿营期间，我有机会了解到汉人对佛教的笃信。

当地居民把死者埋葬在村边田角，坟地上一般长满有刺的灌木——泡泡刺。

唐古特人却差不多只会自己的母语。一个特殊的叫作“羌胡”的唐古特首领管理着这些唐古特人。“羌胡”有四个助手，叫作“贝胡”。除了农业和畜牧业外，唐古特人还从事运输业（马车），他们把这个行当视作一种特殊的赋役。一俟汉族重要官员需要，唐古特人就要赶着指定数目的大车把重要人物送到要去的地方，这种徭役可以替代要上缴的粮食。

# 在贵德绿洲的三个月

在温暖的贵德绿洲上，我们栖身于一个与城市隔得很远的汉族寺庙维右子庙，考察队的队员们很快就取得了当地居民的信任。不仅是汉人，就连附近的唐古特人，也在寂寞无事的时候，经常到我们的营地里来听听留声机，看看俄国旅行者的日常生活情景。他们甚至还请我们给他们看病。当地人最常得的疾病是各种皮肤癣、湿疹以及眼睛、甲状腺和其他器官的炎症。我在这里还想指出两点，一是我们考察队准备在维右子庙度过整个冬天；二是贵德人喜欢听更为复杂一些的音乐。总的来说，贵德人给人的印象是他们更为文明。留声机给贵德人以一种十分了不起的印象，他们对这种“乐器”十分着迷。看到那些手抱孩子的母亲在一曲奏完之后向留声机深深鞠躬，并十分庄重的像做祷告一样把手放在胸前时，我真的有些忍俊不禁了。

广受这一地区人们尊敬的格根（活佛）的一个预言是导致贵德人对俄国人异常友好的原因之一。这位长者对当地的所有佛教徒说：要想在 1909 年中平安顺利、农业丰收的话，除非有“大人物”从北面来到绿洲。而考察队的到来正好与这个预言相吻合。因此，当地居民对我们的到来感到十分高兴。

贵德的县官和“塞台”（军事首脑）很乐意来访我们的栖身之地，因为他们在这里总能受到款待：我们请他们喝白兰地、家酿的伏特加，请他们抽“带把儿的”烟。在谈话中，县官告诉我，当地所有的唐古特头目对俄国考察队的到来都表示满意，这是因为，根据他们的说法，考察队来到贵德绿洲给当地居民带来的不是坏处，而是真正的好处。塞台对我说，俄国旅行家都是极为优秀的人物，因为此前他曾有幸见过亚洲的研究者格鲁姆—格日迈洛兄弟（汉人叫作“戈洛莫洛”兄弟），他们获得了当地居民的普遍尊敬（参见格鲁姆—格日迈洛《中国西部之旅》）。

考察队的生活很快就进入了正轨，进行天文观测、气象观察、拍摄照片、记日记，撰写青海湖考察报告，标本员则每天到邻近地区去打猎，采集动植物标本。虽然这里鸟的数量相对要多一些，但我们暂时还没有发现新的品种。

与以往一样，在明澈蔚蓝的天空中翱翔着骄傲的髭兀鹰、秃鹫，偶尔也有喜马拉雅兀鹰，只有在它们极其饥饿的情况下，这些猛禽才会俯冲到民居旁寻找被人们丢弃的各种肉食。天快黑时，这些猛禽总要飞回到离这里较远的悬崖峭壁去。外形优雅的金雕则几乎从来就不离开那里。偶尔会有隼从绿洲的边缘上似箭一般疾飞而过，苍鹰则等着雉的到来，鹞需要捕食更小一些的鸟儿。每到夜深之时，从山里会传来听起来令人难过的咕咕声，这咕咕声中不时还会夹杂有灰鸮的声音。我们居住地附近的“常客”是渡鸦、黑乌鸦、寒鸦和喜鹊。从邻近的山上飞到我们这个地方的还有红嘴山鸦，它们之间用颇为悦耳的声音响亮地回应着。

在绿洲的树林间栖息着戴胜（Upupiformes）、鸫，而在树林中必不可少的是啄木鸟。在黄河岸边的树林深处，我们多次见到了灰喜鹊、芦苇黄胸鹀、朱雀、山雀和一些好动的灌木鸟。我们可以听到树梢顶部簌簌作响，这是小山雀和粉红翅膀的花鸡觅食时发出的声音。沙漠花鸡则栖息在绿洲边上灰黄色的山冈上。除此之外，为贵德绿洲所独有的鸟儿还有：岩鹨、鸸、赤褐鹟。与人类相邻而居的有树麻雀（Passer montanus），而其同类石麻雀（Petronia pertonia）则栖息在远离人群的悬崖上，在那里偶尔也可以见到红翅旋壁雀（Tichodrama muraria）。在草地和小溪附近我们发现了三种百灵：角百灵、凤头百灵和巨百灵，还能见到河乌、鹨、大鹬、水秧鸡，在干涸的砾石河床里可以见到灰色的鹮嘴鹬。涉水鸟中与我们一起在此地过冬的有灰雁、海番鸭、麻鸭，喜欢在不结冰的河水里嬉戏的有大秋沙鸭和绿头鸭，大的鹳目鸟有白鹭。另外，这里还有数量众多的雉（野鸡），它们栖息在灌木丛中。此外还有沙鸡和岩鸽等。

准确地说，贵德平原地带的动物十分稀少，在这些地方只能见到狼、狐狸、野兔、山地啼兔和家鼠。

为了打到更多的动物，除了让队员们每天在绿洲附近地区打猎外，我还派了几个小分队到更远的山里打猎，其中一次在扎哈尔山陡坡上的打猎非常成功，我的合作者们带回来了一对猞猁和几只很有意思的鸟儿。

当地居民对考察队员们十分客气、殷勤，一个唐古特人在山里碰到了我的伙伴，甚至邀请他们去自己家里做客。

在贵德绿洲西部离城约 1 俄里的地方，有一座很漂亮的庙。这座庙的来历很有趣。传说在许多年以前，贵德每年都深为黄河所苦，波浪汹涌的河水常常冲毁堤岸，淹没城市，给贵德人造成极大的损失……于是有一天，从蒙古来了一个叫“故弥涅盖秋天盖伦”的格根（活佛），他对大家说，他是神派来拯救贵德的。这个格根叫人们修了这座塔庙，修好之后，这个神秘莫测的格根在塔基下放入了一个非常珍贵的宝物，据说这个宝物能使人们免受水灾和火灾之苦……从此以后，贵德就开始繁荣昌盛起来，再没有受过灾难的侵扰。

在 10 月的前二十天里，贵德的天气多是阴天，令人心烦：树叶掉得越来越多，杨树和柳树光秃秃地立在那里，只有一些果树的树叶由绿色变成了金黄色。

寒冷的西北风越来越经常地光顾这里，刮起细细的粉尘，充斥到空中。通常，乌云会因为大量的降水而减少，降水使空气变得清新，远处又能看得清楚一些。早上七时背阴处的温度降到了0.2~0.4℃，但是白天的气温却常常在6~10℃，这时小溪里的冰就会融化。苍蝇、蜻蜓和蝴蝶又出现在人们的视线里。

在少有的这样温暖晴朗的天气里，当地住户的所有大门都会敞开，居民会像甲虫钻出自己的洞穴一样从房子里出来晒太阳。他们在太阳地里一边干着不太复杂的手工活，一边漫无边际地聊着天，打发着日子。

10月的最后十天，天气异常晴朗，空气明澈，无风、温暖，使人备感舒适。因此，这一年的佛教传统节日过得很顺利。

从西宁来了一个走街串巷的演出队，队里的演员在贵德连续演了几天戏。根据当局的建议，人们在大戏院里为俄国考察队划出了一片最好的座位，这个剧院设在贵德最大的佛教寺院里面。

观众以妇女和儿童居多，他们占据了院子里的所有空位和邻近戏台的所有屋顶。演出时观众可以自由地走来走去。当然也少不了小商小贩，他们往来穿梭着出售油饼、梨和西瓜籽。与此同时，咿咿呀呀的戏曲一直不停地唱着，但这丝毫也不影响一些听众打盹儿，一些人听着听着就睡着了。几个穿扮入时、略施粉黛的汉族女性颇让我们注目，这几个女性属于有教养的富裕阶层（她们的脚是“三寸金莲”）。此外，还有一个唐古特王公家的女性和她那三位漂亮的女儿也颇具吸引力。我特别喜欢唐古特妇女那独特、花哨的服饰，我喜欢看她们那披在肩上的、长长的饰有银器和珊瑚饰品的带子。

在观看演出时吃了一些东西后，我们往下去参观庙宇，并捐上一些银子。县官和所有的头面人物在这里邀请考察队所有成员与他们一起享用美味的中国佳肴。他们说，俄国人完全不应当混迹在人群中，否则，所有的中国官员都不好意思坐下来就餐了。饭菜是如此美味，以至我们没有做太多推辞谦让，就放任自己美美地享用开了。

几天过后，在我马上就要离开贵德前往西宁，并准备前往乔伊布曾寺前，我再一次被邀请到热情的县官家里去做客。县官这次表现得比平时更为随和、更为亲切。

由于各种各样复杂的原因，我们在贵德度过的一个月显得相当长，没有我们在旅行时习惯的紧张、充满吸引力的活动。相对贫瘠、荒芜的大自然让我们感到没什么可看的，民族学和动物方面的收集工作进展得也十分缓慢。这使我不止一次后悔，由于想在这里会晤达赖喇嘛而让考察队滞留在甘肃西北部[1]，而不是到遥远、美丽的南方去过冬。对于我们这些旅行者而言，当时唯一的快乐就是收到信件了。一旦收到信件，我们好长一段时间的话题都会围绕这些信件进行。亲人和朋友们的信件让我们精力充沛、情绪饱满，激励我们去取得新的成绩。

到 10 月底，考察报告和信件都已经写好了，于是我开始准备轻装前往一些佛教寺庙进行参观访问。这些寺庙具体就是指塔尔寺和乔伊布曾寺。虽然我们做了许多努力，但到最后行李还是很多，这是因为我们不得不带上给达赖喇嘛的礼物和需要邮寄出去的物品。这些礼物我准备在塔尔寺交给达赖喇嘛的官员，请他们转交给达赖喇嘛；而那些物品我则准备通过一直对我们很热情的西宁钦差帮忙邮寄出去。当地官员一直表现得极其谦恭，他们十分热情地帮助我们雇牲畜和向导。

11 月 2 日早上九时，我带着自己少量的货物，在哥萨克波柳切夫和一个汉族翻译的陪同下，从贵德出发，沿着前往塔尔寺的老路轻快地上路了。在黄河渡口，有一艘小船正在等着我们，我在那里看到了一幕很不雅观的“戏”，一个当

[1] 贵德今属青海——译注

地的警察“老爷”正在残酷地殴打一个卖梨的可怜妇女。虽然我并不知道警察“老爷”为什么这样残忍地对待这位贫穷、瘦弱的唐古特女人，但我还是认为应当挺身而出帮帮这个可怜的女人。于是我就出来制止警察大打出手，我的行动获得了旁边观众的一片赞扬之声，“勤奋工作”的警察悄无声息地溜走了。

在前往塔尔寺的路上我们走得都比较顺利，只是在翻越拉脊岭时遇到了一点不可避免的麻烦，尤其是结了冰的北坡让我们吃了一些苦头：我们的一头牲畜在这里摔伤流了血，这使得我们不得不把一些原先由这头牲畜驮载的货物扛到自己的肩上（拉脊岭山口的南坡干燥而多石）。像以前一样，路上不时地碰到一些行人，他们或步行或骑马。只是，现在路上见不到先前那样多的香客了。这一次，我们在山口发现了白背鸽、山地岩鹨等。

经过塔尔寺东面小山丘脚下破败的小镇南川镇后，我们于 11 月 4 日傍晚进了塔尔寺内。寺里一片热闹景象，纪念宗喀巴的一个节日正在举行之中。街道上到处都是过节的兴致盎然的人群，场子上、山坡上、大塔附近，到处都是集市，人们争先恐后地在那里买着东西。僧侣都在漫无目的地四处游逛，寻找各种各样的稀奇古怪和独特的场景。不时可见到一些杂耍艺人，他们在场子中央灵活地跳来跳去，旁边则是一种巨大的玩意儿，开动这玩意儿的时候，机器会发出令人难以置信的怪异、粗犷的声音，还有被驯服的熊在当众表演。

这个节日最隆重的时刻是宗喀巴的灵魂从生命状态转入永恒状态这一刻。11 月 5 日晚上，一声信号传来后，整个塔尔寺里响起一片管乐器和螺贝的声音，这种声音融进寺庙高处排成队的数以千计的喇嘛低低的诵经声中，形成生动柔和的和声。庙正门，魔术般地燃起数百盏油灯，依山坡而建的寺群中灯火闪耀。这画面给人以极为深刻的印象。

到了夜里八九点，一切都沉寂下来，寺院陷入了绝对的宁静之中。我在塔尔寺的四天过得极其丰富多彩。我像头一次一样，住在扎雅克喇嘛的客栈里。

顺便指出的是，我在这里幸运地碰到了一些老熟人，库尔雷克贝勒手下的蒙古人和柴达木盆地的蒙古人。在来自柴达木的蒙古人中，甚至还有一些上一次考察活动中给我们当过向导、赶过牲口的人。这些人对我们都极其亲热，他们对我说，他们家里的人还惦记着我们，迫切希望我们再次前往。他们还为我们十分小心地保存着考察队用过的老的气象亭（参见《游记》）。

11 月 6 日一大早，我们前往西宁。我们沿着一条小河谷前进，这条小河上游一个地方叫作莫沙沟峡，在下游的西宁桥旁的一个地方叫作南川沟。上午十点左右，已经可以隐隐约约地看见西宁市的轮廓。半小时后，一位老朋友接到我们，好客的他让我们住在他的家里。

第二天，我不得不去拜访一些汉族官员。钦差非常客气地接过了我拜托他替我们邮寄出去的包裹。他在谈话中告诉我，说是收到了从北京寄来的与考察队有关的公文。让我十分吃惊的是，这份文件里有俄国大使馆给北京政府的有关情况通告，里面告知中国外交部："如果中国人认为前往四川的沿途不方便、不安全的话，旅行者科兹洛夫将不得坚持前往。"

11 月 8 日，早上晴朗而寒冷，我们离开西宁朝东北偏北的乔伊布曾寺方向前进。我们在西宁河谷感受到了深秋的气息。河面上漂着薄冰，冰块互相碰撞，发出"咯吱咯吱"的声响，秋风寒冷刺骨，这恼人的秋风在我们进入被山丘挡住的新城河谷之前一直令我们头痛不已。这条河的名字源自附近城市的名字。普尔热瓦尔斯基按照蒙古人的叫法把这条河叫作"布古克河"。在河右岸满是灰尘的路上，艰难地行进着一些大车，车上满载着从邻近的山里采出的煤块。一长串大车的上空扬起滚滚尘土，这些尘土落到行人身上，让他们的眼睛和鼻孔很是难受。

在一个叫作"新城"的小镇宿了一夜后，我们从桥上渡过新城小河，开始向洛埃山地区进发。洛埃山的整个西北坡都覆盖着木本植物，只偶尔有一些峭壁从浓密的树木里显露出来。在很高的地方，一排建在山脊上的汉人的宝塔看上去很是漂亮。我们沿着寒冷的被陡坡遮住光线的峡谷往东行去。我们被冻得已经有些受不住了，但是鸟儿们仿佛对严寒一点儿也不在乎，依然精神抖擞、充满活力地飞来飞去。一些小鸟的叫声不绝于耳，不时可见到一群雉，它们红色的羽毛在阳光下一闪一闪，很是漂亮；岩鸽一大群一大群地聚集在村子附近的峭壁上；蔚蓝的天空中，不时还有兀鹰和骄傲的金雕疾飞而过。

我们爬上了山口的最高点，从那里放眼望去，可以看到一些长满杉松林的山冈，它们把乔伊布曾寺团团围住。在山下的河谷里，我的老朋友格根派了一些喇嘛带着哈达来迎接我们。当我们走进寺庙院子时，喇嘛们排成长长的队伍以示敬意。我们则庄重地走进舒适的居处，那里的桌子上摆满了美味食品和各种饮料，让人顿时有一种宾至如归的感觉。

乔伊布曾呼图克图（亦即格根，活佛）以对待朋友的方式接见了我。在稍事休整并用过一些食物后，我动身前往活佛的内室，那里通常是不允许旁人进去的。罗布桑·托布登微笑着站起来迎接我，并按照俄国习俗向我伸出了手，我则遵从佛教礼俗向他敬献了哈达。这位喇嘛老了，也发福了，但他的双眼依然炯炯有神，充满智慧。我的老朋友自豪地向我展示了他按欧式风格装修过的房间，在罩着窗帘的窗户里可以看见双层的窗框。墙壁上挂满了包括咯咕钟在内的各种各样的钟和画。俄国地理学会的礼物和普尔热瓦尔斯基的礼品保存之好，令人感动。到处都摆放着佛像、嘎乌、精美的金色和红色的藏文典籍。从所有房间都可以看到寺庙的美景和邻近的山冈。房子的一面紧邻着一个绿树成荫的小花园，花园里有假山、花坛，还有一个欧式的玲珑精巧的小凉亭。我们谈了许多，这是因为我们两人都感觉气氛轻松、无拘无束。

我向呼图克图赠送了俄国地理学会的礼物，呼图克图则回赠了我一件青铜艺术品、一个坐在金刚石宝座上戴着王冠的佛和一本藏文书。

11月14日，我们这一小队人已经带着在乔伊布曾寺度过的温暖而愉快的回忆返回西宁了。三天后，我们就返回了贵德。考察队的一切情况正常。气温略微偏热，偶尔还能感受到阳光的力度（11月22日中午一时背阴处的气温是4.5℃，无风处阳光下的温度约为15℃）；猛烈的旋风几乎每天都有，弄得尘土飞扬，尘土影响到了我们的天文观测。只是进入了12月份后，才开始有了一点冬天的感觉。天上开始刮起寒冷的东北风，晚上的气温已经下降到-13℃，绿洲上笼罩着一种阴郁的灰黄色调。仿佛被冻死了一样，所有的人都躲到房子里不出来，很少见到动物的影子。

我们的考察队又因为一个很独特的成员——兀鹰的到来而热闹起来。我们花了五个银卢布在这里的绿洲上买了一只驯化的兀鹰，这只巨大的鸟很快就与考察队的所有成员处熟了，它很喜欢吃我们扔给它的羊肉，饿了的时候它还会猛地扑向骨头。在我们的这只宠物进食时，旁边围满了大乌鸦、乌鸦和喜鹊，它们一边眼馋地看着兀鹰饱餐，想找机会偷上一块，一边眼巴巴地希望我们也能给它们一些食物，这情景实在有意思极了。不少时候，兀鹰会恶狠狠地环视四方，希望这些虎视眈眈者不要抱任何希望地赶快飞走。晚上，兀鹰会被关到一个封闭的地方，白天，它则站在较高处，羡慕地看着自己那些未受羁绊的同伴们，在蔚蓝的天空中翱翔。有时，我们的俘虏也会为某种内在的喜悦情绪所鼓动，张开巨大的翅膀在原地飞起来，它一振翅即能飞起两米多高。兀鹰有两三次悄悄地攀上附近汉人修佛塔的山冈上，从那里略微倾斜地飞上1俄里左右，甚至更远。我们的狗有时看着兀鹰就会莫名其妙地试着向它发动进攻，在遇到强有力的反击后，狗就变得老实起来，再碰到兀鹰时，狗就会在离兀鹰很远的地方悄悄地夹着尾巴溜走。但是在后来的行军途中，狗和兀鹰成了好朋友。

12 月 7 日早上，我们意外地迎来了巴德马扎波夫两兄弟，他们为我们带来了大量的邮件。营地里很快就变得热闹起来。

信件中最有意思的要数俄国地理学会富有价值的消息。地理学会副会长谢苗诺夫－天山斯基的助手格里戈里耶夫告诉我，俄国科学院和彼得堡的所有专家学者高度评价了考察队在哈拉浩特的发掘成果："这是因为，他们根据现有的发掘材料得出结论：被您发现的古城遗址是唐古特部族的兴盛期，也是 11~14 世纪西夏王朝的首都遗址。鉴于彻底发掘的重要性，地理学会建议您不要深入四川，而是返回戈壁沙漠对死亡之城再进行补充性研究。"格里戈里耶夫最后在信中写道："在下一步的发掘中，不要怕花时间和精力，也不要吝惜金钱。"

这封信写于 1908 年 9 月 9 日。令人难过的是，一个半月以后，亲爱的亚历山大·瓦西里耶维奇·格里戈里耶夫这位品德高尚的人就与世长辞了。旅行者的伟大朋友，愿您安息！

考虑到考察队的总体状况和情绪，我为缩短了原定路线而高兴，格里戈里耶夫的信让我感到高兴。除此之外，这封信正好与钦差的愿望完全吻合，他不用再担心我们会前往有强盗出没的危险地区了。

在送走了不经意间就让我们的命运之舵转向另一个方向的巴德马扎波夫两兄弟之后，我借着第一个晴朗的夜晚，观测了星星被月亮遮掩的情况，同时，我还做了其他的天文观测。然后，我们于 12 月 17 日到山中的奇谷泉附近打了一次规模不大的猎。

一些有治疗作用的温泉位于距贵德 15 俄里的地方，在前往拉加寺的途中，我们先往西走。在到达与穆芝克谷相交处时，我又改朝西南行走，经过拉嫩扎聪村后，我们就进入了峦聪沟峡谷。这时我们看见了一条深蓝色的冒着热气的小溪。泉水从鄂博附近的一个沙砾冲积层下涌出地面，然后向北流去，温度正在逐渐降低，在离河 100~140 米处，可以听见一种类似呼吸声的富有韵律的低沉的声音。泉源处的水温达到了 85℃，泉水从那里流出三四俄里之后，流进了一片开阔碧绿的草地之中，那里栖息着一些大鹬。

还有一些小温泉从主要的温泉旁边涌出。这些温泉吸引了不少治病疗疾者前来。在陡峭的河岸下面，人们用一些粗陋的石块砌起达十二个之多的简单浸洗池子。患有风湿病和其他因受寒而引起疾病的当地人，常到这些池子附近搭上帐篷，在岸边的阶地上住上两三个星期，以便每天到池子里浸泡上一个小时。由于池外气温较低，在池中浸泡治病的人一般会用衣服把头盖上。

探险队在主营地的日子过得依然很单调，只有我们在乔伊布曾寺的一些朋友到过一次考察队营地，他们在贵德停留了两天。他们回去时，我又让他们给我们的老朋友格根捎回去了一些礼物。

与此同时，12 月很快就要过去了。我打算离开现在的宿营地前往安多地区继续进行研究。安多地区有两座名寺，即拉加寺和拉卜楞寺。

由于考察队很快就要启程离开贵德，一个问题很自然地就摆到了我们面前，那就是怎样处理送给达赖喇嘛的礼物。12 月 8 日已经有正式消息传来，说这位西藏统治者已经离开北京并将经过甘肃省。很快，就有两百峰骆驼组成的达赖喇嘛的运输队从五台山过来了，西藏官员也随之到来。所有这一切都给人一种印象，将有一个大人物经过这里。

当地居民却没有因为这位西藏宗教领袖即将经过而欢欣鼓舞，他们对此十分漠然，这是因为，类似达赖喇嘛这样重要的人物，总会让行经之地花费大量钱财。甘肃首脑人物甚至竭力想争取让达赖喇嘛从甘肃以北地区经过，但是他的这种努力显然是徒劳的。

考虑到上述情况，我们决定派代表到塔尔寺取回将送给达赖喇嘛的礼物，我们派去的是波柳切夫。他向塔尔寺的喇嘛们保证，只要有合适的机会，一定会将这些礼物亲自交给达赖喇嘛。喇嘛们很不情愿地把礼物交回给了我们，还很详细地记下了考察队的预定路线。

1908 年的最后几天，我们全部用来筹备路上的装备，我们装好了从贵德发出的最后一个邮件。

天气冷得令人难受，寒冷刺骨的西北风刮个不停，远方遮盖在尘幕之中。在我们俄国，下雪后通常会出现美妙如诗、静谧似梦一般的景致，这里却不然。

元旦前夜星光灿烂，为了庆祝新年的到来，我们在附近山冈高处的佛塔附近燃放了两个烟花。金黄色的火苗高高地蹿向天空，以自己耀眼的光芒刺破了夜的黑暗。这种美妙的景致博得了在下面观看烟花的游牧者的阵阵惊呼。

早上，我们醒得很早。苍白黯淡的阳光照耀着山顶，天气晴朗而寒冷，在无风而且宁静的天空中，鸟儿的声音显得特别响亮。在我宣布了考察队关于提升三名哥萨克为下士的命令，以及对所有队员表示深深的谢意后，大家的情绪更加高昂。

前往拉加寺的准备时间拖得很长。与唐古特人打交道原来非常之难，事先答应得好好的，到头牵来的却是瘦弱不堪的牲口。而且数量也不够。这不由得让我对考察队即将进行的旅行担心起来，因为我们将要经过的是环绕着黄河的迷宫一样的山地。

最后，我不得不把考察队一分为二。我派纳帕尔科夫大尉率领一些人护送辎重沿着大道前往拉卜楞寺。我要求我的合作者在将辎重运到拉卜楞寺并交付保管后前往北山去打猎，以补充动物标本。我自己则带领一批人轻装上路，我给自己定的任务是研究拉卜楞寺西北、西部以及西南地区。

新年伊始，考察队新的行动也开始了。

# 在安多高原深处冬猎

在接到俄国地理学会关于“应将所有的精力放在死城哈拉浩特研究上”的指示后，考察队的计划也改变了。原先我们计划在贵德度过整个冬天，一直等到春暖花开时再动身前往四川。四川富庶的土地，曾吸引了我的老师普尔热瓦尔斯基，他一直很想前往那里探险，尤其在他第四次中亚之行时更是如此。当时他率队来到长江，在贝曲河口，他确信无法使骆驼队渡过长江，也无法沿着河岸山脚下阴森的峭壁往下行进，这位考察者想必命中注定只能到黄河上游的一些湖泊谷地。他从那里返回了柴达木，那里是他考察青藏高原北部地区的基地。众所周知，继普尔热瓦尔斯基后，他的追随者罗波洛夫斯基也曾十分渴望能前往四川考察探险，但是罗波洛夫斯基本人在阿尼玛卿山地区得了重病，便退回了柴达木。上次我率领的考察队也曾想前往四川，完成我的老师普尔热瓦尔斯基未竟的事业。

但是我们当中没有一个人顺利地到达过四川，似乎有某种神秘莫测的力量，阻止我们前往这个令我们朝思暮想的宝地。这一次，前往四川的打算又一次落空，我们的一些理想也再次破灭。我们想看见竹海，想在竹海里发现扭角羚（Budorcas taxicolor）和熊猫（Ailuropus melanoleucus），或者在竹海周围的高山草场上猎获美丽的触手冠（Lophephorus Lhuysii）……

放弃了去四川的计划后，我们仍然只能等到春暖花开后再启程返回哈拉浩特，这样一来，我们还有两个多月时间可以支配。如果我们有这么长的时间却连哪怕是安多高原南部都不去一趟的话，那是不可饶恕的。因此，我们在最短的时间里做好了准备，便朝安多高原进发了。

安多高原属于山地地形，在青藏高原的东北角，它从青海湖高山流域向南一直延伸到四川边境，往东延伸到甘肃。安多高原从总体上属于青藏高原这个广阔地域东南部地形起伏不大的部分，这里的海拔从4880米下降到了4350米，有农耕生产的谷地海拔更低。主要山岭呈东西走向，其间有些山岭程度不同的偏向北或南。雪线高度约为海拔4570米。跟藏北高原一样，这里盆地上游地带也生长着颇有特点的硬硬的西藏苔草，草地上最常见到的野生动物是山羚羊，最常见到的鸟类是西藏百灵。在天气晴朗的时候，它们会用自己悦耳的歌声打破周围的单调和沉静。而在谷地下游地带倒长成茂密的灌木丛，清澈的小河从这些灌木丛中急急流过，岸边栖息着一些会唱歌的鸟儿。山上一般都长有较多的植物，其中包括从低矮的灌木丛到高山草场在内的不少植物。这里的动物与西藏一样。只是在这里旅行者见不到野牦牛和沃伦果羚羊（Pantholops hodysoni），它们被这里为数众多的游牧者给赶跑了。

安多高原尚武部落的总人数约为五万人。安多人分为定居者和游牧者两大部分。前者在海拔达2440–2740米的河谷下游定居，从事农业生产，后者则在高山牧场放牧。

就像青藏高原东部的人一样，安多人是一个独立的部族。它只在形式上服从中央政府。汉人很少干预安多人的生活，只是偶尔派由军队保护的官员来征收贡赋，或解决安多人与征收贡赋的官员以及普通汉人之间这样那样的官司。安多人没有任何成文的法令，他们完全依靠自己的风俗习惯解决彼此之间存在的问题。

我所见到的安多人，外貌上与我在《游记》里描绘的青藏高原东部的人没有什么大的区别。他们都有着同样的中等个头（鲜有大个子），同样结实粗壮的身材，同样黑色的大眼睛，同样的并不扁平的鼻子（有的甚至是鹰钩鼻），同样的中等大小的耳朵。游牧的安多人在衣着和住所上也与青藏高原东部的人一样，风俗习惯也非常相近。只有在对一些居民进行很周详、细致的研究时才能发现他们之间的区别。

安多男人有事没事总爱凑在一起闲侃。闲侃之后再一块儿去打猎。而照料牲畜、捡拾柴火、担水和许多其他家务事，则是女人的事。当女人们勤勤恳恳干活的时候，男人们却因为无事可做而闲极无聊。他们只在女人们无法胜任某类体力活时才去帮帮忙。安多女人与安多男人一样善骑。从马群中套住任何一匹马，抓住马鬃飞快地跳到没有鞍的马背上，迅疾地飞驰到指定地点，这些都是年轻的安多女子习以为常的事情。

巴拉季因在单行本《拉卜楞之旅》中做过如下描述："在拉卜楞寺周围的唐古特人中可以见到这种现象，男子娶妻是通过私奔永远离开父母家到岳父岳母家这种方式完成的。如果一个男子看上了一个姑娘，并希望与之成婚，他就会把自己的一些衣物留在女孩那里；如果女孩看上了这个小伙子并愿意嫁给他，她就会把这个男子的衣服收拾起来与自己的衣服放到一起；如果她不愿意，不接受这个男子的求婚，就会把他的衣服扔到门外。在姑娘做出决定的过程中，父母不能对她产生任何影响。这样，小伙子只要注意自己的衣服是否被扔到门外，就可以知道自己有没有戏。如果自己的衣服惨遭丢弃，小伙子就会羞愧地把衣服捡回去。如果自己的衣服被姑娘视若己物地收拾起来，小伙子就会离开自己的父母，从此断绝与父母的任何财产联系。私奔时，他可以随身携带最大的财产——一匹战马，但是如果家里贫寒或由于其他原因，他不能骑着马到新娘家，最次他也必须带着猎枪和马刀前来完婚。

因此，对妻子和她的父母而言，丈夫好像就是一个长期住在家中的客人一样，唐古特人以及所有的藏族部落的家庭基础都是这样的，丈夫和妻子在财产上牵系极少。妻子应当管理只属于她的所有家产，而丈夫能够支配的只有自己的战马、猎枪、马刀和长矛。

就像女人为自己的项链和银饰物自豪一样，男人们也一样以自己的军用盔甲，尤其以猎枪和马刀为荣。他们花不少钱买银饰品和彩色宝石装饰这些东西。跟中亚其他地方一样，在安多地区同样以武力、勇敢、剽悍作为衡量一个男人是否能成为头目或首领的主要标准。装饰漂亮的好马老远就能吸引路旁居民或者商队的注意。

有时，身着镶有豹皮边的深蓝色、红色、黄色的服装，更能为骄傲的安多骑手增添光彩。这些服饰尤其让安多官员们看上去威风凛凛。见到他们，平民百姓都会低眉俯首以示恭敬。

我要特别指出的是，越来越多的欧式武器已在安多地区出现。我们常见到许多安多人装备很好的配有子弹的步枪。为了使射击更为准确，他们给枪加装了一个射击支架，在峡谷里打野兽时更是经常使用这种支架，他们的这一发明显然来自中亚人粗陋老式的火绳枪。安多人骄傲地向我们展示了他们的枪支，同时也请求我们把俄国步枪给他们看看。安多人能很熟练地拆装欧式武器，并能很灵巧地使用它们。在家里无聊时，他们会精心擦拭、保养自己的武器，又怜又爱，犹如母亲对待自己的婴儿一样。他们很珍惜自己的子弹，能够很好地控制住自己不轻易乱打。

不难想象，安多人是多么眼热地盯着我们的考察队，盯着我们驮载的物品，盯着我们统一装备的精良步枪。我更愿意往好的方面去设想，我确信只要他们衡量一下我们手中的精良武器，就不会有什么事情发生。要知道，他们从自己手中欧式武器上，已经很好地知晓了我们武器的良好性能。而实际上，我的想象是天真的，后面我将叙述我们之间发生的一些事情。汉人不是毫无理由就强烈反对我们前往安多的，他们很了解这些游牧者的嗜好。他们只是在我向他们写了保证书之后，才同意我前来安多的。我在保证书上是这样写的："假如我在安多碰到任何麻烦和不幸，都由我自己负责。"

安多在佛教历史上占有特殊的地位，因为这里出了一些伟大的传教士和学者。佛教的改革者、黄教创始人宗喀巴的名字已为佛教徒所知晓。宗喀巴正是从安多前去西藏、前去拉萨完善自我的。

在安多，凡是风景秀丽、舒适安逸的地方都建有寺庙。有小庙也有大庙，大庙所在地还常有头领的治所及汉族商人的房舍，这些商人的房舍往往集中成排地出现在这些地方。安多最大的寺庙有塔尔寺和拉卜楞寺。这两座寺庙的庙宇和附属建筑众多，居住着数以千计的喇嘛，他们大都信奉宗喀巴学说，亦即格鲁教派的教义。

在信笔旁触后，让我们还是回到关于考察队的叙述上吧。

我们首先要做的是前往唐古特首领的领地卢察拜访头人卢霍姆博。1月6日，我们由十二匹驮物牲畜和十二匹供骑乘的马组成的轻装考察队，离开了冬天的宿营地，考察队穿过绿洲直接朝拉嫩扎聪河谷进发。河谷两旁是已经为我们所熟悉的灰黄色的高高峭壁，它们使河谷变得很窄。奇曲泉附近这一次没有人前来疗病，虽然泉里的水温高达85℃。我们此行的第一夜是在拉扎聪村和尔嫩戈姆巴寺之间度过的。我们使用夏天的帐篷，驻扎在这个令人愉快、有着一人高的芨芨草灌木丛里。

极其干燥而明澈的空气使夜空看上去极其深远。群星闪耀，美丽的土星在深色的天幕中显得尤为突出，附近寺庙里的喇嘛似乎已经进入了梦乡。我们的营地里却是一派热闹活跃的场景，大家久久地交谈着，交谈的人中有俄国人、汉人和唐古特人。气温低达 -17℃，因此篝火旁坐满了人，大伙一边烤火，一边谈论四周的地形。

第二天太阳刚一出来，我们就拔营继续往南行进。我们希望早一些走出这片属于黄河谷地的深深洼地，爬到邻近的高原上去。由于从右岸注入黄河的一些小溪多为寒冷的急流，所以我们不得不绕着这些不好走的地方行走。在翻越纳喇特岭（或称尔纳喇岭，意为“翻越岭”）之前，我们一直沿着黄土峭壁可怕的悬崖小心翼翼地攀爬着。站在山岭上，在雾中也可以看到深深的沟，这是力量巨大的黄河穿过高岭时形成的。北面远处可见一座高山，这座高山似乎是青海南山向东的延续，位于南面的则是雄伟的察哈尔山。

山顶上已是白雪覆盖。在邻近高山的阶地上，除了一些唐古特游牧者的帐篷外，现在看上去什么也没有，而在比阶地高一些的已结冰的枯草地上，则有游牧者放牧着的羊群、马群和驯服的黑色牦牛。唐古特人古老的帐篷内部区域一般一分为二，右边的一半是男人的居室，左边的一半则住着妇女，中间有一个灶炉。帐篷角上堆放着一些皮袋子，袋子里装着干乳渣、粮食和其他食品。驮载的马鞍也放在那里。唐古特人在地上直接铺上油乎乎的毡子和熟羊皮，以代替床铺。在一些较为富裕的帐篷旁边还常有一小块地方，那是羊圈，凶猛的牧羊犬警觉地看守着这些牲畜。

沿着钦曲上行，我们很快就进入了一个长满草的高原，这个高原具有青海湖平原的特点。一些缓丘从西北往东南一直延伸开去，这些缓丘在某些地方与沙丘“短兵相接”，紧紧毗邻。沙丘是从西北的马盖坦沙漠延伸过来的，而马盖坦沙漠则差不多是从宗帕尔山山脚下开始的，这些沙丘多呈东北西南走向，形成朝向东南的陡峭的松软的斜坡，迎风面多是坚硬的缓坡。

从贵德绿洲有三条路通往卢察，东边的一条翻越群山；西边的一条穿过灰暗的马盖坦沙漠；而我们选择的中间这条道路则须在一些不太高的小山丘中绕行。我们还要从许多小溪旁经过，这些小溪是黄河右岸的支流，它们从山里流出时带有许多冰碴儿，而在现在这个季节则几乎是干涸的。除此之外，中间这条路只须穿过微不足道的沙地。据唐古特人讲，夏天穿过这片宽60俄里的沙漠地带时极其艰辛，这是因为滚烫的沙子使周围的气温急剧升高的缘故。

每爬上一座山丘，我们眼前就展现出一些新的谷地、溪流。我们在察纳加河边欣赏了西边黑压压的恰昌凯山。在离开这条小河后，我们很快就爬上了尔特加尼塔山口。察哈尔山的银白色山峰和雄伟的宗帕尔山（向西北山）越来越清晰地呈现在我们眼前。下山时，我们绕过一些有缝隙的突出部，开始横穿起伏不平的草场地带，朝一条叫作“戈门格久恩”的小河走去，这条小河沿着一条狭深的山沟流向黄河洼地。

考察队沿西南方向行进。我们一般多在唐古特游牧地附近宿营过夜。我们行进时，旁边有一群骑马者跟着我们一起行走，他们是我们新雇来赶牦牛的，我们用这些牦牛取代了疲惫不堪的不能继续胜任驮载工作的马和骡子。

我们越往这些神秘莫测的蛮荒地域深入，就感到当地居民变得越来越任性和粗暴，我们感到了周围的紧张气氛。在佛教新年前夕，奉贵德县官的命令与我们一同前来，并已得到报酬的车夫告诉我们，他们想赶回家过年，请求我们放他们和牲口一道回家。我的同伴和汉族翻译一道去向附近的唐古特人雇用新的牦牛，但是未能成功。本来，车夫抛开我们而去已让我们窘迫不已，唐古特人的这种做法又为我们增加了前行的难度，它使我们随时可能碰到各种各样的阻碍。

除夕之夜有云无风，只有唐古特人凶猛的牧羊犬响亮的叫声偶尔传来，它们守卫着自己主人的牲畜，为入睡的主人值勤。我们睡得并不踏实，大家没有脱衣服，手里握着武器，还有两个哨兵在户外值勤。

1月10日早晨，从游牧民居住地方向传来螺贝和其他祭祀祈祷乐器的声音，只见牧民在帐篷前燃起了火堆，他们开始进行祈祷。男人和女人把脸转向东方的三座圣山行及地长头礼，这三座圣山是：阿姆内扎格尔山、吉加阿姆内孔斯山和察哈尔山。

在经过一条名叫“姆杜尔齐”的小河后，考察队走进了一个周围到处都是陡坡的峡谷。我们的右边有浓密的锦鸡儿，上面盖了一层沙土，左边则是一块牧草丰茂的优良草场，其间有三条小溪穿过，路旁沙地的沙子温度达到了15.2℃，而且还不是大晴天，周围背阴处的气温为-1.6℃。多尔齐尼塔山口的高度跟拉脊岭的高度差不多，后者的海拔高度超过了3600米。山上修有漂亮的鄂博。这个山口对我们并不友好，猛烈的南风使劲地吹打在我们脸上。在我们爬上比多尔齐尼塔山口低一些的高峰后，才看见了宽阔的蒙拉谷地和上面提及过的马盖坦沙漠。

在山口附近，考察队与一小伙当地的骑手碰面了，这些骑手骑着很好的马。唐古特人以一副很严肃的公事公办的神情问我们是谁，然后他们闪到一边放我们过去。他们仔细地打量我们的每一匹牲口，尤其是驮物的牲口。

我们搭好帐篷时，天已经开始暗了下来，我们这次的宿营地依然在游牧的唐古特人的一个居住地附近，这个地方叫作“通齐”，在一条从尤拉山流出的叫作“隆琴曲”的小河和沙漠之间。仿佛所有的当地人都来到了我们的营地，说是来卖牛粪、牛奶和其他东西。我们不想与当地人发生冲突，所以，虽然我们一点也不喜欢这些衣着不洁的客人，但我们还是不停地招待他们喝茶。

天气不错。白天温暖无风，空气清新，晚上气温虽降至-20℃，但是只有从山里刮来的一点微风。考察队行进得十分顺利，我们希望能在较短的时间内抵达唐古特首领的居住地卢察，并准备在那里进行我们从贵德绿洲出来后的第一次休整。

卢察管理者的治所约由近百顶帐篷组成，位于一个叫“沙内格”的很好的可放牧的谷地。这个谷地在蒙曲河干涸的河岸以南，我们在这个谷地里顺着三五成群的帐篷走了一整天。还有一件比较有意思的事情，我们在这一地区获知了许多蒙古地名，如“察罕托洛戈伊”丘，“哈拉郭勒”山等，虽然蒙古人早已在160年前就被来自西藏高原的人赶出了这片土地。

唐古特王公把自己的领地分为四个旗，每个旗约有200人，由贝子管理。在接近沙内格地区时，我们碰见了数量不多但打扮得相当漂亮的一些当地人，这些人穿着节日的盛装，带着马刀及步枪。

在王公治所附近，首先出来迎接我们的是王公的儿子，一个年轻英俊的安多男子，他带着一帮仆人迎上前来，并恭敬地为我牵马。后来，卢霍姆博（当地人管他叫“拉扎”）也在几个妇女的陪同下出来迎接我。这些妇女穿着粉色的装饰着带子、绿松石和贝壳的毛皮大衣。卢霍姆博虽然已是73岁高龄，但这个身体健壮、肌肉发达的老人还是把大衣从右手上脱了下来，他的这一动作，加上他脸上的数块深深的伤疤，给我们的印象就是，这是一个经过战火淬炼的强有力的男人（他身上还有伤疤，他后来不时亮给我们看）。在一阵寒暄问好之后，我们走进了一顶宽敞的、相对干净一些的帐篷，里面已经准备好了惯常的招待品：茶和一些刚刚出炉的抹着羊油的食品。在属于男人的那一半帐篷里整齐地铺着地毯，我们在里面按序入座。我和这家的家长面对面地坐在炉子旁边，主人客气地请我品尝一下当地的饮品，并请我不要客气，随便吃喝些东西。年轻的长子不时从炉子上拿起小壶为我续水，并添加一些食物。

做客完毕后，我表示想挑选一个地方安营扎寨。老人和他的儿子与我一起走出毡房，帮忙解决这一问题。我们在距王爷的帐篷约二百米处的一个空地上停了下来，在这个平地和王公的帐篷中间隔着一个横过谷地的长长的缓坡。我们刚刚选好营地，考察队也抵达了。在卸完驮载、搭好帐篷后，两位王爷请我让所有的旅伴去喝茶以缓解旅途的疲乏。所有这一切，似乎都再正常、顺利不过了。而且，还有西宁官府派来的一名汉族翻译跟着我们考察队，他身上带着各种要求安多人给予考察队以协助和支持的文书。

招待完年轻的俄国客人后，一些唐古特官员来到了我们的营地。原来所有的客人都是贪杯之徒，他们一点也不害羞地叫我往他们一会儿就喝空了的酒杯里添上最烈的酒，这些酒精饮料是我从考察队那里拿来的，它们也用作保存鱼、蛇、蜥蜴等动物的防腐剂。这个饮品看来很让王爷高兴，他竖起大拇指予以赞许。一开始我也曾建议这些游牧者喝些白兰地，但是没有用。他们说白兰地是“女人喝的东西”。遗憾的是，虽然这些游牧者喝起酒来很是豪放，但是一谈及具体事务时，卢霍姆博却极不通情理。尽管我提出了各种理由予以拒绝，但他还是坚持要求考察队用一支步枪换取通行；他对驮载的牲畜和我们的向导通行的要价很高，也很特别。我建议给他们左轮手枪代替步枪，他们则瞧不起这种武器，甚至讥笑这种武器是“儿童武器”。

唐古特人把酒喝了个够，他们已经开始醉了，我已经预感到非出点什么事不可了。幸好这时王爷夫人突然来到，将我从这种窘境中解救了出来。这个小个子的孱弱的老妇人来得正是时候，她没费什么事就把自己的老公扶起来弄走了。这个醉鬼在路上前言不搭后语地说：“我们明天再谈正事，谈你们考察队的事，我等着你们给我送礼物来。”而实际上，我们已经送了一些礼物给他了。

# 噩梦一般的旅行生活

我们谈判了两天时间，但是没有谈出任何结果。对于卢霍姆博而言，我们向他提出的所有要求，包括为雇用牲畜和向导而出的最高价钱都还不够。他坚持自己的立场不松口：“送我一支俄国步枪和一箱子弹，我就放你们从我这里过去！”然而，就在我压住心头怒火被迫同意了他的这个无理要求后，这位老王爷又说：“我现在先回家去了。我的儿子马上就会到你们这儿来。还要再看看你们的武器。”过了一会儿，他的儿子来了，他骄傲自大、目空一切地走进了哥萨克住的帐篷，他在那里极为仔细地查看了我们的步枪。临了，他依然带着一副目空一切的表情说：“你们的武器很糟糕，一文不值。”然后扬长而去。

此前，我们的营地里有各种各样的参观者前来，非常热闹，这些参观者甚至不拘礼节地随便地走进我们的帐篷里去。现在，营地里变得比以前冷清了。依然来营地的则是那些分不清自己财产和别人财产的卢察人，他们差点在我们的眼皮下拿走我们的医用绷带。

老王爷召集了一批富有经验的头目来开会。后来我们才得知，就是在这次会议上，与会者决定消灭我们，以便占有我们所有的武器和财物。我们没有想到，针对我们的背信弃义的进攻行动正在筹备之中，我们尤其无法得知，卢霍姆博在会上同意了自己儿子和其他年轻人提出的在深夜里对我们发动进攻、捣毁营地的计谋。

1909 年 1 月 11 日傍晚，考察队员们的神情极其紧张，从王爷居所方向传来了令人怀疑的马蹄声，剽悍的骑兵在邻近的山丘顶上跑来跑去，高声喊叫着。为防备出现意外情况，我们决定和衣而卧，大家手中握着武器，保持着高度战备状况。

第二天，我们与唐古特人的关系更加紧张了。看来，已经无法通过和平途径与他们达成协议了，我们实在无法满足他们提出的要求。我们刚答应他们提出的荒唐要求，他们又立刻提出新的要求，而这些要求让人完全无法接受。

我们通过西宁来的翻译得知，王爷提出了最后的一个答复期限。按照他们的要求，我们要为每头牲畜和十五个向导向王爷支付昂贵得令人觉得是异想天开的价钱。而实际上，我们只需要一个向导，但是他们强迫我们必须雇十五个向导，否则好像我们就无法生还。现在，他们绝口不提步枪和子弹的事了。

傍晚很快就过去了。一个昏黑有云的夜晚降临到大地。这是 1 月 12 日的夜晚，这个夜晚令我们每个旅行者铭记在心，难以忘怀。不知为什么，王爷的帐篷方向显得极其安静。这一次我们没做任何准备，甚至打算较为舒服地脱下衣服睡觉，只把武器放在近旁而没拿在手里。我久久无法入睡。猛烈的狗吠声一刻不停。我一边留意着周围的一切，一边想着遥远的故乡和温暖的火炉。突然，一声枪响惊得我立刻站了起来，大家都跟我一样立刻爬了起来，当时是夜里十二点半。警惕性很高的哨兵萨纳科耶夫高喊了一声："有攻击，快起来！"并向首先冲过来的两个当地人开了火，正是他们中的一个人刚才打响了向我们发动进攻的那一枪。

第一声枪响后总共过了一两分钟，我们都冲出了帐篷，当然手里都拿着武器。但是已经看不到一个敌人了，只能听到快马跑动发出的刺耳的马蹄声。我们刚刚穿好衣服，更充分地做好武器方面准备，并摆好了战斗队形，从刚才的两名骑手逃窜而去的西面，就又传来了新的马蹄声，声音越来越响。随着唐古特人离我们营地距离的缩短，我们已经可以看见一些晃动的黑影了。这个黑夜是发生在几个俄国人和数以百计的游牧者之间战事的唯一见证。他们骑着快马，手拿长矛，冲向我们的营地。在他们冲到距我们四五百步远时，我们开了火。我们八条枪射出的子弹像一条不间断的火蛇，闪耀在昏暗的夜里。他们经不起我们强大火力的迎击，在继续冲出一百步后就急忙掉头向北跑去，很快藏到了深谷里，马蹄踏在干燥的冰冻的地面上发出的声音，久久回响在寂静的夜里。所有这一切发生得如此之快、如此之急，以至于在最初的时候，我们觉得它仿佛是风驰电掣去为神祇们传递消息的狂野旋风。如果我们没有排好战斗队形做好充分准备的话，肯定会被这股旋风卷得无影无踪，肯定会被这些人的长矛和马刀剁成肉酱。真的，如果他们事先不派两个侦察兵来，且正好弄巧成拙地把我们惊醒，并让我们做好了战斗准备的话，他们的计划也许就成功了。他们的攻击在漆黑的夜晚还很像一回事，很具有威力！但是我们躲过了这一劫，这让我不得不相信我的运气。

我们从发生的一切中刚回过神来时，就听见从王爷帐篷所在方向传来的卢霍姆博和他的儿子的喊叫声："出什么事了？敌人没有把我们的俄国邻居打死吧？好猛的火力！"这些话是我们的西宁翻译后来为我们补译出来的，他当时被吓得惊慌失措、张口结舌。为了尽快满足自己的好奇心，老王爷派他的儿子到我们的营地来看个究竟。他对我们全部完好无损，甚至连伤也没受一点儿，而且保持着良好的战斗状态，随时准备迎击新的来犯之敌感到极其惊讶。这时我们又听到草原上充满了粗鲁的喊叫声，远处传来的枪炮声和厮杀声让我们手持武器戒备了好长时间。这些从远处传来的声音听上去仿佛是我们的邻居正在为我们驱赶入侵之敌，但是我们再也不相信这些人了。从这个险些让我们命丧黄泉的夜晚开始，我们在整个冬季考察期间再也没敢脱下衣服睡觉，大家睡觉时都紧握着武器……

当地人仿佛在躲着我们，再也没有好奇者来探访我们的营地，我们也正好因此而终于摆脱了络绎不绝的来访者的打扰。只有一个我们早已与之处熟的很可爱的喇嘛还常来我们营地。这位喇嘛来到我们营地时心情总是非常激动，他不知道该如何表达与外国人交谈时的快乐。在极其兴奋无法控制自己喜悦的时刻，这位年轻的唐古特人紧紧地抓住我的手把它放到自己的胸前，这种独特的表示好感的方式令我极为感动。1 月 13 日早上，我把我年轻的旅伴们提升为上士或者下士，并向他们介绍了我们目前所处的境况。这时，卢霍姆博来了。他对我们在打退进攻时表现出来的英勇赞不绝口。我以一种开玩笑的口吻问王爷："不会是您的下属在跟我们开这种恶毒的玩笑吧？" 骄傲自大的老头是这样回答的："如果你们能从我的村子里找到一个受伤的人，我就把我自己的手剁给你！要是我的人中有谁胆敢参与这次攻击的话，格杀勿论！" 卢霍姆博变得狂怒起来，这位发号施令惯了的老头充满仇恨的眼睛熠熠闪光地四处乱看，他气得神经质地浑身发抖，并机械地转动着自己头上的狐狸皮帽子。他甚至甩开自己右边的衣袖，露出肩膀上的不少老疤！这位老者饱经世故，并久经沙场！现在我终于相信了在我们认识的第一天，他就向我们说过的那些话，"我从来不给任何人哪怕是最普通的礼物"。现在看来，这位老王爷不得不承认自己老了，无能为力了……

为了不让自己参与夜攻的嫌疑增大，不让我们知道他们的伤亡情况（我们在几天后才知道了这方面的情况），卢察王爷迫不及待地要把考察队打发走。他派自己的儿子来充当向导们的头头。出发前，卢霍姆博以最为冷淡的态度邀请我和我的伙伴切特尔金去喝"饯行茶"。我们非常不愿意接受这次邀请，但是最终还是认为不便拒绝。当我们坐到王爷的帐篷里和主人一起叙旧时，我们两个不得不时时机警地注视周围的唐古特人，因为如果我们粗心大意的话，他们随时都有可能抓起放在旁边的武器结果我们这两个俄国人。我们在喝茶和吃东西时也十分小心，生怕他们在里面做了什么手脚。你们很难想象，我们与这个地区的首领一起度过的这最后的时间是多么漫长、多么乏味、多么难熬。王爷夫人却不顾我们和她丈夫之间的紧张对峙，不时来到我面前，毫不害臊地一次又一次地向我索要方糖。

正如我预料的那样，卢察人坚决拒绝送我们到拉加寺去，说是不想翻越路上很高的雪山，而实际上他们是害怕山里的恩戈洛克人，后者早就放出话来威胁过卢霍姆博。老王爷授意自己的儿子领我们走一条很长的绕行路线，他的儿子又把他的旨意传授给了老头的女婿，要他领着考察队在拉加寺和拉卜楞寺之间的地区绕来绕去走远路。

老王爷想出这条又长又绕的路线，是为了给自己人挣得更多的工钱。这样做对我们也有益处，因为它给了我们一个考察安多高原那些最神秘莫测地方的机会。当然，我们为此花费了许多金钱、体力和精力。到拉卜楞寺之前我们一直不脱衣服、手持武器睡觉，晚上的警戒也加强了。由于参加此次冬季考察的人数很少，我们每个人隔一夜都要轮到站岗的差事，轮到站岗时，在冰天雪地里一站就是五六个小时。第二天照样随着考察队一起上路，一起进行各种观察和标本收集工作，一起在比彼得堡高出二三千米的高原上跋涉。我们的神经已经紧张到了极限。

在安多高原考察的事已经过去了许久，我现在依然清楚地记得这噩梦一般的旅行，仿佛又重新回到了那个令人愁苦的、对我们充满敌意的地方。与此同时，安多高原总是勾起我对我的旅伴们的深深谢意和友好牵念。他们是俄国人中的精英，也只有与他们一起，我才能建立这样的功勋……我希望读者能原谅我关于“功勋”的措辞，至少，我希望能得到那些领略过中亚大自然美景的人们的谅解。

# 陷入山地“迷宫”之中

1 月 13 日是我们考察队从沙内格出发的日子。这一天对于我们考察队的每个人来说，都是兴高采烈的日子。一大早，当地人就为我们牵来了驮畜。我们准备妥当并与王爷道过别后，就朝西南偏南的阿姆内雷琼山口方向出发了。在山顶上的一片美丽的鄂博前，四个唐古特人极其虔诚地进行了祈祷。

我们朝西南方向下山后，就来到了沼泽旁。穿过沼泽地，我们来到了广阔的叫作“巴”的谷地。这个谷地是一个水草肥美的牧场，周围被一些高丘所围，也正是这些高丘哺育了三条水量丰富、水流湍急的小河。小河主要从山丘南面流出，第一条叫“巴曲”，宽约两米；第二条叫“切加郭勒”，宽五六米；第三条叫“内塞曲”，宽八九米。这三条小河最后汇成了黄河左岸的一条支流贾尔瓦通东河。在南方可见两座发亮的雪峰，它们是沿纬度方向延伸的塞尔奇姆内加山和拉普门内加山。在这些峰峦叠嶂的山的另一面，在安多高原最为偏僻、最难以抵达的地方，深处隐藏着神秘莫测的拉加寺。人们告诉我说，这座寺坐落在一个三面环水的雄伟山丘上，而从三面环绕这个山丘的不是别的河，正是伟大的黄河。我们最终并没有到拉加寺去。

在我们行经道路以西的山脉的浅谷里，居住着不少居民，那里不仅可以称得上人烟稠密，而且居民们还相当富裕，他们养了成群的牛、羊、马和牦牛。我所描述的这个长着浓密草料的谷地立即让我想起了青海湖平原。在这里，也像在青海湖平原一样，可以看见土拨鼠和啼兔（鼠兔）的洞穴。路旁不时可以见到兔子，生性狡猾的狐狸有时也停下来让我们观赏。依然有鹰从空中俯冲下来，抓食啮齿目动物。适者生存和弱肉强食是生物界的普遍规律。我们周围野蛮的、暴戾的人们也遵循着这一规律。我们差不多每天都可以见到小股全副武装的恩戈洛克队伍去到各个方向，忙于与这个或那个部族交锋。有一天我们还碰到了十五个装备极为精良的唐古特人，他们从卢察王爷的治所出发，前去进攻另一个部族。这些人前不久抓住了那个部族的一位偷马贼，并对他施了私刑。

我们从沙内格出发的第一天，一直刮着猛烈的西南风，灰尘满天，风逐渐转变成了风暴。动物们突然之间就消失得无影无踪，草原上所有的居民都躲到自己的洞穴中去了。在一个小山丘的背风面，我发现了一只鹰，它很聪明地缩着脖子站在那里，以躲避这恶劣的天气。大伙又艰难地行进了几俄里后，我们决定仿效鸟儿躲避恶劣天气的方式，于是早早地在巴特齐图（唐古特语称“巴尔齐图”）扎下营来，钻进帐篷里去避风。这个地方紧邻着卢霍姆博儿子管辖的游牧居住地。

白天的气温相对来说要高些，身体感觉也相对比较舒服，而夜晚既寒冷漫长，又寂寞难熬，让人无法从精神上得到缓解并恢复体力。夜深人静的时候，在户外站岗值勤的人虽然寒冷透骨，但还是用冻僵的双手握着枪，仔细地倾听和分辨着周围的每一种最为细微的声音。周围万籁俱寂，没有一点声响，只有星辰在天空中无言地闪烁，在漫长难熬的值勤时间里，我们总会不由自主地抬头仰望它们。地平线的西北角燃起了鲜红的火光，这堆草原之火时而熊熊燃烧，火苗蹿起老高，时而又渐渐变小，仿佛很快就要熄灭。啮齿目动物在脚旁跑来跑去，从附近的山丘里传来兔子的叫声，偶尔还可听到雕鸮低沉的声音。如果离宿营地不远的地方有游牧者居住，则可听到发狂的狗吠声和巡夜人的喊叫声，他们警惕性很高地守卫着自己牧场和驻扎地。时间过得很慢很慢，终于熬够了五六个小时的站岗时间，于是站岗的人迫不及待地钻进帐篷想休息休息。但是-20℃的严寒却让你不能轻易入睡，被子里跟冰窖一样冷，无论盖多厚都无法让冻僵的身体暖和起来，又困又累又睡不着觉，队员们只好蜷缩着身体一直熬到天亮。直到起来值勤做饭的哥萨克点燃行军炉，将帐篷烧得稍微暖和一点后，大家才能睡上一两个钟头。

道路在巴谷以南一分为二，虽然前一条路在对自然历史和民族学研究方面对我们很有吸引力，但我们很遗憾地放弃了这条通往拉加寺的道路，而选择了朝东南方向行进（后又折向东北）前往拉卜楞寺的道路，希望以此摆脱当地人的骚扰。

1月14日，考察队顺利地抵达了卢霍姆博的女婿霍尔洪仁的旗。他们几个人亲切地交谈了几句后，这位霍尔洪仁就向我们索要更高的价钱。他提出的“牲口费”和“向导费”比他的亲戚栾沟仁向我们索要的要多得多。虽然如此，我们也不得不屈从，暂时还没有别的办法。卢霍姆博的女婿很乐意到我们的营地来跟我们说些什么，并经常索要一些小东西，但考察队里没有一个人让他进帐篷。有一天他说漏了嘴，告诉我们说卢察王爷本人积极参与了攻击考察队的组织工作，他还告诉我们在这次冲突中，与我们交火的唐古特人受到重创的情况。霍尔洪仁还说：“幸好俄国人不是这次流血冲突的挑起者，要不然我们将会全部武装起来反抗你们。”过了一会儿，他又补充说，“请你们宽厚地对待我族里的唐古特人，他们不会干出任何蠢事，在你们诉诸武力之前，请先弄清楚你们的对手是谁。要做到这一点很好办，你们只需要对你们怀疑的人喊一声‘阿罗’就行了，这个词是

‘朋友’的意思。如果他回应你们一声‘阿罗’，那么你们就可以放心地继续走你们的路；如果对方没有反应，沉默不语，那么你们就应立即开枪射击。”这真是一个认真、简短且行之有效的训示，事过之后我们还不止一次地回想起这个训示，就像我们回忆一些品行高尚的安多头目一样。

日子一天天过去，我们考察队却好像在偏僻的、荒无人烟的山地“迷宫”里越陷越深，仿佛永远走不出去一般。我们爬上了陡然消失在西方的哲穆拉普齐山口。站在这个山口上，我们又在近旁的稍低一些的高地后面看见了我们先前见过的塞尔齐姆内加山和拉普门内加山。山脚下急速流淌着的是尔卡聪曲河，它的石质河床从东南到西北骤然下降，河水清澈。

尔卡聪曲河是一条典型的山地小河，它的水深不超过 0.3 米。河宽为 6~10 米，在最后一个相对不深的谷地里。谷地宽不超过 400 米，两旁是陡峭的河岸，河岸被一些峡谷和冲沟切断。美丽的高山草地差不多一直延伸到河边。之所以说“差不多”，乃是因为在河边的有些地方长着委陵菜，在这些委陵菜丛里栖息着一些小鸟儿诸如红尾鸲。当我们走近时，一对野鸭从河里飞了起来，而白胸的河乌却没有注意到我们的到来，继续埋头于清澈的河水，然后吱吱叫着沿河上溯或顺流下飞。

在尔卡琼准，小河上的冰已经相当厚了，再往上走，冰块就连成了一片，这让我们再次陷入了缺水的境地。

考察队研究了尔卡琼准河河谷东南十来俄里内的情况，然后拐弯沿着尔卡琼准河的一条支流到了弗西伦，这个地方的海拔超过了 3800 米，这还是谷地里的海拔。我们在旁边的一个峡谷里发现了一个小庙，这个庙属于一个活佛。

这里的居民大多是唐古特人，此外还有极少数分散居住的恩戈洛克人。他们在对待欧洲人及其携带丰富的武器方面表现出一种贪婪的本性。除了用各种手段从我们这里敲诈银两和使尽一切办法来求我们送给他们步枪外，他们还故意不让我们知道前往拉卜楞寺的路。我只好带着早就疲惫不堪的考察队绕来绕去，甚至在原地转圈。我们的汉人翻译是天生的胆小鬼，他不敢把我的措辞严厉、态度坚决的话语准确地翻译给当地人。这样一来。当地人就认为我们软弱可欺，于是变得越来越粗鲁无礼、变本加厉。我的忍耐已经快到极限了，而与此同时，被我视为乐土圣地的拉卜楞寺的路程却缩短得极其缓慢。我们逐渐往南行进的最好参照物就是远处的两座山脉塞尔齐姆内加山和拉普门内加山，然而这里的人却称其为“扎苏拉山”。每爬上一个山口，它们就比刚才变得清晰一些。终于，当我们爬上海拔 4184 米的普特格乔里山地时，考察队员们看见在山岭之间只横着一个不宽的谷地。扎苏拉山显现出了裸露的轮廓和高高的悬崖峭壁，山上一些地方积上了厚厚的雪，景色单调而缺乏生机。在稍低一些的地方，这种景色为高山草场所取代。草场上流淌着一些小河，发出比较大的声响，然后注入更大的河流卡曲河。这个凹凸不平的谷地给人的印象很像藏北高原的谷地，差别只在于那里的牦牛是野牦牛，而这里的则是家养牦牛。另外，听人说在南边的山里，夏天可以见到不少藏熊。在翻越了柔和的长着草的张代尔高原、爬上哈梅尔山口后，遥远的东北偏东方向的两座山脉便展现在我们的眼前，这两座山脉指示着拉卜楞寺的真正方位。

由于黄昏来临，我们不得不在寒冷的阿雷塔瓦停下宿营，这个地方距哈梅尔山山口 2 俄里左右，旁边有唐古特人的游牧地。就像在中亚其他地方一样，只要有人烟存在就会有为数众多的乌鸦出现。这里也不例外，它们在唐古特人黑色帐篷上空盘旋着。傍晚时开始下雪，雪很快就下到了 7 厘米厚，周围的景色也随之改变，大地山川披上了银装。一小群朱顶雀欢叫着飞过营地上空，偶尔还可听见百灵那令人愉快的叫声。但是我们注定不能长时间地享受周围的宁静，当地人对外来人似乎有着某种天生的嗅觉。当他们知道俄国人到来后，很快就来到我们的营地，毫不客气地提出各种各样的似乎永远也提不完的问题。这里的妇女也把装饰过的长长的带子搭在肩上，我发现她们的肩饰比普通肩饰的颜色要深得多。除此之外，带子上绣有金线并缀有用银子修饰的贝壳。妇女们手上抱着一些还在吃奶的孩子，稍大一些的孩子则自己跑到我们这里来。这些人随便地跑进我们的帐篷来，一点也不难为情地向我们索要糖，他们从不放过任何一次能够悄悄拿走任何东西的机会。比如我的短马鞭很快就不见了，而我的旅伴们的马镫被割断拿走了，营地的汉人们则被偷走了笼头。当一个被偷的汉人抡起鞭子准备打一个当地人时，立时就不知从哪个地方跳出一个武装骑士，这个人原来是小偷的父亲，他跳下马来，拔出马刀威胁着要动武，而在他较为理智的兄弟们竭力相劝下，一场风波才被化解。在这场风波中，每个考察队员都愤怒到了极点，但是大家还是忍住了。

当地人的头儿是一个相当重要的喇嘛，但他并不以其道行高深而出众，而是跟其他喇嘛一样喜欢酒和致命的武器。普通俗众对这两样东西的喜爱程度就更不用说了。我们注意到这帮家伙对这两样东西的喜好和贪婪的眼神，就用相应的礼物把他们吸引到我们这里来，然后意味深长地把达赖喇嘛的肖像和我们的护照及钦差的公文给他们看，但是我们的努力并没有奏效。另外，他们强加给我们的十五个向导，我们每天要向每个向导支付一两银子的“向导费”，而我们实际上只需要一两个向导。他们用来解释他们这种行为的借口非常幼稚，他们说，他们前不久袭击了沿途的一些旗的居民，打死了几个人，赶走了他们的马群。他们害怕遭到报复，所以一两个人不敢为我们带路。

1 月 19 日早上有雾，光线黯淡。考察队的牲畜在干硬（准确地说是结了一层冰）的土墩上艰难地行走着，周围的景色单调而灰暗。只有不时出现在前方优雅的藏羚才给这份单调的景色增添了一些亮色。它们轻盈地跳跃着，吸引了我们的注意力。

在山脚绕行时，我们发现了迎面而来唐古特人的小分队，看见我们后，这小股人折向了旁边。稍后他们又利用路上缓丘的掩护很快向我们奔来，想偷偷地袭击我们。陪同我们考察队的喇嘛惊慌地催促我们立即开枪，而我们在发现他们的不轨动机后也立即这样做了。切特尔金和波柳切夫很快爬到了邻近的一个小丘上，在距离敌人八十步远的地方同时射出了三发子弹。他们打死了一匹马，打伤了两个唐古特人。

没过几分钟，这些唐古特人又追上了我们，与我们展开了谈判。他们严厉地指责我们伤害了他们无辜的同伴，而喇嘛却坚决否认自己曾要求我们立即开枪。这样一来，我们就不得不想尽各种办法，用和平的方式来平息这场事端。经过讨价还价，我们为打死的一匹马赔了两匹好马，又给了相当多的钱给两位受伤者疗伤。谈判又因这些当地人的吵闹而数次中断，他们口口声声要与我们进行肉搏。大家心里都感到不安和沉重。天气倒是完全与我们的心情一致，刺骨的寒风穿透了衣服，大雪又蒙住了我们的眼睛。

当地向导也想暗算我们，他们中的两个人从后面靠近我，有好几次用枪瞄准了我，只等机会适时下手。幸运的是，杰米坚科及时地发现了我的危险处境，才使我免遭不测。

暮色中，我们在代格扎扎谷地里的内雷克通歇了下来，宿营地旁有一口很好的井。四周下着暴风雪，我们唯一的燃料干粪也被弄潮了，很久点不起来，让我们无法烤火以增加热量。

在远处的斜坡上出现了一个骑马者，他久久地一动不动地站在那里看着我们，在灰白色的天空映衬下，像是一个奇怪的剪影，然后消失在山丘后。“这不是人，而是一只大狼”，我们中的一个手拿望远镜的队员对我们说。听了这话，我们都忍俊不禁。由于神经紧张，我们无法安然入睡，而且整个形势也无法让我们好好休息。我们的敌人并不掩饰他们对我们这些外国人的憎恨，他们的帐篷就在考察队帐篷旁边，这让我们无法合眼。能入睡的只有那些实在困得不行的队员，而且他们已疲倦得对死亡的恐惧都变得迟钝，对一切已经无所谓了。死亡的征兆不止一次地出现在我们周围。还好，我们永恒的同盟者月亮在这个令人恐惧不安的夜晚没有叛变我们，它高悬在天空，在它的帮助下，并借助开阔的地势（我们总是选择这样的地方来过夜），才使我们的三个哨兵有可能及时发现各种情况。

第二天早上，我们才看清了代格扎扎谷地里的一些情况。一些没有结冰的泉上笼罩着腾腾的热气，但总的来说，空气要比平时明澈一些，而且看样子今天会放晴。在谷地南北两侧 7~10 俄里的地方出现了一些山丘，山丘上只长着一些草本植物，除此之外，既没有树林也见不到灌木。我们翻过哈梅尔山山口后就一直顺着一条名叫“弗代曲”或者“尔泽曲”的小河行进，这条小河流经谷地的南角，因为流速慢，形成了许多让人意想不到的拐弯。这条小河的河床像俄式洗衣槽，宽 30~40 米，河床底部是柔软的黑土，河岸较陡，一般高为 0.9~1.2 米。弗代曲河在尔泽特这个地方流过了一些山丘，流向代格扎扎谷地，再向东流进附近的纳通谷地。

太阳升得越高，灼脸的感觉就越强烈。背阴处的气温不超过 –9.4℃。尽管气温并不高，但是发热的太阳光线还是让一些沉睡的昆虫恢复了活动。我们很快就看见有苍蝇出来活动了，它们围绕着我们考察队的牲畜活泼地飞来飞去。大地一片静寂，只有百灵鸟响亮而令人愉快的声音偶尔从高处传来。放眼望去，东面和西面地形崎岖，这里见不到住家。但在远处的什么地方可以看见一些家畜的黑点，它们与藏羚一起和睦地吃草。只是在看到这些牲畜群后才让我们确信，在离它们不远的地方有游牧者存在。

在走过一个急转弯后，我们又绕过了一个缓坡。这时，正如我们所料，我们很快就在萨戈雷盖发现了被坡挡住的几顶唐古特帐篷。还没等我们停下来，那个游牧定居点里就很快了来了数十个从头武装到脚的骑兵，他们飞快地向我们奔来，这伙人的首领骑着一匹优质的跑马，看起来是一个敏捷的骑手。这个突然发起的进攻完全出乎我们的意料，接下来，从我们队伍里跑出了几个当地的向导，他们机警地处于唐古特人和我们中间，期望能制止住这次流血冲突。当下一片混乱，唐古特人骑着马排出了队形，他们高高地举起长矛，看上去像是一堵栅栏。

我出来询问他们是哪路人马，对方回答说，他们是一个活佛的护送队。我根本无法相信他们的说法，于是我建议他们选出三个年长的唐古特人来和我们谈判，他们同意了我的建议。立刻来了三个谈判代表，第一个是拥有二百五十顶帐篷的大旗切玛旗的头领，名叫“克加尔玛”，这个头领长得颇像一个汉人，戴着一副大眼镜。第二个谈判代表是克加尔玛的英俊的儿子，第三个是首领亲近的谋士。我们邀请客人走进帐篷，先请他们喝酒，然后把礼物呈给他们。这几个人都很爱喝酒，这也没有什么奇怪的。因为在安多，不仅男人、女人们能喝酒，甚至小孩也会喝酒——他们的父母总是让他们的孩子品尝酒的味道。我送给老首领一块锦缎，送给他儿子一把猎刀，送给他的谋士一个红色的军用水壶，我还请他们给不在场的同伴带回一块砖茶去。然而无论是礼物，还是盛情款待，都无法使这些人有所收敛。在对我们的礼物表示过谢意，并虚情假意地表示了一番对我们的友谊后，这些唐古特人最后还是给我们来了一个“狮子大开口”，他们向我们索要的食品费、牲畜费和向导费比此前的唐古特人索要的还要高。原来，就像安多高原上的其他旗与旗一样，这里旗与旗之间，由于互相抢劫和仇杀，彼此之间结怨甚深，不可调和。唐古特人之间的这种“友邻”关系当然也会反映到我们的旅行中来。由于他们之间的这种恶劣关系，我们的考察路线不得不经常改变，这让我们十分厌恶和无奈。

然而我还是要说，我们的这位新识克加尔玛最后却成了在所有的唐古特首领中给我们留下印象最好的一个。他亲自领着考察队穿过自己的属地，一直把我们送到光秀东诸布为止。虽然他不放弃自己的利益，但他是同情考察队的，而且在除了钱之外的其他方面他都愿意做一些让步。他天资聪颖，而且久经沙场。因此他是一个最有意思的交谈者。晚上我跟他聊天时，聊着聊着就忘记了时间，一直聊到很晚。我们的武器一直让这个颇有威信的唐古特人赞叹不已。他不时为我们表演自己的射击技术，并请求我们也露两手给他看看。我们当然十分乐意满足类似的请求，因为我们知道，优秀射手的声誉是保证我们考察队安全通过的最好招牌。

有少数几个人一直在顽强地行走着。他们跟在一群公牛后面，这些公牛驮着货物，不时发出颇有特点的“哞哞”叫声。在离考察队很近的地方，有一些骑着好马武装起来的唐古特人，这一伙人让人不得不产生怀疑防备之心，但是他们还装出一副好像在保护我们的样子。他们在一些令人怀疑的地方爬上邻近的高地，机警地看着远方并告诉我们说那里很危险，而实际上，也许正是他们自己在那里设置了一个更为阴险的骗局。有时他们又完全出人意料地快跑起来，在跑出一大段距离后停下来坐在那儿喝茶。一开始周围一片寂静，从远处看上去，我们只能看到围坐在篝火旁的唐古特人的剪影。突然，在一片寂静中传来尖锐骇人的喊叫声，这声音让我们感到恐惧。年轻人不由自主地在马鞍上发起抖来，飞快地抓起武器。然而这完全是一场虚惊，原来是唐古特人烧开茶后，把热水喷向旁边，然后大声地向山神祷告，祈求神保佑他们一路平安顺利。而夜晚确实令人恐怖，不知有多少次，这些唐古特人似乎动了在夜里向我们下手的念头。我在夜里值勤的时候，就经常见到一大群骑马的唐古特人停在不远的地方，长时间地盯着我们的营地，看是否有人值勤放哨，他们仿佛拿不定是否向我们发动进攻的主意。这些人就这样一连数小时地盯着我们，折磨着我们，让我们在高度戒备地等待许久后，他们又突然骑上马朝远方跑开，消失在夜的深处。

1 月 21 日，考察队员吃过中午饭后才上路。我们沿着广阔的纳通谷地行进着，虽然是谷地，但是它的海拔还是相当高的。一些被白雪覆盖的山岭耸立在远处，给人一种威严的印象。鸟类活动给单调枯燥的景色增添了一些热闹，优美的鸶偶尔从我们上空飞过，隼也疾飞而过，然后，四周又恢复了宁静。这种宁静偶尔还会被百灵鸟温柔的声音打破。我们在萨戈雷盖东北 6 俄里的地方，穿过了从青海湖通往拉卜楞以南的孙潘京大路，然后从冰上渡过了一条晶莹剔透的弯弯曲曲的小河，在尔泽曲河岸邻近扎西普山丘的地方扎营休息。这一天我们只走了 17 俄里。

我们急不可耐地想早些抵达拉卜楞寺，但是时间仿佛凝固了。我们走过一个山丘，出现在眼前的依然是山丘；爬上一个山头，发现眼前又是一座新的山峦，还有谷地、河流……这些东西似乎永无穷尽。考察队差不多是沿着尔泽曲河谷行进的，我们一直行进到它与一条不大的支流春曲河汇合的地方，才带着惜别之情告别了这条令人愉快，且在科学研究上颇有价值的河流继续前进。终于，当我们爬上邻近的山丘时，看见了隔在我们和拉卜楞寺中间的冷峻的白雪覆盖着的山岭。

当我们从西南面接近光秀东诸布旗时，我们的朋友克加尔玛前去和自己的亲戚——某旗的首领进行私人谈判去了，考察队则在胡尔玛鲁停下来宿营。

现在，我们距拉卜楞寺总共只剩下四天的路程。这段路一部分经过泽科特山脉和一些不知名的山脉，后一些山脉中包括我们考察队即将越过的基塞尔拉山口。

我们已经好久没有见到太阳了！一个阴天接着一个阴天，笼罩着薄雾的天气让我们无法对周围的地形进行预期的大范围观察。我们的工作主要集中在写旅行日记、摄影绘图和进行气象及天文观测上。我们的收集品除了地质方面的外，增加得很少，这是因为整个大自然都处在“冬眠”状态，只有一些四脚猛兽和猛禽还在野外活动。晚上，常有一些饿狼跑到我们的营地来，我们不得不开枪吓跑它们。髭兀鹰、白兀鹰、棕兀鹰以及金雕几乎天天都可以在白雪覆盖的山顶上见到。

在长着低矮灌木的背风的山沟里，有过冬的麝，在这里过冬的鸟类有地花鸡、松鸦（Pseudopdoce shumilis）和长耳百灵。在峡谷峭壁上栖息着机警的普氏西藏雪鸡（Tetraogallus tibetanus Prze-walskii）。严寒和山里大量的雪并没有完全阻止住一些动物出来活动。例如 1 月 23 日，在一条河陡岸旁的草皮下，我的旅伴很高兴地发现了最早出来活动的甲虫。

我们使用的是夏季帐篷，这显然不能适应这里的气候，因此，晚上我们住在帐篷里相当不舒服。在这种情形下，大家都会很自然地想到我们以前住过的温暖舒适的帐篷，但是我们中没有一个人有过抱怨之词，这是因为在我们旁边的一些当地人所表现出来的坚韧和顽强让我们感到佩服。他们直接在户外露营，而他们与我们是一样的人。这些被生活磨炼出来的安多高原居民，即便在最酷寒的时候，在他们争论到十分激烈时，也会甩掉妨碍他们行动的右肩上的衣服。

在帮我们与光秀东诸布王爷取得联系后，我们的旅伴，自称是我们忠诚朋友的克加尔玛就准备往回赶了，临行时他再次向我索要礼物，说是应该奖励他让考察队顺利地抵达了胡尔玛鲁。他告诉我们，卢霍姆博曾命令他带领考察队绕弯路去拉卜楞寺，这条弯路经过王泽营，而不是光秀东诸布，但是他替我们着想，违背了自己头领的命令。不管所言是否属实，我还是给了他一些奖励。在打发走这个狡猾的唐古特人之后，我就着手准备与我们现在所在的这个旗的头领谈判的事了。光秀的举止很谦恭，在与我们会见时他总是礼貌地微弯一下自己的身体，向我们伸出一双大拇指向上的手说："霍姆博，代穆伊纳！"但是这种礼貌的态度并不妨碍他拒绝我们这些旅行者最为简单的要求——把我们直接送到拉卜楞寺。他说，在拉卜楞寺这个佛教中心的地盘上有这么一家商行，前不久他曾亲手杀死了商行的人。因此，他只同意把我们送到距离拉卜楞寺有一天路程的某个贝子的驻扎地。

1 月 25 日一大早，我们就开始往公牛身上安放驮载，在一大群人的围观之下，我们很快就做好了准备工作，精神抖擞地出发了。我们沿着山路行进，一步步走进泽科特山脉深处。这次，我们丝毫不差地朝着东北方向行进。山岭南坡上先是长满了浓密的锦鸡儿，而后又被良好的草场所取代，草场上的草泛着金黄的颜色，很是漂亮。

被当地人称作"桑内加内加"的泽科特山脉将我们的视线挡住了。山口上刮着猛烈、透骨的寒风，旁边什么地方传来了红嘴山鸦响亮的叫声，鹨从灌木丛上方飞过，西藏雪鸡一大群一大群地在太阳地里觅食，天空中飞翔着兀鹰和髭兀鹰。我们顺着陡峭的有积雪的石质峡谷下山，雪地上有一条被踩出的道路，这说明经常有人往来于山岭东北和西南。在有个地方，我们还注意到了游牧者前不久来过的痕迹。在平坦的没有积雪的小草地上有一条踩出来的小道，唐古特人将帐篷搭在这些地方。到处都可见到干粪，偶尔还可以见到一些牲畜的骨头。有一天我甚至还发现了一种石器，这是一个特别的槌子，还有把柄。

在我们出发后的头两天里，考察队经过了地形复杂的山岭和一些单独的高地，游牧者依旧骁勇尚武，因此我们不敢有丝毫大意。

1 月 26 日，正当我们在基塞尔拉山口下平静地喝茶休息时，突然从高处传来了一阵令人恐惧的大叫声，我们回头看去，立即发现了一群全副武装的骑着马的唐古特人。我们的车夫们马上就拿起了自己的长火药枪准备开火，但是光秀制止了这场流血冲突，他及时地喊了一声“别开枪！自己人！”这一简单而朴实的喊叫声发挥了作用，对方立即解除了战斗准备，他们把火绳枪挂在肩上，很快就消失在山坡后面。

我们的下一个停留地是萨玛林格多，三个峡谷交会于此，形成了一个相当宽广的谷地。在这里，我们与当地的唐古特人发生了小小的冲突。这次冲突发生在我们与自己的向导之间，他们用最为无礼、最具挑衅意味的方式要求我们立即付雇牲口的佣金。在我们向这些恶棍支付了五十两银子后，考察队的营地里才又恢复了以往的宁静。

我们来到一条名叫“切尔纳尔甘德”的小河岸上，从这里直到拉卜楞寺我们都一直沿着这条小河行走，它在一个地方由于与许多支流汇合而比现在要大得多，那儿的人管它叫“桑曲”。随着我们向东行进，切尔纳尔甘德河很有特点地先是向北折，然后又折向南。周围山势变得比先前要柔和一些，河水也越来越多地从冰层下涌出。不知为什么，流水声让我们每个人听着心里都感到很高兴。在西北方向，圣山拉尔扎普齐的两座山峰和一个较为平坦的山峰高高地耸立在群山之间。夏天，这座圣山会吸引许多佛教徒前来。右边的一些山岭被火焰照耀着，去年的干草不知为什么着了火，火舌像蛇一样滚动着蔓延开去，形成了接连不断的大火。

在许多灌木丛和高高的木本植物中，有对冬季而言并不多见的鸟类活动的身影：红色和天蓝色的雉、朱雀、山地云雀、山雀等，它们看起来是这里的“常住居民”。灰色的鹮嘴鹬和优美的洞乌一边在水流湍急的切尔纳尔甘德河上飞舞着，一边发出欢快的叫声。我们顺着河流的方向折向东南，爬上了一个高高的陡峭的河岸，整个河谷的美妙景色立刻展现在我们的眼前，我想，如果是夏天，这里的景色肯定会美不胜收。切尔纳尔甘德河和它的支流流过绿草如茵的草地，灌木丛和森林中不时传来百灵鸟的欢唱，更兼蓝天白云，阳光灿烂……

终于，我们盼来了1月28日。按计划我们应该在这天看见拉卜楞寺。随着我们越来越接近这座寺庙，光秀的脸上变得越来越阴沉。28日这天早上，他突然大发脾气地对我们说，再也不给我们带路了。当时，无论我们怎么劝说和威胁都毫无用处。于是我叫光秀到我跟前来，他走到我跟前，我突然出其不意地抓住他的衣领。用手枪顶着他的太阳穴，要他立即带路，这位头目立时变得服服帖帖了。不到一分钟，就听见他对手下的人大声地吼叫道："装驮！快点！"半小时后，我们已经沿着古怪地拐向东南的小河上路了，小河终于冲出了狭窄的山岭，舒展开来。在略微靠东南的地方，延伸着厚实的尔久克卡盖盖内加山脉，这条山脉更为人们熟悉的名字是贾费利桑图特。有一条急流从这条山脉里流出，流经塔纳谷地，最后汇入了切尔纳尔甘德河。

我派了一个人和考察队的翻译波柳切夫先轻装去拉卜楞寺，我委托他们到那里去寻找由纳帕尔科夫大尉押送去的行李。在送走他们之后，考察队又折向东北，绕过一个石头的突出部分后，我们又进到山里。在桑曲河右岸，当地人的商队来来往往。我们终于见到了被耕地包围的村庄。从望远镜里看去，可以分辨出在村边田头吃草的牛羊和鸡。所有这些农业文明的迹象，都给我们这些疲惫至极的旅行者以极大的喜悦。

在一个峡谷的崖壁上，我们见到了一个小寺庙，这个寺庙叫作扎姆扬沙德贝，是当地高僧的夏季行宫。寺庙周围长着针叶林，这些针叶林一丛丛地生长在峡谷的坡上，山坡上栖息着麝、狐狸和野兔，它们自由自在、胆子不小。傲慢的天蓝色的雉走来走去，它们一边翻着松软的土，一边互相交谈着，一点也没有意识到我们的到来。这里禁止打猎，任何生命都受到喇嘛们的保护。他们在这安静的一隅参悟着佛教伟大的真谛。

稍远一些的地方，在突出的石岬后面，已经可见到拉卜楞寺的建筑了，较古老的寺庙建在左边光秃秃的山脚下，较新一些的寺庙则分布在桑曲河的堤岸上。

翻译波柳切夫和当地商界头目——一个名叫马昌山的回族商人将考察队迎进寺中，他们转交给我们相当多俄国寄来的邮件，并把疲惫不堪的考察队领到了商行。我们在那里的一个单间里找到了自己的行李，行李保存完好。在这些热情好客的东干人之间，在经历了长期不间断神经紧张的旅行后，我们第一次感到了舒适、随意。

队员们仍然首先一头扎下去阅读信件。信中除告诉我们死亡之城引起了学术界的广泛关注之外，还给我们带来了一个极为痛苦的消息：俄国地理学会会员，享有盛誉的亚历山大·瓦西里耶维奇·格里戈里耶夫逝世了。这是一个心地善良、为人宽厚、聪慧过人的学者，他总是支持和鼓励我们去建立新的功勋。他把自己整个地献给了地理学会，视地理学会为自己的生命。考察队所取得的每一点成绩都让他感到由衷的高兴，都带给他真正的快乐。我很难相信，我们已经无可挽回地失去了这样一位光明磊落的学者，他的音容笑貌还浮现在我的眼前。我和这位无可比拟的先我而去的朋友保持着紧密的联系，他的精神深深地鼓舞着我。

第二天早上，我们与我们的安多车夫们告别。送走他们后，我们甚至有一种如释重负的感觉。刚强的勇士光秀在临别前很意外地送给我一条哈达，并对我说："我尊敬你，佩姆布（唐古特语"首领""头儿"之意），你竟能强迫我把考察队领到拉卜楞寺，我乐意执行勇敢刚毅的佩姆布的命令。"

考察队与信佛居民一起度过的日子平静而安宁，所有的一切都让我们感到兴味盎然，随处都能找到许多值得观察研究的东西。但是，最吸引我们的肯定还是伟大的佛教圣地拉卜楞寺，我马上就要开始对这座寺庙的描述。

# 拉卜楞寺的创立

巴拉季恩在《俄国皇家地理学会通报》中写道：1648 年，在拉卜楞寺附近的一个以游牧为生的唐古特家庭，降生了一个小孩，这个小孩就是以后在西藏佛教史中赫赫有名的大学者兼思想家嘉木样·阿旺宗哲，他同时还是拉卜楞寺的创建者。

小男孩的早期教育是在一个普通唐古特人辅导下进行的。当他长成一个小伙子后，就背上行囊去了拉萨。在这一方面，他就像那个总是渴望到莫斯科的罗蒙诺索夫一样，而对这个西藏的罗蒙诺索夫而言，他的莫斯科就是拉萨。

到拉萨后，这个年轻人进了哲蚌寺的“郭莽扎仓”（“扎仓”，“僧学院”之意）。入校后，他很快就展露出自己出众的才华，并引起了第五世达赖喇嘛的注意。他的一生几乎都是在拉萨度过的。他主持编写了自己所在学校的新教材，这些教材取代了由喇嘛昆琴却伊恩容编写的旧教材。他还被推选为郭莽扎仓的院长。

该僧学院后来在拉萨的其他僧学院中享有盛誉。这些荣誉应归功于嘉木样·阿旺宗哲在学术方面的成就。

嘉木样·阿旺宗哲在哲学方面和佛教方面的成就在其同时代的人中无人能

比，他的名望很高，以至公众舆论给予了他昆琴嘉木样·马德巴·多尔热的尊号，而他的真名叫作“阿格正宗堆”。

嘉木样·阿旺宗哲荣归故里时已经年迈了，他住在现在的拉卜楞寺附近的一个叫作“里托德戈玛山”的寺庙里，以便能在艰苦修行的条件下度完自己的余生。这位伟大的学者在寂静而庄严的环境里刻苦修炼，最终形成了自己的知识体系。宁静的小庙之外，是一种田园诗般的生活，这里游牧着与嘉木样·阿旺宗哲同族的唐古特人和少量的埃廖特人，他们的首领叫“洪措王”。

在1709年，嘉木样·阿旺宗哲开始了创建拉卜楞寺的著名宗教活动。在他创建拉卜楞寺的过程中，埃廖特人洪措王不仅让出了现在拉卜楞寺所在的这个地方，把自己的治所迁到一旁，而且积极地帮助了他。

起先，他们修了一座叫作“拉卜楞”（意为“喇嘛之家”）的小房子，所以后来寺庙也就叫作“拉卜楞扎西基伊尔”寺[1]。

嘉木样·阿旺宗哲于1722年[2]逝世，这时拉卜楞寺还没有发展壮大为一座大的寺庙，它的创始人只来得及创建了一个不大的经堂，创建了闻思学院和续部下院，修建了为数不多的禅房。

有两个人在使拉卜楞寺声名远扬方面起到了十分重要的作用。第一个是第二世嘉木样·久美旺波（是前者的转世者），这是一个勤勉务实的人；第二个是嘉木样·久美旺波的学生贡丹·达木比东梅，此人以其才华横溢的佛教哲学文章和其授教活动使拉卜楞寺“参尼学院”声名鹊起。从这时起就有许多蒙古喇嘛前往拉卜楞寺朝圣。从上世纪下半叶开始，又有许多布里亚特人前来拉卜楞寺朝圣，

[1] 作者关于拉卜楞寺名字来源的说法与今说有出入——译注

[2] 应为1721年——译注

这是因为拉卜楞寺在整个蒙古和布里亚特的宗教影响并不亚于拉萨[1]。

拉卜楞寺的海拔为3040米，是安多高原的宗教、文化和经济中心。旅行者在这里可以碰到前来朝圣进香的唐古特人、恩戈洛克人和西藏人，还可以碰到在这里做各种买卖的东干人和汉人。由于这里的人分属上面数个民族，因此在这里可以看见各种各样款式、颜色的服装。那些通过与文明程度较高的东干人联姻的唐古特妇女穿得尤其讲究。这些太太往往穿着彩色的毛皮大衣，戴着饰有红色流苏的非常漂亮的狐狸皮帽子，披着本民族肩饰（肩饰是一些缀满镀金镀银饰品的带子），戴着宝石戒指和大大的耳环。这一切为她们增色不少。

由于我们生活在商人圈子里，每天都有机会看到做买卖的商队抵达和出发的情形。运到拉卜楞的主要商品是纺织品、金属制品，此外还有为数众多的畜产品（在拉卜楞寺附近，许多庄稼地的栅栏都是用牲畜的骨头做成的）。从拉卜楞寺运往兰州府、海州、北京和四川的商品有各种动物的毛皮。另外，来自四川的汉人常常向我们讲起自己故乡丰富的物产和风土人情，这更加强烈地激起了我们前往这个令我们魂牵梦萦之地的愿望。我想说明的是，我已故的恩师普尔热瓦尔斯基当时也很想去四川。生意人中的一部分人就在寺庙近旁做买卖，另一部分人则到附近的村落中去兜售他们的商品。他们的存在给那些潜心向佛的喇嘛们平静生活以不小的诱惑。但是，成功的商品交换也提高了拉卜楞寺作为这一地区生活中心和活动中心的地位，使居民更加富裕，寺庙更加繁荣。

喇嘛是唐古特人中文明程度较高的一部分人，他们对欧洲人心存疑虑，担心欧洲人会影响到他们的利益。因而普通唐古特人对欧洲人十分冷漠，他们对待欧洲人只有那种寻常的对待外国人的好奇心。但是，应当指出的是：唐古特人中普遍存在一种迷信思想，认为一个人如果爬上了某山的最高峰，那么这个人多半就

[1] 拉卜楞寺在安多地区有“西藏第二”之称，享有极高的声誉——译注

会统治周围的人。因此，如果一个人私自去攀爬那些禁止攀爬的高地、山峰，公众就会认为这个人具有犯罪的倾向，是想破坏他与周围的人之间的平等关系，是想统治他们。

在一些互相敌对的地区，敌对双方中的任何一方都想占据敌方领土内的最高峰，并在那里插上自己的军旗“隆德塔”，而被插军旗的一方则会很恐惧地想方设法要拔掉敌人插到自己山头的军旗。这样一来，当地人就对我们经常前往一些山脉和高峰进行测量表示坚决反对。而当这些山峰属于禁止攀爬之列时，他们会认为这是对他们的独立和自由的侵犯，也就会对欧洲旅行者采取各种敌对行动。

现在，拉卜楞寺共有喇嘛三千人，其中有十八名大格根和十名小格根，这还不包括一些次一级的转世者，这些转世者总共有五十个。除了这一力量外，贡丹仓还掌握着一支由唐古特人、西藏人和恩戈洛克人组成的武装力量，他们往往在事态紧急时赶来支援拉卜楞寺。

拉卜楞寺的住持是嘉木祥·阿旺宗哲的第四世转世者，他来自西藏的一个没落贵族家庭[1]。这位住持深受教民尊崇，他在宗教和非宗教事务中都拥有表决权。他著有许多佛教著作，被认为是一个典型的苦行僧和勤于内省的人。他很少住在拉卜楞寺装修豪华的内室里，喜欢在拉卜楞寺旁一个修行小室里过一种远离人烟、贴近自然的生活。

在拉卜楞寺里地位仅次于嘉木祥的格根是贡丹仓，此人是宗喀巴在拉萨的一个副住持的转世者。再下来就是郭莽仓，他是拉萨的一所佛学院院长的转世者。这位高龄的格根被认为是全拉卜楞寺的一位杰出的学者和布道者，他的声名与嘉木祥·阿旺宗哲不相上下。

拉卜楞寺转世者的选定是根据嘉木祥·阿旺宗哲的训令进行的。

[1] 第四世嘉木祥·格桑图旦旺秀，1856—1916年，系四川德格人，作者此说不确切——译注

拉卜楞寺

南部山麓主庙景观

贡丹仓格根是住持的助手，尤其在处理非宗教事务方面[1]。顺便指出的是，这位格根还负责管理拉卜楞寺自古以来就有很高水准的防务工作。护寺队由五百名纪律严明的人组成。他们的兵器中夹杂有欧洲的步枪、马刀、长矛和自制的燧石枪。这支护寺队驻扎在离拉卜楞寺最近的一个村子里，由两名有知识的军官指挥，这两名军官被称作“拉卜楞内尔瓦”。正是由于该寺一贯重视自己的防务工作，才使得这一广受佛教徒尊敬的佛教圣地的所有珍宝得到了最为完善的保护。当蒙古和西藏东北部地区遭受破坏时，拉卜楞寺却免遭劫难。在拉卜楞的许多寺庙里，有很多精美的西藏佛像，甚至还有印度佛像，其中不乏年代久远的古代佛像。

在得到贡丹仓恩准后，考察队员们参观了拉卜楞寺的几座较好的寺庙。闻思学院经堂是拉卜楞寺最大的经堂，它由165根柱子支撑，为全寺之中枢。位于大经堂西北角的迈达里佛（弥勒佛）殿为嘉木样·阿旺宗哲的转世者所有，这座佛殿有着汉族建筑风格的金顶，里面有一尊很大的迈达里佛的全身塑像。必须指出的是，藏传佛教徒有在全身塑像里面存放一些最为珍贵的秘密祭祀物品的习俗。迈达里庙中还有壁画。此外，佛殿进口左侧的内墙上，有大量的用藏文写在布上的文字，它讲述了这座庙的历史，记录了佛殿里珍藏的圣物，而且也列出了放在全身塑像里的圣物，其中包括写在棕榈叶上的梵文手稿和一位大师的一篇有关中庸哲学的文章。佐沃尔哈干是1908年刚建成的。从某种意义上来说，它是唯一一件圣物的存放地，这件圣物是一尊金质佛像，传说道行最高的圣僧曾经拥有过这尊佛像。佛像端坐在释迦牟尼像的头上的一个小宝塔里，位于佐沃尔哈干中间。这一珍宝在印度保存了很长时间，后来保存于西藏，再后来由拉卜楞寺的创建者嘉木样·阿旺宗哲带到了拉卜楞寺。

[1] 襄佐管理教区政教财务各项事务，职权很大——译注

在余下的十八个主要的佛殿中，应当提及的还有千手千眼观音佛殿，这座殿里的阿里雅宝洛佛（即正观音）像、宗喀巴像和其他佛像都很出名。

还应当提到医学院经堂。该经堂建于1784年，殿内供奉有药王佛、药师佛和拉科仓的舍利塔。舍利塔里面摆满了全身雕像和一些绘像。这里还有大量藏文和梵文的书籍和手稿，圣物很多。扎本巴森杜坎（音）是一座非常漂亮的建筑，周围有花园环绕，夏天喇嘛们常在这里就宗教问题进行交谈。多尔玛尔哈坎（音）是一座西藏建筑风格的佛殿，前不久刚建好，它旁边有座很古老的大白塔。这座塔被赋予了一种特别玄秘的内涵，求神者，尤其是那些做了许多恶事的求神者，异常勤勉地一边祷告，一边绕着塔转圈，一连要转好几圈。

另外还有布尔罕（印经院），以印刷宗教内容的书籍而出名；博因泽特尔哈坎（音），以自己所拥有的西藏和印度书籍而自豪；却伊布曾托尔坎（音），是一个博物馆，里面收藏有古老的武器（火药枪、冷兵器）和当地动物的标本。

在住持嘉木样的内室里修有金库，里面保存着寺里的所有金银珠宝。这里还藏有各种各样的圣物：达赖喇嘛一世到七世转世者穿过的衣服和用过的餐具；中国皇帝的鞭子；在举行重要仪式时所用的经书。这里甚至还保存着一些从山里发现的鱼化石，游牧唐古特人由于对其来历感到不解和神秘，所以也把它作为圣物保存起来。

作为地区文化教育中心的拉卜楞寺，拥有四所中等学校和一所高等学校。这些学校的学生来自多个民族，教师或称教授则大多是西藏人或本地人。

学习经文的年轻喇嘛们住在寺庙旁斜坡上的一些小房子里，这些房子类似于西藏东部修行者居住的“里托德”。现在，西藏的佛学在拉卜楞寺衰落得很快。跟以往一样，所有上完了当地神学院课程的学生都要被派到拉萨去学习几年，以弥补自己知识的空白，并获得高级学位。

总的来说，拉卜楞寺给人一种非常富裕的印象。在这里，佛教行家和笃信者可以看见一些美妙绝伦和极其罕见的佛像。看来，拉卜楞寺的庇护者和敬仰者不仅英勇尚武，而且虚荣心较强，他们到了拉萨和其他宗教中心后，总会弄些东西回来装饰自己故乡的寺庙。在寺庙里的蒙古官员——亲王的房屋旁甚至还有一些作坊，作坊里生产金属佛像，但这种当地生产的佛像的质量比起西藏生产的，尤其是比起印度生产的佛像来，就要逊色多了。

除此之外，还有数量众多的喇嘛在从事画圣像的工作。夏天，常常可以看见一些在僻静的角落里勤勉工作的艺术家。

# 拉卜楞寺的节庆法会

拉卜楞寺不仅对蒙古南部和西藏东北的佛教徒有极大的吸引力，也经常吸引一些欧洲学者前来。1885年，俄国人波塔宁警两次参观考察了拉卜楞寺。从那以后，到过这里的欧洲旅行者中还有法国人、德国人和英国人。然而，对安多圣地进行过最有价值、记述最为详细的却不是欧洲人，而是布里亚特人（巴拉季恩）。巴拉季恩在彼得堡接受完高等教育后，在得到科学院和地理学会精神与物质上的支持后，这位富有才华的年轻佛教徒前往拉卜楞寺，在那里住了整整一年，详细地研究了这座寺庙及其喇嘛们的生活习性和生活方式。

就像所有的佛教寺院一样，拉卜楞寺每年也有几个隆重的节庆和法会。“尼富敦曲聪格曲”（良辰）为第一世嘉木样·阿旺宗哲圆寂纪念日，于2月14日进行[1]。4月15日是春季的斋戒和祷告日[2]，而秋季斋戒和祷告日是10月25日[3]。1909年7月7日是拉卜楞寺建寺二百周年纪念日（拉卜楞寺建于1709年）。寺庆这天要举行隆重的祷告仪式“雷扎”。最后，还有第五个节日“莫伦”（音），即

---

[1] 此说有误，据蒲文成主编之《甘青藏传佛教寺院》一书，应为二月“初五日”——译注

[2] 即娘乃节，这一天是释迦牟尼降生、成道、圆寂的日子，僧众、信徒等要闭斋、转法轮、念六字真言，以示纪念——译注

[3] 宗喀巴逝世纪念日，又称燃灯节——译注

"大众节日"。这五个节日，每年周而复始。

在尼富敦曲聪格曲节（良辰）来临前，拉卜楞寺里聚集了数以千计的香客。各个庙里都进行着忙碌而紧张的准备工作。

2月14日的前一天，考察队员们一大清早就被"喊"醒了："快起床看！寺庙里正在往外赶'魔鬼'！"听到喊声后，我们急急忙忙地从床上爬起来到院外的街上，在那里看到了一幅十分奇特的画面：一个装扮得像小丑一样的年轻唐古特人，左手拿着一只毛茸茸的大手，并不时地舞动着这只手，向围观者索要施予物。这个所谓的"魔鬼"或者按蒙古语叫作"佐利克"（藏语叫"佳尔准"）的右半边脸被涂成了白色，左半边脸则被涂成了黑色，而他的兽毛向外的皮褂也有两种色彩。"佐利克"旁边跟着一个人，他肩上扛着一个麻袋，里面装着许多铜钱，他不断地把这些铜钱抛向四周，仿佛里面的钱正源源不断地流出，永远也流不完一样。当人群快走到寺前时，不知人群中的谁突然向空中放了几枪，于是惊叫声响成一片，从峡谷的这一端传到另一端去了。与此同时，寺院上方的烟尘中亮起了明亮的火焰，这些火光在巨大的"佐利克"稻草人周围熊熊燃烧起来，几分钟后，稻草做的魔鬼被烧成了灰烬。一个身上被涂得五颜六色的甚为可怕的喇嘛朝前奔去，他沿着山路往上爬，最后消失在附近的山坡后面，周围的一切又归于沉寂了。这样，通过烧毁和把这个被认为是全寺罪孽象征的魔鬼赶走后，佛教徒们就认为已把所有不净、罪恶和诱惑都从这个神圣之地驱除了。扮演魔鬼的人之所以要涂上白色和黑色两种颜色，是为了让所有的人可以直观地想象，在无数罪孽的影响下，人的一面或者一部分（黑色的那部分）会死亡，而另外一面或者一部分还会活一段时间……扮演"佐利克"的喇嘛要永远离开这座寺庙，以象征不净、罪恶和诱惑被永远地赶出去，被赶到远远的地方去了。为奖励扮演者的自我牺牲精神，扮演者将获得五十两银子的奖赏。通常情况下，被放逐者还会得到不少自愿捐赠的物品和钱财。顺便要说明的是，这一仪式是于 1909 年首次从拉萨借鉴过来，为举办拉卜楞寺二百年寺庆之用。

在远处欣赏了这一独特的仪式后，我们想走近人群。于是，在一名来自海州的汉族官员和四名好骑手的陪同下，我们加入了喇嘛们的行列当中。一开始，人们对我们还非常友好，这是因为我们让他们好奇而已。很快，我就听到了激动的喊声："俄国人！俄国人！"并不知从哪里朝我们扔过石头来。再过了一会儿，我们已经被一些恶狠狠的、态度粗鲁的人围在了中间，他们气势汹汹地朝我们走过来。"弄死他们算了"，有人这样建议。话音刚落，人群中已经有人响应了。我们权衡了面临的局势后，飞快地掉头便跑，在崎岖不平地形的掩护下，逃回了自己的住所（就像西藏人一样，安多人也带着武器，而且从头武装到脚。他们在争吵激烈或情绪激动时便会拔出武器，横刀相向。为了避免流血冲突，在这些自由的草原和高山之子留居拉卜楞寺期间，拉卜楞寺方面解除了他们的武装）。

2 月 14 日这天，太阳升起的时候，从寺院方向传来了很响的祈祷的锣鼓声、铃声和海螺声。还不到八点，拉卜楞寺大街上已经有规模浩大的排列整齐的佛教徒在游行了。队伍前面的人捧着金色的锦缎，上面放着西藏的经书、珍贵的宝石和寺院引以为豪的其他圣物。攒动的人头之上有一些彩带和各种各样的旗子在晃动，它们与唐古特人鲜艳的服装和喇嘛们鲜红色的外套交织在一起，构成了一幅热闹异常的景致。他们在绕寺转一整圈后，游行队伍开始返回庙里。各庙四周都飘扬着鲜黄色的旗帜。在他们进行完偶尔被锣鼓声和管状乐器声打断的祷告后，人群开始四散而去。

尼富敦曲聪格曲节（良辰）过去后，拉卜楞寺的人一天比一天少。继续留在这里的只有那些没有忙完自己生意的安多人。

俄国考察队在拉卜楞寺受到了最为热情的接待。住持不在，他的助手贡丹仓（襄佐）热情地邀请我们前去做客。这个恩戈洛克人是一个 60 岁的可爱老者，从外表一看就让人觉得他是一个圣人。通常，他负责管理寺院所有的非宗教性事务。初次见面，我就和贡丹仓格根之间建立起了最为真诚友好的关系。因此，我没有费多大事就获得了参观各佛教寺庙，并能在拉卜楞寺附近山中打猎的许可。我们送了些礼物给他，这些礼物中的一些是他十分想得到的，并最终如愿以偿。作为回赠，老者派人给我们送来了几尊金属的和绘制的佛像，一个小的“胡德雷”，两个有意思的嘎乌和两本经书。

经历了在草原或者山地中长久旅行和长时间无拘无束的行军生活后，我们在拉卜楞的商行里待着感到很不舒服，既憋闷又灰暗。连续几天，队员中不断地有人无缘无故地头痛、咳嗽和胸闷。

在对这个圣地进行研究的同时，我们也没有忘记附近山中多林的峡谷，天气好的时候我们常去那里打猎，我们还在那里采集当地的乔木和灌木的种子，采集岩石样品。我们在下到桑曲河谷北坡的云杉林中时，发现和猎获的鸟类有绿鹛鸪、喜马拉雅交嘴雀、蝗莺、高山山雀、小山雀、冠山雀、长尾山雀、山花鸡和美丽的红色花鸡。森林里最为常见的鸟是喜鹊、灰喜鹊、鷦鷯等，河谷里则有鹮嘴鹬、河乌和大秋沙鸭。

动物标本里只增加了麝，这是我们自己打到的。另外，我们还从当地的市场上买到了一张有意思的野猫皮。

为了呼吸新鲜空气，我经常去到山中，或者爬到我们所住房屋的平坦的屋顶上去。站在屋顶上，可以俯瞰拉卜楞谷地的美丽景色。晴天的时候站在屋顶感到最为舒服，空气清新，天空呈现出淡蓝色，一些猛禽如兀鹰、髭兀鹰和鹫等在空中盘旋。下面是一条叮咚作响的小河，河水清澈见底。山北坡长着针叶林，山南坡长着一些发黄的枯草。现在，安多人正用镰刀收割这些草，把它们捆成一大捆，运到山下的集贸市场上去。

天气状况令人不太满意。差不多整个 2 月份都在刮风，灰尘满天。只有到了晚上，天空才变得晴朗明亮起来，呼吸也变得轻松和顺畅。由于不间断的灰尘天气，一开始根本就无法拍照。只有在极少数无风的晴天，在太阳照射下，才能稍许感受到一点春天的气息。小溪流得更欢了，麻雀的叫声也比平时响亮，渡鸦已经开始忙于筑巢，它们衔着枝条飞来飞去。屋顶上，鸽子悠闲自在地晒着太阳。此外，还有鸽子的敌人——猫的出没。

到了我们该准备上路的时候了。我打算让考察队沿直路去兰州府，我自己则带一小部分人朝偏西北方向拐一个弯，以便会见此时正在塔尔寺逗留的达赖喇嘛。

2 月 15 日，我们向当地的一个贵妇人——某唐古特官员的遗孀和贡丹仓辞了行，我们和后者像朋友一样难分难舍。

第二天，我将抄近路前往塔尔寺。

# 拜谒之途

塔尔寺作为最为著名的佛教寺庙之一，坐落于拉萨至北京的一条朝圣大道上，离青海湖的幽蓝湖水不远。由于地理位置优越，经常有大量的远方朝圣者前来拜谒。这些朝圣者一般都会在塔尔寺长时间滞留，以恢复体力，并补充以后朝圣之路所必需的装备和粮食。

与塔尔寺的地理位置不同，另一座名气并不在塔尔寺之下的著名且富裕的佛教寺庙——拉卜楞寺则位于安多高原深处，受到骁勇善战的唐古特人的精心护卫，寺庙和寺中的宝藏没有遭到什么破坏，在这方面，拉卜楞寺要比塔尔寺幸运得多。

我们从中亚地图，尤其是安多高原地图上可以看出，塔尔寺和拉卜楞寺分布在西北—东南这样一条线上，相距265俄里。而且这两座寺庙都位于黄河流域，塔尔寺位于黄河左岸，拉卜楞寺位于黄河右岸。它们就像彼此之间互相争夺宗教荣誉和优先权，并时刻注意对方一举一动的两兄弟。

在拉卜楞寺停留期间，我们从当地人那里得到消息，说达赖喇嘛已经莅临塔尔寺，并将因为要进行宗教祭祀活动而在那里待到夏天。这位西藏领袖是从北京返回拉萨的途中在此停留的。

如果我们不在这时前去拜谒他，不去巩固我们先前初识留下的印象，这在我看来无论如何是不可原谅的。我决定轻装前往塔尔寺拜谒，探险队则沿直路前往兰州府并在那里等我。

除我之外，在前往塔尔寺的这一小伙人里还有考察队的翻译波柳切夫。拉卜楞商界的头面人物马昌山为我们雇了三头驮载物品的骡子，赶这三头骡子的是两个骑手。队员们则各有自己的马匹。这样，我们的小分队由四个人和七头牲畜组成，牲畜包括三头骡子和四匹马。

2 月 15 日是我们出发前往塔尔寺的前一天，这一天我们的营地里从早到晚一直有熟人来造访，来访者多半是各种等级的喇嘛，其中既有拉卜楞当地的喇嘛，也有来自西藏和蒙古的喇嘛，甚至还有来自外贝加尔的喇嘛。这些非常好的客人们都是来为我们送行的，他们说着惜别的话，祝我们路上顺利，考察取得成果。

终于，我们准备就绪了。我们的路线是经过小镇循化镇（今循化撒拉族自治县）、塔尔寺、西宁前往兰州府。

2 月 16 日，吃过早饭后我们就上路了，一切都安排得极为妥当。太阳已升到了山顶，它的光辉照在河谷和它附近的山坡上，分外漂亮。针叶林泛着银蓝色的光。在密林深处，掩藏着许多饶有趣味的景物，寺庙的金顶和寺顶的装饰物在阳光的照耀下熠熠闪亮，让人目眩眼花。

离开拉卜楞寺后，我们很快就走进了北面山中的一个峡谷里。这个峡谷的砾石路很陡，通向山口。马昌山及其随从与拉卜楞寺警卫队的四个剽悍的骑兵一直陪着我们。在山口附近，我劝马昌山不要再送了，因为他第二天还要张罗考察队主力启程前往兰州府的事情。马昌山听从了我的劝告。他下了马，铺开了一小块地毯，请我再坐一会儿。他送了我一尊青铜像，祝我一路顺利。我则在临行前就向他赠送了礼物，以感谢他对考察队的关心、照顾并为我们提供了住宿。看来，马昌山对考察队也非常满意。我们向他辞行后继续朝山口爬去，马昌山却久久地站在峡谷的拐弯处，不停地挥动着他的小白帽。“真是一个难得的好人，”我的旅伴波柳切夫感慨地说道，“他总是千方百计地让我们满意，仿佛除了考察队的利益之外，就没有其他事情一样。”

一些被冲刷过的山岭和岸边的峭壁是由结晶岩构成的。过了山口后，走了不超过 5 俄里，我们辞退了我们的西藏护卫队，这让这些拉卜楞寺的军人们欢天喜地，他们立即兴高采烈地骑着马疾驰着各回各家去了。现在跟我们在一起的只有车夫了，我们开始向他们询问关于我们即将沿之通过的循化镇的有关情况。循化镇距我们约 100 俄里，我们拟用三天时间走完这段路程。在我们经过的路旁没有见到任何居所，但是在旁边的或远或近的地方，可以见到羊群和牦牛群。这些牲畜属唐古特人所有，他们的游牧居住点隐藏在地势起伏极大的区域内。

纳克采布拉山口的绝对高度很高。上坡的路陡而长，下坡的路却短而缓。与以往一样，我们在山口做了短暂的停留，把驮载物品摆正后又继续向北行进。一个典型的安多高原向这个方向延伸，高原上有一些横向的不高的山岭，但越往西这些山岭就越高。山岭之间有些谷地，是一些牧场。谷地里有一些小河，这些小河最后都流向了拉卜楞寺的桑曲河。我们沿着这些河中的一条扎木巴曲下山，又沿着另一条扎木巴曲往上爬。在我们沿着扎木巴曲河谷行进的时候，看见东北方有一座叫作“贾希尔戈木巴”的小庙，据称这座庙里有三十个喇嘛。这座庙的旁边有一小片云杉林，看上去很像唐古特人的帐篷，一开始我也还真把它们看成了唐古特人的帐篷。而实际上，唐古特人冬天是居住在地势低一些的简陋的泥土建筑里，只有夏天才住在自己在高山地带的游牧点的黑帐篷里。

我们第一次宿营偏偏赶上一个较高的地方，在高山旁一条寒冷的小河岸上，长着枯草和低矮的灌木。我们的车夫轮换着站岗。不时传来他们的喊声：“谁在那儿走？我看见你了！”他们说，这个小伎俩有时还真能识别出小偷，因为在这种情况下，小偷一般会回答说：“自己人！我这不是跟着你吗？”

第二天我们很早就上路了。没有太阳，天气很冷，而且刮着很猛烈的迎面风，大家确实冻得够呛，但是得到了休整的牲畜还是走得很快。车夫们机警地四下观察，我们也做好了迎击唐古特人的准备。他们认为，不一定什么时候唐古特人就会冲过来。为了让他们宽心，我们骑着马相对集中地行走，并且肩扛步枪……

地形总的特点依旧：我们先是沿着长有牧草，并且有不少泉水的高原前进，在进到山里后，顺利地抵达了谢琴拉山口的高地。从这里开始，山在北面变得极为陡峭，形成了一条很深的峡谷。我们顺着峡谷往下走，谷地里出现了许多乱七八糟的灰色巨石，通行极为不便。这条道路总的来说既陡又硬，十分难走。我们顺着峡谷往下走，仿佛是在走向一个深不见底的黑暗深渊。

旁边是一些人迹罕至、长着浓密灌木的地方，灌木丛中不时可见一些云杉树。极为漂亮的是一些灰色的重叠的峭壁，上面长着浅绿的苔藓和地衣。群山不语。山里很静。顽皮的数量众多的小溪试图打破这种多少令人有些压抑的沉寂，它在流过悬崖和坍塌之地时故意发出很大的声响。山里栖息着麝，当地人常用围猎的方式捕捉这种哺乳动物。我们还发现有雉、红色花鸡、一些漂亮而活泼的灌木鸟、数量众多的山雀、鸫、岩鹨等。总之，这里的动物与南山东部山脉的动物很相近。

在我们往下走了约 16 俄里后，峡谷突然变宽，形成了一个谷地。山朝旁边让开了、变矮了。很快，我们看到了马尔通戈木巴寺的白房子，这些房子位于一座小庙的周围，庙则建在一个长着茂盛的杨树的陡坡上。远远看去，这些白房子非常显眼，非常漂亮。稍远一些的地方还有一座谢琴戈木巴寺，它位于小河左岸。

在这两座庙的周围都有一些耕地，与汉人侍弄得极好的耕地相比，这些耕地显得极为粗放。

谢琴戈木巴寺以下，直到河谷变窄并最终被陡峭山岩堵死的地方，可以见到不少村庄。河床的落差比先前增大了许多，出现了一些瀑布。我们行经的小路从河的这边转到另一边。山麓地带一刮风就扬起一片尘土，使视野变得很窄。蔚蓝的天空和清澈的空气似乎被我们遗留在了我们刚经过不久的山中，在这里再也见不到了。

我们沿着谢琴曲河谷到了孔埃门村，这个村里的土房超过了百所，约有五百个居民，居住着勤劳的伊斯兰教徒东干人或者撒拉族人。村里有一座古老的清真寺，据村里的人对我们讲，这座清真寺的历史约有三百年了。寺里有一名很有功绩的阿訇。清真寺附近有一座圣徒的墓，墓上有漂亮的雕花。据说，这座墓是为了纪念两个伊斯兰教士而修建的。孔埃门村里的居民全部从事农耕业，种植小麦。农舍周围一般都有果园，里面种的多是桃树，还有少数苹果树和梨树。这里夏天比较炎热，当然，黄河谷地里比这里还热。据当地人讲，孔埃门村附近有金矿，但是他们由于某种原因并没有去开采这些金矿。

当天晚上，我们住在村长家。一早一晚，村子里的宁静就会被清真寺塔顶传来的召唤村民前去做礼拜的高喊声打破，阿訇高声喊着："阿拉赫·阿克别尔！阿拉赫·阿克别尔！"

这一天是我们从拉卜楞寺出发后的第三天，按计划我们今天应当走到循化镇。我们跟往常一样起得很早，天刚麻麻亮大家就出发了。遗憾的是，晨雾给周围的一切涂上了一层毫无生气的色彩。我们逐渐往低处走去，穿过密集的东干人的村庄和唐古特人的定居点。我们的道路时而穿过岸边的阶地，时而穿过砾石河床底部。旁边是一些高高低低的红棕色黏土构成的陡岸。

然后，谢琴曲便与一条从东面流来的小河奇塔伊博戈乌汇合，形成了张家沟河。从这里可以看见中国著名的黄河，它奔腾着流向远方，这是北面的情形。往南面看，则可见到没有生机、覆盖着白雪的阿姆内丘纳克山岭。

我们再往下走，经过了一座非常漂亮的桥。桥的左边是一座独立的、坚固得像砾石一般的黏土构成的山岭，中间是一座非常漂亮的拱形桥，桥下的河是张家沟河。过了这座桥后，我们行进的方向立即由东北变为西北，并在穿过几个支脉后进入了主要的河谷。再沿着河右岸上行约 7 俄里，我们就抵达了循化镇。我们从东门进城，西门出城，走的是一条街道，出城后我们就在该城市郊找了一个地方宿营。

与贵德城一样，循化镇位于黄河上游左岸。城市沿河而建，与所有的中国城市一样，该镇有城墙围绕。在我们看来，循化镇甚至连一座小城也算不上，只能算是一个村庄，这里只有一条街道，街道旁有数十间房屋和两三个为当地人服务的店铺。在南面的山里有一座汉族人修的庙，里面住着一些和尚。

这里的黄河谷地很像贵德的黄河谷地，至少我本人看到它们后立即想起了后者。河谷的宽度都是两三俄里，然后被一些灰色的、毫无生气的山挡住。这里的河岸也是一会儿低一会儿高，在河流狭窄之处尤其如此。由于风的吹刮，行经的道路变得又窄又高，或成为令人伤脑筋的悬崖。这里的河床也是灰色的砾石河床，宽度多为二三百米，很少有四百米宽的。现在是早春时节，河里的水并不多，在河床较宽的地方，很大一部分石质河床裸露在外。夏天黄河则是另外一番情景，河水汹涌澎湃，无边无际，偶尔还会冲出堤岸，令人望而生畏。

在循化镇往上 8 俄里处是伊玛姆冲，过往行人可通过摆渡从黄河的一边到另一边。共有两条不大的渡船。船夫为村里的东干人。渡船速度很快。渡过黄河，我们顺着黄河的左岸又走出了 13 俄里。我们在戈拉茨聪霍坦河峡谷向北拐，并顺着这个峡谷到了一个只有十三户人家的小村子洛子三根村，我们在村里宿营过夜。

我们越往北走，黄河谷地就变得越美妙可爱。到处都可以看见耕地，勤劳的汉族农民差不多在 2 月 19 日就下到地里犁田。春天已经来临了，小溪流出哗哗的水声，已经有候鸟开始回飞，它们中有黑耳鸢（Milvus melanotis），还有我们以前没有发现过的浅色花鸡（Carpodacus stoticzkae）。

谷地深处的云杉树丛中有一个不大也不富裕的唐古特小庙杜诺戈木巴，这座小庙背倚褐色的悬崖，十分漂亮。据说，这座庙建于二十年前，归一个转世者管理，除这位转世者之外，庙里还有四十个信仰黄教的喇嘛。山脉朝西北偏北方向延伸，据当地人讲，山里面有羱羊。

2 月 20 日早上，天气阴沉、灰暗，还有尘土，在这样的情形下，我们看不见二百米以外的任何东西。我们继续朝北行进，这个方向仿佛被长着草的高山挡住了。高山后面不远处有一座小城巴扬伦，这座小城离我们头一天的宿营地有 20 多俄里。这段路一直都很难走，这是因为一路上有许多山沟及黄土、沙土和黏土相结合构成的悬崖。山侧面看上去奇形怪状的，偶尔还可看见与黄河形影相随的沉积黄土堆。山比较平缓，其上有一块块耕地。这里的气温要低一些，因此农民们还没有翻地，只是把肥堆掘松了。山口两边的路上都有冰层。

后来，我们在位于东面的小城巴扬伦住了一夜。城门旁有圆形的城墙，城里的居民有汉人、东干人、唐古特人和混血儿，连同市郊的居民算在一起，人口一共有 1000 人。应当指出的是，城里有一支由汉人组成的 100 人卫戍部队，他们偶尔进行训练。

现在，离塔尔寺只有三天的路程了。第一夜我们是在小城扎巴度过的；第二夜则是在萨纳村住的，这里依然是各民族杂居，除了汉人之外，还有达尔德人。他们的服饰比较独特，女人尤其如此。前往塔尔寺一路上的地形跟前往拉卜楞寺一路上的地形一样，都是山地地形。在走了差不多接近一半路程的地方，耸立着一座横着的山岭，这条山脉是拉脊山东部的延续。拉脊山是挡在西宁和贵德中间的一条山脉。与此同时，在谷地和一些支脉里居住着一些从事农耕的居民，山上则居住着游牧者。

天气变化不定，以阴天为主，不时刮着北风，吹得尘土滚滚，尘土在一些主要谷地里十分浓稠。我们沿着一条注入黄河的不知名小河前进，左边延伸着一条叫作“库丘”的支脉，右边则耸立着高高的克昌山。山谷里居住着农耕者，在高山地带则居住着游牧人。不时可以见到一些不大的庙，其中一座叫作“德佳戈木巴”，位于我们经过的路旁，庙里有二三十个喇嘛，这座庙坐落在长着云杉的红色砂岩绝壁下，庙里的建筑以白色为基调，因此看上去很扎眼、很漂亮。德佳戈木巴寺对面是一个漂亮的、长着许多树木的峡谷。在这一地区，我们碰见了一群岩麻雀（PetrOnia petronia）。接着，我们翻过了一个不高的叫“桑托雅胡”的山丘，在路旁一个叫作“卡尔佳”的村子里休息了一小时。现在，我们经过了更多的农耕地。前往塔尔寺的路上行走着各种各样的香客。不少香客是带着自己的孩子一块儿来的，孩子有的被背在背上，有的则被抱在怀中。

在对各种人和物的观察中，我们不知不觉地抵达了扎巴城。我们进城时，城里正在进行露天演出，吸引了邻近地区所有居民前来观看。扎巴城是一个富有生机和活力的小镇，居民中包括撒拉族人、汉人和混血儿，共有 260 个家庭。

2 月 22 日，跟以往一样，太阳刚一出来我们就早早地上路了。云层飘向西南。汉人们醒来了，他们急急忙忙地赶着牲口下地劳动。

前面耸立着一座雄伟的山脉，山顶上还积着薄雪。我们前进的速度很快。太阳放射出迷人的光辉，云雀的欢叫声里充满着对春天来临的喜悦。

八点钟时，我们已经爬上了钦萨坡山口，山顶上有一座鄂博，在建这座鄂博时使用了很多石头。东北面耸立着峭壁重叠的山脉。主要的山岭看上去是深色的，这是因为原来覆盖着山岭的草场被一场大火给烧焦了。山南坡有一条通往贵德的道路，这条路在山麓绕来绕去，很是好看。山北坡有一条通往西宁的路，这条路顺着钦萨沟河。我们拐向西北，穿过一系列长丘，其中主要的一座被很贴切地叫作“牛心山”，因为这个山丘确实很像一颗牛心。我们也曾短暂地沿河而行，先是沿齐家沟钦河，后是沿另一条邻近长丘的小河。在这条极为崎岖难行的道路上，我们观察到了很多云雀和正在筑巢的喜鹊、石鹏，它们为春天的到来兴奋地飞来飞去，还有很有意思的河乌等。在蔚蓝的天空中翱翔的依旧是美丽的金雕。

萨瓦纳村或称萨万村是一个只有十五户人家的不大的村子，依旧各族杂居。村民从事农耕生产。

到塔尔寺最后一天的路程对我们而言显得极其漫长，尽管路上的香客更多。我们刚刚经过一座山脉，其北坡的景色更为漂亮，更具吸引力。在路边的村子里有许多人，他们中的一部分忙于农耕，另一部分则背着行囊去往塔尔寺方向。

终于可以看见西宁河谷的红色黏土了，终于爬上了挡在我们和塔尔寺之间的最后一块高地了。一大群寒鸦从灰色的高空中飞过。

又过了折磨人的半小时后，我们已经走到寺庙和八个白塔旁，很快来到了我们熟悉的扎雅克格根的住所。以后，我们整整两周都住在这里，并得到了很好的照顾。

# 经阿拉善前往死城

3 月 15 日，当我们这小队人马从塔尔寺抵达兰州后，考察队又重新会合到了一起。相逢的第一天是在互相问候和友好的交谈之中度过的。考察队主力从拉卜楞寺到兰州总共走了六天，中途在海州做了近一周的停留。

海州城位于道扎河谷上，在河流以南 5 俄里处，海拔为 1910 米。

波塔宁在《中国的唐古特、西藏边区》一书中写道："海州曾遭到过毁坏。十年过后居民们才又重新返回这座城市，在废墟上重新建设家园。据海州人讲，城里的所有建筑都是新建的。早先在海州城里住着许多穆斯林。在俄国的一些书籍中有一些不正确的记载，说海州是撒拉族人（波塔宁把东干人称作撒拉族人）的居住中心。而实际上，撒拉族人居住在由此往西的地方，约在循化镇附近，这两个城市之间隔着很高的哈拉乌达山脉和海州盆地。在海州旁没有撒拉族居民，但是撒拉族人经常到城里来买卖东西……"

考察队主力经过的 164 俄里路崎岖难行，只是由于租用的骡子极其灵活，考察队才顺利地通过了陡峭的山地小路和石质峭壁。从拉卜楞寺到海州城之间，我的旅伴们碰到的多半是唐古特游牧者，从海州城继续往东北方向行进，就开始见到连绵不断的耕地了。东干人的耕地不仅分布在谷地里，而且分布在山丘陡峭的斜坡上，甚至在高山顶上也可以见到他们的耕地。

兰州府是甘肃总督的府邸，位于黄河右岸，此地的黄河宽约二百米，春季低水位时水深为六米。城市中有一座跨越黄河的浮桥，浮桥旁边，欧洲工程师们正在修建一座永久性桥梁。当地的居民们对欧洲人的建筑水准并不相信，他们说，这座新的永久性桥梁不会建成功的，就像他们头一次冬春时节修的桥一样，将被夏天猛涨的黄河冲毁。在对面左岸的一些山丘上，修有一些十分漂亮的寺庙。沿着水流湍急的黄河，不时可以见到巨大的轮子——扬水车，正是它们向这个城市和黄河沿岸庄稼地提供着必不可少的水源。这座城市的历史比西宁更为悠久，其坚固的城墙临河而建，高达二十米，看上去像是一个真正的城堡，给人的印象十分深刻。城墙连同它的四个古老而独特的塔楼建于三百年以前，建在东南居高临下的高地上，是为了防御匪徒的进犯而修建的。连同城堡区在内，兰州府的周长约为 10 俄里，分为几个区，其中西北区的设施较为完备，总督就住在这个区。接下来是所谓的军事区，里面有许多欧式印刷厂和作坊，家具作坊、鞋坊、制造玻璃器皿的作坊等。这里还生产丝绸和其他布匹。所有这些当地的产品，连同更为稀有的奢侈品、青铜制品和瓷器一起摆满商铺。

虽然兰州府树木多，而且拥有非常好的花园，但是整个城市看上去还是给人一种肮脏和不舒服的感觉。当地的六万汉族居民不太注意城市卫生，而来自欧洲的比较注意卫生的传教士和技术人员数量又太少，不足以对总督治所所在地带来整体上的改变。在浏览城市建筑时，当地的学校引起了我们的特别注意。除了一所拥有四百名步兵和骑兵的军校外，当地人还领我们参观了一所专供富家子弟就读的类似于贵族学校的中学。在这所学校里，我们发现了一个非常好的博物馆，里面设有如下几个分馆：矿物学馆、植物学馆、动物学馆。最后一个馆的布置很有艺术性，里面摆放着鸟类标本和一些甲虫和蝴蝶标本。

在进行过一些必不可少的拜访后，我们开始着手处理一些刻不容缓的事情。除此之外，我们还要为派到魏元山乡的人周全地进行装备的筹备工作，他将到那里向考察队的地形测绘员纳帕尔科夫大尉传达训示。我们除了给他带去必要的金钱外，还建议他尽可能全面地对甘肃南部的地形进行研究，而后取道很少有人涉足的道路前往阿拉善，并于6月初在那里与整个考察队会合。

我们的营地经常充斥着前来推销各种各样中国古玩和珍品的商人和形形色色的参观者。前来我们营地的职位较高的官员并不多，而总督带着自己的许多随员从我们的营地旁经过了一次，他向为他路过而列队的考察队员们致意，并把自己的名片留给了我。

在黄河岸边和附近的一个小湖上，停有许多迁飞的鸟儿，它们成了我们饶有兴味观察的目标。到3月22日时，已经飞来的可爱鸟儿有白色和黄色的鹡鸰、石鹏、毛脚燕与山燕，后者偶尔发出清脆响亮的叫声。春天的脚步来得很快，晴天时甲虫在阳光下爬来爬去，蝴蝶和苍蝇在空中飞来飞去，甚至动作麻利的蜥蜴也开始出来活动了。在一些地方草儿已经很绿了。

我们定在报喜节[1]这一天从兰州府出发。我们早早就为出发做好了各项准备，比如租用骆驼，尽量多地收集民族学方面的物品等。

报喜节这天，考察队的营地里很早就有人起床了。太阳出来后，摆渡人也赶着双轮大车来到了我们的营地，他们将把考察队的行李摆渡到黄河左岸。我们在渡到黄河左岸后喝了茶，简单地吃了早餐。然后，排列整齐的考察队开始朝遥远的北方行进，朝祖国所在的北方走去。队伍顺之而行的灰色土山（黄土下面的某些地方有砾岩）的一些地方从左至右升高，仿佛是某个无边无际的沟堑那令人发愁的死气沉沉的侧壁。细细的灰尘和极为干燥的空气让我们在天热的日子旅行起

[1] 俄历三月二十五日，公历4月7日——译注

黄河岸堤和兰州府北城墙

给城市供水的巨大水车

来极为疲累，备受折磨。虽然如此，晚上睡觉时的情况却令我们满意。这是因为气温常常降到0℃左右。在周围令人压抑的死寂中，常常与当地商队的碰面则多少给我们枯燥的旅行生活带来一些快乐，这些商队一般是从宁夏运大米和从雅图贩盐的。除此之外，我们的所有空闲时间都用来收集爬行动物（尖头蜥蜴）、昆虫、苍蝇和首次出现的小白蝶和鸟类。石鹏、云雀和风头百灵已经出来玩它们最喜欢的游戏了，空中传来它们响亮的独特歌声。红嘴山鸦和花鸡暂时还一群群地挤在一起，但是它们也已表现出了对春天到来的欢喜。小鹁分成一对一对地出来活动，看来它们已经在为巢居孵卵做准备了。只有红翅旋壁雀还依旧形单影只，对春天的到来毫无反应。

离黄河越远，优良饮用水不足的感觉就越明显。在农耕居民相对分布较密集的皮塔伊沟谷地，居民们要从深达二三十米的井里才能打出较好的水，然而含水层的厚度有时也仅为2~3米。到处都能看到人与自然抗争的情景，只是程度不同而已。在与自然界抗争方面，汉人无疑是技艺高超的，这个民族的人民在任何困难面前都不退缩，他们精力充沛地从事着最为艰苦的劳作。在大胡伦村，村民就从地下挖出自己需要的土壤，用一种特殊的篮子把这种肥沃的土壤担到田里，把肥土铺在广阔的土地上，铺的土层厚达13~17厘米。尽管当地人付出了如此沉重的劳动，但是土地并不总能给当地的汉人以丰厚的回报。数量众多被遗忘的村庄、坍塌的水井和废弃的耕地即是明证。它们给我们这些旅行者带来一种凄凉而令人恐惧的景象。

与此同时，人烟稠密的有着灰色丘陵宽阔低地很快就被更为崎岖不平、同时也令人忧愁的地形取代。周围依旧阒寂无声，只是偶尔在某个峭壁上会有灵巧而迅疾的石鹏飞过，贫瘠的土地上偶尔可以看到羊群。在人口相对集中的一些井旁，我们看到了岩鹨、浅玫瑰色的蒙古花鸡、山麻雀和山鸽。

考察队正在缓慢地向东北方向行进，在这个方向上偶尔也可以看到些羊群。在人口相对集中的一些井旁，我们看到了岩页岩和红色、灰色砂页岩构成了不高的山岭。东北偏北方向是让人印象深刻的舒洛山，在西南方向可见雪峰的轮廓，在正北方的一些山体后面，则是被灰尘笼罩住的沙漠。舒洛山由几座独立的不高的西北—东南走向的山岭组成，这几条山岭在南面合而为一成为一条山脉，在这条山脉的北坡上长着密密的云杉林和灌木丛，里面生活着鹿和麝。在一些有水源的峡谷里有汉族放牧者，井旁还有人在从事铜矿开采工作，稍微远一些的地方，有人在开采煤矿。

3 月 29 日，我们在偏僻、荒无人烟的营地里不知不觉地就将整个早上消磨过去。中午时，我们的骆驼依旧不知疲倦地朝着东北方向行进。蒙古赶车人代尔盖尔和他的儿子达伊把骆驼调养得很好，这让我们对沙漠之舟的耐力赞不绝口。我们的眼前又出现了绵延不断的小石山和谷地。山岭上长着泡泡刺。谷地的上部长着艾蒿，下部长着各种颜色的鸢尾花。我们的眼睛看腻了周围的荒瘠，渴望能见到一些新鲜的东西，每一眼旁边长有植物的泉都能给我们以极大的快乐。泉旁边的植物是新长出的，有时还有树，大多是榆树，偶尔也有茂密的、高高的芨芨草。

我们顺着一条干涸的河道来到了一个居民点——汉人居住的村子察子水村。再往下去，就到了一个小镇，这个小镇修有灌溉沟渠，其内修有传统的塔。这个达七十户之多的镇里有不少店铺，说明该镇居民比较富裕。精耕细作的耕地里幼苗绿成一片。北面，与庄稼地相邻的措韦滩谷地一直延伸到山前，它是许多家庭饲养的骆驼和温顺羚羊赖以生存的地方。偶尔一些地方可以见到蒙古花鸡、石鸽、山鸽和独特的毛腿沙鸡，后者是从腾格里沙漠一群群地飞到这里来的。我们吃力地走完了措韦滩谷地，爬上了横在眼前的不高的盖达山。站在山上，就可以望见蒙古了。这里有一段古长城，长城上的土墙刚被冲毁，还有几个十米甚至更高的塔楼。再走几俄里，在一些道路的岔路口——道路往左通往察罕布拉克，往右通往宁夏——立着一块方碑，碑上用汉文和满文奉劝旅行者“绝不要进入阿拉善地域”。

越往北去，地势变得越平坦。远远地已经可以看见满是黄沙的土地，有的地方长着芨芨草和温柔的花儿：淡紫色的鸢尾花、白色的黄芪和黄色的锦鸡儿。在我们脚下有蜥蜴窜来窜去，甲虫爬来爬去。此外，有时还能见到花纹蛇。到了晚上，则到处都可以见到跳鼠在嬉戏玩耍。路旁不时有毛腿沙鸡飞起，现在已经到了这种鸟儿筑巢的时间。事实上，我们见到了这种鸟就把巢筑在路旁，它们忙于下蛋，这些蛋就直接放在地上的坑里，有时放蛋的坑里连草都没有铺。鸟蛋很多，一窝蛋与另一窝蛋之间的距离只有五六米。巢里的蛋一到三枚不等，巢里有三枚蛋的则表明这些蛋已经被孵过一阵了。从 4 月 5 日起，所有的巢里都有三枚蛋，这说明毛腿沙鸡已经到了下蛋高峰期。雌鸟们紧紧地蹲在窝里，只有万不得已时才离开。

当狗来到它们孵蛋的巢前时，雌鸟们会从巢里跳到地上，大声地叫唤。这种把狗的注意力引开的办法与雌乌鸡在这种情况下使用的招数如出一辙。

蒙古人零星的游牧点，以及在蒙古东南部从事养畜业（绵羊和骆驼）和经营马车运输业的汉人们随处可见的破烂房子，都不能给我们增添新鲜感。我们在路上还经常能碰到一些艰难地前往圣地朝拜的香客。这种苦行的功勋只有那些健康和坚强有力的人才能建立，而一些虚弱的香客是走不到目的地的，他们往往由于饥渴和身体虚弱而死在路上，这种情况并不鲜见。我们考察队在路旁就发现了这么一个进香喇嘛的死尸。

这一次考察队穿越的是已为我们熟悉的腾格里沙漠的东部，我们在健壮的骆驼的帮助下，用了七天时间就穿越了这片沙漠。4月2日一大早，我们就从长满草的平原出发，进到了真正的沙漠里。薄薄的云常常遮住太阳，而且不时有一阵阵风刮过，这使天气不至于太酷热。无边无际的沙海向西北延伸着，里面圆形的沙丘如波浪一般起伏不平。在被压实压平的地面上，可以清晰地看出商队行经的大路和通往顶上修有鄂博的沙丘小路，甚至还可以见到蜥蜴和甲虫爬过的痕迹，这些细小的勉强可以识别的线条构成了离奇别致的图案。线条一般消失在圆形的洞旁。这是因为活泼敏捷的宽头蜥蜴常钻进这些洞里。

傍晚，我们被单调的景色弄得十分疲倦。这时，我们突然高兴地发现了霍伊尔呼都克旁边的一块长有草的沼泽地。深绿色的芨芨草为灰鹤、海番鸭和灰雁提供了栖息之所。盐木鸭从一个山丘飞到另一个山丘。远处，鹬们大声地交谈着，凤头麦鸡高声地喊叫着，鸥鸟慢慢地挥动着翅膀翱翔。在沙漠上空有一群鸨飞快地向西飞去。随着夜色的加深，天气也明显地变坏了。大约半夜时刮起了强烈的西北风。在猛烈的风暴中，帐篷发出嘎嘎的声响，麻布被吹得忽高忽低，并被吹离了地面。睡在帐篷里的人被盖上了一层细细的尘土，呼吸起来都很困难。

从霍伊尔呼都克到希里克多隆湖，中间有一片空地，地面上覆盖着沙土、黏土或者有一些更硬岩层的露头，这个地方的沙地常被好的草场所取代，这或多或少地给人带来一些欢乐。总之，戈壁沙漠在早春时远非人们想象的那样死寂。这片地区的含水层相对浅一些，在一些较低的地方它埋在沙土层下面一米左右的地方。没错，在大多数情况下，水并不全是淡水，而是略带些咸味或者石灰味。这里最为丰富的沙漠植物不仅可供骆驼食用，而且可以养活马和羊。因此，临近阿拉善沙漠的蒙古居民完全可以无忧地生活，没有理由去埋怨上天。只有在极少极其干旱的年份，这些沙漠地区居民的日子才会变得艰难起来。

在七个湖（希里克多隆）上，旅行者们发现了先我们考察队而来的“客人”，它们是灰雁、野鸭、小水鸭、麻鸭，还有几对不安分的海番鸭。在灰绿色的湖水旁还嬉戏着滨鹬、白腰草鹬、灰鹡鸰和黄鹡鸰，边上还可见到一些普通的鹨。在邻近湖泊的灌木丛里，隐藏着盐木鸭，更远一些的地方则有灰白色的鹫无声地飞往远方。

在湖边的绿荫中愉快地休息之后再动身朝沙漠里行进，对我们所有的人来说，都是特别痛苦的事情。猛烈的风从后半夜起就开始掩埋填平考察队留下的足迹。4 月 4 日一整天，我们的骆驼都不得不沿着子午线方向摸索行进，队员们目不转睛地注视着周围任何可做参照物的高地。终于，在东北方清晰地看见了位于尚根达拉伊井旁的马鞍形洛芝山的轮廓，在邻近的低地上已可见塔克托库雷庙的白点了。寺庙旁边有一个汉人开的商铺，我们迫不及待地钻了进去，希望能看到一些生活必需品。遗憾的是商店里没有任何适合我们的东西。这样一来，考察队员们只能买到一些肥羊。然而，就是这样我们也很满意了，因为从兰州府出来后，我们一直靠不大好吃的罐头肉来对付。

深夜，我从帐篷里出来，久久地欣赏着贺兰山那端庄的侧面，它预示着我们将很快返回离别很久的仓库和气象台。周围很静，偶尔有蒙古狗的叫声从黑暗中传来。此外，偶尔还可以听到鹬的独特的呼哨声，它们数次从考察队营地上空飞过。

考察队主要向东北方向行进，每天走四五十俄里，顺利地将无尽的沙丘、洼地和谷地留在身后。终于，4 月 7 日，我们在捷姆布休息后，进入了夏天有巴伦希特峡谷水灌溉的草原，并很快看到了令人心情愉快的绿洲。路上的行人多了起来，可以见到汉族和蒙古族定居者的房屋。庄稼地里的幼苗和小河岸上碧绿一片，羊群和马群在牧场上悠闲地吃草，所有这一切都在向我们昭示着农耕文明的临近。

在到定远营前的最后一个高地上，我们碰到了两个欧洲人——马格努森夫妇，他们正去找医生。又过了半个小时，我们来到了自己的仓库，兴高采烈地和留在那里的同伴们打招呼。他们不仅完好地保存着考察队的所有财物，而且颇有收获地度过了长期的枯燥单调的生活。气象站的观察员达维坚科夫没有辜负我的信任，出色地完成了我交给他的任务，为此，我立即把他擢升为上士。

# 重新返回定远营

这样，离开阿拉善很长一段时间后，在经历了一系列艰难困苦之后，考察队又重新回到了定远营。我们像以前一样将自己安顿好，大家都感到很舒服、很方便。

日子不经意地飞逝而去。我忙于将考察队分为两组，一组重装，将直接前往库伦；另一组轻装，将再次进入哈拉浩特，对哈拉浩特废墟进行彻底研究。我对历史、自然和其他方面的收集物重新进行了分类和包装。跟以往一样，最麻烦的还是收拾那些用酒精保存的东西。我的同伴们则忙于准备面包干、肉干及装水的器皿“兰霍娜”，所有这些东西都是我们前往死亡之城所必需的。可以肯定，沙漠并不会友好地对待我们，它以自己的干燥和炎热让我们这些疲倦的旅行者厌倦、痛苦不已。但是，面对即将在炎热的沙漠中进行的艰难之旅，我们中没有一个人感到畏惧。

下雨天时，我经常从早到晚忙于书写各种事务性的信件，并撰写工作报告。同时，我还要干一些与摄影有关的事来作为小小的放松。这些照片中有我在兰州府拍摄的一组照片，其中有总督的照片，我应当把它们发往兰州府。除此之外，还有一些新的作品，比如一张穿着民族服装的巴伦苏尼蒙古妇女的照片，这张照片很是独特，洗出来后我感到十分满意。

偶尔，在忙完日常性事务后，我还会抽出不多的一点时间来观察阿拉善的大自然风光。已经到了开花的时期，丁香花已经开放，欢快的燕子们也一队队地出现了。南风使气温明显升高，北风则不时地转成真正的风暴，并带来大量的降水。蔚蓝的天空不见了，取而代之的是阴暗的黄色天空。晚上的最低气温经常保持在 0℃左右。

山里的春天明显要晚一个节拍。到了 4 月 10 日，丁香还没有开放，而在绿洲上，这种花已经开始褪色了。每到早上，小溪里会结一层薄冰，这些薄冰一直要到午后才会融化。贺兰山山脉的山坡上虽然已经开始发暗，呈现出浅绿、暗紫的色调，但它偶尔也会覆盖上一层白雪。

标本员们并没有忘记自己的职责，他们经常去打猎。鸟类标本又被下列有意思的鸟充实了：鸫、鹟和山鹛；兽类标本中则增加了两只岩羊。盘羊栖息在贺兰山北段，因此不易猎获。我们听说当地人为了猎捕这种美丽的动物甚至成立了一个团队，如果顺利的话，他们就能打到一些盘羊，让阿拉善亲王作为最珍贵的礼物送到北京去敬献给汉族王公贵族。

晴朗无风的夜晚，我都用来进行天文观测，以便确定地理坐标并断定时间。在我进行这些活动时，我的一位朋友经常参加进来。他叫达赖措尔芝格根，巴伦苏尼人，是来自达赖措尔芝苏默（该寺庙位于库伦东南十五天的路程）的喇嘛，他好学，知识渊博，并对天文设备很感兴趣，喜欢用天文望远镜看月亮和木星。通过达赖措尔芝，我了解到了我朋友的一些有趣的生活细节。他们分别是钟王一家和沙克杜尔公一家。我托人向他们转送了传统的蓝哈达，向他们表达了我的问候之意。在阿拉善其他熟人中，我只与亲王已故三弟的可爱的儿子们有过互访。这些年轻人与我在装饰成中国风格的舒适而隆重的场合相见，招待我喝茶、吃甜

新年前夕，定远营

食，并与我一起愉快地交谈。他们提到了普尔热瓦尔斯基，后者直到现在还以一个俄国勇士的形象活在他们心中。王爷大宅院里的花园跟以往一样，其颇具艺术性的布局，以及数量和品种众多的花草及灌木让我们感到吃惊。果园里有苹果树、梨树、桃树、核桃树、丁香树及弯弯曲曲的柳树，此外还有几种木本植物。

我在城里闲逛时，比较喜欢到汉人开的古玩店去转悠。我在那里常常会发现一些有趣的日常生活用具、服饰和一些别出心裁的艺术品。我们给自己买了些所谓的宁夏地毯，这种地毯以其柔软度和色彩独特而闻名。

在汉人的商店里，经常可以看到一些会唱歌的鸟儿，百灵鸟和红点鸲（alliopetcshebajewi）的歌声不仅给主人带来了愉悦，也给顾客及过往行人带来了快乐。因为这种鸟漂亮会唱歌，所以很受人们的喜爱，汉人们一般都要喂养一两只甚至更多。白天，歌鸲们被喂养在一个小鸟笼里，鸟笼挂在屋檐下或者房屋的背阴处。鸟儿被一根长约 35 厘米的绳子套住脖子拴在木框上。有时歌鸲会带着小绳子飞到一边，但是汉人们会伸长手把鸟框移近鸟儿，很巧妙地捕住它们。晚上，鸟儿们则在一个大的宽敞的笼子里过夜，这个笼子的上面有隔栅。笼子里面有鸟儿站立的横棍和用来喂食的器皿。汉人们为自己的“宠鸟”洗澡、喂食，倍加呵护，早晚则带着它们到户外、山上或果园里去，让鸟儿们呼吸到新鲜空气。他们会目不转睛地、长时间地盯着自己的鸟看，如果旁观者夸奖他们的鸟儿几句的话，他们会很高兴。

终于，我们对定远营相当厌烦了，出发前往沙漠的愿望与日俱增。考察队出发前的所有准备工作都已经做好了，现在我们只须等纳帕尔科夫大尉一到就可以出发了。他来信告诉我们说，由于体力和精神方面都过于疲劳，他现在正急于赶向阿拉善并将继续朝库伦出发。

4 月 30 日，我的助手终于来到了定远营。我在听完这位地形测绘员的报告后，就把这里的一切交给他看管照料，然后在几个合作者的陪伴下，轻装向朝思暮想的哈拉浩特进发了。

5月4日，我们由11只骆驼组成的整齐长队，缓慢却顽强地、不知疲倦地踩着灰黄的沙石路行进着。西面是连绵不断的沙丘，沙丘上新草、枯草掺杂在一起，呈现出黄中带绿的色调。北方隐约可见巴彦乌拉山的高峰，东面有一片片孤林，树木茂密的枝叶交错在一起，构成了新鲜、明快、美丽如画的景观。贺兰山逐渐从我们的视野中消失。在令我们所有人厌烦的人多嘈杂、满天灰尘的定远营居住过一段时间后，我们在库雷泰河岸整齐的柳树下度过第一夜，让我们这些旅行者感到特别愉快。在这里，我们周围没有了喧嚣，没有了嘈杂人声，没有了满天灰尘，只有安静沉默的沙丘。此外，还有兔子和沙土鼠在沙丘上面胆怯地跑来跑去。芨芨草丛中有羚羊在小心翼翼地吃草，除此之外，那里面还藏有鸨、毛腿沙鸡、红点鸲、小川鸲鸟、石鹏等从四面八方飞到牲畜饮水的地方。细灰蛇和前额有白点的窄长黑苍蝇在最为开阔的地方享受着阳光的抚慰。这些“居民”的数量有时还很多，但是它们并未能影响我们周围总体上的宁静。正好相反，正是它们的出现，才让我们的眼睛觉得不过分单调和疲乏，这对沙漠的景色进行了有利的补充。

戈壁滩南部，从阿拉善到个戈依措，并没有一般沙漠的那种让人抑郁的单调。一个草原的土壤或为沙土，或为碱化土壤，或为多砾石的土壤。它被一些起伏不大的褶皱相隔，在一些地方形成了宽阔的低洼处，其间有些谷地。这些谷地是一些小溪干涸的河床，谷地底部布满了红色花岗岩碎石，岸边则长着排列整齐的榆树、芨芨草、泡泡刺和其他的草本和半灌木植物。例如苏门郭勒谷地和乌兰莫腾郭勒谷地就是这样的谷地。

呈东西方向横在我们面前的分别是巴彦乌拉、杜鲁布尔真、哈拉乌拉这些不高的山岭，虽然荒凉而缺乏牧草，但在整个环境单调的情况下，还是多少让我们的旅途生活丰富了一些，给我们带来了一些欢乐。

沙漠的海拔在 1070~1220 米，山岭最高点则达到了 1666 米。而低地海拔为 820~915 米。

差不多每经过 10~15 俄里就能遇见小河和井，这让我们在南戈壁沙漠地区旅行时感到特别愉快。有时，这些小河和井之间相隔的距离还要短一些。由于它们周围的一片绿草或绿树，我们远远地就能发现它们。所有有生命的东西都生活在这些水源的周围，其中包括少量蒙古人和汉人，他们居住在自己简陋的泥土房或蒙古包中。有时坐在绿洲高高的杨树下，听到浓密的叶簇发出的沙沙声，会让我们这些游子闭上眼睛，情不自禁地一任思绪飘飞，飞到遥远故乡的森林之中。与此同时，考察队的到来又让周围的一切显得充满生机与活力，当地的女人们常来给牲畜们饮水，并长时间充满怜爱地看着它们。随处都可以听见愉快的交谈声、笑声。

一个 15 岁的小姑娘朝我们的营地走了过来。姑娘健康、红润，身材高挑，腰身极其纤细雅致。她胆怯地回头打量着我们这些外国人，尤其对考察队的狗十分恐惧，它正朝井边跑去，试图在那里喝些水解一下酷热。这位在沙漠里长大的少女的亮亮的黑眼睛顾盼流转，显现出好奇的神情。她生动的眼睛时而看向远处，时而又重新审视着这一切，目光从我们这些让她感到奇怪的欧洲人的脸庞上滑过。这位羞怯而没有多少文化的少女似乎想弄清楚许多问题，但看来是徒劳的，因为她的视野太狭窄了，懂得的东西又太有限了。

我们没有改变原先选定的方向，依旧朝西北偏北方向行进，考察队时而行进在我上次探险时就已经熟悉的大道上，时而穿行在我们一年以前才发现的小道上。从著名的杜尔本莫托井起，旅行者就把原先的行进路线丢到了一边。我们横穿雅马雷克沙漠，开始径直朝沙尔张苏默寺走去。砾石高地和沙质低地交替出现，在沙质低地上，沙丘有时高达十余米，长而曲折地由北向南延伸或由西向东延伸，纠缠交错，形成复杂结构。

沙尔张苏默寺远远地就可以看见，这是由于它那鲜亮洁白的建筑在阳光的照耀下十分显眼。佛教修行者们把自己的居处选在一个僻静可爱的地方，那儿很凉爽。此外，寺庙附近还有一个非常好的淡水井。

按照佛教的风俗，把立在寺门口的大“胡尔德”翻转过来后，我们就走进了大门。我们看见了三座庙，它们排成一排，每个侧面有两个塔。我们在凉爽的佛教寺院里度过了最热的时刻后，大伙儿又开始行进在令人痛苦的旅途中了。毗邻沙尔张苏默寺北面的一些山高高耸立着，十分陡峭，看上去像是天然的屏障，这些山脉由半破坏的已风化的粉红色花岗岩组成，花岗岩中间有黏土页岩。多石的土壤让骆驼绵软的脚掌尤其吃不消。

闻名全阿拉善富裕的伊希喇嘛的大本营就在扎金呼都克井不远处。由于我们和这个孤独可爱的亚洲巨富有着良好的关系，我有意在他那儿换掉我们疲倦的牲畜。伊希非常乐意地满足了我们的要求，还积极地为考察队经哈拉浩特前往库伦出谋划策。这位和蔼可亲的喇嘛在自己豪华的铺着地毯的帐篷里非常热情地接待了我们。他招待我们吃当地的食物，并非常客气地问考察队现在是否需要资金。最后，他表达了对我们的深深的敬意，说能与俄国地理学家结识是他的荣幸。顺便要指出的是，在与伊希谈论我的“孩子”——哈拉浩特的过程中，我得知，在哈拉浩特城以东 10 俄里处，有一口很好的井。而且据我的朋友讲，蒙古人不止一次在这个地方发现了青铜和镀金的佛像及其他物品，因此他建议我对哈拉浩特以东地区加以注意。

越往沙漠深处行进，酷热就越令人难以忍受。背阴处的温度已达到 34~37℃，沙表温度在日照下达到了61.2℃。在含盐沼泽地附近，呼吸起来尤其困难，那里几乎可以说没有一丝风。被晒热的仿佛是浑浊的、烘干了的空气。甚至连“沙漠之舟”骆驼也承受不住这种酷热，张开大嘴去捕捉哪怕一丁点儿的微风。然而，在这样酷热的环境里，我们却看见了蜥蜴、蛇、甲虫和苍蝇，它们一刻也不停地忙碌着，真是匪夷所思。

只是在日落后，人们才稍微缓过一点劲儿，能提起一点精神来。沙漠里的夜晚常常是迷人的，新鲜、清澈、凉爽的空气被吸进为白日酷热所苦的胸肺深处，晴朗的夜空中有看起来特别近、特别明亮的星星不停地闪烁，神圣庄严又细腻的宁静让大家的心灵受到陶冶。多少次，在戈壁沙漠里，我想起了我喜爱的诗人莱蒙托夫的忧郁而美好的诗句：“夜深人静，沙漠在用心谛听神的旨意，星星与星星在无言地交谈，天空神秘庄严、异常幽美！大地在蔚蓝的星空下沉睡……我为何还如此痛苦，如此难过……”

我们每天行进30俄里，有时还会更多。在这些漫长、难熬、令人难以忍受的酷热中，我们中的许多人找到了唯一的娱乐活动，这就是用望远镜仔细地观察远方的每一点变化。每一片绿色都能带给我们每个人真正的喜悦。

5月16日，我们进入了戈伊措盆地，看见了一大片广阔的被风吹得沙沙作响的芦苇地，芦苇地里流着一股清澈的泉水。这让我们觉得再不能指望有比这更好的地方了。旅行者们贪婪地呼吸着潮湿植物散发的特别鲜美、特别清新的气息，贪婪地谛听着从浓密的芦苇丛里传出的鸟类声音。芦苇莺比其他鸟儿的精力更充沛，它们独特的叫声一刻也没停过。在祖斯伦的一个小湖的边缘，一个灰雁家庭和一些野鸭无忧无虑地生活在那里。湖岸上还可见到老练稳重的鹤和正在嬉戏玩耍的沙鸻，后者捕食着蚋。受惊的海番鸭很快地飞到空中，把它们很响的声音留给四周。在海番鸭上空，芦苇莺平稳地翱翔着。

戈伊措盆地是蒙古的最低部分，这是一个令人愉快的地方。这个盆地常会使人陷入沉思，并去猜想它过往的地质史。我个人认为，不仅是戈伊措盆地，还应包括它在西边的延续部分，亦即额济纳河下游地区、索果诺尔湖和嘎顺诺尔湖，在以前是一片大水域，是远古海洋的残留。现在，在沙漠酷热气温的影响下，这片水域差不多被全部蒸发掉了，裸露出其沉积层的底部，只在离水源很近的地方残留下了一些微不足道的水域。

在戈伊措盆地的人口比戈壁其他地方要稠密一些。我们每天都能见到蒙古人的游牧驻扎地。骆驼、羊、马甚至还有牛，看上去都生活得不错，而且似乎对由芦苇、柽柳、盐节木、芨芨草和少量的兴山榆树林组成的生存环境颇感满意。只有上帝知道这些兴山榆树林是怎样在这个极为恶劣的含盐土壤上长出来的。

5 月 22 日，我们开始见到一些远古文明的痕迹，这一天，我们沿着沙质高原库库伊利苏行进，时而登上桌状高地，时而下到盆地底部。路旁偶尔可以见到一些半破坏的塔，还可以见到一些被废弃的沟渠，它们曾经是庄稼地的灌溉源泉。我们已经接近哈拉浩特，已经可以看见博罗聪芝塔，透过尘雾遮蔽，已经隐约可以看见死亡之城那灰色的城墙了……

1909 年 5 月 22 日，是我们抵达哈拉浩特的日子。这一天早上。在这个城市废墟以东四五俄里的有小沙丘的谷地里，我们的标本员捕捉到了一只非常有意思的小跳鼠。我们把这只小跳鼠很好地保存在浓酒精里带回国内。后来经过俄国动物博物馆学者维诺格拉多夫鉴定，这是跳鼠的一个新属——矮小跳鼠。

# 再访哈拉浩特

从定远营到哈拉浩特的一路上，我们都是在沙漠中跋涉，这段路共有550俄里，考察队只用了十九天时间就走完了，中间既没有在任何一处停下来休整一天，基本也没怎么休息。

这一次，考察队的营地没有驻扎在这座城市的中心，而是跟上次一样，驻扎在略偏向西北处，在大房子的废墟附近。在我们离开我的“孩子”期间，没有一个人来拜访过它，我们离开它时是什么样，现在依然是什么样。由于我计划要在这里进行大约一个月的挖掘工作，因此我恢复了与土尔扈特贝勒的友好关系。这位贝勒依旧住在离哈拉浩特20多俄里的额济纳河边。我事先得到了他帮我们雇的当地民工，我还雇了一些土尔扈特人来每天从额济纳河谷地里给我们运送水和羊。高强度的体力劳动和比原先多出一两倍人员所要求的东西相应地也多一些。

死亡之城复活了，一群人开始在这里活动，工具磕碰出声响，空中尘土飞扬。每天中午，驼队会从额济纳河谷给我们运来水和食品，并带来新的消息。偶尔会有土尔扈特贝勒的什么官员来看看俄国人在废墟上是怎样生活的。

我也想让远近的朋友和社会机构对我的情况有所了解。我决定从哈拉浩特发出一大批邮件，其中包括给俄国地理学会的报告和寄往库伦和俄国的私人信件。

不仅是我的旅伴们，甚至当地的民工也很快对挖掘工作充满了兴趣。我们只谈与哈拉浩特有关的东西，晚上谈当天挖到了什么东西，早上则预测可以挖到什么东西。我们依旧很早就起床，在相对凉快的时间开展工作，中午则休息，否则的话，我们会被炎热折磨得更苦。这是因为背阴处的气温已达37℃多，而在太阳照射下，地表温度已经超过了60℃。

闷热让本来身体瘦弱的上士伊万诺夫特别痛苦，他在经历过不幸事件——从骆驼上重重地摔了下来后一直感觉不好，我们很为他的生命担忧。被热风吹起的灰尘和沙子让我们更加疲惫不堪。

在死亡之城停留的整整一个月时间里，只下过一次大雨，雨水把地面淋透了，震耳欲聋的雷声把因停滞过久而腐臭的空气震得发抖。下雨之前一般要刮西北或西南风，风暴在吹来零星小雨的同时也会刮起黄色的灰尘状物，由于这些灰尘的影响，深色的雨云看上去就成了暗灰色的了。往往从可怕的云状物就能远远地发现有可能会有大风刮来。一开始时是旋风掠过，然后是一阵阵猛烈的风卷起地面上的尘土。帐篷被吹得弯向地面，它的格状框架被吹得咯吱作响，帐篷就像鼓满风的帆一样，仿佛立刻就要被吹向远方。通常，聚集在营地的蒙古人会发出疯狂的号叫，号叫被风暴的声音所淹没。他们还会手脚并用地抓住自己的帐篷，试图以此来抵挡强风的进攻，这种方法当然并不总能奏效。

风暴过去后，远处很快就变得明朗清晰起来，温度会稍有降低，这时旅行者们就可以放心地收拾自己被风吹得乱七八糟的居所了。到处都是灰尘和沙子，如果你不想弄脏自己因为酷热而裂了口的双手的话，你什么也不要碰。在此之前，汗湿的衣服变干了，上面满是一层硬硬的盐皮和细细的沙子。你会觉着自己疲倦不已，衰弱乏力。灰色的死气沉沉的四周还会加重这种痛苦的感觉。

当两只黑耳鸢（Millus melnnotis）到我们营地来啄食垃圾的时候，我总是很高兴，这两只鸟很快就与我们所有人熟稔了，它们开始放开胆子到离我们很近的地方，仿佛在向我们乞食。这是我的旅伴们惯出来的，他们常把肉块抛向空中，而鸢们能很熟练地把肉块抓住。我们考察队的狗儿良加不喜欢这两只鸟儿，常与它们争吵，良加几乎陪着考察队走完了整个旅程。这些动物——狗和两只鸟儿——多少给我们在哈拉浩特单调乏味的挖掘生活增添了一些乐趣，聊解我们的寂寞，特别在第一周内更是如此。在这段时间里，我们白白地浪费了许多体力而没有什么收获。而挖掘工作是按照预定计划进行的，一帮蒙古民工在我的布里亚特旅伴的监督下，对哈拉浩特不多的街道上的房屋进行系统的挖掘，有时在我指定的一些地方挖一些深井。我们这帮俄国人除了在城内进行挖掘外，还要在哈拉浩特城外的一些地方进行勘寻。

跟上次一样，这次我们也挖出了一些日常生活用品，一些较为寻常的物品、祭礼用品，还有一些文稿、纸张、金属币、纸币以及其他物品。我们是在贸易场所的废墟里发现纸币的。顺便要说的是，我们在对哈拉浩特进行挖掘时捕获了一只非常有意思的夜蜥蜴（Teraoscincus）、一条草原蟒蛇（Eryx Kozlovi）和一只蝙蝠（Plecotus sp）。

我常会慢慢地走过空无一人的死寂街道，看着布满砾石的地面，看着看着，这些石头就在我眼里幻成了连成一片的人群，我仿佛看见了原先哈拉浩特城里攒动的人群。走了许久后，我才抬起头来看看四周，然后又继续缓慢地向前走去。您瞧，这儿是一块很有趣的瓷片，那儿是一条小珠串，还有一块小硬币，再远一些的地方，有一块绿色的玉器。我小心翼翼地用手把挖出来的东西捡起来，久久地注视着它。所有从沙子里挖出来的东西都会给我们带来异乎寻常的喜悦，并会激发出其他同伴更加努力地进行挖掘的激情。

在这段时间里，我们还见到了一个有意思的秘密祷告场所，它建在城堡的北面，在从西数第三个侧塔旁。离天花板和另一种碎屑物越远，越能看到下面这样一幅图景：在寺庙入口处是一个半破坏的底座，这是一尊佛像的基座，在保存完好的城墙下部可以看见一些壁画，其内容是一些圣像和绿色鹦鹉。

单调而数量稀少的挖掘物终于让我们厌倦了。我们的精力已不如从前。与此同时，对新的挖掘地的选点工作正在进行之中。根据工作的进展情况，我们把城堡外的一个塔列入了挖掘计划，这个塔离城堡两边的城墙 4 俄里，位于干涸河床的石岸上。

这个塔后来吸引了我们所有的注意力和时间。它馈赠给考察队一大套收藏品：整整一书库书、画卷、文稿和多达 300 件佛教圣像画像，这些画像画在粗麻布、薄薄的丝绸材料上和纸上。在杂乱地堆放在塔里面的大量书稿和写生画中，还有非常有意思的、水平参差不齐的金属和木质全身像、印画的样板、塔的模型和许多其他东西。有一件装饰用的手工织品是一件精美绝伦的编织品，极其出色。由于这些掘获物在干燥的气候条件保存得极其完好，因此它们的价值越显珍贵。真的，大多数书籍、文稿以及画像在地下埋葬了数个世纪后，挖出来时它们的新的程度让我们感到吃惊。不仅书的内页保存良好，甚至连书的封面都保存得很好。这些古书的封面或是纸的或是丝绸的，大多为蓝色。

看到从塔里找出这样那样的物品，看到这么多的书籍、小佛像，我们是多么开心、多么高兴啊！把玩起来更令人爱不释手，尤其当挖出的小佛像是青铜或者镀金的时候，那种感觉就更不用说了。我永远不会忘记这些幸福的时光，就像我不会忘记发现两件写在网状料子上的汉字书画给我的印象一样。当时，这两件书画作品给我和我的旅伴们以极其强烈和深刻的印象。当我们展开这两件古书画时，我们眼前展现出呈坐姿的妙不可言的人物画像，这些人物为温存的天蓝色和玫瑰色光芒所笼罩。这些佛教圣物让我们感觉到某种含义深远的东西。我们久久

出土画像——阿弥陀佛在极乐世界会见信众

出土画像——金刚坛佛

地看着，目不转睛，它们真是无与伦比！

与上述物品一起被埋葬在灵塔里的是一位宗教人物，他的骨骼以坐姿长眠在比台座稍高一些的地方，位于墓上的北墙。我们把这具骨骼的颅骨运回了国内。

我要再次说明的是，我们在这个特别的塔里得到的所有宝物（书籍、圣像、塑像和其他东西）摆放得极其凌乱。在这个库房的下部还是可以看出某种顺序：一部分泥塑像摆放在一个高处上，脸朝里，仿佛是一群喇嘛正在面对一大批西夏文稿进行祈祷一样。

越往上去，东西就越乱。书籍一堆一堆地放在一起，彼此间挨得很近。无论是书籍，还是圣像，都以各种各样的姿态摞在一起，只是在塔的底部，有几本书用绸缎织物包得十分仔细。青铜的小佛像、印画的版、木刻画板和塔的模型也保存在塔底部。

总的来说，这个特别的塔赐予我们的物品极其丰富，在书籍和小佛像方面更是如此。在这个塔里发现的东西正是科学院士奥尔登堡完成他的著作《哈拉浩特佛教肖像研究材料》的全部基础材料。我们还没有完全公布书籍、手稿和圣像的所有清单，但是可以毫不夸张地说，书籍、稿卷和手稿数量已超过了 2000 册。至于圣像的数量，则已达到 300 个之多。塔本身高出地面 8~10 米，由底座、梯形的中部和被时间或者人们的好奇心半破坏的圆锥形塔顶组成。底座中心的地基上用木杆进行了垂直加固，木杆顶部没有任何装饰物。

在把所有的精力和时间用于对死亡之城进行详细研究的同时，我并没有放弃对该城近郊的考察，因为据说在这一地区还有一个叫作“博罗浩特”的废墟。为此，我的旅伴巴德马扎波夫和两个蒙古人到东北方向去进行了一番考察，并带回了关于在戈壁沙漠里土著人生活的一些补充材料。原来，在久远时代，在额济纳河还流向东北，沿着额济纳河岸延伸的哈拉浩特还是人烟稠密的绿洲时，博罗浩特也曾经十分繁荣。这个村子位于额济纳河古河床的左岸，位于哈拉浩特东北约20俄里处。

碰到当地人时，我们经常与他们进行交谈，询问他们一些问题。诸如，在我们来到哈拉浩特之前是否有人来过这里，他们发现了什么非常有趣的东西没有等。因此，我有机会听到各种各样的故事，但是并没有什么重要的东西，他们所言归结如下：

最先，由于害怕哈拉浩特城的死魂和妖术作祟，无知而迷信的额济纳河流域的土尔扈特人尽量避免朝哈拉浩特方向张望，不敢到那里去，尤其是不敢一个人到那里去，不敢去那儿进行挖掘。“没错，”土尔扈特人说，“我们中也有一些胆子大的人，他们结成一伙到哈拉浩特去，也挖到过一些东西，挖到过青铜和镀金的小佛像、银锭和不多的一些其他物品。终于，在许多年前的一天，一个胆大而幸运的老太婆在那里找到了三条大珍珠串。”这个故事是这样的：

“老太太和自己的儿子们一起去寻找跑丢的马。在找马的过程中，他们遇了风暴，在躲避风暴的过程中，这些土尔扈特人不知不觉地撞到了哈拉浩特城的城墙边，并在城墙的庇护下度过了寒冷的一夜。第二天天亮时，风暴停了，这些本该回到自己在额济纳河边家里的土尔扈特人，忽然生出了要逛逛这座死亡之城的兴趣。这样，在废墟里逛来逛去的老太太就发现了露在外面的闪闪发亮的银色珠串。盯着珠串看了好久后，老太太把它捡起来戴在了脖子上（在大风暴后，地表变化很大，或者因为沙被吹走而裸露出地下的东西来，或者什么又被沙子掩埋了，此时对废墟进行研究收获会更大一些。因此老太太在风暴后捡到珠串也不是不可能）。

“老太太回到额济纳河后，所有的土尔扈特人都听说了这事，大家争相跑来看老太太带回来的宝物。一个土尔扈特人甚至识别出了这串项链的真正价值，告诉老太太不要轻易地把项链出手。这时候，一个运有各种商品的汉族商队来到了土尔扈特人这里。土尔扈特人立即把老太太捡到珠宝的事情告诉了汉人。一开始，这些吝啬的生意人还装模作样，对宝物百般挑剔，出的价钱很低，但是老太太不为所动。最终，汉人用自己商队带来的所有商品才换走了珠宝。老太太重重地赏赐了那个叫她不要轻易将宝物出手的土尔扈特人，而且，她还高兴地把换来的东西给周围的每个人都分了一份。”

在把这个塔里的东西收集好后——这些东西无疑将对这座城市及其居民的历史和许多其他方面的研究起到十分重要的作用，我们还对哈拉浩特的所有街道和建筑物进行了详细研究。之后，我们就准备上路了。考察队的规模由于增加了许多挖出的东西而扩大了许多，这不禁让我们对能否把这么多物品完好无损地运回祖国而深感担忧。

1909 年秋天，考察队的所有收集品都顺利地运到了圣彼得堡，存放进地理学会刚刚修好的房子里。地理学会次年初即把考察队的所有学术材料公布出来。此后，哈拉浩特收集品的大部分很快就藏入了俄国博物馆民族学分馆，少部分也就是书、稿卷、手稿则被收藏到了俄国科学院亚洲博物馆里。

顺便说一下，科特维奇对于从哈拉浩特获得的蒙文文献做了如下叙述（参见《俄国皇家地理学会 1910 年报告》）：

1226—1227 年间，城市被成吉思汗击溃后，唐古特人或称西夏人并入了由蒙古人建立的帝国。虽然他们被击溃了，但唐古特人的民族文化并没有被消灭，大量用自己独特文字书写的唐古特文献材料的存在就说明了这一点。但是，在对这一文化形成影响的因素中又增加了一些新的东西，这就是来自蒙古文化方面的影响，而在此之前，唐古特文化受到的影响多半来自中国内陆和西藏。来自蒙古方

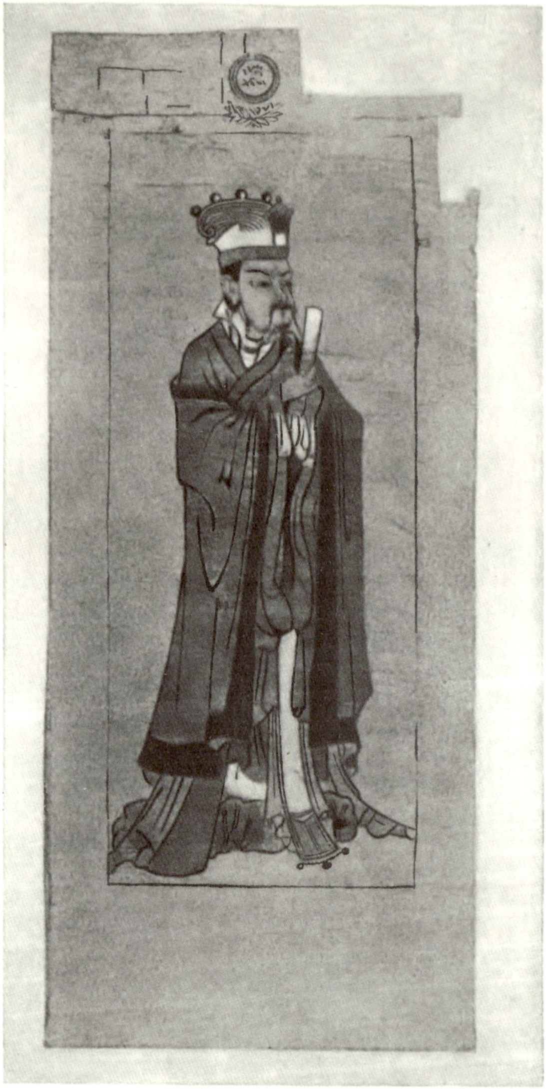

出土画像——木星

出土画像——土星

面的影响不只限于政治上，对于这种影响的程度可以从科兹洛夫率领的考察队从哈拉浩特发掘出的蒙古文献中看出一二。这些文献并没有标明具体日期，但它们的古文字学方面的特点和它们是与中国纸币一起被发现这一事实，为我们把上述文献归入蒙古人的统治时期，亦即1368年以前提供了依据。这样，基于科兹洛夫的发现，使得这一时期为数不多的蒙古文献得到了重要的补充。在此之前，我们所知类似的文献来源于金帐汗国、波斯（伊朗）、东突厥斯坦、中原地区和蒙古北部。此前，我们已经有在金帐汗国、波斯和格鲁吉亚铸造的印有蒙古符号的硬币。现在，在这些硬币的产地名单上需要补上一个新的地区——唐古特地域。

在哈拉浩特发现的蒙古文献一共有17件，其中约有10件不大的残简，一本34页（14.7厘米）的小手写本，剩下的则是一些10~12行的文献。虽然数量和规模有限，但它们所包含的内容却十分丰富。上面提及的手写本[1]是用来进行占卜的参考书。它的主要作用是用来判断良辰吉日的。这个手写本依照中国样式做成，中国人直到现在还在使用这种历书。这本历书的主人看来具备一定的汉语知识，这是因为历书里面到处都标注着中国的象形文字和蒙古字母的汉语词汇，在册子的最后，还用汉字记下了不少处方，这些处方是用来医治常见马疾的。这个蒙古养畜者看来对这些药方非常感兴趣，因此把它们记载到经常使用的历书里，历书的破旧样子说明它被使用得很频繁。

一件十四行的残简具有训导意味，根据辨认出来的部分判断，这个残简是成吉思汗的训诫片段。直到现在，在蒙古后代各种各样的书本中都还能看到类似的训诫。根据这个文献判定，这些训诫很早就被蒙古人记录下来，并可能与上述的故事一样，被14世纪著名的波斯历史学家拉希德·埃德金用于他关于蒙古的书

[1] 根据上下文判断，应是一本历书——译注

中。其书中记录了成吉思汗的训导文献。在残简中看来也有成吉思汗的字样，但遗憾的是文章的这个地方损坏了，只留下上面的一个“成”字，这个“成”字按照从中国人那里借鉴来的宫廷礼仪的要求，突出在竖排正文的上面。然而，成吉思汗著名的战友博戈尔丘的名字却完好无损地保留了下来。这些训诫里有蒙文诗歌作品里常见的辅音叠韵。因此，这个印本已经对成吉思汗的话语进行了加工，具有叙事诗的特点了，在其他的有名的训诫印本中都没有相应的部分。在这片残简的背面，有五行印刷文字，涉及的是法律方面的内容（第三章第 15 页）。看来是关于某个部门职能的介绍，其中有中国术语。

文献的大部分是往来事务的公文，其中有递交礼品的函件，有一件马匹被盗后写下的诉状，还有两张借小麦的借据，借据上有债务人、担保人和证人的姓名和印章。后两份文献（即借据）是按照同一种刻板的格式书写的，这种格式与新疆南部维吾尔人债务收据的格式一模一样，很显然，这是蒙古人从维吾尔人那里借鉴而来的。除了一些日常琐事之外，这些文献还为我们提供了一定数量的名字，其中一部分或许是唐古特人的姓名。

在哈拉浩特发现的蒙古文献是用所谓的维吾尔文字写成的，而且其中具有从维吾尔人那里得到的或许是同一时代文献所固有的特点。这再一次说明蒙古人在吸收维吾尔文字母时，一开始并没有对它们进行任何改变，而现代蒙古文字与维吾尔文字的差别，是晚些时候才出现的。

然而，最有趣的还是在哈拉浩特文献中发现了两件木刻印刷文献。前不久我们还对 17 世纪中叶前的蒙古木刻不了解。只是到了 1907 年，曼温尔格伊姆才在新疆南部的什么地方发现了一个不大的佛教内容的蒙古木刻，这个木刻是用空铅的藏文写的，是蒙古人统治世界时期的物品。现在，我们又获得了同一时期的维吾尔文蒙古木刻样品，从这些木刻样品中可以特别明显地看出蒙文字母和维吾尔文字母之间的共性。可以从中看出“M”的老写法与中断的垂直线条之间的不同。

如此一来，哈拉浩特文献不仅在内容上，在形式上也同样让人感兴趣。

俄国科学院院士谢尔盖·费奥多罗维奇·奥尔登堡说：“在科兹洛夫从哈拉浩特运回的许多宝物中，著名的《七智者》波斯文的片段占有重要的位置。这本闻名于东西方的书发端于印度，在阿拉伯人和波斯人中极为著名，许多诗人都对这个题材进行过重新加工。我们知道，这一文章传播到了土耳其人和蒙古人那里，但是我们没有直接的材料来表明《七智者》是经过什么途径传播到蒙古人那里的。现在我们明白了，是居住在唐古特人中的波斯人把这本书的波斯文本带到了这里。后来，很显然这本书从这里传到了蒙古人那里，有可能将来我们还会找到这本书在西藏的踪迹。到那时我们将把这本书在亚洲漫游的地点连接起来。在科兹洛夫发现上述文献后，我们已经可以十分肯定地谈论流行于各民族间的神话故事可能的传播路线了，我们还可以谈及这些故事在从一个民族到另一个民族传播中的变化、文学加工，而不是复述所起的重要作用。”

奥尔登堡还说：“科兹洛夫上校 1908—1909 年在哈拉浩特挖掘到的一批佛像和小圣像对于佛教肖像学研究的意义激励着我。不把这些宝贵的收集品细致地研究完，我不会把这件事放到一边。我现在就可以同意俄国博物馆民族学分馆管理局的建议，对我们著名的中亚和西藏研究者的收藏物价值提前进行评述。”

我们希望，这个提前进行的评述能为我们专家的研究提供一些新的、丰富的研究材料，并能为我们展现出佛教艺术史的新篇章。

# 返回祖国

在最为艰苦的条件下，我们在死亡之城哈拉浩特工作了约四个星期，在完成了对城堡内外所有的考古挖掘工作后，我们这些旅行者便开始为远行做准备了。大家都因为酷热、灰尘和因缺水而无法避免的肮脏感到极其难受，所有的人都渴望能看到大自然令人愉快的新景观，渴望能重新欣赏到绿树，听到树叶发出的沙沙悦耳的声音，嗅到潮湿的草本植物的味道……

6 月 16 日，我们满载着沉甸甸的具有历史意义的无价珍宝，从死亡之城的西门出发，经过城市的西北角朝额济纳河进发。松散的沙子让我们前进起来不太容易，牲畜们艰难地迈动脚步，但我们的情绪是高昂的。

在哈拉浩特西北 3 俄里的地方，我稍作停留，为的是观看一个较为独特的废墟，这个废墟叫作阿克滕胡雷，意即“马的栅栏”。它原先很可能是当地居民的牲畜圈，也可能是哈拉浩特卫戍部队所在地。阿克滕胡雷从北面直接与额济纳河干涸的老河道毗邻，而从东面、南面和西南面，构成了弯曲的河流的两个转弯之间的部位，在这个部位的周围有一条弯弯曲曲的深沟，沟的两边修有令人印象深刻的城墙。这些城墙的一半已被毁坏，其间的木质部分已经完全消失，只留下一些大大的孔眼，成了隼和其他几种猛禽的栖息地。在“马的栅栏”周围，还可以看见某些用来浇灌农田的沟渠的痕迹。在阿克滕胡雷里没有住房的痕迹保存下来，“陶器”极为稀少。根据这两点，我认为这是一个比哈拉浩特更为古老的遗址。

随着考察队离死亡之城越来越远，不由自主的难过之情越来越强烈地控制了我。我仿佛觉得在这些毫无生命的废墟中，还存留着一些为我所亲近、珍视，以后将不断与我的名字联系在一起的东西，还存留着一些我舍不得与之别离的东西。我无数次回望着这座被尘土遮盖的城堡，在和自己“苍老的朋友”告别时，我带着某种可怕的感觉意识到，哈拉浩特城现在只剩一座孤零零耸立的塔了，这座塔的内容已无可挽回地死亡了——被人类的好奇心和求知精神给摧毁了……

又连续地走了几小时后，我们已经来到了额济纳河河谷，河床露出来了。我们在其右岸宿营时发现额木纳河已完全干涸了，只在某些地方形成了浅湖或者池塘，还有些来自南山的水，里面有一些鱼。来自南山的这些水滋养着周围十分鲜活的植物，其中有木本植物、灌木植物和草本植物，而草本植物是主要的。

这里的木本植物由三个品种构成：异叶杨（即胡杨）（Populuseuphratica）、沙棘（Eleagnus）和柳树（Salix）。在河谷边缘，生长着柽柳、泡泡刺（Nitraria Schoberi）、茶叶花（Apocynum Schober）等植物。

这里的动物也十分贫乏，我们见到的野兽有羚羊、狼、狐狸、野兔和一些更小的动物。而当地人称，在额木纳河河谷地里还生活着野猫甚至大山猫。

我们在这里发现的鸟类有西域麻雀、凤头百灵，前者比较喜欢栖息在木本植物上，而后者则生活在河谷的开阔处。在湿润的草地上可以见到黄鹡鸰，在河谷里到处可以见到小喜鹊、沙莺、石鹏等。还有一些好动的灌木鸟、燕子和雨燕。在朝霞和晚霞中，常会有一些夜里出来活动的鸟儿从考察队的牲畜旁飞起来。另外，还有白腰草鹬，它常带着刺耳的呼哨声猛地从浅水滩上飞起，而雉则喜欢躲到安全的草丛中。在额济纳河清澈的河面上，经常有鱼鹰徐徐飞翔，它们把巢筑在一棵百年老树那干枯的枝顶上。这棵百年老树位于一个水量最大、鱼最多的水流弯曲处，十分漂亮。

额济纳河流域具有代表性的鱼类是鲫鱼和鮈鱼（Nemachi Iusyarkandensis）。“坏蛋”（我们哥萨克的说法）的代表有蝎子、毒蜘蛛等，我们常用毛发套索来避免遭到“坏蛋”的攻击，这是一种十分可靠的阻挡物。在额济纳河下游，我们捕捉到了一只蛙（Ranaamurensis）和一种新种类的蟾蜍（Bufo kozlovi）。

在经历和感受过沙漠后，额济纳河在我们眼里简直就是天堂，虽然它的外表看起来也很可怜，但空气已经明显地湿润和干净了许多，呼吸时也感觉不到鼻孔灼痛了，吹来的是令人愉快的新鲜空气，夜晚的气温已经降到了8.5℃。

我的旅伴们不知疲倦地在水里忙活着，他们去那里洗澡或者洗衣服。我们现在已经不用再吃令人厌烦的罐头肉，而可以享用新鲜的羊肉、鲜鱼汤和烧炸的鱼肉了，我们每天根据需要捉鱼。

当地的一个颇为独立的旗巴图旗的牲畜膘肥体壮。母马提供了许多鲜奶和发酵过的奶，我每天都到附近的游牧民居住地去享用这种美味，它对身体十分有益。我在这里偶然发现了一个对我而言还很陌生的蒙古习俗，按照这个习惯，在一家之主死后的49天里（有些地方时间还更长），这个蒙古家庭的成员不能把任何东西拿出帐篷。因此，我们从一个富裕的妇人那里买的酸马奶不能带回营地喝。这样一来，我就只好亲自到这个严格遵守着规矩的孤苦伶仃的妇人家去消暑解渴，而不能将马奶端出帐篷外。

在额济纳河东面的一条支流边，有一个地方叫扎尔加兰泰，考察队打算在那里稍事停留，以便结清与当地人和当地政府之间的账务。简单地说，那些做了一些手脚的账单一共要求我们支付数百两银子。我把这张账单带到了土尔扈特贝勒的治所。这个贝勒看来却在避免与我会面，似乎害怕我在兰州府和塔尔寺知晓了某些确实有损于他的荣誉的事。他只是不见面地与我进行谈判，向我表示祝贺，并派人为我们提供各种各样的服务。他委托办理的这些事情得到了蒙古官员忠实的执行。

考察队在扎尔加兰泰停留的最后一天，土尔扈特贝勒最终没能忍住，突然在一个半大儿子和几个侍卫的陪同下来到了我们的营地。我们的会晤是诚挚的。对土尔扈特当局给予我们对哈拉浩特进行挖掘工作的协助，我表示衷心感谢。并答应他，我要去圣彼得堡的学术机构为他争取应得的赏赐。而且，我们当场就送给他一件珍贵的俄国物品，这让他感到惊讶不已。

在忙完了所有的事情，并购得了必需的食品和马匹后，6 月 20 日一大早，我们就迎着曙光，重新骑着“沙漠之舟”出发了。我们沿着额济纳河向北行进，时而跋涉在长着柽柳的丘陵上，时而穿行于新鲜碧绿的芦苇丛中。东边有一块沙漠，土尔扈特人管这个沙漠的南部叫“阿特察松针伊利苏”，管其北部叫“沙拉布兰根伊利苏”。北面是博罗鄂博山脉和更远一些的诺伊奥恩博格多高地不甚清晰的轮廓，前者在淡水湖索果诺尔的对岸。

我们在额济纳河岸度过的最后一夜特别愉快。大雨从北面下过来，雨过之后，被雨淋过的青草和潮湿的地面发出非常好闻的芬芳气味。苍蝇和蚊子不知藏到哪里去了，只有一种很大但不伤害人的五月金龟子还在空中飞来飞去。空气很清新，明澈的夜空星星闪烁，偶有流星坠落，月光温柔地泻在额济纳河的河面上，是那么的宁静、神秘和安详。偶尔有鱼跳出水面，在平静的河面上荡起阵阵涟漪，我们已经来到了绿洲和蒙古中部沙漠的边缘。

重新进入由砾石组成的，依旧呈现出一片折磨人的酷热沙漠地区后，我们只有一个迫切的愿望，尽快穿过沙漠到令人愉快的古尔班赛罕山。然而愿望归愿望，我们暂时还不得不向早已熟悉的，永远如此凄凉、抑郁的地方屈服。数百俄里的地面上像长满草一样地布满了暗黑色的小碎石。不好看的盐节木和为数甚少的泡泡刺看上去是那样的破败、可怜。除了跑得极快的羚羊、单调的扁头蜥蜴外，在索果诺尔低地里我们还得忍受牛虻、马蝇和偶尔在夜间来“拜访”我们营地的跳鼠。游牧者不知躲到哪里去了。或许，令人难以忍受的酷热把这些已经习惯了暑热的孩子们都赶到了稍微凉爽一些的诺伊奥恩博格多高地去了。强烈的龙卷风像一个神秘莫测的恶魔一样，在开阔的平原上游来荡去，它偶尔也会在一小块地方上久久地旋转。这里的一切仿佛死了一般，倒毙的骆驼及马的骨骼经常让我们想到“死亡”这个字眼，这些动物的遗骸是令人难以忍受的沙漠气候的无言见证。

在走出土尔扈特贝勒的领地，进入札萨克图汗盟的地盘时，我们感到特别的轻松，同时又感到一种莫名的忧郁。两个相邻王爷的领地边界的标志是一座半毁坏的泥土塔，边界从西向东南延伸到巴加洪戈尔哲镇以东。

从伊亨贡呼都克旁经过后，考察队偏离了自己原先的路线，选择了一条新的更为短捷的通往库伦方向的线路，这条路线朝向东北。我们朝胡阿雷克丘和塔伦哈伊尔罕高地两者之间的缺口去，后者像一顶结实的深灰色帽子一样耸立在平原之上，很有特点。朝北望去，可以看见一些波状的山脊，高耸在山脊之上的是祖鲁姆泰高地、乌尔特哈伊尔罕高地和伊赫阿尔加伦泰山岭。

措贡达井和清澈的同样叫作措贡达的泉阻滞了考察队迅捷的行动，我们不得不为折磨着我们考察队老队员伊万诺夫的疾病而在这个可爱、幽静的地方停下来休息。我们为病人请来了一个喇嘛医生，但只是让他的病痛减轻了很短一段时间。可怜的老伊万诺夫明显地虚弱了，他已经对自己的康复不抱任何希望，因此十分痛苦，经常想着和说着死亡的事。6月26日，他把我叫到跟前与我诀别，告诉我他最后的愿望。看来，他平安回去的希望很小，但是我们鼓励着他，让他不要灰心丧气。

在艰难的时刻里，还能为我们带来些许快乐的是那些世居于此的鸟类，它们每天都飞到牲畜饮水的地方来。每逢早晚凉爽时分，视野之内随处可见正在忙于享受润湿空气的鸟群。毛腿沙鸡的声音与滨鹬、鹬和沙鸻的叫声交替着从空中传来。动物们总是这样无忧无虑、高兴快活。

对深受大家喜爱的伊万诺夫的病情和他今后的命运这个令人棘手的问题进行了全面考虑后，我决定不再让他随队奔波、饱受痛苦，而是让他暂时留在凉爽的措贡达好好休养。我还留下了年轻的合作者切特尔金和哥萨克索德波耶夫照料他。考察队计划在古尔班赛罕做长时间的停留，我们这些受尽磨难的旅行者将来可以前往那里会合。

6月27日，我们心情沉重地与伊万诺夫辞别。然后，精神抖擞地朝乌尔特哈伊尔罕高地和祖鲁姆泰高地之间的缺口方向行进。现在，峡谷已经被更加荒芜的深褐色多石的高地取代。我们在措斯托（又名“布雷克特”）吃了从当地人那里弄来的新鲜肉，补充好体力后，就深入了峡谷之中。峡谷周围为红色砾岩峭壁和一些单独生长在厚实山岩上的榆树。此后，我们爬上了起伏和缓的长着盐节木的阶地，阶地通往祖鲁姆泰。

我们在拜申特希特寺附近水源丰富的盆地里度过了三天。这里优良的牧草让我们牲畜的体力得到了很好的恢复。邻近的沼泽地还馈赠给了我们几件很有意思的鹬的标本。我的同伴们在那里猎捕到了大麻鹬、红嗉滨鹬和红脚鹬。除此之外，在芦苇中还发现了野鸭、海番鸭、蓑羽鹤、浮鸥、凤头麦鸡等。在邻近的沙漠里，标本员捉到了几只普氏蜥蜴和十二只甲虫，其中大多数是象虫。天气很好，夜间空气很清新，呼吸起来十分舒畅。在白天，清澈的空气让我们看得很远，古尔班赛罕山在明亮的背景下显得很美丽、壮观。

在一名喇嘛的帮助下，我们很快就与位于山中的当地管理机构，以及我们的朋友札萨克建立起了联系。札萨克前不久刚到遥远的巴伦大本营游牧过，原因是年轻的王爷遭遇了不幸，札萨克不愿见到旁人，另外，札萨克的一位哥哥得了一种很严重的传染病死去了，他家里的几位成员也得了这种传染病。我们派去见当地官员的急使很快就完成了自己的任务，并为我们带回了邮件，其中包括从兰州府带来的两封信和前不久经过拜申特希特寺前往库伦的巴德马扎波夫留下的一包东西。巴德马扎波夫对未能在拜申特希特寺里与我们相见而感到遗憾，他还告诉我们：纳帕尔科夫大尉早在 5 月 1 日就离开了阿拉善衙门。这样，我们幸运的地形测绘员现在恐怕已经回到国内，感受到了文明生活带来的种种便利和舒适了。

7 月 2 日，我们动身朝北行进。我们朝乌兰布雷克的红色山丘方向行进，我们计划从那里到中赛罕山南坡，在那儿打相当长时间的猎，以便了解这条山脉动植物方面的情况。在我们即将出发前去打猎的头一天，病后稍微恢复了一些体力的伊万诺夫出人意料地来到了我们的营地，这让大家十分高兴，营地里变得非常热闹。现在，伊万诺夫又回到自己的同伴中，在不错的气候条件下得到良好而愉快的休息了。我们与故土之间的距离在明显地缩短，因此将病人顺利地护送到俄国医生手中的希望也就越来越大。

我们爬到比寺庙所在谷地高出五百米的地方，在一口非常好的泉旁安营扎寨，这口泉那清澈的泉水源源不断地从地下涌出来。北面陡峭的山岭旁，有一片草地青青绿绿的，羊群在上面悠闲地吃草，很是吸引人。山麓之上是挺拔的光秃的褐色峭壁。

沿着古尔班赛罕山山麓向西，我们发现和采集到的植物标本有风铃草（Convolvulus Ammani）、匙叶草（Statice tenella）、荨麻（Urtica cannahifolia）、大麦（Hordeum pratense）、羽茅（Stipa splendens）、小麦（Hordeum pratense）、野生黑麦（Elymus dasystachys）、玄参（Scrophularia canescens）、毛茛、小豌豆（Vicia costata）等。

在考察队营地旁，驻扎着一些赤贫的游牧者，他们每天晚上都要赶着自己的牲畜到我们的泉旁来，他们乐意与俄国人交谈。这些牧民对外国人很信任，我们对他们也很好，总是把多余的东西分一部分给他们。鉴于此，他们对我们总是回敬以亲切的问候，这些来自世世代代生活在极其贫困环境里的可怜人的问候让我们十分感动。

7月4日早上，天气灰暗而凉爽，当初升的太阳刚给中赛罕山的高处抹上一缕金黄时，一支骑兵小分队已经从考察队的营地出发，朝狭窄的谷地直奔而去。驮在小马身上的两个微不足道的驮包和一顶不大的帐篷说明我们这一帮人是轻装出行的，不会在外进行长时间的打猎活动。所有人的情绪都振奋高昂，我们希望能找到有意思的动物和鸟类，并猎捕它们。越深入山中，植物就越多，也更加吸引人。

在南坡中部地带，或多或少地长着野生茶藨子、几种委陵菜、爽神草、列当（Orobanche coerulescens）、南芥菜（Androsace villosa）、景天、铁线莲、鹤虱和翠菊等。

在一个峭壁旁，我们看见了一些野山羊，但是它们转瞬就消失了。不远处低矮的灌木丛后面有一只狐狸一闪而过，金雕威风凛凛地在空中翱翔，附近有花鸡、白腰朱顶雀、石鹏和其他一些容易轻信人的鸟儿在无忧无虑地嬉戏玩耍。我们身下的坐骑发出了沉重的喘气声，但是陡峭的山坡已经爬完了，在我们前面已经可以看见平缓的胡尔登达坂了。登上山口后，视野顿时开阔起来：往北绵延的是无边无际的蒙古中部平原，平原上空堆集着许多被阳光照耀成金色的云团；被深红色的峭壁围住的峡谷像一条条弯曲的细蛇；在望远镜里还可以看到某些地方有蒙古人的游牧地和牲畜群；在邻近的悬崖上，可以听见阿尔泰雪鸡（Tetraogallusaltaicus）的声音；在不远的什么地方，还可以听见布谷鸟的声音。雨燕带着很大的响声飞过我们的头顶，一对红尾鸲优雅地从一块石头上跳到另一块石头上。鸢和乌鸦在峭壁下争抢着什么，上面的云层中则有两只髭兀鹰矫健地翱翔着，它们之间的距离并不大，看上去翅膀一动也不动。我们为周围的景色着迷，在胡尔登达坂顶上站了很久。当逐渐遮住了地平线的铅黑色乌云过来时，我们才不得不到了一个更为偏僻的地方——一个不高的山坡后面，我们在那里找到了一个避雨的地方，很快支起了打猎的帐篷，并在旁边燃起了快乐的篝火。雨很快就下了起来，气压计刻度继续降低。

雨一停，我们就立即出发去打雪鸡。雪鸡在当地十分寻常，当地人管它们叫“霍伊雷克”。据蒙古人讲，冬天时雪鸡会下到山的中部来，而夏天时，它们都栖息在山的上部。我们碰到的这种鸟儿一般是十几只一群在一起，偶尔也有三四只在一起的，极个别的情况下，也有一对雪鸡单独相处的情形。天气好的时候，雪鸡会在早晚发出自己颇有特点的叫声。只要雪鸡开始叫第一声，马上就会有鸟儿从别处发出应和之声，远远地就能听见它们的声音，而且这声音持续的时间很长。雨天，雪鸡们则会“沉默无语”。这样一来，雪鸡就成了很好的气压计，甚至连当地的蒙古人也注意到了这个规律。蒙古人只是偶尔才去打雪鸡，这是因为雪鸡的警惕性颇高，要想打到它们并非易事。发现猎人后，雪鸡会警觉起来，它们会抬起头发出比平时的叫声更快的“咯、咯、咯、咯”的叫声，飞到峭壁上面去，它们选择的峭壁一般都位于峡谷的对面。除了人之外，金雕也猎捕雪鸡。

一开始，我们没有发现霍伊雷克孵卵的地方，在对它们的栖息地和生活习性不了解之前，我们猎捕霍伊雷克并不顺利。我们对它们进行研究后，一切都进展顺利。最终，我们打到了几只非常好的雪鸡做成了标本。

在山里度过两天后，我本人应当回主营地了，那里有各种各样刻不容缓的事情等着我回去处理，而且我还要进行例行的天文观测。我的同伴们则继续留在山里，他们将继续对中赛罕山的地理、植物和动物等方面进行研究。

在乌兰布雷克，生活一如既往，有人在洗衣晒被，有人在准备肉干，这是我们穿越沙漠地区必不可少的食品。我回到营地后，除了进行天文观测外，还要晒干我们采集来的植物标本，还要向祖国发出最后一批正式的邮件。我得给俄国地理学会、俄国科学院、总参谋部和我在莫斯科的朋友地理学家德米特里·尼古拉耶维奇·阿努钦教授写信，这些事情都让我在旅行时精神为之振奋。

在不间断的劳作中，时间过得飞快。只是有一天，当一个急差带着信件从库伦出人意料地来到我们营地时，才再次勾起了我们这些离群索居的人对亲人和爱人的思念。只有在那时，我们才突然感觉到了自己心灵上的苦闷。时间仿佛停滞了一样，日子过得是那样的缓慢、无聊。

在为数众多来自学术机构、亲朋好友的信件中，有纳帕尔科夫大尉寄来的一封信，他在信中向我们传递了一个十分有趣的消息，这个地形测绘员在信中写道："6 月初，一个法国考古探险队经过库伦前往科布多方向，其目的是详细考察、研究准噶尔和新疆南部的城市废墟。"

与此同时，考察队在做上路前的准备。我们的牲畜——骆驼和马在拜申特希特寺的优良牧场里已休整过来，补充好了体力。现在，万事俱备，只待我下出发令了。

考察队的猎人们也从中赛罕山里归来了，他们带回了一百多种植物、二十只鸟、数张啮齿目动物的毛皮和一副连同骨骼在内的山羊皮。

昆虫方面的收集品十分稀少。同伴们搞清楚了一点，这就是：虽然中赛罕山的外表看上去很不错，但与我们的期望相去甚远。它在自然物品方面显然十分贫乏。中赛罕山里的哺乳动物有野山羊，它们常十来只群栖在一起；羱羊，这种动物很少遇到，而且即使遇到它们，也是不多的两三只；偶尔在山前地带可以见到从峡谷里跑出来的羚羊。这里的啮齿目动物有野兔、啼兔（包括峭壁啼兔和平原啼兔）和黄鼠。至于猛兽，在古尔班赛罕山中有狼，为数不少，它们常打游牧者牲畜的主意，还有狐狸和黄鼠狼。在极少的情况下，可以见到低矮的中国雪豹和身上有斑点的豹，它们或许是从西北即蒙古阿尔泰山地势更高的地方来到这里的。

7 月 30 日，我们拔营到山中进行了最后一次时间中等的休整，以便此后以每天 35~40 俄里的速度强行军到库伦。在中赛罕山的出口处，展现在我们眼前的是波状起伏的平原，其间或布满细小的砂石物质，或布满大块风化、侵蚀的花岗岩块，偶尔还可见到多孔的火山熔岩块。

北方的远处是一片高地；在近处的东北面，沼泽小湖博姆博腾诺尔湖的水面在清晨阳光的照耀下熠熠闪亮。这个小湖只在大雨时期才存在。

周围到处都长着低矮的锦鸡儿。在长着芨芨草的草地上面，孤独地立着几棵可怜的杨树，在山丘的缓坡上长着一些牧草。马匹轻捷地行进着，很快就超过了慢腾腾的似乎在沉思默想的骆驼。我常常骑着马走到驼队前面很远的地方，选择一处有较好饲料的场所，放马儿去吃一会儿草，我自己则带上望远镜躺在地上观察周围自然界的生物。附近有百灵和角百灵，在一些山顶上，可以见到正在休息的一些猛禽：鸢和隼，极少情形下还有鹫。瞧，从山丘后蹿出一只野兔，蹲下，竖起耳朵，仔细地朝我所在的方向张望。啼兔的声音不知从什么地方传来。容易相信人的、好奇心强的蜥蜴并没有感觉到危险的存在，它居然爬到我身旁晒太阳。稍微远一些的地方，有一对羚羊正在安静地吃着草，我在望远镜里可以清晰地看见它们眼睛里那天真的表情。它们很警觉，一听到可疑的沙沙声，母羊立时警觉起来，抬起头，发出轻微的呼噜声，留意着是否有人出现，再过一会儿，两只觉察到危险正向自己逼近的羚羊已经拉长身体飞快地跑向远处了。

我们越往北走，地形就变得越可爱。石头沙漠已经被有不少游牧者的草原取代了。差不多每一口井都是一个小小的中心。在这个中心的周围，聚集着不少游牧者和他们的牲畜群。蒙古游牧居住地附近的井水总有一股令人厌恶的气味，这是因为谁也不关心井水的卫生，为焦渴所苦的牲畜经常到井边来，或者一直停在井边不走，用它们体内排出的不洁物污染水源。

草原上的动物也随着草原上植物的增多而与日俱增。奇特而好奇的土拨鼠不时发出吱吱的声响，用后肢支起身体，观察着没有人烟的草原。大鸨一群群地出来觅食，黄羊和羚羊依然出现在我们这些旅行者的面前，让我们感到亲切。

阿拉乌尔特山那高高的山体挡住了东边。这座山由浅红色的花岗岩层构成。山岩、悬崖和高峰像一个个黑点一样在草场中凸显出来，草场则像柔软的地毯一样平铺在山脉的缓坡上。两条小河——巴加阿塔齐克和伊赫阿塔齐克河两岸也是丰茂的草地。

在翻越海拔为 1671 米的甘根达坂高地后，考察队下到了布古克郭勒河谷，然后从那里的一座支脉上，终于看见了熟悉的、期盼已久的土拉河，河流在阳光的照耀下看上去像是一块灰色的钢板。远处的库伦也依稀可见了。

深色雄伟的博格多山，笼罩在蓝色的烟雾之中。蒙古祈祷中心寺庙的屋顶闪着光，塔群在夕阳余晖中显得那样洁白而明亮，羊群温顺地不急不忙地从游牧地返回自己的圈中，远远地，可以听见鞭子挥动发出的声音。空气凝滞在寂静中，疲倦的旅行者并不去破坏周遭的宁静。他们停下来，着迷而虔敬地遥望着蒙古城市不甚清晰的轮廓，一阵轻松的感觉弥漫开来，因为他们知道，艰难的旅行生活就要结束了！

普尔热瓦尔斯基的形象再一次出现在我的脑海中，他曾经两次站在这里体验返回祖国的欣喜和兴奋。跟那时一样，一到这里，情形就发生了很大的变化。我们像游牧者一样的生活已经结束，被远远地抛在了身后。为我们所熟悉的欧洲的气息已经近在眼前，我们每个人都激动起来……

由于土拉河里的水比较深，我们决定在这里过夜，以便第二天，也就是7月26日，我们能够沐浴着朝霞，顺利地走完最后的路程。

夏夜很快就笼罩了大地。星星在清澈的天空中闪闪发亮。营地里静了下来，只是偶尔才可听到旅行者和声细语的交谈声，他们在谈论的是："未来会告诉我们什么？"而我却久久无法入睡，我回想着安多高原、拉卜楞寺、青海湖和哈拉浩特。蒙古和西藏的那些富有特点的人物又鲜活地出现在我的眼前，振奋了我的精神，增强了我进行新的最后一次旅行的决心。在最后一次的旅行里，我将完成我的伟大而亲爱的老师普尔热瓦尔斯基最后的一个愿望。

意义重大的这一天（第二天），太阳刚一出来，考察队已经有节奏地上路了，我们朝河谷深处下行。土拉河河水汹涌，浊浪翻滚冲击河岸，发出阵阵声响。考察队停下来，系紧驮包和马镫，顺利地涉水渡过了宽阔的土拉河。又走了一小时，已经可以看见远处的俄罗斯领事馆大楼了。我们的心情越来越迫切，步伐也越来越快。终于，我们走进了熟悉的楼房大门，见到了来自故土的人，听到了乡音。同胞们亲热地迎接我们。彼此的询问，亲朋的信件，祝贺的电文，洁净的房间，整洁的被褥，各种各样的美味食品……所有这一切，使旅行者的生活顿时焕然一新，以致大伙儿都觉得，在此之前经历的一切恍如梦境……

**图书在版编目（CIP）数据**

蒙古、安多与死城哈拉浩特 /（俄）彼得·库兹米奇·科兹洛夫著；
陈贵星译. —北京：中国工人出版社，2022.6
ISBN 978-7-5008-7929-9

Ⅰ. ①蒙… Ⅱ. ①彼… ②陈… Ⅲ. ①散文集—俄罗斯—现代 Ⅳ. ①I512.65

中国版本图书馆CIP数据核字（2022）第082606号

蒙古、安多与死城哈拉浩特

| | |
|---|---|
| **出 版 人** | 董 宽 |
| **责任编辑** | 宋 杨 |
| **责任校对** | 丁洋洋 |
| **责任印制** | 黄 丽 |
| **出版发行** | 中国工人出版社 |
| **地　　址** | 北京市东城区鼓楼外大街45号 邮编：100120 |
| **网　　址** | http://www.wp-china.com |
| **电　　话** | （010）62005043（总编室） （010）62005039（印制管理中心）<br>（010）62379038（社科文艺分社） |
| **发行热线** | （010）82029051 62383056 |
| **经　　销** | 各地书店 |
| **印　　刷** | 北京盛通印刷股份有限公司 |
| **开　　本** | 720毫米×880毫米 1/16 |
| **印　　张** | 23.25 |
| **字　　数** | 240千字 |
| **版　　次** | 2022年12月第1版 2024年2月第2次印刷 |
| **定　　价** | 78.00元 |